인간병기 흙피리

인간병기 흙피리
정건섭 추리소설

초판 인쇄 | 2013년 05월 07일
초판 발행 | 2013년 05월 10일

지은이 | 정건섭
펴낸이 | 신현운
펴는곳 | 연인M&B
기 획 | 여인화
디자인 | 이희정
마케팅 | 박한동
등 록 | 2000년 3월 7일 제2-3037호
주 소 | 143-874 서울특별시 광진구 자양로 56(자양동 680-25) 2층
전 화 | (02)455-3987 팩스 | (02)3437-5975
홈주소 | www.yeoninmb.co.kr
이메일 | yeonin7@hanmail.net

값 15,000원

ⓒ 정건섭 2013 Printed in Korea

ISBN 978-89-6253-132-9 03810

OCARINA

150만 독자가 선택한 『블랙 커넥션』의 대한민국 대표 추리작가 정건섭!

정건섭 작가 등단 30주년 추리소설 특별기획!

연인M&B

1983년에 등단하여 이후 30년, 내 인생의 황금기를 글 쓰는데 모두 바쳤다고 해도 과언이 아닐 것이다. 추리소설 불모지에 〈닻〉이라는 작품으로 데뷔하여 추리소설 붐을 일으켰고, 신문 연재소설과 방송, 영화와 드라마로 추리소설 보급에 전력을 기울였다. 그렇게 30년 세월을 흘려보내고 그 기념작으로 본 장편 추리소설 『인간병기 흙피리』를 발표하게 되었다.

소설이 안 팔리고 독자들에게 외면당하고 있는 것이 소설 문학의 현실이다. 여러 가지 이유가 있겠지만 그중 가장 큰 이유는 매스미디어가 더욱 다양해지고 인터넷과 스마트폰 같은 첨단 기계가 등장하여 보다 다양한 정보와 오락 기능으로 인해 사람들을 매료시키고 있기 때문일 것이다.

그러나 더 큰 문제는 오늘의 작가들이 재미있는 소설을 쓰지 못하고 있다는 것도 그 이유 중 하나일 것이다. 그리고 소설이 엔터테인

먼트로서의 기능을 상실하게 되었고 독자들은 소설에서 멀어져 갔다. 이 현상이 발생된 것은 작가들의 책임이다. 소설을 철학으로 오인했거나 정치적 이념의 포로가 되지는 않았는지 깊이 반성할 대목이다.

　작가 등단 30주년 기념작으로 내놓는 이 소설 또한 반성 품목 중 하나가 되지는 않을까 걱정이지만 모든 힘을 기울여 열심히 썼다. 물론 그 판단의 몫은 독자 여러분의 것이다.
　나는 이 작품이 한국에서 발표되는 마지막 추리소설이 아니기를 기원하며 독자 여러분들의 사랑을 다시 한 번 기대한다.

2013년 5월
북한산이 마주 보이는 서재에서
정건섭

인간병기 흙피리

OCARINA

제2장

제1장

흙피리

1

　1970년대 후반, 부산은 대통령의 수출 드라이브 정책으로 무역이 급성장하며 활기찬 도시가 되었고, 따라서 사람들은 떼 지어 모여들어 급속히 팽창하고 있었다.

　자갈치시장, 항만, 부산역 일대는 상권으로 하루가 다르게 커 가고 있었고 커 가는 만큼 주먹 세력 싸움도 커져 패거리들이 늘어 갔다. 자갈치시장의 〈자갈치파〉, 〈역전파〉, 〈부두노무자협의회〉 이들이 그 주된 세력이다. 그러나 이들은 아직 서로 경쟁하거나 세력 확장을 위해 다투지는 않았다. 이들을 조정하는 실질적인 권력자가 있기 때문이다.

　부산 부두 건달들과 하역 업체들을 장악한 후 여러 이권에 개입하여 돈과 세력을 장악한 장선홍 회장이 바로 그 인물이다.

　그는 현재 부산 번화가 지역인 남포동과 해운대에 두 개의 나이트클럽과 극장 한 개를 소유하고 있다. 남포동 일대는 부산 최고 번화가여서 부산의 명동이라 부른다.

그뿐 아니라 이 지역 국회의원, 검찰, 경찰청 사람들과도 탄탄한 인맥을 형성해서 주먹 세계가 가장 두려워하는 사람이 되었다.

그 무렵 한국은 최원석 회장이 탁구 전성기를 끌고 있어 많은 탁구인들이 힘깨나 쓰던 시절이다. 이에리사, 정현숙, 김순옥 등 선수들이 북한의 박영순, 박영옥, 김창애를 3 : 0으로 이겨 전국을 흥분에 빠트린 후 대통령이 직접 탁구 시합을 관전하던 꿈같은 시절이다.

이에 착안한 장선홍 회장은 부산의 탁구 고수들을 불러 탁구를 배웠고 아무도 도전자가 없는 부산탁구연합회 회장으로 취임했다.

그 자신 부산에서 제일 큰 〈금메달 탁구장〉을 부산역 맞은편에 차려 놓고 있었다. 물론 자신의 입지를 위한 방법이지만 탁구에 꽤 많은 정성을 들이고 있었다.

장선홍 회장은 부산 어두운 세계의 실질적인 황제다. 그는 재산가로 중앙 진출을 암암리에 모색하고 있었다.

"언젠가는 서울도 접수하리라!"

중앙에 진출하여 권력도 잡아 보고 싶었고 이 힘으로 일본 진출도 계획하고 싶다. 물론 일본과는 어느 정도 손이 닿고 있다.

'대통령은 언제나 둘이다. 청와대 대통령이 있고, 밤의 대통령이 있는 법이다. 그런데 이 원리에는 한 가지 법칙이 있다. 밤의 대통령은 청와대 대통령에게 의지해서 살아야 한다. 권력을 업지 않고 혼자서는 절대 밤의 대통령이 되지 못한다. 권력에 기대지 못하면 아무것도 하지 못한다.'

그의 철저한 권력 밀착 철학이다.

나이트클럽은 미래를 위해 수족과도 같은 직계 부하 명의로 해 두었고, 영화관과 탁구장은 자신의 이름으로 해 두었다. 훗날 명예에 손상을 입지 않으려는 생각에서다. 그러나 그의 실질적인 사업은 사채업이다. 돈이 돈을 벌어 주는 고리대금업이다.

그런데 부두에 신흥 세력이 커 가고 있었다. 유명무실하던 〈부두노동조합〉이 자신의 세력인 〈부두노무자연합회〉 회원들을 하나씩 둘씩 빼가고 있었는데 이건 절대적으로 합법적 세력이다. 한국노총 해운노조 부산지부가 그것이다.

장 회장으로서는 반드시 잡아야 할 세력이다. 그게 힘들면 이 합법적인 〈부두노동조합〉을 접수해야 한다. 하나를 잃으면 다른 힘도 허물어진다. 이게 바로 도미노이론이다.

그런데 이 노조의 핵심 인물은 중앙에서 권력의 힘을 쓰는 주먹 조직의 핵심 인물이며 그 배경의 힘 또한 만만치 않다.

'이 새 지부장 무릎을 꿇게 해야 하는데……'

이건 정말 예상치 못한 사태였다.

'나도 누군가를 내세워 이들을 파괴시켜야 한다. 전혀 나와는 무관한 그런 새 주먹을 찾아야 한다.'

〈흙피리〉.

그녀가 누구인지, 어디서 왔는지, 무얼 하는 여자인지를 아는 사람은 부산에 아무도 없다. 심지어 이름조차 제대로 아는 사람이 없다.

하지만 부산역 일대에서 그녀를 모르는 사람이 없다. '간첩도 흙피리는 알고 올 것이다.' 라는 말은 이미 오래전에 퍼졌다.

그녀가 처음 모습을 나타낸 것은 불과 한 달 전쯤, 초겨울이 시작되려는 12월 중순이다. 해병대의 얼룩 군복 바지에 남자나 신는 군화를 신고 있었고, 상의는 낡은 가죽점퍼를 입고 있었다. 머리는 단발머리로 짧았고, 얼굴이 동글고 콧날이 오똑 서 있는데 눈은 명청해 보일 정도로 커 미인 같기도 하고 예쁜 남자 같기도 했다.

그녀가 부산역 맞은편 5층 건물로 들어섰다. 3층에 당구장이 있고 5층에 〈금메달 탁구장〉이 있다. 그녀는 먼저 3층 당구장으로 들어섰다. 동네 청년들과 이 지역 주먹들이 어울려 돈내기 당구를 치고 있었다. 당구대 구석에는 돈이 수북히 쌓여 있다.

그녀가 이들에게 다가왔다.

"돈내기야? 나 용돈 떨어졌는데 한 큐 할 놈 없어?"

어라? 사내들이 이 예쁘장하게 생긴 계집애를 바라본다. 잘해 봐야 스물여섯, 일곱? 정도로 보인다. 아니 그보다 더 어릴 수도 있다. 그런데 말투가 투박하다. 감히 여기가 어딘데 놈이라니! 그렇다고 계집애를 팰 수도 없고!

"왜, 용돈 벌고 싶어서? 너 돈은 있냐?"

"돈이 없으니 벌어 가자는 거 아냐?"

"그럼, 네가 깨지면 뭘 내놓을 건데?"

"후후후, 남자 새끼들이 쩨쩨하게! 좋아 내가 지면 오늘 밤 자 줄게! 대신 내가 이기면 여기 이 판돈 내가 모두 걷어 간다. 어때! 누가 나설래!"

"흐흐흐."

사내들이 그냥 물러날 이유가 없다. 적어도 부산역 바닥에서는 고수들만 모이는 당구장이다. 그중 한 녀석이 나섰다.

"약속 어기면 죽는다? 죽여서라도 데리고 잘 테니!"

"내가 지면 죽이지 않더라도 내 손으로 벗을 테니 걱정 마!"

그러고는 큐를 잡아 초크를 바르고 엎드려 공을 쳐 본다. 터질 듯한 엉덩이가 정말 섹시하다.

남자들이 침을 삼킨다.

2

당구공을 몇 번 때려 보던 흙피리가 가죽점퍼를 벗었다.

'흑—!'

사내들의 숨이 멈춰진다. 윤기 나는 검은색 블라우스에 윗 단추 두 개가 풀려 있는데 그 벌어진 틈 사이로 우윳빛 가슴이 터질 듯 밀려 나와 있었기 때문이다. 그리고 그것은 저 윤기 흐르는 검은색 블라우스와 대조되어 더욱 눈이 부시도록 아름다웠다. 아니, 숨을 멈추게 하는 자극이다.

흙피리는 아랑곳하지 않고 팔목에 토시를 끼었다. 그리고 몇 개 큐를 잡아 보더니 곧고 단단한 것을 고른다.

이제 본격적으로 시합이 시작되었다. 하지만 도전한 사내는 이미 평정심을 잃고 있었다. 여자가 엎드려 공을 칠 때마다 시선이 자꾸 가슴으로 향하고 있었고 심장이 울렁거려 공을 칠 수가 없었다.

기술은 우열을 가릴 수 없지만 한번 평정심을 잃은 사내는 도무지 제 실력을 회복하지 못하고 있었다.

이 둘을 둘러싼 사내들은 당구 시합 구경은 이미 포기한 지 오래다. 흙피리가 큐를 잡고 엎드릴 때마다 이리 몰리고 저리 몰리며 정면 앞자리를 차지하기 위해 치열한 싸움이 벌어진다.

엎드려 공을 치려던 흙피리가 정면으로 몰려드는 사내들을 향해 미소를 지으며 한쪽 눈을 깜빡한다. 사내들이 당황해하며 눈을 돌린다.

'덜 떨어진 놈들 하고는 쯧쯧!'

하지만 사내들은 모두 오늘 밤 이 계집애를 데리고 자는 꿈을 꾸고 있었다.

'이건 내거야. 누구든 건드리면 죽는다.'

'이걸 그냥 보내면 내가 등신이지!'

'얌마, 빨리 끝내!'

도전한 사내도 당구 알보다 가슴으로 가는 눈길을 멈출 수 없다. 세상에 태어나서 이런 여자는 처음이다. 그런데다 너무도 풋풋한 나이다. 자신이 서른이 넘은 나이이니 이걸 얻는다면 보통 횡재가 아닐 것이다.

이런 생각을 하며 당구를 치니 될 이치가 없다. 승부욕으로 말한다면 따를 사람이 없지 않은가? 하지만 이건 승부욕만으로 자제될 일이 아니다. 그리고 그런 자신이 화가 났다. 도저히 집중이 안 되기 때문이다. 공은 이리 튕기고 저리 튕기며 원하는 곳으로 가 주지 않았다.

사내가 화가 나는지 큐를 내던진다.

"졌어!"

흙피리가 미소를 지으며 허리를 편다. 그리고 가죽점퍼를 입고 수북이 쌓여 있는 돈을 집어 뒷주머니에 우겨 넣는다.

"약속대로 이거 내가 가져간다."

만 원권이 족히 대여섯 장은 되어 보인다. 이 정도라면 이건 거액이다. 일반 회사 사원 월급이 20만 원을 넘지 못하니 말이다.

하지만 이 건달들이 그냥 보낼 이치가 없다.

"야! 너, 그냥 갈 거야?"

"어쩌라구!"

"한 판 더 해? 절대 그냥은 못 보내!"

돈도 아깝고 이 계집애도 그냥 보내기에는 너무 아쉽다.

"난, 약속한 것만 지켜. 귀찮게 굴지 마!"

"이게? 그렇게는 안 되지. 여기 규칙이 그렇지 않거든! 끝장을 봐야 하는 거 아냐?"

사내가 눈을 부라리며 협박한다.

그녀가 점퍼 주머니에서 가죽장갑을 꺼내 손에 끼는데 장갑 손가락 반 토막을 모두 잘라 버린 것이다.

안 봐도 비디오다. 그 속을 훤히 꿰뚫고 있다. 돈을 내놓고 조용히 가지 않으면 뒤따라와 폭력으로라도 빼앗으려 할 것이다. 더 멍청한 놈은 그녀를 어찌해 보려고 수작을 부릴 것이다.

손가락 관절을 몇 번 꺾는다. 우드득 소리가 모두에게 들린다. 그러더니 한 판 더 하자던 그 도전자 사내 멱살을 잡았는데, 언제 어떻게 무엇을 했는지 그 큰 몸 덩어리가 허공을 돌며 엎어지는 것이다.

정말 눈 깜짝할 사이 벌어진 일이다.

"난, 치사한 새끼들 딱 질색이야. 다시 올 테니 시끄럽게 굴지 마. 영업 방해하기도 싫으니까."

엎어진 사내는 여자의 군화 구둣발에 밟혀 꼼짝도 못하고 있다.

"돈 아까운 줄 알면 실력이나 쌓아 놓으라고. 나, 흙피리야! 앞으로 만나면 그렇게 불러."

'흙피리?'

여인은 사내 목덜미를 밟았던 군화를 내려놓았다.

그러고는 지폐 두 장을 테이블 위에 올려놓는다.

"당구장 사용비하고 너희들 소주값이니 받아 둬. 난, 위층에 가서 탁구나 좀 치고 갈 테니. 자, 난 간다. 다시 보자!"

몸을 돌리던 흙피리가 걸음을 멈추고 벽에 붙어 있는 영화 포스터 〈록키〉의 실베스터 스탤론 얼굴에 뽀뽀를 한다. 〈록키〉는 복싱 영화로 당대 최고 인기 영화며 주연 배우 실베스터 스탤론은 남녀 모두의 우상이다.

그녀가 다시 돌아섰다.

"자, 보너스다!"

그녀가 씨─익 웃으며 오른손 주먹을 쥐고 올리더니 가운데 가장 긴 손가락을 불쑥 들어 보인다. 엿 먹으라는 욕질이다.

사내들은 질려 버렸는지 벌린 입을 다물지 못하고 있었다.

이 흙피리라는 여인은 언제 무슨 일이 있었느냐는 듯 돌아서서 위층으로 올라갔다.

"뭐야, 저런 계집애가 다 있어!"

남자라면 떼거리로 몰려가 밟아 버리고 싶지만 그건 아니다. 아무리 건달 세계라 하지만 여자를 집단 폭행하고 어떻게 얼굴을 들고 다닐 수 있단 말인가? 차라리 소문나지 않는 게 좋지. 그러나 그건 마음속의 핑계다. 사실은 겁을 먹고 있었던 것이다. 다시 찾아오겠다니 그때나 방법을 강구할 것이다.

창피하기도 하고 놀라기도 해 당구를 포기했다. 그리고 그 여자가 던지고 간 만 원권을 들고 우르르 몰려 나갔다.

"그런데 〈흙피리〉가 뭐야?"

5층 금메달 탁구장으로 올라간 흙피리의 눈이 휘둥그레졌다.

70년대 탁구장 풍경은 대개 이랬다. 양복 상의를 벗고 구두를 신고 넥타이를 돌려 와이셔츠 주머니에 우겨 넣고 탁구를 친다. 심한 녀석은 입에 담배까지 물고, 어떤 녀석은 슬리퍼를 신고 탁구를 치기도 한다. 주인은 아줌마가 아기를 업고 구장을 지키기도 하고, 잘 친다는 고수는 담배나 술을 얻어먹고 가르쳐 주기도 한다. 대개가 막 탁구를 치는데 자기 개인 라켓을 가지고 다니는 사람은 눈을 씻고 보아도 보기 힘든 그런 시절이다.

구장 바닥은 콘크리트가 대부분이다. 그런데 여기는 그렇지가 않다. 모두가 똑같은 하늘색 반팔 셔츠에 검정색 반바지를 입고 있다. 하늘색 상의는 화려한 무늬가 그려져 있다. 바닥도 콘크리트가 아닌 나무판이다. 시설에 비해 탁구를 치는 사람들이 적어 보인다는 것 외에는 하나 나무랄 데 없는 구장이다.

탁구를 치는 폼도 다른 구장 사람들과는 전혀 다른데, 모두 흰색 운동화에 역시 흰색 목 짧은 양말을 신고 있다. 한 여자가 탁구를 치는 사람들 폼을 교정해 준다. 100여 평 정도에 여덟 대의 탁구대가 있다. 홀 중간에 기둥도 없어 운동하기엔 아주 '딱'이다.

흙피리는 당구장에서와는 달리 조심스럽게 들어가 카운터를 지키는 여자 옆 의자에 앉았다.

모니카가 뭡니까?

1

그들은 매우 진지하게 탁구를 치고 있었다. 이 모습만 본다면 마치 시합을 앞둔 국가 대표들 같다. 몇몇은 아직 실력이 덜 다듬어져 보이지만 두 탁구대 사람들은 내공이 대단해 보인다.

흙피리는 긴장된 모습으로 이들을 지켜보았다. 몸에서 피가 끓는다. 핑ー 핑ー, 탁구공 튕겨 나가는 소리만 들어도 피가 끓는 흙피리다. 당장이라도 뛰쳐나가 누군가와 한 게임 하고 싶다.

그러나 지금은 아니다. 옷도 없고 신발도 없다. 라켓도 숙소 가방에 있다. 이런 탁구장이리라고는 상상도 못하고 올라온 그녀.

그런데 그녀의 시선이 저쪽 정중앙 탁구대의 한 사내에게 꽂혔다. 180 정도의 훤칠한 키, 그런데다 탁구를 치는 폼 또한 나무랄 데가 없이 깔끔하다.

피부는 깨끗했고 짙은 눈썹에 눈은 부리부리하다. 야성적으로 보일 수도 있지만 흰 피부와 착해 보이는 두 눈 때문에 갈데없는 귀공자 타입이다. 어깨가 딱 벌어져 몸의 균형도 잘 잡혀 있다. 한마디로 한번에 '필'이 꽂힌 것이다. 절대 이런 일이 없는 흙피리다.

'안 돼!'

머리를 좌우로 흔든다. 지금 남자를 생각할 때가 아니다. 하지만 저 가슴 두근거리게 만드는 남자에 대한 흔들리는 감정을 그녀는 주체하기는 힘들었다. 그러니까, '와―' 감탄사 외에는 한마디로 표현할 수가 없는 멋진 남자다.

이때다. 탁구 회원들을 지도하던 여자가 다가와 옆에 앉는다.

"처음 보는 얼굴이네요? 참 멋지게 생겼어요. 저, 여기서 지도하는 조은숙 관장이에요. 탁구는 쳐 보셨나요?"

천하의 금메달을 찾아왔다면 적어도 탁구 문외한은 아닐 것이다. 그래서 친절한 조은숙 관장이다.

카운터 아가씨가 커피까지 타 온다.

"아, 네. 좀! 근데 저분은 여기 회원이신가요?"

묻는 말에 대답은 하지 않고 저쪽 저 키 크고 멋진 사내를 가르치며 묻는다.

"아, 〈파워〉를 말씀하시는군요! 예, 우리 회원입니다. 여기서 실력 1짱에 얼굴 짱이죠. 폼 좋죠?"

"네, 좋아요. 근데, 〈파워〉가 뭔데요?"

묻는 목소리가 떨린다.

"ㅎㅎㅎ 드라이브 파워가 일품이라 〈파워〉라 부르죠. 금정완 씨에요. ㅎㅎ 왜 관심 있어요? 근데 탁구 실력은요? 여기는 회원제예요. 어느 정도 실력이 돼야 입회가 가능합니다."

"예, 탁구는 좀 쳐요. 오늘 치고 싶지만 아무것도 준비한 게 없어서……. 이런 줄 모르고 왔습니다. 근데 저분 여기 자주는 오시나요?"

눈이 풀려 있다. 자신에게 이런 일이 생긴다는 건 정말 말도 안 되는 황당한 소리다.

'내가 왜 이러지?'

도무지 시선을 뗄 수가 없다. 조금 전 당구를 치던 사내들이 자신의 가슴에서 눈을 떼지 못하던 것과 같은 이유일 것이다.

"그럼요. 일요일, 목요일 빼고 매일 저녁에 와요."

"아, 그렇군요!"

"그럼, 언제 준비해서 오세요. 실력을 보고 입회를 결정해야 하니까요. 회비는 아주 저렴합니다. 이 탁구장은 부산탁구연합회 회장님이 직접 운영하시는 거예요. 돈을 많이 투자하시죠. 수입이 목적이 아니시거든요. 연말에 부산시장배 시합이 있어요. 그래서 몇을 선발해 별도로 맹훈련 중입니다. 회장님이 운영하시는 구장에서 우승 트로피를 놓치면 안 되거든요."

"아, 네. 그러시군요. 그런데 저 운동복은 어디서 사는 겁니까?"

"저 반팔 셔츠와 바지, 그리고 운동화는 회원이 되면 치수에 맞춰여기서 지급합니다."

"그럼 담에 올 테니, 저분과 한 번 붙여 주세요. 저분 정도면 해 볼만 해요!"

조은숙 관장이 화들짝 놀란다. 고등학교나 대학교 현역 선수가 아니라면 파워와 게임도 안 될 것이다. 관장이 비로소 흙피리를 자세히 뜯어본다.

키는 170이 조금 넘어 보이고 군살 하나 없이 몸이 탄탄해 보인다.

여자로서는 제법 큰 키며 정말 나무랄 데 없는 당당한 몸매다. 게다가 참 씩씩해 보이는 멋진 얼굴이다.

그녀가 소리쳐 파워라는 남자를 부른다.

"야, 파워야. 탁구 그만 치고 이리 좀 와 봐!"

"저요? 네 누님!"

그가 이마에 흥건한 땀을 수건으로 씻으며 걸어온다.

그 시간, 그러니까 흙피리가 당구장에서 소란을 떨고 있을 그 무렵, 김해공항에 세 명의 남자가 초조한 듯 계속 시계를 들여다보며 누군가를 기다리고 있었다. 양복을 말쑥하게 차려입은 남자들이다.

"정 국장님, 왜 차장님이 갑자기 내려오신답니까?"

"글쎄, 제게도 연락이 없었으니 알 수가 있어야죠. 서울 본부에 연락해 보았지만 곧 도착하실 테니 그리 알라고만 하네요!"

부산경찰청장과 중앙정보부 부산지국장이다.

지금 내려오는 사람은 중앙정보부 1차장이다. 1차장이라면 중앙정보부에서 두 번째로 서열이 높은 요직 인사다. 정연학 부산지국장은 1차장의 직계 후배다. 부임한 지 1년 반 정도 된다. 예고도 없는 이 거물의 부산 방문에 모두 긴장하는 모습이다.

옆에서 계속 담배만 피워 대는 사람은 조성준 부산시장이다. 중앙정보부, 당시로서는 청와대 다음의 권력기관이다. 그런데 서열 2위의 1차장이 뜬다. 1차장이라면 국내의 정치, 경제문제를 사찰하는 부서의 최고 책임자다. 어찌 긴장하지 않겠는가?

특별 전용기가 도착할 시간은 아직도 30분이나 남았지만 이들이 기다리고 있는 시간은 1시간이 훨씬 넘었다. 뭔가 심각한 문제가 발생한 것이 분명한데 도무지 알 수가 없다.

"야, 파워야 인사해. 담 주 네게 도전하겠다는 분이야! 너와 한 게임 하고 싶다니 실력 테스트는 안 해도 될 것 같고!"

흙피리는 두 손을 모아 무릎 사이에 끼우고 머리를 숙인다.

"그러십니까? 저 금정완입니다! 그냥 파워라 불러 주세요. 모두 그렇게 부르니까."

"아, 네. 저, 죄송해요. 저, 그냥 한 번 게임해 보고 싶어서……."

떨려서 말도 나오지 않는다. 성질 같으면 벌떡 일어나 냅다 끌어안고 강제 키스라도 하고 싶지만 몸이 말을 안 듣는다.

'휴―.'

그녀는 속으로 깊은 안도의 숨을 쉬었다. 만일 조금 전, 당구장에서 있었던 소란을 이분이 보았다면……. 생각만 해도 끔찍하다.

'괜히 소란 피웠어. 당구장에서 좀 참을 걸!'

"아, 우리 관장 누님 소개해 드리죠. 전 국가 대표 출신입니다. 저희 장선홍 부산탁구연합회 회장님께서 특별히 초청하셨죠!"

'탁구연합회 장선홍 회장?'

갑자기 그녀 얼굴이 굳어진다.

"그러시군요. 저도 잘 좀 지도해 주세요!"

조은숙 관장에게 까딱 머리를 숙인다.

이때 갑자기 파워가 손을 내민다. 흙피리가 놀라 손을 잡는다.

"나한테 지면 여기 입회 못합니다. ㅎㅎㅎ 시간 되시면 담 주 화요일 저녁 7시쯤 오세요. 한 게임 하게요."

그러면서 하얀 이를 드러내 놓고 웃는데, 웃는 모습에 심장이 멎어 버릴 것만 같다.

'세상에 이렇게 멋진 놈이 있다니!'

"그런데 성함이 어떻게 되시죠?"

사내의 볼륨감 있는 굵직한 목소리에 천하의 흙피리가 또 한 번 자지러든다.

'이 별종, 이거 혹 외계인 아냐?'

2

마침내 김해공항에 소형 비행기가 도착했다. 공항 직원들이 멈추어 선 비행기에 트랩을 붙여 놓자 스르르 비행기 문이 열린다. 조성준 부산시장과 정연학 부산지국장, 최경석 부산경찰청장, 김해공항 책임자들이 찬바람을 뚫고 우르르 몰려가 1차장을 기다린다.

그가 열린 문으로 트랩을 밟고 내려온다.

"선배님, 이 밤중에 웬일이십니까?"

정연학 지국장이 허리를 굽혀 절한다. 심복이기도 하지만 고등학교 선후배 사이 관계다. 정연학을 발탁한 사람이 바로 1차장이다. 그가 가장 신뢰하는 이유이기도 하다.

"뭐, 이렇게 다 나오셨습니까? 번거로우실 텐데!"

일일이 손을 잡고 악수를 나누면서도 싫은 기색은 아니다.

"자, 헬기 준비시켜 놨으니 옮기시죠."

공항 관계자를 제외한 그들 일행은 저쪽 헬기 전용장으로 옮겨 이제 막 프로펠러를 돌리기 시작하는 경찰전용 헬기에 몸을 실었다.

이들이 자리를 잡고 안전벨트를 매자 커다란 날개는 더욱 속도를 내어 돌리더니 하늘을 향해 몸체를 들어 올린다.

1차장 얼굴은 심각해 보였다. 하기야 심각한 일이 아니라면 이 밤 중에 부산까지 내려올 이유가 없지.

"팔 팔 팔—."

한쪽 어깨를 기울이며 몸체를 띄운 헬기는 팔팔거리며 어두운 하늘을 날아가며 한 점 점으로 작아지더니 금세 부산경찰청에 도착했다.

이들은 경찰청장 전용 회의실로 자리를 옮겼다.

커피를 마시면서도 쉽게 입을 여는 사람이 없다. 그만큼 분위기가 어두웠다. 잠시 무거운 침묵이 흘렀다. 1차장이 담배에 불을 붙인다. 그리고 정연학을 바라보며 비로소 입을 열었다.

"후배! 오늘 도쿄에서 〈세인트〉가 찾아왔었어!"

"〈세인트〉가요? 왜요?"

정연학이 깜짝 놀라 되묻는다. 하지만 경찰청장이나 시장은 무슨 말인지 몰라 의아한 표정이다.

〈세인트〉.

1차장과 정연학 지국장만이 아는 이름이다. 바로 한국과 일본, 중공 등 극동 아시아를 총괄하는 '미 정보국 CIA 극동본부장' 명칭을 말한다. 그의 본명이 무엇인가는 별 의미가 없다. 그가 떠나고 다른 사람이 부임해 와도 그 역시 〈세인트〉이기 때문이다.

1차장이 주머니 지갑에서 빳빳한 백 달러짜리 지폐 한 장을 꺼냈다.

"자, 보게!"

정연학이 그 지폐를 꼼꼼히 만져 본다. 하지만 별 문제는 없다.

"이 돈에 무슨 문제라도 있는 겁니까?"

"정교하게 만든 위조 달러야!"

"네? 위조 달러?"

"음! 북한이나 홍콩, 마카오에서 만든 건 아냐. 그건 이보다 좀 조잡해. 전문가들이라면 금세 알아내. 한데 이건 진짜와 구별하기도 힘들어. 우리 전문가들도 속았으니까. 이 위조지폐 출처가 부산이야, 부산에서 열 장이나 서울로 흘러왔어. 일본 후쿠오카에서도 두 장이 나왔다는 거야. 세인트가 이 문제로 날 찾아왔어."

'하기야 웬만한 위조품이라면 세인트가 한국까지 찾아오지는 않았겠지.'

"대통령께도 보고가 되었나요?"

"아니, 아직 보고 안 드렸어. 우리 부장께서 부산부터 내사해 보라는 지시가 떨어졌어. CIA에서도 이미 부산에 요원을 투입한 거 같아. 우리가 먼저 출처를 찾아내라는 지시야. CIA가 먼저 찾아내거나 우리가 아예 찾지 못한다면 너나 나나 다 모가지인 줄 알아."

차장의 설명은 계속되었다.

이 위조지폐가 어디서 어떻게 제작되었는지는 모른다. 하지만 부산에서 10장, 후쿠오카에서 2장이 발견되었다면 제조처는 후쿠오카 아니면 부산이라는 뜻이다. 더구나 두 도시는 가까이 붙어 있는 도시다.

"지금은 열두 장이지만 이 범인들이 자신이 붙으면 대량으로 살포할 거란 말이야. 목을 걸고 내사해! 경찰청장님도, 시장님도 목이 걸려 있다고 생각하셔야 합니다. 더구나 미국 측이 먼저 찾아내면 사태는 더 심각해질 겁니다. 지금 이 시간도 CIA 비밀요원이 부산을 헤집고 다닐지도 모릅니다. 정보부 일에 각 행정기관은 최대한 지원해 주십시오."

CIA 측은 후쿠오카나 부산 모두 추적이 가능하지만 우리는 부산에 한정되어 있다. 그리고 이 위조지폐가 만일 한국에서 제조되었다면 이건 미국과 엄청난 마찰을 빚게 될 것이다. 그러니 하루라도 빨리 이 돈의 출처를 밝히라는 것이다.

일본에서 제작된 것이라면 어느 경로를 통해 흘러 왔는지도 알아야 한다. 정말 고난도의 수사가 될 것이며 치밀한 정보를 요한다.

1차장은 입에 물고 있던 담배를 재떨이에 비벼 껐고, 나머지 두 사람은 담배에 불을 붙인다. 그리고 긴 침묵이 흘렀다.

'흠, 내사를 하려면 새 얼굴을 찾아내 보내야 하는데……'

시름이 깊어지는 정연학이다. 기술적인 문제는 정보부에서 지원하겠지만 일선에서의 내사는 전혀 알려지지 않은 인물을 내세워야 한다. 그런 사람을 찾는다는 건 거의 불가능한 일이다. 부산을 알아야 하고 머리가 명석해야 한다. 게다가 위험에 대처할 능력도 있어야 한다. 어디서 갑자기 그런 인간을 찾는단 말인가?

정 지국장 얼굴이 점점 일그러져 가고 있다.

"참, 모두들 명심하십시오. 절대 언론에 노출시켜서는 안 됩니다. 이건 상식이지만 부장님의 특명이기도 합니다."

차장이 갑자기 생각난 듯 목소리를 죽인다.

"네, 알겠습니다. 먼저 한국은행에 위폐 감정 최정예 전문가부터 배치하도록 하고, 달러 입출금도 면밀히 감시하도록 조치하겠습니다. 암달러 시장도 철저히 감시해 보고요!"

그러면서도 정연학 지국장은 이 사건에 투입할 만한 사람 생각에 골몰하고 있었다.

회의로 밤은 깊어만 간다.

같은 시간 장선홍 회장은 부산의 한 요정에서 누군가를 기다리며 새 주먹을 찾는 일에 골몰하고 있었다.

'나와 연관되지 않은 새 주먹을 찾아 〈부두노동조합〉을 깨뜨려야 한다.'

자칫하면 자신이 쥐고 있는 〈부두노무자협의회〉가 붕괴될 위험에 빠진다. 그는 골치를 썩이고 있었다.

자신이 전면에 나설 입장은 아니었다.

'낯선 쎈 주먹 없을까? 애들은 많은데 그놈이 그놈이니, 참 나!'

"저, 저……."

이름을 묻는 파워에게 무슨 말을 해야 하나. 흙피리는 난처한 입장에 처했다. 이름이 이건 딱, 선머슴 같은 남자 이름이다. 들으면 배꼽부터 빠질 것이다. 어떻게 이 멋진 사내에게 〈최막동〉이라는 이름을 가르쳐 줄 수 있겠는가?

"저, 흙… 흙……."

이때다. 탁구장 문이 벌컥 열리더니 함상 궂은 남자 세 명이 나타났다. 이들은 먼저 조 관장을 향해 소리쳤다.

"우리는 여기가 장 회장님 탁구장이라는 걸 잘 알고 있다. 하지만 회장님과는 전혀 관계 없는 일이니 이 점은 분명히 선을 긋는다! 우리가 찾아온 이유는 저놈 때문이니까!"

그들이 파워 금정완을 향해 손가락질을 한다. 목표가 바로 파워였던 것이다. 탁구를 치던 사람들 시선이 일제히 파워에게 향한다.

파워는 도대체 영문을 알 수 없었다. 처음 보는 얼굴들이다.

"너, 모니카 문제 깨끗하게 해결해. 두 번째 경고다! 세 번씩 찾아

오게 하면 넌 다리 하나는 부러지게 될 테니까. 헛소리가 아니란 건 알고 있겠지! 깨진 병으로 얼굴을 확 그어 버릴라!'

그들이 험악한 인상을 쓰며 협박한다.

〈모니카〉, 사람들이 머리를 갸우뚱거린다.

그들은 그렇게 알 수 없는 협박을 하고 가 버렸고 파워는 머리를 떨어뜨렸다. 얼굴이 파랗게 질려 있다.

'결국 올 것이 오는구나⋯⋯.'

흙피리 주먹이 부르르 떨린다. 저놈들이 뭔데 감히 우리 귀공자한 테 협박이야! 자식들 전부 요절을 낼까 보다. 하지만 그럴 수는 없다. 이 귀공자 파워 앞에서 주먹질을 할 수는 없다.

마음만 먹는다면 모두 한주먹감이지만, 지금은 요조숙녀가 되어야 한다. 또 그들이 왜 협박을 하는지도 알아야 한다.

조 관장이 놀라 파워를 바라본다.

"저 사람들 뭐하는 자들이야? 〈모니카〉는 또 뭐고?"

"아, 아닙니다. 별거 아니에요. 너무 걱정하지 마세요⋯⋯."

하지만 이건 아니다. 나설 일은 아니지만 그렇다고 그냥 넘어갈 수도 없다. 그렇게 생각한 흙피리는 말없이 일어섰다. 일어서며 다음 주 화요일 등록하러 다시 오겠다는 인사를 하고 밖으로 나섰다. 그게 모두에게 편할 것 같아서다.

그렇다고 그냥 물러선 것은 아니다. 이 문제를 포기할 흙피리가 아니다. 그 남자가 누군가? 세상에 태어나서 처음 가슴을 떨리게 만든 귀공자 아닌가? 그분이 내 앞에서 주먹에게 협박을 받다니! 이건 말도 안 되는 소리다. 아무래도 녀석들이 뒈지려고 날을 잘못 잡은 게 분명하다.

그는 5층 건물 현관 벽에 기대어 기다리기 시작했다. 언젠가는 나오겠지. 사정이 이러니 탁구를 더 치지는 않을 것이니까.

그녀의 예상은 적중했다. 채 20분도 지나지 않아 운동복에 점퍼를 걸친 파워가 계단을 내려온다. 힘없이 내려오던 그가 현관에 서 있는 흙피리를 보더니 놀라 흠칫 걸음을 멈춘다.

흙피리가 먼저 그에게 다가갔다.

"저, 기다리고 있었습니다……. 근데 〈모니카〉가 뭡니까? 그리고 아까 그 사람들은 뭐하는 자들이고요?"

3

"따르릉 따르릉―."

전화벨 소리가 요란하게 울린다. 걱정스러운 얼굴로 앉아 있던 조은숙 관장이 수화기를 집어 들었다.

"네, 금메달 탁구장입니다."

"조 관장님이십니까? 납니다."

"네, 회장님! 이 시간에 무슨 일로……."

"가서 말씀드려야겠지만 부담 가질까 봐 전화로 합니다."

"네, 회장님 말씀하세요!'

"이번 부산시장배 쟁탈전에서 꼭 우승해야 합니다. 다른 건 몰라도 남자나 여자 개인전 둘 중 하나, 그리고 특히 혼합복식은 놓치지마십시오. 이들이 우승하면 내년 봄에 열리는 후쿠오카 대 부산 민간인 친선 탁구 대회에 부산 대표로 출전시킬 거니까요. 양쪽 시장님들이 합의해 놓았습니다. 꼭 우리 팀에서 출전해야 합니다. 관장님만 믿겠습니다."

"네, 최선을 다하겠습니다."

통화는 거기서 끝났지만 조 관장의 걱정은 이제부터 시작이다. 그동안 문제가 생겼다. 혼합복식 조로 파워와 쌈닭 천화선(千花仙)을 준비시키고 있었다. 가장 강력한 우승 후보다. 한데 불행하게도 천화선의 어깨에 문제가 생겨 지금 치료 중이다. 복식은 콤비가 중요하고 그래서 그만큼 훈련이 더 필요한데 아무래도 천화선은 개인전으로 돌려야 할 것 같다. 그래도 천화선은 여전히 개인전 강력한 우승 후보다. 그런데다 오늘 파워까지 문제가 생겼다. 참으로 난감하기 짝이 없는 일이다.

내일 파워가 훈련 차 나오면 이 문제를 상의할 것이다. 시간은 겨우 달포 정도 남았다. 구정이 지나고 2월이 되면 시합이 있고 이 시합이 끝나면 바로 부산―후쿠오카 친선 탁구 대회가 있다.

시간이 그리 많이 남은 것이 아니다. 그런데 하늘이 무너져도 솟아날 구멍이 있다는 말처럼 오늘 구세주가 나타났다. 만일 오늘 왔던 그 여자애가 파워와 맞짱뜰 만한 실력을 갖췄다면 어떻게든 잡아야 한다. 그래서 복식 훈련을 시켜야 한다. 복식의 천화선 자리를 그 애가 맡으면 된다. 어차피 천화선은 단식이 전문 아니던가? 머리가 복잡하지만 그나마 오늘 나타났던 그 여자애가 실낱같은 희망이다.

'이름하고 연락처나 알아 둘 걸. 하지만 그냥 사라지지는 않을 거야……'

파워에게 보여 준 지대한 관심 때문이다. 이제 파워만 문제없다면 회장의 기대를 충분히 충족시켜 줄 것이다.

부산과 시모노세키를 연결하는 선박은 일본 식민지 통치 시절부터 〈관부연락선〉으로 유명했다. 사연도 많고 한도 많은 연락선이지만 해방 후 사라져 버렸다.

양쪽 정부는 이 연락선을 다시 복원시키는 것을 원칙으로 정해 놓았다. 그리고 마침내 1970년 부산과 시모노세키를 잇는 〈부관 페리호〉가 개통되었다.

이에 이어 정부는 후쿠오카와 부산을 연결하는 직통 항공 노선을 준비하기 시작했다. 그러나 이 문제는 상당한 논란을 일으켰다. 먼저 언론에서 비판을 하고 나섰다. '시모노세키는 후쿠오카와 붙어 있다. 그런데 굳이 항공선까지 만들 필요가 있겠느냐.'는 것이다.

하지만 이 작업은 이미 많은 진척이 이루어져 포기할 수 없게 되었는데 여기엔 이권이 개입되어 있고 그 깊숙한 자리에는 중앙정보부가 개입되어 있었다.

부산—후쿠오카 직통 항공 노선 프로젝트가 익어 갈 무렵 위조지폐 문제가 발생되어 더욱 민감해진 중앙정보부다.

예비 작업으로 두 도시의 친선을 위한 문화 교류가 활발히 시작되었다. 그 일환으로 양쪽 도시 시장들이 민간단체 교류의 아마추어 탁구 대회를 열기로 했던 것이다.

탁구로 양 도시 경제 교류의 명분을 터 보겠다는 아이디어는 미국 국무장관 〈헨리 키신저〉에게서 얻은 것이다. 그는 미국과 중공의 교류를 탁구로 시작했다. 그것이 그 유명한 〈미·중 핑퐁외교〉다.

이 탁구 시합을 기점으로 부산과 후쿠오카의 경제 교류도 더 활발히 진행할 것이며 직통 항공 노선 개통의 타당성을 분명히 홍보할 작정이었다.

제1회 대회는 후쿠오카에서 먼저 열린다. 이번 탁구 시합은 장선홍 자신의 계획에 막대한 영향을 끼칠 것이다. 그리고 후쿠오카에 매우 중요한 프로젝트가 있다. 그래서 자신의 구장 선수가 더욱 절실히 필요한 장선홍 회장이다.

그는 출전을 준비하는 선수들에게 적지 않은 훈련비도 제공해 주고 있었다. 조은숙 관장에게는 국가 대표 감독 이상 가는 대우를 해 주고 있는데, 그건 이런 이유 때문이다. 또 앞으로도 계속 후원해 줄 것이다. 그녀에게 장 회장은 집과 승용차도 제공해 주었다. 자신이 부르지 않았다면 그녀는 국가 대표 코치로 부임했을 것이다.

장선홍은 요정 한 작은 방에서 누군가를 기다리며 많은 생각에 빠져 있었다.

밤이 제법 깊어 간다. 통금이 오기 전에 사정을 들어야 한다.

"가시죠. 여기서 이럴 게 아니라 기분도 꿀꿀하실 텐데 어디 가서 소주나 한잔해요!"

흙피리는 망설이는 파워의 팔을 당겨 가까운 포장마차로 들어갔다.

이 문제로 마음을 털어놓을 데도 없는 파워다. 오늘 처음 만난 여자지만 인상이 그리 나쁘지도 않다. 아니, 아주 매력적인 여자다. 비록 옷이 좀 거칠어 보이지만 자신에게 탁구까지 도전한 여자이니 친근감도 없지 않다.

꼼장어와 소주, 그리고 뜨거운 우동을 주문했다. 배가 고프기 때문이다.

흙피리가 먼저 입을 열었다.

"저, 그냥 편하게 흙피리라 불러 주세요. 그런데 아까 말한 그 〈모니카〉가 몹니까?"

"근데 〈흙피리〉라는 건 뭐죠?"

"ㅎㅎㅎ 그건 후에 알려 드릴게요. 사연이나 말씀해 주세요."

"……."

그가 다시 굳게 입을 다문다. 이대로는 도저히 입을 열지 않을 것 같다.

"힘들 때는 그래도 같이 걱정해 줄 사람이 필요한 거 아닙니까? 누가 압니까? 제가 힘이 될 수 있을지!"

그렇다. 힘이 되지는 못하겠지만 털어놓으면 속은 후련할 것이다.

그렇게 무겁던 파워의 입이 마침내 열리기 시작했다.

〈모니카〉.

모니카는 지금 자갈치시장 부근에 있는 〈스타다스트〉라는 2류 나이트클럽 전속 가수다. 고등학교 시절 파워와 같은 교회를 다녔던 착실한 학생이었으며 성가대도 같이 활동한 사이다. 게다가 탁구까지 좋아해 마치 오누이같이 붙어 다녔다. 음대를 나와 대형 교회 성가대를 맡는 것이 꿈이라고 했다.

그리고 파워가 먼저 고등학교를 졸업하고 부산 지역 해양대학에 진학했지만 2년 후 모니카는 진학을 하지 못했다. 가정 형편 때문이다. 음악대학에 진학하는 것이 꿈이던 그녀는 돈을 벌어 대학에 가겠다며 뛰어난 노래 실력을 무기로 나이트클럽에서 노래를 부르기 시작했다. 나이트클럽에서 노래를 하면서도 둘은 예전처럼 만나 시간을 보냈다.

그런데 문제가 생겼다. 이 나이트클럽 지배인이란 작자가 둘을 갈

라놓기 위해 무력시위를 하며 협박을 시작한 것이다. 지배인이라는 녀석이 모니카에게 눈독을 들이기 시작한 것이다.

모니카라는 이름은 예명이라고 했다. 그녀는 자신의 본명보다 〈모니카〉라는 이름으로 불러 달라고 했다. 본명은 잊고 싶다는 것이다.

"예쁜가요?"

"예, 가냘프지만 유머 많고 밝고 예뻐요. 여행 좋아하고 머리도 좋고요."

"사랑하시나요?"

"글쎄요. 사랑인지 뭔지는 모르지만 만나지 않고는 견디기 힘들 것 같아요. 만나는 게 중독이 되었나 봐요. 그건 모니카도 마찬가지고요."

탁구장을 찾아왔던 남자들은 분명 그 지배인이 매수한 건달일 거라고 했다. 이번이 벌써 두 번째며 녀석들이 올 때마다 다른 깡패들이라 했다. 그리고 모니카도 시달리고 있다고 했다.

'음, 그랬군! 어찌되었건 이건 내가 해결할 일이 분명하군!'

그렇다. 이런 놈은 버릇을 고쳐 놓아야 한다. 한번 매운맛을 보여 주리라. 그리고 파워를 위해 뭔가 공을 쌓는 게 필요하다고 생각했다. 어차피 자신도 천하 외톨이 아닌가?

"지금은 무명이지만 반드시 성공할 겁니다. 대학은 이미 포기했고 대신 스타가 되는 게 꿈이지요. 서울 입성이 꿈인 가수 스타 지망생입니다. 하지만 저는 모니카가 가수 되는 거 반대입니다. 연예계가 화려해 보이지만 어둡고 힘든 곳입니다."

"파워님, 아무 생각 마시고 하시는 공부 열심히 하시며 탁구 치세요. 이 문제는 제가 해결합니다."

"네? 댁이?"

"네, 전 댁이 모르는 부분이 있는 사람입니다. 담 주 화요일 탁구 약속 잊지나 마세요!"

이제 일어날 시간이다. 통금을 어길 수는 없는 일이다. 이 멋진 남자와 헤어지는 것은 아쉽기 짝이 없는 일이지만 대신 이 남자를 위해 할 일이 생겼다. 그건 매우 신나는 일이다. 하지만 걱정도 있다.

'이러다 그 가수라는 아이만 좋은 일 시키는 거 아녀? 모니카? 한 번 보고 싶은데?'

파워는 마지막으로 관장님 칭찬을 늘어놓았다. 최고며, 누님 같은 존재라고 했다. 하지만 모니카 문제만큼은 숨겨 달라고 했다.

다시 떨리는 악수를 하고 둘은 헤어졌다.

흙피리는 미리 얻어 놓은 한 한옥 귀퉁이 방을 찾아 떠났다. 그리 멀지 않은 곳이다. 당시 부산역 맞은편은 낡은 가옥이 즐비했고 절 반 이상은 창녀들이 몸을 파는 지역이다.

흙피리는 이곳에 자리를 잡았다. 여러 사정 때문이다.

'우선 모니카부터 구해 놓고……'

1 : 6의 결투

1

숙소로 들어와 세면을 하고 이불을 펴고 누워 오늘 부산 첫날 하루를 생각한다. 3층 당구장과 5층 탁구장 사이는 비록 2층 간격이지만 오늘 겪은 두 장소는 하늘과 땅 만큼이나 그 간격이 컸다는 것을 깨달았다.

오늘 파워라는 그 멋진 남자를 만나는 순간 자신이 사람이었다는 사실을, 그리고 여성이었다는 것을 깨닫게 된 것이다. 언제 남자 앞에서 얼굴이 빨개져 봤고, 언제 남자 앞에서 떨어 봤던가? 남자들 숨을 쉬지 못하게는 만들어 봤어도, 자신이 남자 때문에 숨이 막혀 본일이 있었던가? 과연 내가 사람이었고 여자였던가?

지금까지 그녀는 보통 사람처럼 그렇게 살아오지 않았다. 그리고 오늘, 자신이 사람이고 여자였다는 것을 확인했다. 그러나 그래서 어쩌자는 것인가. 자신은 여전히 〈흙피리〉일 뿐이다. 하지만 〈모니카〉, 그 문제만큼은 깔끔히 해결하리라. 〈파워〉라는 그 멋진 남자를 위해서라도…….

갑자기 외로워진다. 그럴 때 그녀는 음률에 취한다. 그녀는 가방에서 뭔가를 조심스럽게 꺼냈다. 오카리나(Ocarina)다. 선율이 가슴을 씻는, 맑디맑은 소리를 낸다. 한 손에 잡히는, 흙을 구워 만든 그런 작은 악기다. 이걸 〈흙피리〉라 한다.

그녀는 가장 좋아하는 곡을 불기 시작했다.

마치 맑고 맑은 물이 계곡을 흐르는 소리도 같고, 결을 일으키며 흐르는 바람 소리도 같다. 때로는 짝을 찾아 헤매는 애처로운 산새 소리이기도 하다. 그리고 그 선율은 가슴으로 흘러와 마른 가슴을 촉촉이 적셔 주기도 한다. 그렇게 선율에 젖다 보면 무아지경에 빠진다. 마치 깊은 선(禪)에 빠진 명상가의 그런 무아지경이다. 눈을 감고 선율에 흠뻑 빠지면 자신은 선율과 하나가 된다. 선율과 함께 춤을 추고 선율과 함께 어디론가 하염없이 흘러간다. 그것은 행복과 불행을 초월하는 그런 영혼의 세계다.

그렇게 무아지경에 빠져 오카리나를 불던 그녀의 눈에 눈물이 흐른다. 왜지? 왜 눈물이 나는 거지? 한번도 흘려 본 일이 없는 눈물 아닌가? 그러다 소스라쳐 놀란다.

'아니야, 아니라고! 난 사람도 아니고, 여자도 아니고, 눈물도 없는 그런 흙피리일 뿐이야. 내겐 감정마저 없어. 그게 나야! 난 그래야 돼!'

하지만 흐르는 눈물은 어쩔 수 없다. 그러다 잠에 빠져들고 말았다. 그녀는 뭔가 기억할 수 없는 어수선한 꿈을 꾸고 있었다.

"저, 모처럼 내려오셨는데 그냥 헤어질 수는 없지요. 오늘 제가 대접하고 싶습니다. 괜찮겠습니까?"

서울서 중앙정보부 서열 2위 1차장이 부산을 찾아왔다. 그리고 모처럼 정연학 지국장과 경찰청장이 자리를 함께했다. 이렇게 모이기는 정말 힘든 일이다. 조성준 부산시장은 이미 부산 최고 요정에 자리를 예약해 두었다. 오늘 크게 한턱 쓰기로 작정한 것이다.

모두들 대환영이다. 회의도 끝났고 긴장도 풀 좋은 자리가 될 것이다. 자리가 늦게 끝난다고 통금을 걱정할 사람들도 아니다.

"좋습니다. 우리 조성준 시장님이 한턱 쓰시겠는데 누가 마다하겠습니까? 하하하!"

최근 서울의 명성 높은 요정〈청운각〉을 본떠 만든 부산 최고 요정이다. 일행은 경찰청장 회의실을 떠나 요정을 향해 달려갔다.

요정에서도 최고의 여인들을 준비시켰고, 음식도 정성을 다해 준비했다. 요정이 생긴 이래 최고의 귀빈이 될 것이다. 상다리가 휘어지도록 음식이 날라져 왔고, 고운 한복을 입은 요정 최고 미인들이 들어와 세 사람 옆에 한 명씩 앉았다.

할 얘기는 이미 다 마쳤다. 이제 흥겨운 자리만 남았다. 모두들 신분을 버리고 술을 마시고 노래 부르며 흥겹게 놀기 시작한다.

꽤나 놀았다고 생각할 무렵 시장이 말을 꺼냈다.

"부산의 인사 한 분을 소개하고 싶습니다. 현금 동원은 재벌 못지않은 인사지요. 앞으로 여러 사업을 꿈꾸고 있는 분입니다. 지금 여기서 대기 중인데 괜찮다면 인사 올리라 하고 싶어서요."

"아, 그렇다면 좋지요. 오시라고 하세요."

술시중 들던 여인이 나갔다. 그리고 잠시 후 건장한 50대 남자가 그 여인의 뒤를 따라 들어섰다.

시장이 1차장과 정연학 지국장에게 소개한다. 최경석 경찰청장과는 잘 아는 사이 같다.

"부산의 숨어 있는 재벌 장선홍 회장입니다. 우리 부산탁구연합회 회장이기도 하고요. 사회사업에도 큰 공로가 있는 분입니다."

그러자 그가 갑자기 무릎을 꿇더니 모두를 향해 큰절을 올린다.

"무식한 사람입니다. 많은 도움받겠습니다."

일행이 당황하여 그를 일으켜 세웠다.

조성준 부산시장은 며칠 전 장관급이 사용하는 〈크라운〉 최고급 승용차를 선물한, 최 경찰청장에게는 적지 않은 봉투를 선물한 장회장을 흐뭇한 얼굴로 바라보고 있었다.

1차장이 정연학 지국장에게 귀엣말로 속삭인다.

"저 친구 말이야, 내사해 봐!"

"네, 알겠습니다."

술자리가 끝났다. 이들은 옆자리의 여인들과 어디론가 사라져 버렸고, 길고 긴 하루는 그렇게 깊어만 갔다.

같은 시간 도쿄의 세인트는 한 암호문을 받았다.

연어 강물을 거슬러 태어난 곳 도착, 고향은 호수와 연결된 것 같다.

"음, 단서를 잡아 가는군! 호수와 연결? 잘하고 있어!"

누구도 모를 암호 보고문이다.

그는 즉시 다음 지령을 내렸다.

호수로 건너갈 준비를 시켜라!

이틀이 지나고 일요일이 되었다.

그동안 흙피리는 한동안 손에서 놓았던 라켓으로 혼자 스윙도 해 보고 몸도 풀어 본다. 탁구라면 언제든 자신이 있다. 파워의 실력을 보았다. 대단한 실력이다. 그 정도라면 한 게임해 볼 만하다.

한데 탁구 역시 어디서 어떻게 배웠는지, 실력이 어느 정도나 되는지를 아는 사람도 없다. 그러니까 흙피리에 대해서 뭔가 안다는 것은 절대 불가능한 일일 것이다.

일요일! 이날 흙피리는 할 일이 있다.

〈스타다스트〉 나이트클럽 지배인을 찾아가는 날이다. 나이트클럽은 토요일이 하이라이트다. 오히려 일요일은 손님이 별로 없는 날이다. 이날 모니카는 휴일이다. 지배인은 오후 3시쯤 출근하여 영업 준비를 한다. 그간 알아본 결과다. 그러니까 그 시간에 맞춰 찾아가면 만날 수 있다.

다리에 꽉 조이는 청바지를 입고, 상의는 예의 그 낡은 가죽점퍼를 입었다. 그리고 군화 끈을 단단히 조였다. 손가락이 잘려나간 장갑을 끼고 지배인을 찾아 나이트클럽으로 향했다.

주먹이 근질거린다. 오늘 모처럼 주먹이 호강할 것이다.

2

나이트클럽 정문은 닫혀져 있고 옆의 쪽문만 열어 놓고 있었다.

그날, 지배인은 홀 가운데서 몇몇과 가볍게 술을 마시고 있었다. 어제 영업장에서 있었던 손님들 간의 패싸움에 공헌을 한 주먹들에게 한잔 대접하는 것이다.

"야, 고생 많았어. 너희들 아니었으면 영업 다 했을 거야. 어서 한잔 해!"

그리고 봉투 한 장씩을 나누어 준다. 어제 공로에 대한 표시다.

"감사합니다, 형님!"

"쨍그렁ㅡ."

술잔 부딪치는 소리가 요란하다.

"그런데 모니카는 어떻게 됐어요? 엊그제 탁구장 가서 그 머슴애 겁 좀 주고 왔는데."

"걱정 마, 시간문제야. 넘어오게 돼 있어!"

"형님, 놓치시면 바보 됩니다. 그리고 그런 애를 어디서 또 만납니까?"

이때다. 홀 현관이 열리더니 누군가 나타났다. 어두운데다 멀리 있어 그림자로 윤곽만 보인다. 남자인지 여자인지 분간이 안 된다. 그가 안에서 문을 걸어 잠근다.

지배인 일행은 모두 여섯 명이다.

"야ㅡ, 지배인이 어떤 새끼야. 나와!"

방금 침입한 자의 입에서 여자 목소리의 고함 소리가 들려온다.

"앞으로 어떡하면 좋지?"

모니카는 금방이라도 울어 버릴 기세다.

얼굴이 고전적으로 생겨 참 곱다. 웃을 때는 두 눈이 초생달이 된다. 코는 오똑하고 코끝은 동그란데 전체적으로 계란형 얼굴이다. 그럼에도 불구하고 장난기 가득한 얼굴이다. 참 밝고 재미있고 예쁘게 생겼다.

몸 전체는 키가 크고 가냘퍼 보인다. 하늘하늘한 옷을 입고 바닷가 바위 위에 선다면 마치 그리스신화에 나오는 미의 여신(女神) 아프로디테로 보일 것이다. 당당한 체격에 서구적 미를 갖춘 흙피리와는 참으로 대조되는 여인이다.

"너무 걱정하지 마, 어떡하든 내가 해결할 테니까!"

말은 그렇게 하지만 파워는 아무 대책이 없다. 답답했다. 까짓 가수 팽개치고 나오면 그만이겠지만 지금은 그럴 상황도 못 된다. 모니카는 이미 상당한 계약금을 받았다. 그리고 그 돈은 생활비와 빚 가림에 상당수 소비되었다. 또 혹 돈이 있다고 해도 중도에 해약하면 계약금 50%의 위약금을 물어야 한다. 그러니까, 사실상 노예계약인 셈이다.

지배인은 이 사실을 너무나 잘 알고 있다. 모니카 가정의 능력으로는 아무것도 할 수 없다는 것을. 그녀의 계약 기간은 1년이다. 그리고 6개월 남았다. 그 안에 손에 넣어야 한다. 그래서 조급한 지배인이다.

경영권을 가진 사장에게 이런 사실을 알린다 해도 별 수확은 없을 것이다. 지배인은 사장의 조카이며, 실질적으로 나이트클럽을 경영하는 사람이기 때문이다.

지배인은 틈만 나면 협박이다.

"너, 내 말 안 들으면 애들 시켜 얼굴 그어 버릴 거야. 그럼, 넌 어디서도 일 못해!"

일을 못하면 계약금과 위약금을 물어야 한다. 탈출구가 없이 앞뒤가 꽉 막힌 모니카다.

파워는 머리를 들 수 없었다. 이 문제를 해결해 줄 수 있는 방법이 없기 때문이다. 걱정할 것 같아 며칠 전 탁구장을 찾아왔던 주먹들 얘기는 꺼내지도 못했다. 그런 협박을 받는 파워도 두렵긴 마찬가지다. 그들은 정말 폭행을 미루지 않을 것이다.

오늘은 일요일이다. 모니카가 쉬는 날이다. 그들은 해운대 바닷가를 찾아 나왔다. 그래도 만나야 한다. 만나지 않으면 더 불안하다. 그래서 시합을 앞둔 파워는 일요일 탁구도 치지 않는다.

지푸라기라도 잡는 심정으로 기대할 것이 있다면 그날 탁구장에서 만난 그 가죽점퍼 흙피리라는 여자의 약속이다. 그러나 그건 도저히 기대할 수 없는 일이다. 처음 본 자신에게 왜 이유 없이 주먹들 문제에 뛰어들겠는가?

너무 걱정하지 말라며 위로하는 파워지만 그것이 공허한 위로라는 것을 모를 리 없는 모니카다.

그녀는 넋 빠진 사람처럼 멍하니 하늘을 바라본다. 파란 하늘에 구름 한 점이 흘러가고, 바다 바람에 모니카의 검은 머릿결이 흩날린다.

"탁구치다 공이 눈에 들어가면 탁구공이 눈알이 되는겨? 탁구공이 들어가 눈알이 튀어나오면 그게 탁구공이 되는겨?"

그렇게 깔깔대며 파워를 놀리던 유머와 웃음이 많던 모니카다. 그런 모니카가 요즘은 통 입을 열지 못했고 그래서 마음이 쇠뭉치처럼 무거운 파워다.

12시에 만나 벌써 3시가 되었다.

그 무렵 나이트클럽.

고함을 지르던 여자 목소리의 주인공이 다가온다. 이럴 때는 언제나 제일 쫄따구가 나서게 되어 있다. 보스와 지배인에게 충성심을 보여 주고 싶은 한 녀석이 일어나 걸어오는 여자를 향해 쫓아나간다.

"뭐야, 저 미친년은!"

여자는 속도를 높여 걷더니 갑자기 허공으로 뛰어오른다. 족히 사람 키 하나는 뛰어오른 것 같다. 그러고는 오른발로 머리를 강타하는데 군화가 정확히 사내의 관자놀이에 찍힌다. 패기만만하게 달려 나오던 사내는 비명 한번 지르지 못하고 자빠지며 기절해 버렸다.

누군가가 달려가 홀의 불을 켰다. 그리고 나머지 남자들이 모두 일어났다. 사태가 장난이 아니란 걸 알았던 것이다.

불이 켜지자 비로소 여자가 분명히 보인다. 얼굴은 멋진데 머리는 짧게 하고 가죽점퍼를 입은 여자다. 바지는 꽉 조이는 청바지를 입어 보기에도 늘씬하고, 손에는 손가락 반 토막이 잘려 나간 가죽 장갑을 끼고 있다.

"뭐야 너! 내가 지배인이다. 왜, 용건 있어?"

지배인이 나섰다.

흙피리는 그들을 둘러보았다. 보인다. 바로 탁구장을 찾아와 '깨진 유리로 얼굴을 그어 버리겠다.' 던, 그 멋진 파워에게 협박한 놈들이 보인다.

'허, 하늘이 돕는군!'

그날 앞장서서 협박하던 녀석에게 다시 소리를 질렀다.

"너, 까불면 콘크리트에 비벼서 태종대 앞바다에 내던져 버린다. 명심해!"

사내들 다섯 명이 흙피리를 둘러쌌다. 한 녀석이 정말 맥주병 하나를 깨 손에 들고 덤빈다. 탁구장에서 협박하던 바로 그놈이다.

흙피리는 왼발로 녀석의 손목을 강타하며 오른 팔꿈치로 뒤에서 덤비는 녀석의 턱을 향해 내질렀다. 팔꿈치가 바람을 가르며 턱에 꽂혔고 사내는 뒤로 나뒹군다.

맥주병이 떨어져 깨지는 소리와 뒤에서 덤비던 놈의 무너지는 소리가 한꺼번에 들린다. 맥주병을 떨어뜨린 사내가 손목을 움켜잡고 고통스러운 비명을 지른다.

"아—아!"

사내들이 일제히 덤벼들었지만 이미 사기는 꺾여 버렸다. 보스가 한 방에 날아갔기 때문이다. 엉거주춤 덤비는 녀석의 턱에 주먹이 꽂힌다. 마치 무쇠 방망이로 얻어맞은 것 같다. 그 또한 한 방 맞고 쓰러져 버렸다. 한 놈이 몸을 돌리더니 도망치려 하고 나머지 한 놈이 탁자 밑으로 숨는다.

그동안 엉덩이에 구둣발 한두어 대를 맞기는 했지만 그건 모기에 물린 정도다.

"도망치면 넌 진짜 죽어!"

그 고함 소리에 도망치던 녀석이 얼어붙은 듯 서 버렸다. 바로 지배인이다.

엉거주춤 서 있던 다른 놈이 다시 덤벼 보지만 그건 정말 한주먹감이었다. 지배인 빼고는 모두 쓰러지거나 엎어져 통증을 참느라 신음하고 있다.

"야! 지배인 너 무릎 꿇어."

"네, 알겠습니다!"

무릎을 꿇으며 흙피리를 바라본다.

"그런데 누구신지…… 왜 이러시는 건데요?"

싸움은 채 20분도 안 되어 끝나 버리고 말았다.

흙피리는 아직 뚜껑을 따지 않은 맥주병 하나를 들었다. 손을 쫙 펴더니 손날(수도: 手刀)로 병의 목을 쳤고 맥주병 목은 '쨍―' 소리를 내며 떨어져 나갔다.

흙피리는 처음 군화에 언어맞아 기절한 사내 얼굴에 맥주를 들어부었다. 그가 머리를 털며 엉거주춤 일어선다.

"모두 일어서!"

쓰러졌던 사내들이 다시 비틀거리며 일어선다.

"다시 테이블에 다들 앉아!"

여섯 명이 비틀거리며 맥주 마시던 자리에 다시 앉았다. 다시 덤빌 용기는 완전히 사라져 버렸다. 지금은 공포만 남았다.

흙피리가 가운데 앉았다. 그리고 그들 앞에 있는 빈 술잔에 맥주를 한 가득 채워 주었다.

"나, 흙피리야. 우선 한잔 들자구. 운동을 했더니 목이 칼칼해서 말이야! 자, 모두 잔들 들어!"

'흙피리?'

여섯 명의 사내들이 영문을 몰라 두리번거리며 술잔을 들었다.

"야, 지배인. 건배하자!"

흙피리가 잔을 내밀자 지배인이 놀라 두 손으로 술잔을 내민다.

"쨍그렁―."

두 개의 술잔 부딪치는 소리가 요란하다.

화요일 밤의 탁구 대결

1

'쓰—윽.'

흙피리가 맥주 한 컵을 마신 후 입을 닦는다. 그리고 이 주먹들을
바라보며 입을 연다.

"내가 탁구를 좀 치거든? 그런데 말이야……."

밑도 끝도 없이 탁구 얘기를 꺼낸다. 지배인과 주먹들은 이 흙피리
라는 여자가 무슨 말을 하는지 통 감을 잡을 수 없었다. 무엇 때문에
이러는지는 물론 모른다. 알 턱이 없지 않은가?

"탁구장에서는 말이야, 고수는 하수를 돌봐 줘야 하고 하수는 늘
고수에게 감사해야 하거든. 왜냐! 이게 사람 사는 법칙이고 도리이
기 때문이란 말이지."

말은 계속 이어져 간다.

"권력 있는 사람은 권력 없는 약자를 돌봐야 하고, 돈 많은 사람은
돈 없는 가난한 자를 돌봐야 하는 거야. 또 주먹 쎈 놈은 약한 자를

돌봐 줘야 하고, 없고 병든 사람은 건강한 사람이 돌봐 줘야 한단 말이야. 그리고 남자는 여자를 돌봐야 하는 거야. 왜냐? 이게 사람 사는 법칙이고 도리이기 때문이거든! 그런데 지랄 같은 건 이게 잘 안 지켜진다는 거야!"

'도대체 뭔 말을 하는 거야?'

아직도 감을 잡지 못하는 그들이다. 그들은 통증을 참느라 고생이 만만치 않다.

"그래서 하는 말인데, 지배인! 너 말이야, 모니카 그만 괴롭혀!"

"네―에?"

화들짝 놀라 흙피리를 바라본다.

"모니카와 사귀는 남자, 내가 좋아하는 분이야! 그러니 이쯤해서 끝내, 아니면 이 나이트클럽에 너 가두고 확 불을 싸질러 버릴 테니까! 다른 건 묻지 마. 하지만 이걸로 끝이 아니야. 너 분명히 매듭져! 모니카와 그 남자분에게 용서받아! 용서를 못 받으면 그땐 넌 죽어. 확실히 용서받아! 단, 나 흙피리 말은 입 밖에도 꺼내지 마. 알았지? 복창!"

"네, 알겠습니다!"

기가 죽어 목소리가 기어 들어간다.

"목소리가 작다. 알겠나?"

지배인은 죽을힘을 다해 다시 큰소리로 대답을 한다.

"넷, 알겠습니다!"

"다음에 날 만나면 다들 흙피리 누님이라 부른다. 알았지!"

"넷, 알겠습니다!"

일당들이 합창하듯 일제히 소리 지른다.

"얌마들아, 오죽 못났으면 사랑을 힘으로 뺏으려 했냐? 그래서는 죽어도 못 뺏어. 여자한테는 정성을 다하는 거뿐이야! 서로 한 큐에 빠져도 정성을 다해야 되는데 그래서는 못 얻지! 동물들도 암컷 마음 얻으려고 먹을 거 잡아다 바치는 게 사랑의 이치인 거야. 다른 여자 좋아하게 되면 정신이 홀랑 빠지게 잘해. 그래야 얻는 거다! 알았어?"

흙피리는 이들 등을 토닥여 주고 홀을 빠져나왔다.

오늘 따라 코끝에 밀려오는 비릿한 바다 냄새가 한결 정겹다.

가방에서 라켓 두 개를 꺼낸 흙피리는 그중 하나를 잡고 스윙을 해본다. 기분이 참 좋다. 라켓을 보면 흙피리는 언제나 흥분에 빠지고 기분은 황홀하다. 시합이 있을 때는 더 그렇다. 승부욕 때문이 아니라 긴장감 때문이다. 그녀는 그 짜릿한 긴장감을 늘 즐긴다.

이제 구장에 가면 한결 마음이 편해졌을 파워가 기다릴 것이고 오늘 그 멋진 분과 역사적인 한판 승부를 벌인다. 어찌 긴장하지 않으랴! 얼굴만 보아도 긴장되는데!

그녀의 머리에서 지배인 사건은 이미 잊혀졌다. 지배인은 틀림없이 손이 발이 되도록 빌었을 것이고 모니카라는 가수는 밝은 마음으로 노래 부를 것이다.

문제는 그것이 아니다. 파워에 끌려가는 자신의 마음이다. 그리고 떨리고 설레는 가슴이다. 모니카와 관계없이 그녀는 파워만 생각하면 심장이 불붙는 듯하다. 지금, 시합을 앞둔 지금이 그렇다. 갑자기 낮은 톤의 그 굵직한 목소리와 조각 같은 얼굴이 그리워진다.

흙피리는 작은 가방에 두 개의 펜홀더 라켓과 여름에 입었던 짙은 회색빛 반소매 T셔츠, 그리고 카키색 반바지와 아침에 조깅할 때 신는 운동화를 집어넣었다.

탁구장이 가까이 있지만 30분이나 일찍 출발했다. 발걸음이 참 가벼운 밤이다.

탁구 가방을 어깨에 둘러메고 계단을 오르던 흙피리는 탁구장으로 가던 발걸음을 멈추고 당구장 문을 열었다. 초저녁부터 일찍 나와 당구를 치는 사람들이 꽤 보인다. 그중 몇몇이 흙피리를 보자 놀라 뒤로 주춤거리며 물러선다. 흙피리에게 도전했던 사내들이다.

흙피리가 웃으며 그들에게 손을 흔들어 보인다.

"야, 뭐 불만 있냐?"

"아, 아닙니다."

"음, 그래? 너 이리 와 봐!"

손 한 번 쓰지 못하고 나뒹굴었던 사내다. 그가 주춤거리며 다가왔다. 또 얻어맞지나 않을까 두려운 얼굴로 다가온다.

흙피리가 주머니에서 만 원권 지폐 한 장을 꺼내 내민다.

"야, 받아 이거 약값이라 생각하고!"

"아, 아닙니다. 괜찮습니다."

"얌마, 받아. 그래야 내 속이 편하거든!"

사내가 겁먹은 얼굴로 돈을 받아든다.

"놀라기는 했겠지만 다친 데는 없었을 거야. 나, 간다. 탁구나 좀 치고 갈 거다."

다시 그들 일행에게 손을 흔들어 보이고 계단을 밟아 올라간다.

사내들은 그녀 모습이 시야에서 사라질 때까지 굽힌 허리를 펴지 못하고 있었다.

조은숙 관장은 반색을 하며 맞아 주었다.

"왔어? 운동 준비는 했고?"

"네, 관장님. 오늘 파워님께 한 수 배우려고요."

"알았어. 이리 들어와!"

관장이 작은 문을 여는데 거기는 몰랐던 큰 방이 있었다. 사진이
벽에 꽉 찰 만큼 걸려 있고 사진 밑에 빛나는 트로피들이 수없이 진
열되어 있었다.

"와! 이게 다 관장님이 타신 트로피예요?"

"음, 구경해."

당대의 선수들과 찍은 사진들이다. 이에리사, 정현숙, 박미라, 김
순옥 등 여자선수들, 그리고 이상국, 최승국, 강문수의 얼굴이 보인
다. 전설의 사라예보 승전보를 알려 준 선수들과 함께한 사진들이
다. 원로인 이경호, 천영석, 김창제 씨 얼굴들도 보인다.

그중 유난히 눈에 뜨이는 사진도 있다. 육영수 여사가 서거한 뒤
대통령 영부인 역할을 하고 있는 대통령 영애 박근혜와 청와대에서
찍은 사진이다. 조은숙 관장이 지도하는 사진이다.

이때 문이 열리며 한 여인이 들어온다.

"어, 왔어? 어깨는 좀 어때?"

"네, 관장님 많이 나아졌어요. 다음 주말부터는 운동해도 된데요."

"자, 다들 앉아 인사시켜 줄게. 참, 이름이 뭐지? 지난번 그걸 물어
보지 못했거든?"

흙피리가 또 당황스러운 표정이다. 이럴 때가 제일 죽을 맛이다.

"저, 그런 건 차차 말씀드릴게요. 그냥 흙피리라 불러 주세요."

"흙피리? ㅎㅎㅎ 그거 재미있네. 그래, 인사해. 여기는 천화선이

야. 우리 회원이지. 지난 부산시 체육대회 때 은메달 땄어. 게다가 시인이기도 하고, 이쪽은 오늘 파워에게 도전한 흑피리고!'

'시인?'

두 사람이 가볍게 인사를 나누었다. 하지만 호기심 가득한 건 어쩔 수 없다. 부산시 체육대회에서 은메달을 획득한 실력이라면 이건 대단한 고수이기 때문이다.

천화선 또한 마찬가지다. 전국대학탁구선수권 우승자인 파워에게 도전할 정도의 실력이라면 이건 프로급 아닌가?

흑피리는 천화선을 바라보았다. 키는 좀 작아 보이지만 아주 야무지게 생겼고 눈빛이 번뜩이는 것으로 보아 투쟁심 강한 여자로 보인다.

"별명이 쌈닭이야. 둘이 잘 친해 봐!"

"네, 잘 부탁합니다!"

'흑피리? ㅋㅋㅋ 계집애, 참 키도 더럽게 크네. 근데 어디서 운동했지? 꼭 선머슴처럼 생겨 가지고!'

'와, 보통 여자가 아니겠는데? 저 눈빛 좀 봐! 근데 이름이 촌스럽게 천화선이 뭐야. ㅋㅋㅋ 하긴 내 본명은 최막동이니 나보다는 훨씬 낫지.'

금세 친해지기는 어려워 보인다.

이때 밖에서 소란스러운 소리가 들린다. 조은숙 관장이 문을 열더니 화들짝 놀라 다시 문을 닫는다. 그리고 책상으로 달려가 수화기를 집어 들었다. 파워가 겁먹은 얼굴로 들어오고 뒤에는 전에 왔던 건달 세 명이 뒤따라오고 있었던 것이다. 112에 신고할 작정이다.

흑피리가 달려가 수화기를 낚아챘다.

"괜찮습니다. 그냥 두고 보세요."

흙피리가 문을 비죽이 열고 훔쳐본다.

뒤따라온 사내들은 하나는 깁스를 했는지 팔을 붕대로 감아 어깨에 메고 있었고, 하나는 절뚝이고, 또 하나는 손으로 옆구리를 움켜쥐고 아픈 듯 얼굴을 잔뜩 찌푸리고 있다. 탁구장 안으로 들어서자 주춤주춤 물러서는 파워 앞에 무릎을 꿇는다.

"안 됩니다. 용서한다고 분명히 말해 줘야 갑니다."

"아, 괜찮다니까요. 그리고 도대체 왜들 이러세요!"

아직도 겁먹은 얼굴이다.

"아, 그러니까요. 분명히 '용서해 주겠다!' 라고 말씀해 주세요. 그래야 우리가 삽니다. 다시는 괴롭히지 않을 겁니다. 모니카에게도 사과했습니다."

"예, 알았습니다. 용서해 줄 테니 어서 가 보세요. 모니카에게서 말은 들었습니다."

그때서야 그들은 몸을 일으켜 절뚝이며 탁구장을 빠져나갔다.

"뭐야! 어떻게 된 거야?"

놀란 관장이 문을 박차고 나간다.

2

파워는 관장실에서 나오는 흙피리를 보았다. 틀림없다. 무섭게 협박하던 지배인으로부터 구해 준 구원자는 흙피리라는 저 여인이 틀림없다. 자신에게는 분명한 천사다.

그는 꾸벅 인사를 한다.

"감사합니다. 흙피리님! 이번 일 절대 잊지 않겠습니다."

"뭐야, 도대체 뭐가 어떻게 된 거야?"

영문을 알 수 없는 관장이다.

파워는 관장을 끌고 관장실로 들어갔다. 파워가 그간의 사정을 자초지종 설명했다. 그리고 다시 나와 흙피리에게 감사 인사를 한다.

"흙피리님 아니었다면 정말 난처한 입장이 되었을 겁니다."

"아, 뭘 그거 가지고 그러세요. 저와 가까운 친척 오빠가 서울 검사예요. 내려와 줘 박았나 봅니다. 원래 한주먹 하는데다 성질이 더럽거든요. 자, 이제 됐으니 탁구나 치죠!"

'휴―우!'

조 관장은 가슴을 쓸어내렸다. 힘들게 하던 여러 문제가 한번에 해결된 셈이다. 쌈닭 천화선은 이제 곧 훈련을 재개할 것이고 걱정했던 파워 문제는 끝이 났다. 이제 이 흙피리의 실력만 확실하면 틀림없이 회장의 기대를 충분히 충족시켜 줄 것이다. 무슨 일이 생겼는지를 몰라 어리둥절해하는 사람은 천화선뿐이다.

"자, 됐으니 흙피리는 내 방으로 가 운동복 준비했으니 갈아입어! 파워도 준비하고."

두 사람은 각각 탈의실에서 운동복으로 갈아입고 구장으로 돌아왔다. 들어오는 흙피리 모습에 모두들 눈이 똥그래진다. 가죽점퍼에 청바지에 군화에, 이런 모습으로만 알고 있다. 물론 탄탄한 몸매에 제법 큰 키의 여자라는 건 알았지만 몸이 드러나니 눈이 부실 정도다. 피부는 탄력 있고 몸은 쭉 곧았다. 큰 키에 짧은 머리가 너무나 잘 어울린다. 운동복 위로 부풀어 오른 가슴이 너무나 매혹적이다.

정말 환상적인 여자다. 같은 여자가 봐도 부럽기 짝이 없다.

'쿵! 계집애 탁구는 왜 쳐? 가서 배우나 하지! 가슴빼기만 냅다 커가지고. 정말 탁구는 칠 줄 아는 거야?'

천화선이 쿵쿵거리며 아래 위를 훑어본다. 다친 어깨만 아니면 파워를 제치고 한번 붙어 보고 싶지만 지금은 안 된다. 이러다 또 다치면 지난 부산시 체육대회 때 빼앗긴 금메달에게 복수하지 못한다. 그녀도 틀림없이 출전할 것이며 이번에는 반드시 꺾을 것이다. 거칠게 친다고 〈야생화〉라고 불리는 금메달리스트며 천화선과 최대 라이벌이다. 그래서 꿍꿍 참는 천화선이다.

'너 정말 재수 좋은 줄 알아!'

게다가 흙피리인지 똥파리인지 이게 염장까지 지른다.

"관장님, 저 운동복 입으니까 괜찮죠?"

하며 흘깃 파워를 바라본다.

'아니! 저게 오빠까지 넘볼라는 겨? 너 정말 죽고 싶냐? 제 친척 오빠가 검사면 검사이지 왜 남 탁구장 오빠까지 넘보는 겨?'

"어머, 너무 멋져! 아주 환상적인 몸매야?"

관장의 진심 어린 감탄사다.

'환상? 칫, 아주 환장적이다. 환장! 넌, 환상적인 여자가 아니라 환장녀야, 환장녀. 쿵!'

난데없이 나타난 이 환장녀 때문에 천화선의 심기가 몹시 불편하다.

'제길, 키만 좀 더 컸다면 이 환장녀도 별 볼일 없을 텐데!'

구시렁구시렁, 하기야 쌈닭의 몸매도 아주 육감적이지. 남자들이 늘 부러워하던 몸 아닌가?

놀란 것은 관장만이 아니다. 파워 동공이 탁구공처럼 팽창된다. 그

작업복 속에 이런 몸이 감추어져 있었다니. 전에는 그 지배인 문제로 이 여자에 대해 아무 생각도 없었다. 그런데 이런 멋지고 당당한 몸 매를 가진 여자는 정말 난생처음이다. 눈이 휘둥그레질 수밖에 없지.

"네, 흙피리님 참 멋지세요!"

'어쭈? 오빠까지 왜 저래! 환장녀한테?'

눈에 불꽃이 튄다.

"자, 화선이가 심판 봐! 난 구경할 테니."

관장의 지시만 없었다면 아마도 그렇게 밤샘을 했을지도 모른다.

먼저 몸풀기 랠리가 시작되었다.

고수는 고수가 알아보는 법이다. 파워는 흙피리 공에서 힘을 느낄 수 있었다. 정확하고 묵직한 공의 힘을. 공을 주고받으며 서로에게 위압적인 힘을 느끼기 시작했다.

'음, 만만한 상대가 아냐!'

파워는 잔뜩 긴장했지만 흙피리는 무엇을 생각하는지 도무지 표정 이 없다.

흙피리의 공격이 먼저 시작되었다.

관장도, 심판 보는 천화선도 모두 침을 삼키며 시합을 지켜본다. 그런데 서비스를 넣는 기술에 모두 눈이 휘둥그레졌다. 공을 손바닥 에 올려놓고 잔뜩 웅크리고 있던 흙피리는 갑자기 공을 하늘 높이 던져 올리는데 제법 높은 탁구장 천정에 부딪칠 것만 같았다.

'어라? 저건 중공 선수들 중에도 몇 명만 쓰는 서비스인데!'

그렇다. 70년대 초중반 중공이 처음 개발하여 국제무대에 나섰던 기술이다. 이란 아시안게임 여자 단식 결승전에서 우리나라 호프 정현숙 선수가 중국의 장립(張立)에게 3 : 1로 완패한 일이 있다. 장립이 워낙 뛰어난 선수이기도 하지만 그녀가 사용한 보지도 듣지도 못한 이 스카이 서비스에 정현숙 선수가 속수무책으로 당한 경험이 있다. 그 후 한국에서도 국가 대표들 사이에서 조심스럽게 이 스카이 서비스를 연구하기 시작했다. 그러니 대중적으로 보급되기에는 아직도 감감한 기술이다.

그런데 이 흄피리라는 여자가 공을 하늘로 들어 올린다. 공이 워낙 높이 떠 넘어오는 타점을 찾기가 어렵다. 왜냐하면 하늘로 올라간 공이 떨어질 때는 가속도가 붙는다. 이 떨어지는 속도의 힘에 라켓을 휘둘러 대니 공은 더욱 무서운 속도를 내며 넘어오게 되어 있다.

파워는 깜짝 놀랐다. 하늘로 올라갔다가 떨어지는 공을 받아치는데 어떻게 손을 써야 할지 알 수가 없다. 본능적으로 받아치기는 했지만 3구에서 호되게 얻어맞았다.

조은숙 관장이 머리를 갸우뚱한다.

'이상하네, 저건 국제무대에 나가 본 일이 없는 사람 아니면 모르는 기술인데? 아니면 국가 대표와 함께 훈련했거나?'

하지만 국가 대표 훈련에서 그녀를 본 기억이 없다.

한 방 얻어맞아 혼쭐이 난 파워는 다시 정신을 수습하고 상대 라켓을 주시한다. 그리고 3구에 대비한 준비를 한다. 다시 하늘로 튀어오르는 공에서 시선을 놓지 않고 기다리다 넘어오는 공을 드라이브로 맞받아쳤다. 공은 상대 코너에 정확히 맞아떨어졌고 흄피리는 거기까지 달려가지 못했다. 스카이 서비스는 무섭지만, 중공 애들처럼 아직 그렇게 무서운 힘은 가지지 못했다. 그래도 아마추어로서는 위력적인 것만은 틀림없다.

1 : 1.

모두 랠리 없이 한 방에 얻은 점수다.

이제 서비스권이 파워에게 넘어왔다. 강력한 역회전 서비스다. 전국대학선수권에서 이 서비스로 우승한 파워다. 역회전 공을 받으면 공은 높게 뜬다. 이걸 스매싱으로 치든가. 밑에서 감아올려 드라이브를 건다. 상대가 힘들어하는 서비스다. 하지만 라켓 각도를 어떻게 잡았는지 간단히 넘기는데 공은 바닥을 깔며 넘어왔다. 이걸 드라이브로 맞받아치지 않았다면 또 한 점 먹었을 것이다. 랠리는 무려 20회 가까이 이어졌다. 모두 파이팅 넘치는 시합이다.

흙피리가 치면 파워가 받아내고, 파워가 강력한 드라이브를 걸면 흙피리는 다시 스매싱으로 때린다. 때로는 가볍게 또 때로는 강하게 치고, 받고, 밀고, 당기며 시합은 도무지 끝날 줄을 모른다.

흙피리도 약점은 있지만 조은숙 관장은 아직 아마추어에서 이런 강한 선수를 본 일이 없다. 천하의 쌈닭 천화선도 핸디를 두 개나 잡힌다. 그래도 지는 확률이 더 많다.

심판을 보면서도 쌈닭은 자신도 모르게 박수를 쳐 댔다.

'우매, 뭐 저런 게 다 있어? 음, 저 계집애를 잡아 연습하면 야생화는 쉽게 잡겠는데?

그건 조은숙 관장도 같은 생각이다. 그녀는 마음을 놓았다. 저 정도 실력이라면 기대치 이상이다. 아마 파워로서는 금메달 탁구장을 떠난 윤철수 선수 외에는 처음 맞는 고수일 것이다.

〈윤철수〉.

서울서 연말마다 열리는 은퇴한 선수부 출신 시합에서 3년째 우승을 독차지한 전국구 고수다. 그가 사업을 한다며 떠났다. 남부민동

근처 송림공원에 3층 건물을 짓는다며 떠난 탁구 고수다. 작년 부산시 체육대회에서 라이벌 설봉 탁구장에 아깝게 우승은 놓쳤지만 그래도 준우승의 원동력은 윤철수 때문이다. 비록 천화선이 설봉의 야생화에게 금메달을 놓치기는 했지만 이번 부산시장배 시합에는 화선이도 분명 설욕을 해 줄 것이다. 그리고 천화선이 정말 좋아하는 오빠다.

스카이 서비스에 다소 면역이 생기자 시합은 박빙으로 이어졌다. 드라이브 전형인 파워의 강력한 드라이브를 흙피리는 역시 강력한 스매싱으로 맞받아치고 이 무회전 공을 다시 드라이브로 걸어 올린다.

시합은 마치 실업팀 고수들 대결 같아 보인다. 조은숙 관장도, 쌈닭도, 그간 찾아온 회원들도 넋을 잃고 관전하며 박수를 쳐 댄다.

정말 보기 드문 대접전이다. 3전 2승에서 두 게임의 결과는 1 : 1. 21 : 19, 22 : 24. 정말 박빙의 게임이다.

이제 세 번째 결승 세트만 남았다. 결승전이 끝나면 승패와 관계없이 둘 모두에게 승리를 선언하고 싶은 조 관장이다. 그리고 궁금한 것을 물어볼 것이다. 운동은 어디서 했으며, 이 스카이 서비스는 도대체 누구에게서 배운 것인지를?

그런데다 흙피리는 아주 간결하게 친다. 그건 공의 길목을 잘 알고 있다는 뜻이다. 노련하지 않으면 알 수 없는 기술인데 이건 완전히 프로급이다.(훗날 장이닝이란 중국 여자 선수가 이 간결하고도 강력한 공을 쳤으니) 중공 아니면 절대 배울 수 없는 기술이다. 그렇다고 이 여자 애송이가 중공에서 탁구를 배울 이치는 없고. 그래서 계속 머리를 갸우뚱거린다. 하지만.

'국내에서 친 탁구는 절대 아냐!'

조은숙 관장의 확신이다.

이제 결승전이다.
그런데 잠시 휴식을 취하던 흙피리가 라켓을 바꿔 든다.

설봉 탁구장

1

물 한 컵을 마신 뒤 3세트로 들어섰다.

모두 긴장한다. 사실상 결승전이다. 하지만 조 관장은 전혀 긴장하지 않았다. 흙피리의 실력을 검증했기 때문이다. 누가 이기든 흙피리는 금메달 탁구장의 진정한 에이스가 될 것이다. 윤철수가 떠난 뒤 부산 남자 에이스 자리는 이 파워와 설봉 탁구장의 최덕상이 경쟁하고 있다. 하지만 간발의 차이기는 하지만 파워가 두 점 정도 앞선다.

천화선이 야생화를 꺾어 주고 파워와 흙피리가 설봉의 복식 조만 꺾어 준다면 회장님의 목표를 이룰 수 있다. 여자 개인전에서 흙피리가 출전하면 생각할 것 없이 우승이겠지만 이번에는 천화선에게 복수의 기회를 주어야 한다.

또 지난 부산시 체육대회 때 설봉의 복식 조, 〈야생화〉와 〈성채〉 조에 천화선과 파워가 석패한 복수전도 남아 있다. 천화선이 부진했던 이유는 어깨 부상 때문이었다. 천화선이 비록 지금은 치료 중이지만 곧 완쾌될 것이다. 어찌 되었든 금메달 탁구장은 흙피리 등장으로 한결 힘을 얻게 되었다.

제3세트가 시작되었다.

파워가 짧고 강한 하 회전 서비스를 넣었다. 이 공을 흙피리가 툭 찍어 올린다. 공이 약간 튀어 오른다. 파워가 이 기회를 놓치지 않고 스매싱으로 때려 넣었다. 그런데 절대 실수하지 않는 파워의 공이 네트를 넘기지 못하고 바닥에 꽂힌다.

이상하다. 참 이상하다! 흙피리 공이 넘어오는데 속도가 현저히 느린데다 공이 흐늘흐늘 갈지(之) 자로 넘어오는 것이다.

이번에는 횡 회전 강 서비스로 때렸지만 마찬가지다. 넘어오는 공이 흐늘거리며 온다. 그리고 분명히 드라이브를 걸었는데 공은 또 네트에 걸린다. 도무지 때리는 보람이 없다. 때리면 네트에 걸리고 때리면 또 걸리거나 바닥에 깔린다.

이상하게 생각하는 건 파워뿐 아니다. 조은숙 관장이 깜짝 놀라 흙피리를 바라본다.

"잠깐!"

게임을 멈추었다.

"라켓 좀 볼까?"

아무래도 러버가 보통 러버가 아닌 게 분명하다. 흙피리가 게임을 멈추고 라켓을 건네주었다. 라켓을 받아든 조 관장 얼굴이 새파랗게 질린다.

'이건, 이건! 이거, 어디서 났지? 이 러버?'

보통 민 러버가 아니다. 일정한 규격으로 수없이 많은 고무 점이 돌출되어 있다. 지난해 중국에서 개발했다는 뉴스를 접한 조 관장이다. 한국에서 흔히 볼 수 있는 곰보 러버와는 질적으로 다르다. 바로 이것이 〈돌출 이질러버〉다.

'도대체 이 흙피리라는 여자는 누구인 거야?'

스카이 서비스와 돌출 러버, 아직 국내에서는 아무도 경험하지 못한 기술이며 장비다.

'그렇다면 이 여자는 중공 선수? 아니면, 도대체 넌 누구인 거야?'

그나마 조 관장이니 스카이 서비스와 돌출 러버를 알고 있지, 보통 관장이라면 전혀 알지 못하는 서비스 기술이며 러버였을 것이다.

혼란스럽다. 이 어린 여자가 어떻게 스카이 서비스를 배웠으며 어떻게 이 이질 러버를 소유하고 있을까? 아직 국내에 이 돌출 러버를 소유하고 있는 탁구인을 보지 못했다. 아니, 자신도 이 러버는 처음 본다. 더구나 이 러버로 이 정도 공을 칠 수 있다면 상당한 훈련을 받은 것이 틀림없다.

"됐어! 시합 계속해."

라켓을 돌려받는 흙피리지만 전혀 이상해 보이지도 않는다.

시합이 재개되었지만 파워는 단 10점도 따지 못했다. 아무리 쳐도 공은 탁구대 바닥에 꽂히기만 하기 때문이다.

3세트는 21 : 7로 흙피리의 일방적인 승리다.

파워도 조은숙 관장도 아직 놀란 가슴을 진정시키지 못하고 있다.

파워도 흙피리로부터 라켓을 건네받아 만지고 또 만져 보지만 이게 어떤 러버인지는 도저히 알 방법이 없었다.

"왜 그러세요?"

오히려 흙피리가 의아한 얼굴로 바라본다.

천화선이 이 라켓으로 공을 던져 본다. 하지만 공을 제대로 다룰 수 없다.

'뭐야 이거! 그런데 이거 배워 볼 만한데?'

하지만 아직도 이해할 수가 없다. 그야말로 난생처음 보는 러버이기 때문이다.(그리고 수년 후 한국의 슈퍼스타 현정화는 덩야핑을 만나 이 이질 러버를 극복 못하고 연패를 당한다. 현정화는 이렇게 고백했다. "어떻게 된 것인지 때리고 또 때려도 넘어가지가 않더라!")

"자, 오늘은 이만하고 화선아, 파워와 운동 더 하고 문 닫고 들어가. 난 흙피리와 밥 먹으러 갈 테니!"

아무래도 알아봐야 한다. 흙피리라는 이 여자는 누구이며, 어디서 왔으며, 어떻게 스카이 서비스와 이질 러버를 배웠는지를…….

그녀는 의혹에 찬 눈초리로 흙피리를 바라보았다.

같은 시간.

부산시 서구 서부경찰서 뒤 한 건물 지하에도 탁구공 소리가 요란하게 들린다. 이곳이 부산에서 가장 역사가 깊고 오랜 전통을 자랑하는 설봉 탁구장이다. 이 구장 사람들은 관장을 설봉(雪峰)이라 부르는데 그건 아직 젊은 나이임에도 불구하고 머리가 하얗게 세어서 붙인 이름이다. 그래서 〈국제 탁구장〉이라는 이름을 아예 〈설봉 탁구장〉이라는 이름으로까지 바꿔 버렸다.

탁구장 한쪽에 트로피들이 잔뜩 진열되어 있고 관장의 선수 시절 사진과 당대의 국가 대표 사진들도 걸려 있다.

"안 돼! 허리 더 숙이고! 스윙을 좀 더 크게 하란 말이야!"

"그렇지, 그렇게!"

관장은 선수들을 목청이 터지게 독려하고 있다. 지금 그럴 수밖에 없다. 초량동 부산역 앞에 〈금메달 탁구장〉이 생기기 전까지는 부산 바닥에서 감히 설봉 탁구장을 넘볼 경쟁자가 없었다. 그러나 지금은 아니다. 지난 부산시 체육대회 때, 설봉 선수들이 금메달 선수들을 꺾기는 했지만 그건 운이 따른 덕이다.

조은숙 관장이 취임한 지 불과 석 달밖에 안 된 시점인데다, 불행 중 다행으로 천화선 어깨에 이상이 생겨 제 실력을 다 발휘하지 못한 덕이다. 그 덕에 〈야생화〉는 별 고생 없이 이겼고 설봉은 종합우승을 할 수 있었다.

하지만 지금은 아니다. 상황이 너무나 바뀌었다. 장선홍 회장이 적극적으로 후원하고 있고 에이스에게는 작지만 격려금까지 지원한다. 그런데다 조은숙 관장이 제대로 훈련시키고 있을 것이며 그곳 에이스 천화선도 아픈 어깨로 출전하지는 않을 것이다. 그녀 역시 야생화에 설욕을 벼르고 있을 것이다.

그래서 잔뜩 긴장하고 있는 설봉 관장이다. 그나마 윤철수가 은퇴하다시피 떠났다. 그건 엄청난 행운이다. 운이 좋으면 다시 승리할 수도 있다는 계산이다.

파워를 꺾을 만한 선수로 최덕상을 생각하고 있었고 〈성채〉와 〈야생화〉를 복식 조로 준비하고 있다. 양쪽 에이스들의 치열한 경쟁이 있을 것이다.

'흠, 아무리 장 회장이 기를 써도 윤철수가 없으면 해볼 만해. 게다가 성채가 날로 좋아지거든?

절대 지고는 못 사는 설봉이다. 조은숙 같은 화려한 캐리어는 없어도 젊어서 한때 지금의 윤철수처럼 생활체육계에서는 스타 중 스타였다. 그리고 오랜 지도자 생활로 생활 탁구를 어떻게 지도해야 하는지도 잘 알고 있다.

'이번 부산시장배 탁구 시합에서도 절대 조은숙의 금메달에 우승 자리를 빼앗기지 않으리라.'

"야, 야생화. 너 서비스 하나 더 개발해 봐! 그리고 성채야, 제발 좀 침착하게 쳐! 뭐가 바쁘다고 그렇게 서둘러? 공을 끝까지 보란 말이야!"

소리를 고래고래 지른다.

사실 설봉은 조은숙과 오래전부터 친분이 있는 관계다. 조은숙의 현역 시절 설봉은 그녀의 훈련 파트너로 함께 운동한 경력이 있다. 그런데 이렇게 부산에서 라이벌로 만난 것이다. 조은숙 관장이 처음 부산에 취임해 왔을 때, 가장 반겨 준 사람이 바로 설봉이다. 그리고 페어플레이를 다짐했다. 이 두 탁구인은 앞으로 부산 탁구를 경쟁해 가며 발전시킬 것이다.

탁구장을 나선 조 관장과 흙피리는 부산역 앞에 있는 아리랑 호텔을 끼고 뒷골목으로 들어섰다. 이곳엔 식당이 즐비하다.

그들은 한 불고기집으로 들어섰다. 〈역전식당〉, 이 지역에서 소문난 불고기집이다.

2

중앙정보부 부산지국장 정연학.

그는 직원들이 모두 퇴근한 빈 사무실에 직계 요원과 단 둘이 앉아 있다. 그리고 그동안 내사했던 〈행준개발 주식회사〉 장선홍 회장에 대한 자료를 검토하고 있었다.

〈행준개발 주식회사〉라는 이름의 회사는 실질적으로 사채업을 하는 회사며 두 개의 나이트클럽과 영화관 한 개, 그리고 부산역 금메달 탁구장을 가지고 있다. 부산탁구연합회 회장은 걸맞지 않게 이색적인 직책이다.

아직 불법적인 것은 보이지 않는다. 국세청을 조사해 보았지만 크게 탈세한 흔적도 없다. 그러나 그가 주목하고 있는 것이 있다. 바로 부산—후쿠오카 친선 탁구 시합이다.

물론 부산—후쿠오카를 연결하는 비행장 건설과 여객기 취항은 정보부에서 추진하는 국책 사업이다. 이미 공항 예정지 땅을 물색하고 있다.

하지만 부산과 후쿠오카 간의 친선 탁구 시합은 부산과 후쿠오카 간의 요주의 연결점이다. 장 회장이 이 탁구 시합에 엄청난 공을 들이고 있다는 내사 결과도 있다.

100달러 위조지폐가 이 두 지역에서만 발견되었고 또 장 회장이 후쿠오카를 네 번이나 방문한 사실도 눈여겨볼 일이다. 외형적으로야 친선 탁구 시합을 위한 방문이라지만 역시 주목하지 않을 수 없는 대목이다. 게다가 조성준 부산시장을 철저히 후원하고 있다는 점도 짚어 볼 일이다.

"아직 암달러 시장이나 은행에서는 별 문제 없지?"

"네, 암달러 시장에 풀어 놓은 정보원 보고에도 아직 문제점은 없는 것으로 파악하고 있습니다. 은행에서도 위조지폐는 더 이상 발견되지 않고 있고요."

"범인들도 조심스럽게 기다리고 있는 게 분명해! 차장님 말씀대로 이러다 자신감 붙으면 확 풀겠지. 그 안에 해결해야 하는데!"

"어쨌든 행준사 장 회장에게 시선 떼지 마. 그리고 후쿠오카에 있는 우리 정보원에게 장 회장이 만난 일본인 신분도 알아보고?"

"네, 알겠습니다."

"좋아! 저녁, 내가 살 테니 밥이나 먹으러 가지. 모처럼 고기가 먹고 싶은데 어때?"

"네, 좋습니다. 마침 배도 고픈데!"

"그런데 문제는 CIA란 말이야! 벌써 침투했을 가능성이 높아. 우리가 늦으면 안 돼."

그리고 이들 둘은 고기 맛으로 유명한 부산역 앞 불고기집을 향해 차를 몰았다.

식당은 제법 많은 사람들로 붐비고 있지만 자리는 여유가 있었다. 정연학과 요원은 자리를 찾아 안으로 들어섰다. 저쪽에 멋지게 생긴 두 여인이 막 자리에 앉는 것이 보인다. 한 명은 서른 중반쯤 되어 보이고 또 한 명은 20대 중후반으로 보이는데 한눈에 시선을 끄는 매력적인 여성들이다.

"부산엔 미인들도 많군!"

여인들이 들릴 정도로 말하며 흘깃 바라보는데 시선이 마주친다. 그러자 여자가 서둘러 시선을 돌린다.

'와, 저 녀석 뭐하는 작자야?'

키가 훤칠하게 크고 어깨가 딱 벌어져 있다. 허리는 꼿꼿한데 가무잡잡한 얼굴이 갈데없는 무골이다. 운동을 한 사람이거나 해병대 같은 특수부대 사람이 분명하다. 얼굴 윤곽도 잘 잡혀 있다. 벗겨 보면 근육이 참 볼 만할 것이다. 그런 자가 가죽 롱 코트를 입은 우락부락하게 생긴 사내와 식당으로 들어선다.

서른다섯이 되도록 결혼도 못하고 있는 조은숙이다. 친구들은 아이들 손잡고 학교 데려다 주는데 독신으로 아직 손에서 라켓을 놓지 못하고 있다. 그래서 어쩌다 저런 멋진 남자들을 보면 괜히 마음이 설렌다.

'아차, 홈피리 문제가 있지!'

고기가 날라져 왔고 숯불 위에서 입맛 댕기는 고기와 버섯, 양념 타는 냄새가 코를 자극한다. 조 관장은 고기를 이리저리 뒤집으며 질문을 시작했다. 하지만 결코 서두르지는 않는다.

"원래 고향은 어디야?"

"예, 부산에서 태어났어요. 재수 없게 6.25가 터지던 다음 해 태어났지요."

1950년에 6.25가 터졌고 다음 해 태어났다. 지금이 1978년이니 27세란 뜻이다.

"우리 탁구장에서 파워를 잡은 사람은 얼마 전 라켓을 놓은 윤철수란 분 빼고는 홈피리가 처음이야. 더구나 여자가 이겨 본 것도 처음이고!"

"그래요? ㅎㅎㅎ 하긴 제 라켓이 좀 이상하죠?"

"음, 그게 궁금해! 그런 러버는 국내에 없거든?"

"그래요?"

"미안하지만 주민등록증은 있어? 우리 탁구장에 등록하면 시합에 나가야 하는데 부정 선수 문제 때문에 정확히 기록해 놔야 하거든."

"네? 시합이 있어요!"

시합이란 말에 반색을 한다. 그리고 주머니에서 작은 지갑을 꺼내 주민등록증을 내보인다.

"저, 출전시켜 주실 거지요? ㅎㅎㅎ 이름이 거지 같아요. 그래서 처음에 안 가르쳐 드린 겁니다."

"최막동? ㅎㅎㅎ 그럴 만하네."

1951년생에 주소는 부산시 북구 만덕1동으로 되어 있다. 신분 확인은 이거면 충분하다.

"소주 한잔 할래?"

"네, 한 두서너 병 해요. 그 정도로는 끄떡없어요. ㅎㅎㅎ."

"어머, 너무 많이 마신다? 좀 줄여, 운동하려면!"

식사를 하며 조 관장은 곧 있을 부산시장배 시합과 이 시합에서 승리하면 후쿠오카로 친선 게임 하러 간다는 말까지 들려주었다.

가장 강적은 설봉 탁구장 선수들이며, 하지만 흄피리 수준에 이질 러버라면 아무도 흄피리를 꺾을 사람이 없다는 말도 해 주었다. 그렇다고 훈련에 게을러서는 절대 안 된다는 말도 빼놓지 않았다.

그리고 설봉의 야생화, 성채, 최덕상 고수에 대한 정보도 들려주었다. 그러면서도 틈틈이 저쪽 사내들을 훔쳐본다. 멋진 사내가 가죽 코트를 입었던 우락부락한 동행 남자와 웃으면서 뭔가 즐겁게 대화하고 있다. 그러다 눈이 마주치면 재빨리 고개를 돌린다.

"그런데 그 스카이 서브는 어디서 배웠어? 그리고 이상한 러버는 어디서 얻었고?"

"네, 관장님. 지금은 다 말씀드릴 수 없어요. 하지만 언젠가는 다 털어놓을 겁니다. 전, 모두가 모르는 부분이 많은 아이예요."

"그럼 됐어. 앞으로 시합 전략이나 잘 구상하자고. 이질 러버와 민 러버 조합이면 복식 조는 최강팀이 될 거야."

많은 의문이 가지만 지금 말하지 않겠다는 데는 어쩔 수 없다. 시합이 끝나면 정식으로 알아볼 것이다.

"자, 한잔 해!"

따라 주는 소주를 거절하지 않는 흙피리다.

그런데 이야기하는 동안 그 사내들이 사라졌다. 갑자기 섭섭하고 아쉬운 조 관장이다.

"자, 그만 일어나지. 많이 바쁘더라도 일주일에 세 번 이상은 나와 줘야 돼. 복식 훈련을 해야 하니까, 알았지?"

대화를 마치고 계산대로 갔다. 올 때 보이지 않던 뚱뚱한 주인아줌마가 반가워한다.

"아이구, 탁구장 관장님 오셨네? 자주 좀 오지 않고, 근데 말이야 여기 계산은 아까 저기 앉아 있던 남자들이 해 줬어!"

"네? 왜 그분들이!"

"몰러, 다른 얘기도 없이 그냥 계산해 달라더니 그냥 가던데. ㅎㅎ ㅎㅎㅎ 관장님 맘에 든 거 아녀?"

"설마 그럴 리가? 언제 봤다고. 여기 자주 오시는 분이예요?"

"관장님처럼 틈틈이 와! 담에 오면 탁구장 놀러 가라 할게. ㅎㅎ ㅎ."

'생긴 것도 그렇지만 참 매너 있는 분이네?

기분이 좋다. 아까 서로 훔쳐볼 때부터 눈치를 챈 흙피리도 재미있다는 듯 실실 웃는다.

조은숙 관장과 헤어진 흙피리는 술을 한잔 해서인지 또 외로움에 젖고 있었다. 터벅터벅, 걷던 그녀가 육교 마지막 계단에 쭈그리고 앉았다. 그리고 주머니에서 오카리나를 꺼내 불기 시작했다. 눈을 감고 한참이나 선율에 취해 있던 그녀가 눈을 떴다.

"뭐야, 이거?"

그녀의 앞에 동전이 수북이 쌓여 있었다.

"누굽니까? 식대 계산해 준 그 여자분, 아는 여자입니까? 멋쟁이던데요? 이참에 붙잡고 결혼해 버리세요. 언제까지 독신으로 계실 건가요? 딸린 아이도 없는데!"

아이도 없는데다 외근이 많아 집을 자주 비우자 아내가 정식으로 이혼을 요구해, 현재 독신인 정연학이다. 그의 부하 요원이 조금 전 식당에서의 그 여자가 궁금해서 묻는 거다.

"음, 지금 내사 중인 행준사 장선홍 회장의 금메달 탁구장 관장이야!"

사루비아 강

1

홈피리가 어디서 자랐으며, 어디서 운동을 배웠고, 무엇을 하는 사람인지, 부산에 어떻게 나타났는지, 왜 나타났는지를 아는 사람은 아무도 없다. 아직은 그녀에 대한 정확한 정보를 가지고 있는 사람이 없다는 뜻이다.

하지만 최근 성대한 오픈식을 가진 부산 최고의 호텔 〈파라다이스〉에 모습을 나타낸 재미 교포 〈사루비아 강〉에 대해서는 정·재계 고위층 인사나 국제부 언론사 기자라면 그 이름을 잘 알고 있다.

그러나 유명한 사람은 사루비아 강 본인이 아니라 바로 그의 미국인 양아버지 맥튜다. 맥튜는 미국이 알아주는 명문가이며 손꼽히는 재벌이다. 그녀의 한국인 양딸이 바로 〈사루비아 강〉인데 그녀가 한국에 나타난 것이다. 그것도 부산 파라다이스 호텔에…….

언론을 피하기로도 유명한 여자다.

그녀가 처음 부산에 나타났을 때는 혼자가 아니었다.

국제 문제에 관심이 있는 사람이라면 박동선이라는 이름을 기억할 것이다.

〈박동선〉.

미륭상사 회장으로 석유업계에 진출하여 재벌급 인사가 되었으며 미국에서 공부하며 유창한 영어 실력과 뛰어난 머리로 박정희 대통령의 총애를 받았다. 후에 미국으로 다시 보내져 미 정계 로비스트로 일하고 있는 인물이다.

정일권 전 총리와도 막역한 사이이며 테니스를 좋아해 한국에 있을 때는 언제나 두 분이 테니스를 즐겼다. 키가 큰 호남형 인물이다.

훗날 미국 정부로부터 미 정계에 돈을 뿌린 혐의로 기소되어 고생도 좀 했지만 우리나라로서는 참 공이 많은 분이다.

이 박동선 씨가 한국을 위해 미국에서 로비를 했다면, 미국은 맥튜를 통해 한국 경제계의 진출을 적극 지원하고 있는 인물이다. 맥튜는 6.25 당시 한국전에 참전한 미국 장성 출신이며, 친한파(親韓派)로 유명한 인사다.

그에게 한국인 양녀가 있다는 소문은 일찍 돌았지만 실제 그녀를 만난 사람은 극히 소수뿐이다. 그 양녀는 언제나 사루비아 향수를 즐겨 사용하여 사루비아 강이라 부른다. 한국 본명은 〈강은양〉이다.

그녀가 부산 해운대 파라다이스 호텔에 나타났을 때 그녀와 함께 동행한 사람이 바로 박동선 씨와 태평양그룹 부회장이었다.

이들은 함께 내려와 파라다이스 해운대의 호텔 특실 2주 분 투숙비를 치러 주고 떠났다. 하루 숙박료가 25만 원, 보통 회사 사원 월급이 2, 30만 원 하던 시절이니 하루 숙박비가 한 달 월급과 맞먹는다.

서민들이 볼 때는 참으로 천문학적 숫자다.

호텔에서는 호텔 내 모든 시설의 무료 제공과 식사 일체를 책임져 주었다. 그런데 이 엄청난 호텔 요금을 내고도 예약 후 한 번 숙박하고는 다시 모습을 나타내지 않았다. 그러던 그녀가 며칠 만에 모처럼 호텔에 나타났다.

한가운데에 반짝이는 황금 단추가 네 개 달려 있고, 허리 위로 밴드가 달린 그런 깃이 넓은 오렌지색 상의에 검은색 짧은 스커트를 입고 있다. 아주 간결한 복장인데도 키가 크고 볼륨감이 있어 글래머로 보인다. 검은 머리는 어깨까지 치렁치렁 늘어져 있다.

얼굴은 아주 미인형인데, 속칭 잠자리 안경이라는 선글라스를 쓰고 있어 얼굴 전체는 보이지 않았다. 굽이 높은 흰색 하이힐을 신고 있어 키가 한결 더 커 보이는 사루비아 강이다. 20대 초반으로도 보이고 중반으로도 보인다.

그녀는 레스토랑에서 영자신문 〈코리아 헤럴드〉를 읽으며 누군가를 기다리고 있었다.

그보다 약 한 시간 정도 앞선 무렵, 조은숙 관장은 장선홍 회장과 밝은 목소리로 통화를 나누고 있었다.

"회장님, 어제 굉장한 물건 하나 잡았습니다."

"네? 물건이라뇨."

"최막동이라는 여자아이인데요, 스물일곱이랍니다. 파워가 이 여자아이한테 2 : 1로 패했어요. 하지만 마음만 먹었다면 파워가 완패당했을 겁니다."

"최막동? 파워가 그 아이한테 패했다고요! 그게 정말입니까? 그래

등록은 시켰나요?"

"등록이고 뭐고 이번 시합에 꼭 출전시켜 달라고 야단입니다."

"부산에 그런 아이가 있었습니까? 네, 꼭 잡으세요. 돈이 필요하다면 충분히 지원해 주고요. 원하는 건 다해 주세요. 며칠 후 제 사무실로 들르세요. 오늘은 해운대 파라다이스 호텔에 중요한 약속이 있어 갑니다. 잘 부탁합니다."

기술적인 문제를 말할 필요는 없다. 흙피리가 물건인 것만은 틀림없는 사실이니까. 파워가 문제가 아니라 윤철수가 온다고 해도 만만하지는 않을 것이다. 흙피리의 개인적인 문제는 나중 이야기다. 궁금한 것이 하나둘이 아니지만 지금은 참아야 한다.

그런 면에서 조 관장은 참으로 만족하고 있었다.

장선홍 회장은 약속 시간보다 30분이나 빨리 도착했지만 레스토랑엔 벌써 조성준 부산시장이 먼저 도착해 있었고, 자세한 설명을 들은 바 있는 그 사루비아 강이라는 여인과 진지한 얼굴로 대화를 나누고 있었다.

조성준 시장의 목표는 내무부 장관이다. 부산 시정만 잘 끌어가면 차기 장관은 노려볼 만하다. 실세인 대통령 경호실장 차지철과 그의 라이벌 중앙정보부장 김재규와도 원만한 사이다. 조성준 부산시장은 미국 유학 시절부터 박동선 씨와 가까이 지낸 막역한 사이이며 그에게서 학비, 연구비 등 경제적인 많은 도움을 받은 사이다. 부산에서 사루비아 강을 소개시켜 준 분도 박동선 씨다. 시장은 지금 부산 국제공항 건설에 총력을 기울이고 있다. 공항건설의 차관 문제를 둘은 이야기하고 있는 중이다.

장 회장이 도착하자 조 시장이 사루비아 강을 소개한다. 그녀에게서 퍼져 나오는 사루비아 꽃향기가 코를 자극한다.

"일전에 말씀드렸던 사루비아 강이십니다. 그리고 이분은 행준개발 장선홍 회장님이시고요."

"아, 그러세요? 저 사루비아 강입니다."

그녀는 자리에서 꼼짝도 하지 않고 앉아서 머리를 까딱하고, 장 회장은 일어서서 허리를 굽힌다.

"잘 부탁합니다."

"가시죠, 제 방으로. 비공식 회의라도 할 말은 좀 있을 테니."

레스토랑을 나온 일행은 사루비아의 숙소로 자리를 옮겼다. 최고 VIP가 사용하는 룸이다. 약 80여 평 되어 보이는데 큰 침실과 작은 침실, 옆에 10여 명은 앉을 수 있는 회의실과 개인 집무실이 붙어 있다. 탁자 뒤로는 대형 부산 지도와 제주도 지도가 걸려 있다. 책상 위에는 보기 드문 팩스까지 놓여 있다.

한 40대쯤 되어 보이는 미국 여인과 좀 더 젊어 보이는 한국 여인 한 명이 시중을 들고 있다. 사루비아는 커피와 과일 그리고 와인을 주문했다.

와인으로 입술을 적신 사루비아가 입을 열었다.

"저는 한국 정부와 몇 가지 프로젝트를 만들고 있습니다. 물론 박정희 대통령께도 직접 브리핑했습니다. 먼저 김해공항을 부산 국제 공항으로 확장시키는 일이며, 이 사업의 차관을 제가 책임집니다. 또 하나는 저와 정부와 부산시 투자로 부두를 대대적으로 확장하는 사업입니다. 저는 이 부산항을 호주의 시드니항과 맞먹는 그런 아시아 최고 부두로 만들 겁니다. 지금 부산항 조건으로는 미래 부산을 감당하지 못할 것입니다. 하역 부지도 확장하고 대형 창고도 더 있어야 합니다. 예술성 있는 건물도 지을 겁니다. 물론 이 사업은 제게도 엄청난 투자가치가 있지요. 그런데 문제가 좀 있습니다. 노조들의 방해가 걱정입니다."

'노조?'

정신이 번쩍 드는 장선홍 회장이다.

"제가 알기로는 장 회장님의 노무자협회와 한국노총의 부두노조가 갈등을 빚고 있다고 들었습니다. 장 회장님이 이 두 단체를 통합시켜 주십시오. 통합 주체는 부두노동조합으로 해야 합니다. 정부가 인정하는 노총 산하이기 때문입니다. 이것만 해결해 준다면 저도 선물이 있습니다."

"제게요?"

"네, 내년 봄부터 김해공항 부근 땅을 사들이십시오. 약 십만 평만 사 놓으시면 정부에서 두세 배 이상 가격으로 다시 사들이도록 해 드리겠습니다."

"그게, 가능한 일입니까?"

"전, 책임질 수 없는 말은 하지 않습니다. 장 회장님이 사신 땅이 바로 부산 국제공항이 들어설 자리의 중심부이기 때문이죠."

그녀는 장 회장이 매입해야 할 김해공항 지역을 지휘봉으로 지적해 주었다.

"제 마음 같아서야 장 회장님도 국제공항 건설에 같이 참여하면 좋겠지만 그건 불가능한 일입니다. 현대, 대우, 태평양 등 재벌 그룹을 참여시키는 것이 정부 방침이니까요."

"알겠습니다."

"그 대신 부산 부두 식당, 매점, 노무자, 일부 컨테이너 운영권을 드리도록 하겠습니다. 노조 회비, 노무자들이 먹는 식사 분량만도 엄청날 겁니다. 부산 부두가 국제 규모로 커지면 컨테이너 사업은 천문학적인 돈을 벌어 줄 것입니다. 이 행정적 문제는 부산시장께서 약속해 주십시오."

"네, 그건 말씀하지 않으셔도 제가 알아서 하겠습니다."

"저는 박동선 회장님을 믿고 이 프로젝트에 참가하고 있고요, 박 회장님은 시장님을 믿고 소개한 겁니다. 시장님은 부두노조 문제를 해결할 인사로 장 회장님을 소개해 주셨습니다. 제가 실망하지 않도록 잘 해결해 주시기 희망합니다."

"알겠습니다. 반드시 기대에 부응해 드리겠습니다."

"부산 국제공항은 전 부산 시민이 기대하는 최고 사업이라 들었습니다. 저도 정부와 협력해서 시민들 기대를 충족시켜 줄 것입니다. 지금 아버님(맥튜)께서는 중동에 석유 문제로 가 계셔서 제가 모든 책임을 지고 온 것입니다. 많은 협조 부탁드립니다. 내일은 부산항을 둘러볼 작정입니다. 장 회장님께서 안내해 주실 수 있겠습니까?"

"아, 그러면 영광이지요. 시간 알려 주시면 차를 가지고 찾아오겠습니다."

두 사람은 사루비아와 헤어져 돌아왔다. 모두들 흥분에 들떠 있었다. 조성준 시장은 두 개의 숙원 사업을 이룰 수 있게 되었다. 부산 국제공항 건설과 부산 부두 확장이었다. 이것이 일시에 이뤄진다. 그동안 부산 국제공항 계획이 지지부진했던 이유는 차관이나 투자자를 찾지 못했기 때문이다.

장 회장은 더 말할 나위없다. 노조 관계는 일찍부터 합칠 계획이었고, 부산 부두 일부 운영권 그리고 김해 땅 문제는 엄청난 보너스다. 이제 후쿠오카 일만 잘 해결된다면 엄청난 재산이 들어온다.

두 사람을 보낸 사루비아 강은 호텔 창가에 서서 바람에 일렁이는 파도를 하염없이 바라보고 있다. 얼굴은 왜인지는 모르나 참 외로워 보인다.

그렇게 서 있던 그녀가 프랑스제 최고급 입센로랑 핸드백에서 뭔가를 꺼낸다.

오카리나, 흙피리다.

그리고 정말 쓸쓸한 곡을 불기 시작한다.

2

그렇게 하염없이 오카리나를 불던 그녀가 개인 집무실로 자리를 바꿨다. 그녀는 서랍을 열더니 복사된 신문 조각들을 꺼냈다. 이 지역을 대표하는 〈부산일보〉 조각들인데 1963년 1월 23일자 신문을 복사한 것들이다.

'부산 국제시장 대화재' 라는 타이틀 아래 당일 새벽 3시, 대화재 참사 사진과 함께 해당 기사가 실려 있었다. 다행히 통금 해제 전 새벽이라 인명 피해는 적었지만 시장 점포 내에서 살림까지 하던 몇몇 가족들은 불을 피하지 못해 참사를 당했으며 또 천만다행으로 목숨을 건진 사람도 있다는 그런 보도였다.

시장 천막과 몇 건물은 완전 소실되어 사용이 불가능하다는 보도도 사진과 함께 게재되어 있었다. 당시 약 150여 점포가 소실되었고 10여 명의 인명 피해를 본 사건 내용이다.

그러니까 무려 15년 전 부산 국제시장 대화재 사건을 게재한 신문 복사본이다. 그 밑에는 화재 사건에 관련된 몇몇 사람들의 재판 과정을 복사한 내용물들도 있다.

슬픔에 젖은 얼굴이 이번에는 증오에 찬 얼굴이다. 복사본 서류를 움켜 쥔 손이 부르르 떨린다.

"불이야, 불이야!"

어린 은양이는 소란스러운 발자국 소리와 고함 소리에 잠에서 깨어났다. 매캐한 연기 속에 불꽃이 여기저기서 천막을 태우고 있었다. 엄마는 피로에 지쳤는지 동생을 껴안고 잠에서 깨어나지 못하고 있다. 은영이가 울부짖으며 엄마를 흔들어 깨웠을 때는 이미 천막은 불꽃에 휩싸여 있었다.

국제시장에 화재가 발생한 것이다. 화염은 부산을 삼켜버릴 듯 거세게 불타오르고 있었고 소방수와 경찰, 그리고 부산 주둔 미 사령부 군인들이 뒤엉켜 화재를 진압하고 있다.

놀란 엄마는 은양이를 번쩍 들어 밖으로 대동댕이쳤고 천막 밖으로 던져지자마자 천막은 불꽃 속에 풀썩 쓰러져 버렸다. 울부짖으며 천막으로 뛰어들려 하였지만 누군가 억센 손이 뒷덜미를 잡아 꼼짝도 할 수 없었다.

"엄마, 진양아!"

엄마와 동생을 부르며 발버둥을 쳤지만 엄마도 동생도 다시는 보이지 않았다.

"엄마 살려내! 엄마, 엄마! <u>으흐흐흐흐.</u>"

그렇게 울부짖던 은양이는 기어이 정신을 잃고 말았다.

장사를 하며 아이들을 돌봐 줘야 하는 엄마는 별수 없이 천막 가게에서 홀로 두 딸을 키울 수밖에 없었고 이런 참극으로 그녀는 힘겨운 삶을 마감하게 되었다. 두 살 어린 여동생과 함께……

이 천막으로 된 시장 상가를 개발하기 위해 누군가가 방화를 했다는 무성한 소문을 들은 후 은양이는 알 수 없는 고아원을 거쳐 부산 주둔의 한 미군에 의해 동두천으로 옮겨 가게 되었다. 그리고 그녀는 지금 막강한 힘을 가진 미국 재벌가 양녀 이름으로 다시 부산을 찾아온 것이다.

그녀는 책상 위에 머리를 박고 어깨가 흔들리도록 흐느껴 울었다.

"엄마, 엄마! 엄마 살려내!"

환청으로 들리던 자신의 비명 소리 속에 미 CIA 극동 지역 본부장 세인트의 마지막 말이 들린다.

"복수, 그건 네 자율에 맡긴다. 하지만 임무는 완벽하게 해내야 한다."

〈워싱턴〉.

미 CIA 국장(국장 직책은 우리나라 중앙정보부장과 같은 최고 책임자를 말함. 이 CIA를 창설한 자는 후버 국장으로 사망 시까지 국장 자리를 수행했다. 한국 초대 정보부장은 김종필 전 총리)은 국무장관과 극비의 대화를 나누고 있었다.

"이제 행동으로 옮기는 겁니까?"

"예, 아마 이른 시간 내에 사루비아 강은 도쿄에서 서울로 출발할 겁니다."

"잘 해내겠지요?"

"십 년 넘게 교육받고 훈련했죠. 또 동기부여가 있으니 반드시 성공할 겁니다. 또 모든 정보 조직이 지원하고 있고요. 그건 걱정하시지 않아도 됩니다."

"박 대통령이 실각하면 차기는 김종필이 주도권을 잡을 겁니다. 그럼 은퇴한다고 해도 박정희 대통령은 남은 여생을 안전하게 보낼 겁니다. 그래야 한국이 안정됩니다."

〈박정희를 실각시켜라!〉 그것이 미국 정부의 목표다. 그리고 한국을 흔들 임무를 사루비아 강이 맡은 것이다.

〈도쿄〉.

사루비아 강은 이제 한국으로 떠난다.

세인트는 그녀에게 마지막 격려를 해 주었다.

"반드시 한국을 흔들어 박정희를 실각시켜야 한다. 모든 준비는 끝났으니 출발하라. 네 개인 복수, 그건 네 자율에 맡긴다. 하지만 임무는 완벽하게 해내야 한다. 나도 뒤에 항상 있을 것이다. 한국에 도착하면 한 한국인이 너를 도와줄 것이다. 내가 선발한 사람이다."

사루비아는 대답 대신 입술을 악물고 돌아섰다.

'찾을 것이다. 엄마를 화염에 던진 그 인간을! 찾아서 반드시 복수할 것이다.'

박정희 대통령 실각 음모는 사실 강은양에게는 아무 관심도 없다. 하지만 이 임무를 자원한 것은 엄마와 동생에 대한 복수심 때문이다. 그러니까, 복수를 성공하려면 임무도 성공해야 한다.

　김포공항에는 늦겨울 비가 추적이며 내리고 있었다.

　감회 어린 귀국! 무려 16년 만에 찾아온 고국이지만 날씨는 그리 반기지 않는다. 그녀는 40대 미국인 여비서와 좀 더 어린 한국인 여자와 함께 동행했다.

　그녀는 검은색 큰 선글라스로 얼굴을 가리고 있다. 공항을 빠져나오자 날카롭게 생긴 남자 한 명이 다가와 말을 건넨다.

　"워싱턴에서 오신 사루비아님 맞으시죠? 저를 따라오세요."

　그는 자신이 김돈규라고 했다. 세인트가 알려 준 한국인 전문 경호요원이다. 그가 공항 주차장으로 안내한다. 최고급 승용차가 기다리고 있었다. 일행이 도착하자 차에서 박동선 씨가 나와 반갑게 맞아준다.

　"사루비아, 잘 있었어? 네가 온다기에 기다리는 중이었다. 자, 비 맞지 말고 차로 들어가자!"

　박동선과 사루비아는 뒷자리에 앉았고, 김돈규는 운전기사 옆이 앉았다. 비서진은 휴대품과 함께 다른 차로 숙소 쉐라톤 워커힐을 향해 떠났다.

　차가 출발하자 앞과 뒷좌석 사이에 칸막이가 올라간다.

　"아버님(맥튜 장군)은 잘 계시고?"

　"네, 삼촌. 아버지는 지금 중동에 계세요. 전, 부산 국제공항 투자 문제로 왔어요."

　사루비아는 박동선을 삼촌이라 부른다. 그만큼 가까운 사이라는 증거다.

"알고 있다. 각하(대통령)께 브리핑은 대강 해 두었으니 가서 인사나 올려. 아버님 대신 온 거니까 잘 해야 된다?"

박동선은 아무것도 모르고 있다. 사루비아가 무슨 목적으로 한국에 왔는지, 맥튜 장군의 양딸 사루비아가 CIA 요원으로, 극동 지역 중 한국 담당으로 어떻게 훈련받았는지를…….

사루비아는 워커힐에서 이틀간 휴식을 마치고 박동선과 함께 청와대를 방문했다. 대통령 회의실에서 인사가 있었고 간단한 브리핑이 있었다. 이 자리에는 비서실장이 참석하고 경호실장인 차지철이 빠졌는데 그건 차 실장이 사격 연습을 하고 있기 때문이다.

부산 국제공항과 부두에 대한 투자 설명은 간단히 끝났다. 어차피 아버지 맥튜 장군이 한 번 더 와야 하기 때문이다.

"그래, 사루비아 양은 부산에 들를 계획이라고?"

"네, 각하! 고국을 떠난 후 처음 방문이라 좀 오래 있을 계획입니다. 제주도 가 보고 싶고요. 여유 있게 놀다 갈 생각입니다."

"그래야지. 아버님은 한국전 영웅이셨는데! 그래 사루비아 양은 고아로 미국에 갔다지? 감회가 깊겠구만! 가 보고 싶은 곳도 많겠고."

"네, 각하! 다 아버지 덕입니다. 제가 운이 좋았던 거죠."

"아냐, 운도 실력이야. 사루비아 양이 머리가 좋다는 말은 들었어. 박 회장, 불편하지 않도록 잘 모셔요!"

"물론입니다. 제가 조카로 생각하는 아이인걸요."

"아, 그렇다고 했지? 허허허. 참, 부산 갈 때 함께 가 봐! 내가 좀 도와드려야 하겠어."

"알겠습니다, 각하!"

대통령은 옛날에 비해 많이 초췌해 보인다. 육영수 여사 서거 후 명석함도 많이 퇴색해졌다는 풍문이다. 그러나 그 위엄은 여전했다.

그때 어디선가 귀에 익은 소리가 들린다.

"탁구 치는 소리네요? 누가 탁구 치세요?"

"아, 허허허! 근혜가 제 동생 데리고 탁구를 치는가 봐. 근영이는 탁구 별로인데 칠 사람이 없으니. 허허허!"

지금 영부인 역할을 하고 있는 근혜 양이다. 그러고 보니 오늘이 일요일 휴일이다.

사루비아는 곧 실각하게 될 대통령을 슬픈 마음으로 바라보고 있었다. 지금 대통령은 측근들에 둘러싸여 마음대로 하야도 못하고 있는 실정이다. 그 자신은 어딘가 한적한 지방에서 밭이나 갈고 책이나 읽으며 남은 여생을 조용히 보내고 싶은 심정일 것이다.

그렇게 청와대를 방문한 후 이들 일행은 며칠 후 서울을 떠나 부산 파라다이스 호텔에 투숙했다. 김돈규는 아무도 모르게 사루비아를 뒤에서 지켜 준다. 만일의 사태를 대비해서다.

그는 종합 무술 15단의 무예인으로 국제경호인협회 한국인이다. 유도, 태권도, 합기도 유단자에 1등 사격수다. 한때, 은퇴한 대통령 경호실장 피스톨 박, 박종규 휘하에 있던 사람이다.(박종규 경호실장은 권총 사격 명사수로 유명하며 별명이 〈피스톨 박〉이다. 육영수 여사 서거로 책임지고 사퇴함)

주먹들의 도전

1

흙피리가 부산에 모습을 나타낸 지 5일이 지났다.

당구장을 거쳐 금메달 탁구장으로, 파워의 여인 모니카를 구하기 위해 스타다스트 나이트클럽으로, 그리고 화요일 밤 파워와의 대결을 거쳐 부산식당까지 참으로 숨 가쁘던 5일간이다.

나이트클럽에서의 1 : 6 대결과 당구장에서 보여 준 무공 소문은 삽시간에 부산 주먹들 사이에 퍼져 나갔다. 원래 소문이란 번지면 번질수록 눈덩이처럼 커지게 마련이다.

당구장에서 그 큰 거구를 손가락 하나로 바람개비처럼 돌렸다느니, 나이트클럽에서 혼자 열다섯 명을 단 10분 만에 쓰러뜨렸다는 등 걷잡을 수 없이 퍼져 나갔다.

그래서 부산 바닥에서 주먹깨나 쓴다는 녀석들은 이 난데없이 나타난 흙피리라는 여인을 부산에서 쫓아내야겠다며 기회를 벼르고 있었다. 이건 그들의 밥그릇을 빼앗길지도 모른다는 우려 때문이다.

지난밤, 〈부산식당〉에서 불고기로 모처럼 배를 채운 흙피리는 밤 늦게야 탁구장에 나타났다.

벌써 파워와 천화선, 그리고 처음 보는 남자 하나가 보인다. 역시 운동을 해서 그런지 날렵해 보이는 같은 또래의 남자다. 관장이 안 윤주라고 인사시켜 준다. 여자 이름 같지만 안윤주는 남자 쌈닭이라 고 했다. 떠나간 윤철수나 파워보다는 두세 점 아래지만 승부욕과 체력이 대단하다는 설명이다. 서울서 연말 시합이 있어 갔다 온 것 이라 한다. 성적은 별로였던 것 같다.

"네, 어제 등록한 흙피리라고 합니다."

"흙피리?"

관장이 나선다.

"그냥 그렇게 불러! 네가 한 수 배워야 할 거야."

그런데 파워는 뭔가 불안해 보인다. 흙피리에게 뭔가 전해 줄 말이 있는데 입을 열 수가 없다.

탁구장 계단으로 올라오는데 얼굴에 커다란 칼자국이 있는 사내가 당구장으로 끌고 들어가는 것이다.

"야, 너 저 탁구장 다니지? 거기 흙피리라는 계집애가 있을 거야. 그 계집애 오거든 당구장에서 누가 기다린다고 전해. 분명히 전해!"

하더니 주머니에서 미제 잭나이프를 꺼내든다. 그 칼을 얼굴 앞에 서 휘두른다.

"나, 부산역 왕초야. 그리 전해!"

그러니 입을 다물고 있을 수도 없다. 고민에 빠졌던 파워가 결심을 하고 관장실로 부른다.

"잠깐 할 얘기가 있는데……."

"저요?"

'뭐야, 또 문제가 생긴 거야?'

관장실로 들어가자 한숨을 쉬더니 귀엣말로 속삭인다.

"그래요? 부산역 왕초? 이게 나한테 반했나 본데요? ㅎㅎㅎ 너무 걱정 마세요. 잠깐 내려갔다 올게요. 정말 걱정 마세요!"

당구장 문을 열자 며칠 전 사내들이 머리를 숙인 채 서 있고, 그 앞에 키가 170센티도 안 되어 보이는 말라 빠져 보이는 사내가 서 있다. 왼쪽 뺨에 제법 큰 칼자국이 보인다. 인상도 참 더럽다.

'녀석 몸을 보니 칼잡이로군.'

"네가 흙피리라는 계집애냐?"

"그럼, 네 눈깔엔 내가 사내로 보인 거야? ㅎㅎㅎ 이거 이쁜 원피스 하나 사 입던지 해야지. 그래 용건이 뭔데?"

"네가 우리 애들 건드렸다며?"

"ㅎㅎㅎ 건드리다니, 내가 뭐 성추행이라도 했다는 거야? 용건만 말해! 나 성질 급하거든. 나하고 한판 붙어 보고 싶은 거지? 나 한두 시간 정도 탁구 쳐야 하니까, 10시에 부두 2창고 앞으로 와! 깨끗하게 1 : 1이다. 알았지?"

그리고 흙피리가 돌아섰다.

'내, 그냥 보낼 수는 없지!'

기는 죽여야 한다. 칼잡이가 잭나이프를 꺼내 서 있는 큐를 향해 힘껏 던졌고 칼은 흙피리 귀밑을 지나 바람을 가르며 큐에 정확히 꽂혔다.

'ㅎㅎㅎ 날, 기죽이려는 거야?'

머리를 떨어뜨린 건달들과 몇 손님들이 흥미롭게 바라본다. 누가 셀까? 저 가죽점퍼 흙피리라는 여자와 부산역 일대를 장악하고 있는 악명 높은 왕초 칼잡이 중에!

흙피리가 걸음을 멈춘다. 그리고 웃으며 칼잡이를 바라본다.

"얌마, 소꿉장난하면 부랄 떨어져!"

그러더니 빨간 당구공 하나를 집어 든다.

"나, 칼 가지고 장난하다 부랄 떨어져 계집애가 됐거든. 너도 나처럼 한 달에 한 번씩 아랫배 아프기 싫거든 칼 가지고 장난하지 마!"

그리고 칼이 꽂힌 큐를 향해 힘껏 던졌고 당구공은 10미터는 넘게 날아가 큐에 꽂힌 칼을 떨어뜨렸다. 칼잡이며 사람들 눈이 휘둥그레진다. 저건 귀신의 솜씨다. 모두 질려 버렸다.

흙피리는 당구장을 걸어 나갔다. 나가던 그녀가 주인을 향해 머리를 돌렸다.

"저 큐값은 저 녀석에게 받으세요."

사람들은 칼잡이가 절대 이기지 못할 것이라 믿고 있었다.

그리고 이번에는 칼잡이를 향해 한마디 한다.

"난, 내기 없는 게임은 절대 안 해! 오늘 밤 내가 깨지면 부산역에서 떠난다. 그리고 네가 깨져도 역시 마찬가지야. 만약 내게 깨지고 또 부산역 근처에서 어슬렁대면 그땐 넌 죽는다. 알았지? 약속해!"

이건 칼잡이에겐 치명적인 거래다. 만일 저 계집아이에게 패하는 날에는 정말 여기서 떠나야 하니까. 그러나 그에게는 이게 생존 법칙이다. 물러설 수는 없다.

"좋다. 약속하지! 지면 난 아예 부산을 떠난다. 이 조건은 네게도 마찬가지다."

잠시 후 밤 10시, 부산 부두 제2창고에서 둘은 생존과 자존심을 건 싸움을 할 것이다.

"증인이 있어야 하니 구경하고 싶은 사람은 누구든 나와!"

제일 반기는 건 당구장 주인이다. 한 달에 뜯기는 돈만 해도 결코 적지 않기 때문이다.

흙피리는 탁구장을 향해 몸을 돌렸다.

그러나 칼잡이도 탁구장은 못 건드린다. 장선홍 회장 때문이다.

"뭐야, 또 무슨 일이야?"

말없이 나간 흙피리 때문이다. 그녀가 웃으며 들어서자 먼저 안도의 숨을 쉰 것은 파워다. 별일 없이 돌아왔기 때문이다. 아마 서울 검사라는 친척 오빠에게 전화한 것이 분명하다.

"아무것도 아닙니다."

"참 흙피리, 잠깐 내 방으로 와!"

아침에 회장님과 한 말이 있다. 돈이 필요하면 얼마든지 지원하라는 지시다.

"너, 생활 어렵지? 우리 탁구장은 실력 있고 돈 없는 회원들에게 지원해 주는 돈이 있어. 필요한 만큼 말해. 우리 회장님 지시야. 네 실력을 말해 주었거든."

"뭘 돈까지. 뭐, 이왕 도와주시려면 화끈하게 해 주세요. 저 후쿠오카 시합까지 갈 거고요, 거기서 꼭 우승할게요. 만일 제가 약속을 지키지 못하면 지원금 도로 돌려 드리겠습니다. 분명히 약속 드리겠습니다."

'어머? 얘 봐라. 통도 크네!'

"그래, 얼마를 원하는데?'

"저 성능 좋은 중고 오토바이 한 대 사 주세요. 정말 갖고 싶거든요!'

"중고 오토바이? 오토바이 좋아해?'

"예, 벤츠보다 더 좋아해요. ㅎㅎㅎ."

정말 이해 못할 아이다. 돈깨나 요구할 줄 알았다. 그런데 고작 중고 오토바이다.

'애는 분명히 괜찮은 아이다. 그리고 그 정도면 상상 이하 조건이다. 아마도 회장님이 실력만 인정해 주신다면 중고가 아니라 일본제 최신형이라도 사 줄 것이다.

"알았어, 사 주지. 그리고 집에 전화 한 대 놔줄게!'

"전화는 있어요. 81—9101입니다."

이제 훈련이다. 파워와 흙피리가 복식 한 조고, 관장과 안윤주가 한 조다. 원래는 천화선이 들어가야 하나 이제 며칠만 참으면 운동을 해도 된다. 쌈닭은 심판석에 앉았다.

'음, 저 이질 러버에 적응을 좀 해 봐야겠어.'

게임이 시작되었다. 흙피리의 이질 러버는 참으로 버티기 힘들었다. 관장의 실력으로도 공이 넘어가지 않는다. 흐물거리며 날아오는 공이다. 공은 분명히 보이는데 때리면 꽂힌다. 잘 버텨 넘기면 공이 떠서 파워가 공격한다.

게다가 사실 스카이 서비스도 결코 만만치 않다. 이질 러버로 스카이 서비스를 넣으니 관장도 속수무책이다. 첫 세트와 두 번째 세트를 내주고서야 겨우 마지막을 3점차로 승리할 수 있었다. 게다가 안윤주가 공을 받지 못해 격차는 이렇게 벌어진 것이다.

21 : 15.

21 : 13.

18 : 21.

아마도 마지막 세트는 흙피리가 공을 그리 강하게 치지 않은 것 같은데 안윤주의 이마에 땀이 흐른다. 안윤주는 머리를 절레절레 흔든다. 이런 공을 받아 본 일이 없기 때문이다.

"흙피리, 너 오늘 바쁜 거 없으면 나하고 훈련 좀 하자! 그 돌출 러버 연구 좀 해야겠어."

안 된다. 10시에 그 칼잡이 녀석과 약속이 있다.

"어쩌죠? 약속이 있는데? 내일은 시간 얼마든지 있는데!"

"그럼, 그렇게 해."

흙피리는 오카리나와 운동 가방을 구장에 놓고 떠났고 관장은 그의 이질 러버를 들고 파워와 랠리를 하기 시작했다.

잘 익히고 연구하면 대단한 무기가 될 것이다. 흥미로운 러버인 것은 틀림없는 사실이다.

김돈규는 부산역 앞 아리랑 호텔에 숙소를 정해 놓고 있었다. 그 역시 사루비아 강과 마찬가지로 2주간 예약을 했고, 아침 10시부터 오후 6시까지 그림자처럼 그녀를 경호한다. 아리랑 호텔에 예약을 한 건 경호 본부 지시다.

그는 차의 무전기와 자신의 호출기를 연결하고 밤거리로 나섰다.

호출 지시를 내리면 즉각 달려가야 한다. 이 무전기는 미국 모토로라에서 개발한 최신형이다.

저 앞에 당구장이 보인다. 그래서 당구나 칠 요량으로 갔다가 흙피리와 칼잡이 사건을 목격했다. 그래서 먼저 부두 제2창고로 가서 이들을 기다리고 있었다. 오늘 밤 뜻하지 않게 신나는 구경거리가 생긴 것이다.

'아따, 그 계집애 보통이 아니던데? 오늘 볼거리가 풍성하겠군!'

흥미로운 싸움이 될 것이다. 그는 자신에게 흙피리 승을 걸었다. 맞으면 오늘 한잔 하는 것이다.

2

겨울 달빛은 맑고 투명하다. 날씨는 아직 그리 춥지 않은 초겨울인데다 부산은 그리 매서운 추위는 아직 찾아오지 않았다. 겨울 달빛과 가로등 형광빛이 조화롭게 부두를 조명한다.

부산 부두 제2창고, 사람들이 그림자를 밟으며 모여든다. 얼굴에 칼자국이 나 있는 사내가 서너 명의 부하들과 함께 걸어오고 있었고, 당구장에 있던 호기심 많은 사람들과 흙피리에게 얻어터진 사내들도 보인다. 그들이 서성이고 있을 때 저쪽에서 한 그림자가 나타난다. 수행원 하나 없는 흙피리다.

김돈규는 그 예리한 눈빛으로 여자를 바라본다. 당구장에서 이미 느낀 사실이지만 정말 흠 하나 잡을 데 없는 그런 몸매의 여자다. 욕심이 생긴다. 훈련만 잘 시킨다면 대통령 경호원으로 딱 알맞은 그런 여자다. 만일 오늘 그녀가 멋진 모습만 보여 준다면 반드시 어딘가 추천하여 출셋길을 터 주리라.

마침 달도 밝고, 조명도 좋아 싸움 구경하기에는 아주 좋은 조건이다. 흙피리와 칼잡이가 마주 섰고 사람들은 그들을 중심으로 원형을 이루었다. 두 싸움꾼은 이럴 때 뭘 해야 하는지 잘 알고 있는 듯했다.

이런 데서는 말이 필요 없다. 칼잡이가 주머니에서 칼을 꺼냈다. 철컥 소리와 함께 짧지만 섬뜩한 칼날이 튀어 나온다. 흙피리는 어깨를 숙이고 손가락 반 토막이 잘려나간 가죽 장갑을 꺼내 손에 끼었다.

잠시 숨 막히는 긴장이 돌더니 칼잡이가 번개같이 덤비며 흙피리 얼굴을 향해 칼을 휘두른다. 그러나 그 날렵한 동작에도 전혀 당황하는 기색이 없다. 얼굴을 좌우로 흔들며 쉽게 피한다. 그럴 때마다 물결처럼 흔들리는 짧은 머릿결이 찰랑이며 참 아름답게 보인다.

첫 칼질에 실패한 그는 한 발자국 뒤로 물러서더니 "얍!" 하는 기합 소리와 함께 펄쩍 허공으로 뛰어오른다. 그리고 얼굴을 향해 두 발로 가위치기를 하며 머리를 노렸다. 하지만 또 실패다. 흙피리는 어느새 두어 발자국 뒤로 물러나 있었다.

두 번이나 실패한 칼잡이는 독이 오르는지 거친 목소리로 외친다.

"싸움은 안 하고 피하기만 할 거야?"

'ㅎㅎㅎ 저 녀석 벌써부터 평정심을 잃는군!'

평정심을 잃는다는 건 흔들린다는 말이다. 김돈규의 판단이다. 그렇다면 이제 곧 저 여자의 공격이 시작될 것이다.

이때다. 칼잡이가 칼을 거꾸로 잡는다. 칼날을 쥐는 것이다. 이건 칼을 던지겠다는 뜻이다.

비로소 흙피리가 입을 연다.

"얌마, 칼을 던지면 어떻게 해. 내가 피하면 여기 중인들이 맞는단

말이야. 우리 싸움에 왜 애꿎은 사람에게 피해를 줘?'

그건 맞는 말이다. 칼잡이도 그건 인정하겠다는 듯 머리를 끄덕이더니 다시 바로잡는다.

칼 손잡이를 다시 잡은 사내가 휙휙 바람을 가르며 칼을 휘두른다. 그러더니 다시 달려든다. 하지만 탁구를 쳐 본 사람은 안다. 하수가 아무리 라켓을 휘둘러도, 아무리 스매싱으로 때려도, 아무리 드라이브를 걸어도, 고수는 힘들이지 않고 척척 받아 낸다는 것을!

그렇다. 지금 흙피리가 그렇다. 녀석이 아무리 칼을 휘둘러도 구멍은 숭숭 뚫려 있다.

흙피리는 칼 잡은 오른쪽 팔을 자신의 오른팔로 휘감고 군화로 녀석의 뒤꿈치를 있는 힘을 다해 걸어찼다. 녀석의 몸뚱이가 반월을 그리며 허공을 돌더니 콘크리트 바닥에 나가떨어졌다.

당구장에서 손목을 잡혀 구르던 사내가 당한 바로 그 기술이다.

그때 당했던 건달도 지금 그 모습을 보고 있다.

'휴―우.'

그가 겁먹은 한숨을 쉰다. 그것도 모르고 덤볐으니…….

쓰러진 칼잡이가 모욕감을 느꼈는지 씩씩대며 엉덩이를 털고 일어선다. 그리고 몸을 날려 다시 덤빈다. 흙피리는 공격하지는 않고 슬슬 피하기만 한다.

김돈규는 회심의 미소를 짓고 있었다. 흙피리라는 이 여자는 지금 칼잡이와 싸우는 것이 아니라 그를 데리고 장난하고 있다는 것을 간파한 것이다.

그런데 참 알 수 없는 일은 그녀의 싸움 기술이다. 조은숙 관장이 흙피리의 스카이 서비스와 돌출 러버를 보고 놀랐듯, 지금 김돈규가 그녀의 싸움을 보며 놀란다.

이건 정통 무술이 아니다. 그때그때 임기응변으로 싸움에 대처하는 기술이다. 이건 미 최고 특공대의 특수 훈련을 받은 자들이나 구사하는 그런 기술이다. 어떤 상황에서도 한 손에 적을 제압하는 그런 기술이다. 이 어린 여자가 어디서 그런 무시무시한 특수 훈련을 받았는지는 모르나 절대 아무나 습득할 수 있는 기술은 아니다.

그가 머리를 갸우뚱거린다.

'누구야! 저 여자는?'

두세 번 더 공격했지만 번번이 실패다. 공격에 실패한 칼잡이가 다시 덤볐지만 싸움은 그것으로 끝이었다.

김돈규의 판단처럼 그는 이미 평정심을 잃었고 평정심을 잃은 그는 마음도 몸도 심하게 흔들리고 있었다. 한번도 자신의 칼을 피해 본 사람이 없었던 칼잡이다. 그런데 어린 여자에게 당하고 있다는 생각에 그는 더 동요되었던 것이다.

다시 칼을 휘두르며 덤볐고, 흙피리는 턱을 향해 크게 날아드는 칼날을 아슬아슬하게 피했다.

'지금이야. 지금, 턱을 쳐!'

김돈규가 속으로 외친다. 칼이 스쳐 간 자리, 그 사이 공간이 생긴 것이다. 그런데 마치 그의 의중을 꿰뚫기라도 한 듯 휘―익 몸을 날려 군화로 정확히 턱을 쳤다. 칼잡이는 비명 한마디 지르지 못하고 나무토막 쓰러지듯 풀썩 쓰러져 기절해 버렸다. 부산 바닥에서 그의 칼 솜씨를 당할 자가 없었는데!

사람들은 숨죽이며 이 모습을 지켜보았고, 김돈규는 회심의 미소를 지었다.

'저 여자는 싸움을 아는 여자야.'

단 한 번의 공격 기회를 그녀는 놓치지 않았다. 대단히 예리한 판단인데, 그건 상대의 칼날을 끝까지 지켜보았다는 증거다. 칼끝에서 시선을 떼지 않았기 때문이다.

'탁구를 친다면 고수가 틀림없어!'

흙피리가 군화로 목덜미를 밟아 누른다. 흙피리는 칼잡이를 단숨에 제압해 버리고 말았다.

흙피리가 그의 부하들에게 소리친다.

"죽지는 않았으니 겁먹지 말고 물이나 한 바가지 떠 와!"

누군가가 달려가 물을 떠 왔고, 흙피리는 칼잡이 얼굴에 물을 들어부었다. 그리고 사내는 머리를 털며 정신을 차렸다. 하지만 꼼짝도 할 수 없다. 원체 강한 군화에 목이 눌려 있기 때문이다.

"얌마, 칼잡이! 칼 가지고 장난하지 말라고 했지? 충고할 때 들었어야지. 지는 놈이 부산역 떠나기로 했지만 그건 취소다. 대신 시간 날 때 날 찾아와! 탁구장에 자주 가니 내가 보이면 연락해."

그녀는 눌렀던 목을 풀고 어디로인가를 향해 떠난다.

김돈규는 그녀를 잡고 이야기 나누고 싶었지만 참는다. 탁구장을 찾아가면 언제든 만날 수 있다니 좋은 시간에 찾아가리라.

'참 알 수 없는 여자로군!'

이렇게 해서 흙피리는 본의 아니게 부산 출현 6일 만에 부산역 주먹 세계를 평정했다.

밤은 점점 깊어만 간다.

그 무렵, 장선홍 회장은 자택에서 무언가 열심히 메모하고 있었다. 이미 오래전부터 사채업은 정리할 때가 왔다고 판단했고, 이미 돈을 회수하기 시작했다. 나이트클럽과 영화관도 매수자를 찾고 있다.

지금은 현금이 필요한 시점이다. 김해공항 일대의 10만 평 부지도 매입해야 하고 부산 사하구 괴정동에 소재한 태화그룹의 고무신 공장도 매입해야 한다.

지금 이 고무신 공장은 경영난으로 극심한 고통을 겪고 있다. 이미 고무신은 국민들에게는 추억의 신발이 되었다. 운동화와 구두가 대중의 신발로 바뀐 지 오래 되었기 때문이다.

그런데 장 회장이 이 공장을 인수하려는 데는 분명한 이유가 있다. 이것은 후쿠오카 탁구 시합과 밀접한 관계가 있다. 그래서 탁구 시합에 그리 열을 올리는 장 회장이다.

메모에 열중하던 그가 전화기를 집어 들었다. 부산역 앞 금메달 탁구장 조은숙 관장을 찾았다.

파워와 이질 러버 적응 랠리에 열중하던 조관장이 전화 소리에 수화기를 집어 들었다.

"네, 금메달 조 관장입니다."

"아, 납니다."

"네, 회장님! 이 시간에……."

"자꾸 전화를 걸어 미안합니다. 다름 아니라 새로 왔다는 최 뭐라는 여자 말입니다. 그 파워를 이겼다는……."

"네, 회장님. 최막동입니다."

"그래 정식 등록은 했나요? 원하는 건 있고요? 제가 알고 싶은 건 실력 문제입니다. 관장님 보시기에 어느 정도나 되는지 궁금해서요.

이번 목표는 부산시장배 우승은 물론 후쿠오카 원정에서도 좋은 성적을 올려야 하기 때문이거든요."

"네, 회장님. 제 판단으로는 최막동은 개인 여자부 우승은 문제없습니다. 잘하면 여자 단식, 혼합복식은 일본에서도 우리를 이기지 못할 겁니다. 여자 단식에 최막동과 천화선 둘을 출전시킬 거구요. 혼합복식에는 파워와 최막동을 출전시킬 겁니다. 시장배 쟁탈전에는 물론 좀 다른 구성이 될 거구요."

"최막동이 그 정도입니까?"

"네, 그건 자신합니다. 참, 최막동이 원하는 게 있는데 중고 오토바이 한 대를 사 달라는군요. 무척 갖고 싶은가 봅니다."

"중고 오토바이를요? ㅎㅎㅎ 신제품 일제 혼다로 사서 주세요. 제 선물입니다."

"아닙니다. 그럼, 부담 가질 아이입니다. 그건 제가 알아서 사 주겠습니다."

통화는 그렇게 끝났다.

장 회장의 머리는 정말 복잡하게 돌아가고 있었다. 곧 후쿠오카로 떠난다. 형식적으로는 탁구 시합에 대한 마지막 절충이지만 사실은 다른 목적이 있다. 일본 측에서 온 은밀한 제의에 대한 마지막 협의가 목적이다.

탁구 시합으로 후쿠오카에 가면 레저 산업의 선두주자 미즈노 사람을 만나게 된다. 두 번째 만남이다. 그들과 사업을 시작할 것인데, 여기에 또 하나의 돈벌이가 있다는 말을 들었다.

그는 지금 꿈에 부풀어 있다. 엄청난 자금이 필요하지만 업체들을 매각하고 사채업을 정리하고 그래도 모자라면 은행 대출을 받으면 된다. 4, 5년 정도만 지나면 재벌로 진입하는 물꼬를 틀 것이다. 그러면 서울 입성이다.

통화를 끝낸 조 관장은 흙피리에 대한 생각으로 가득 차 있었다.

'그런데 흙피리라는 아이 정체는 도대체 뭐야? 스카이 서비스, 이질 러버, 이건 중공 선수 아니면 절대 불가능하거든? 참 알 수 없는 아이야!'

그건 조은숙 관장 생각만이 아니다. 숙소인 아리랑 호텔로 돌아온 김돈규도 칼잡이와의 싸움을 지켜 본 흙피리라는 여인에 대한 생각으로 가득 차 있었다.

'참 이상해. 이건 태권도도 아니고, 합기도도 아니고, 분명히 미 최고 특수부대의 살인 병기들이 사용하는 기술이란 말이야? 저 어린 여자가 어디서 그런 훈련을 받았고 어디서 그 기술을 배워 인간병기가 되었느냐 말이야?'

아무리 생각해도 이해할 수 없는 여자다. 사실, 김돈규 자신과 한판 벌인다 해도 이긴다는 보장이 없는 그런 여자다.

아, 아! 그런데 서른두 살 노총각 김돈규는 그만 한눈에 사랑에 빠지고 말았다. 여자라는 자체가 시시해서 결혼하기 싫다던 그가 단번에 홀려 버린 것이다.

'여자가 그 정도는 돼야 사랑할 맛이 나지! 어떻게 해서든 손에 넣고 말겠어!'

짧은 머리를 찰랑이며 칼잡이를 해치우는 모습이 눈에서 어른거리고, 다시 보고 싶어 잠을 이루지 못한다.

전설의 서막

1

칼잡이 굴복 사건은 부산 주먹 세계를 발칵 뒤집어 놓았다. 당구장 사건이나 스타다스트 나이트클럽 1 : 6 결투 사건은 예고편에 불과했다. 사실 부산역 칼잡이는 강력한 라이벌 자갈치파들도 함부로 손대지 못하고 있는 존재다.

더구나 그 흙피리라는 여자가 칼잡이를 부산역에서 쫓아내기는커녕 잘 보듬어 안고 위로의 술까지 샀다는 소문에 주먹 세계 사람들은 그녀를 존경스러운 존재로 보게까지 발전시킨 것이다. 그것은 당구장 아이들이나 나이트클럽 아이들까지 모두에게 보여 준 모습이다.

흙피리에게 당한 주먹들이나 아직 얼굴도 보지 못한 이쪽 세계 사람들에게는 사실상 큰 형님 존재로 자리 잡기 시작했고 누구도 다시 도전하려 하지 않았다. 그러나 사실 이런 이미지 제고는 흙피리의 철저한 계산에 의한 것이었다.

하나둘, 잡아가며 그들을 도닥여 주었고 그러다 거물이 잡히면 그걸로 주먹 세계 장악은 끝날 것이라 믿었던 것이다.

부산 주먹 세계는 서울처럼 조직적이지 않았다. 또 아직 기업화되
지도 않았다. 그렇게 흩뜨려 놓은 건 장선홍 회장이다. 돈으로 장악
하고 있고, 이들의 조직화를 원하지 않았던 것이다.

하지만 자갈치파 주먹들이나 부산역 주먹들은 이제 그 누구도 흙
피리라는 이름에 저항할 사람이 없게 되었다. 그리고 그녀를 중심으
로 뭉쳐 가기 시작했다.

그런데 장 회장도 아직 손을 대지 못하고 있는 조직이 있다. 주먹
세계와는 전혀 다른 부두노동조합이다. 분명한 명칭은 〈해운노조
부산 부두지부〉다. 아직은 정부에서 강력히 제압하여 큰 힘을 쓰지
는 못하지만 그래도 국가가 공인하는 노동조합이다. 이건 주먹 세계
와는 전혀 다른 조직이며 처음 부두를 장악할 때 만든 〈부두노무자
연합회〉의 가장 위협적인 조직이다.

그리고 이들 통합을 사루비아 강이 강력히 원하고 있다.

장선홍 회장이 이 〈흙피리〉 소문을 들은 건 훨씬 뒤의 일이다.

1978년 12월 31일.

이날, 아직 부산을 떠나지 못한 사루비아 강은 파라다이스 호텔 방
켓 룸(연회장)에서 부산의 유력 인사들을 위한 송년 파티를 열고 있
었다.

조성준 부산시장을 비롯하여 부산고검장, 최경석 부산경찰청장,
부산 경제인연합회장, 항만청장, 예총회장, 부산시 체육회장 그리고
부산 MBC 사장과 KBS 부산지국장, 부산일보 편집국장 등 언론인들
이 그들이다. 이들은 모두 부부 동반이다. 부산에 와 있는 외국 기업

인도 보인다. 부인이 없는 장선홍 회장만이 싱글로 참석했다. 그리고 특이하게 마산시장이 초대되어 왔다.

사루비아는 이 손님들을 위해 프랑스제 고급 만년필 하나씩을 준비했다.

귀빈들 중 눈에 보이지 않는 인물이 있다. 부산 시민 모두가 사랑하고 밀어 주는 국회의원 김영삼과 중앙정보부 부산지국장 정연학이 그들이다. 김영삼 의원은 지금 서울에서 민주화 운동 동지들과 함께 시간을 보내고 있고, 정연학은 태종대에서 더없이 행복한 데이트를 즐기고 있다.

상대는 바로 조은숙 금메달 탁구장 관장이다. 대신 그는 그의 심복을 보냈다. 사루비아 강의 송년회보다 조 관장과의 데이트가 훨씬 중요했기 때문이다. 조 관장은 크리스마스 때도 쉬지 않았던 탁구장 문을 닫고 이틀간의 연휴를 가졌다.

사루비아 강은 황금빛 실크 롱 드레스에 푸른빛 감도는 사파이어 목걸이를 목에 걸었다. 드레스가 돋보이도록 대칭되는 컬러의 보석으로 화려하게 치장한 것이다. 신발은 역시 황금빛의 굽 높은 하이힐을 신고 있었다.

자잘한 다이아몬드가 박힌 팔찌는 눈이 부시다. 이런 액세서리는 그녀의 훤칠한 키와, 균형 잡힌 몸매와 풍만한 가슴, 어깨까지 흘러내리는 치렁치렁한 머릿결을 더욱 빛나게 만들어 주고 있었다. 드레스 위로 드러난 어깨의 흰 살결과 터질 듯 밀려 나온 가슴은 남자들 눈길을 잡기에 충분하다.

황금빛 드레스가 하늘거릴 때마다 몸의 곡선까지 드러나 초대받은 귀빈들의 눈을 황홀하게 만든다. 정말 탄성을 금치 못하게 만드는 육감적인 몸매다.

이날도 역시 그녀는 커다란 보라색 잠자리 선글라스를 쓰고 있다. 입구 저쪽에는 양복 속에 권총을 휴대한 김돈규가 이들을 지켜보고 있다.

순간, 그의 뇌리에 흙피리가 떠오른다.

'흙피리는 지금 뭐하고 있지? 멋진 옷 잘 입혀 여기 데려오면 참 좋아할 텐데. 평생 샴페인 한번 터트려 보지도 못했을 거야!'

갑자기 또 흙피리가 보고 싶은 김돈규다.

'댕—' 하는 종소리가 울리자 사람들은 '와—' 하는 함성을 지르며 축배의 샴페인 잔을 들어 올렸다. 한해가 가고 새해가 오는 자정 종소리다. 그리고 서로를 포옹하며 새해를 축하한다.

"해피 뉴 이어!"

"해피 뉴 이어!"

잠시 후 사루비아 강이 연단으로 올라갔다.

마이크를 잡은 그녀가 조금은 상기된 표정으로 말문을 열었다.

"친애하는 신사 숙녀 여러분, 먼저 새해를 축하드리며 부산 경제 발전을 위한 몇 가지 계획을 발표해 드리겠습니다. 이미 대통령께도 보고를 드린 바와 같이 부산 국제공항 건설은 확정된 바와 다름없습니다. 제일 큰 문제였던 차관 문제를 제가 책임지기로 했기 때문입니다."

"와—아!"

박수가 터져 나왔고 사루비아와 장선홍 회장의 의미 있는 눈빛이 마주친다.

"이 공항은 현 김해공항을 대대적으로 확장하여 건설하는 것이 제 1안입니다. 2안은 제3의 부지를 찾는 일입니다. 그러니 공항 부지만큼은 아직 미확정인 셈입니다. 어쨌든, 이 공항을 중심으로 마산—공항—부산을 연결하는 논스톱 초고속도로를 건설할 것입니다. 이로써 마산과 부산은 공업도시로 상상도 할 수 없는 성장을 할 것이며 서울과 인천의 경인 경제 구역. 그리고 대구와 구미를 잇는 중부 경제 블록에 이은 또 하나의 동남부 경제 블록을 이룰 것입니다. 아시다시피 국제공항 건설 후보지로 제주가 강력히 거론되었습니다만 앞으로 닥쳐올 수출 물량과 세계 교류를 위해서는 제주보다 부산·마산이 더 중요하다고 판단되어 아버님의 결심을 얻어 낸 것입니다. 빠르면 해동 시기인 3월부터 본격적인 계획에 돌입할 것입니다. 또 하나 기쁜 소식을 전해 드립니다. 현 부산항을 호주의 시드니항에 버금가는 효율적이고 아름다운 항구로 만들 것입니다. 이건 차관으로가 아니라 저의 직접 투자로 이루어질 것입니다. 아직 보다 구체적인 계획은 세우지 못했으나 부산시장님과 뜻을 같이하기로 협의를 보았습니다. 기대하셔도 좋을 것입니다."

다시 우레 같은 박수가 터져 나온다.

"부산 국제공항이 개통되면 우선은 후쿠오카, 오사카 노선으로 시작되겠지만 머지않아 도쿄는 물론 멀리 LA, 뉴욕, 그리고 유럽의 파리, 런던까지 진출할 것을 의심하지 않습니다. 하지만 더 급한 곳은 중동 지역입니다. 중동 개발로 한국은 큰 경제적 이익을 보고 있습니다. 하지만 석유를 생각한다면 두바이나 아부다비 직항 노선도 꼭 검토해야 할 것입니다. 꿈같은 말씀같이 들리실지도 모르겠지만

2000년대에 들어서면 한국은 세계 10대 교역국이 될 것입니다. 시선을 국제무대로 돌려야 합니다. 여러분의 용기와 희망 그리고 땀과 열정으로 반드시 이루어 내리라 믿습니다. 이런 뜻에서 대한민국과 박정희 대통령 각하와 부산을 위해 건배를 제의합니다."

박수가 터져 나왔고 그녀의 힘에 넘치는 연설에 인사들은 감격하고 있었다. 그리고 다시 부산·마산의 희망과 꿈을 위한 건배가 이어졌다.

건배 후 그녀는 잠시 헤어지는 아쉬운 인사를 남겼다.

"저는 이제 곧 부산을 떠나 미국으로 들어갑니다. 하지만 여러 가지 준비가 끝나는 삼월 초 다시 귀국하여 여러분을 다시 찾아뵙게 될 것입니다. 그동안 모두 건강히 계시기 기원합니다."

이어 조성준 부산시장과 마산시장의 감동 어린 답사가 있었다. 이 프로젝트를 관철시켜 준 사루비아 강에 대한 감사의 인사를 빼놓을 수는 없는 일이다. 장선홍 회장은 지금부터 무엇을 할 것인가 깊은 생각에 빠지고 있었다.

이어 헤어진 남자들은 세계적인 재산가 딸에, 유창한 말솜씨에, 더할 나위 없이 관능적인 몸매의 사루비아 강에 흠뻑 취해 있었다. 말들을 안 해서 그렇지 저 풍만한 가슴에 손 한번 집어넣어 보는 게 남자들 전부의 소원이었을 것이다!

그리고 이날의 사루비아 강의 발언은 부산 언론을 통해 전국으로 퍼져 나갔고 며칠 후 그녀는 부산을 떠났다.

김돈규는 본부로부터 새로운 지시를 받았다.

부산에 정체불명의 여인이 나타났다. 이 여인에 대한 정보를 입수하고 사루비아 강이 한국으로 돌아올 때까지 그녀를 보호하라. 그녀의 정체가 밝혀질 때까지 다치지 않도록 보호하라. 사루비아 강이 그녀를 필요로 할지 모르기 때문이다. 실명은 모르고 〈흙피리〉라는 이름을 사용하고 있다.

'흙피리?'

김돈규는 깜짝 놀랐다. 이것은 흙피리를 본부에서 주목하고 있다는 뜻이다.

'이 여자와 갈등 생기는 일이 있어서는 안 되는데, 내가 처음 마음에 든 여자거든? 하지만 사루비아가 필요할지도 모른다는 말은 충분히 이해되는 대목이다.'

"그런데 왜 지금까지 독신으로 계셨어요?"

지난 크리스마스이브, 탁구 회원들을 조금 일찍 돌려보내고 막 나가려던 순간 누군가가 한 아름 꽃다발을 들고 찾아온 남자가 있었다. 〈부산식당〉에서 불고기 값을 대신 지불해 주었던 그 멋진 남자다.

조은숙 관장은 들고 있던 핸드백까지 떨어뜨렸다.

"제가 놀라시게 해 드렸나요? 죄송해서 어쩌죠?"

"아, 아닙니다. 생각지도 않았던 방문이라, 그런데 어떻게?"

그는 매우 털털해 보였다. 손에 들고 있던 장미 꽃다발을 앞으로 불쑥 내민다.

"이거, 제 마음이 담긴 크리스마스 선물입니다. 거절하지 마세요."

얼떨결에 받아들기는 했지만 무슨 말을 어떻게 해야 좋을지 그녀는 아무 생각도 떠오르지 않았다.

그가 명함을 내민다. 〈부산무역 상무 정연학〉으로 되어 있다. 대개 일선 정보국 사람들은 이런 명함을 만들어 가지고 다닌다.

"참, 일전에 식대를 치러 주시고 가셨더군요. 늦게나마 인사드립니다."

조은숙 관장은 차를 대접했고 간단한 인사가 오고 갔다. 그리고 한 번 더 만난 후 둘은 송년회 겸 데이트를 위한 드라이브를 이곳 태종대로 정한 것이다.

"뭐, 솔직히 말씀드리죠. 사실 〈부산무역〉이란 없는 회사입니다. 저는 부산 지역 중앙정보부 최고 책임자입니다. 저에 대한 신분은 직업상 속일 수밖에 없었습니다. 저 결혼 경력도 있습니다. 하지만 업무상 집을 비워야 할 때가 많았고 또 누구에게 책임이 있는지는 모르나 아이까지 없었습니다. 집 사람의 요구로 사 년 전 이혼하고 독신으로 있습니다. 저를 거절하셔도 전, 아무 말도 할 수 없는 입장이죠."

그는 지갑을 꺼내 정보부 신분증까지 보여 주었다.

조은숙 관장은 완전히 감동받았고 들떠 버렸다. 외모만큼이나 솔직하고 담백해 보였다. 군인이거나 운동선수일 거라는 첫인상이 그리 틀리지만은 않았다. 그는 소장 출신 정보전문가였다.

정연학은 탁구장 방문 시 이리저리 훔쳐보았지만 장선홍 회장이 설혹 미 달러 위조지폐에 깊이 간여했다고 해도 이곳 탁구장과는 별 관련이 없어 보였다. 그래서 정식 데이트가 시작된 것이다.

조 관장이 재혼하지 않은 이유를 묻는다.

"그런데 왜 지금까지 독신으로 계셨어요?"

"ㅎㅎㅎ 조은숙 관장님처럼 멋진 여성을 만나지 못했거든요."

"어머, 거짓말 잘도 하시네요. 멋진 여성이 얼마나 많은데……."

하지만 싫지 않은 표정이다.

같은 시간 해운대, 그러니까 사루비아 강이 송년회를 여는 파라다
이스 호텔이 마주 보이는 해운대 백사장을 한 쌍의 남녀가 걷고 있
다. 그들은 무언가 뜻이 맞지 않는지 얼굴을 붉히며 목소리를 높이
고 있다. 금메달 탁구장의 파워와 모니카다.

모니카는 일을 마치고 파워와 만나 데이트 중이다.

2

파워와 모니카 간에 갈등이 생긴 건 모니카의 직장 때문이다. 지배
인 사건 이후 두 사람은 더욱 단단히 뭉쳐질 것만 같았다. 또 그래야
했다. 그런데 현실은 달랐다. 엉뚱한 방향으로 흐르고 있었다. 파워
가 노래를 그만두라는 것이다.

"나야 충분히 이해하지만 어른들은 술집에서 노래하는 술집 여자
로 알고 있단 말이야. 그런데다 그 지배인 녀석과 같이 있는 것도 싫
고! 계약 끝나면 그만두자. 이제 곧 항해사 자격증을 딸 것이고 취업
하면 결혼할 거야. 조금 일찍 그만두는 걸로 이해해."

하지만 아니다. 그렇게 꿈을 접을 수는 없다. 어차피 대학은 틀렸
다. 대학의 꿈을 접은 이상 새 목표에 모든 것을 걸어야 한다. 스타
가수가 되는 것이 그녀의 지상 목표다.

"왜 그래! 난, 내 꿈 접지 못해. 여기까지 어떻게 왔는데! 술 처먹은

놈들한테서 맥주 세례도 받아 보았고, 욕질도 받아 보았어. 그래도 참았어. 왜? 꿈을 위해서! 지배인 녀석한테 그 수모를 당하고도 그만두지 못했어. 나라고 해서 기회가 없으란 법 있어? 난, 성공할 거야. 텔레비전에서 노래하는 내 모습 볼 때까지만 참아!"

"누가 네 장래를 책임져 주는데? 스타 가수? 서울에 쟁쟁한 지망생들이 어디 하나둘이겠냐? 제발 꿈 깨! 그리고 계약 끝나면 노래 집어 치워!"

모니카가 악을 쓰며 덤빈다.

"좋아! 그럼 나도 조건이 있어. 오빠 꿈이 항해사 되는 거지? 그래서 부모님 반대 무릅쓰고 해양대학 갔지? 그럼, 오빠도 항해사 꿈 버려. 다른 직업 가져! 그럼 나도 노래 버릴게, 됐어?"

두 철로는 같이 동행하지만 영원히 만나지는 못한다. 지금 두 사람이 그렇다. 모두 생각은 좋지만 갈 길이 달라진 것이다. 이들은 4년 만에 최대 위기에 봉착했다.

파워로서는 모니카가 그 술집에서 노래 부르는 것에 진저리를 치고 있었고 모니카는 이왕 깨진 대학 꿈, 가수의 꿈이나 이루자는 것이다. 새해 벽두부터 두 사람은 조짐이 좋지 않았다.

파워는 갑자기 홈피리가 보고 싶어졌다. 시원시원하고 씩씩한 그 멋진 여성이! 그리고 모니카는 자신을 위해 아무것도 해 주지 못하는 오빠가 시시해 보였다. 그 자랑스럽던 오빠가! 파워 오빠가 후쿠오카 시합에 다녀오면 어떻게든 결판을 내리라 다짐하는 모니카다.

'내가 가수 되는 거 반대했다가는 언젠가 후회하는 날이 오고 말거야. 그리고 정 안 된다면 어쩔 수 없지. 헤어지는 수밖에!'

멀리 파라다이스 호텔 신년 축하 등불이 별처럼 반짝인다.

금메달이나 설봉 선수들이 비지땀을 흘리며 훈련하는 사이 어느덧 10여 일이 지났다. 1월 중순의 추위는 본격적으로 찾아왔고 구정은 코앞으로 다가왔다.

그런 어느 날 밤! 을씨년스러운 달빛이 구름을 헤집고 나온다. 대한이 지나고 소한도 지나 이제 곧 구정이 올 것이다. 하지만 달빛마저 얼어 버릴 것 같은 강추위는 도무지 멈출 기색을 보이지 않는다.

하늘도 땅도, 부둣가 건물들 그림자조차 얼어 버린 매서운 추위 속에 바람마저 매섭게 불어 대는데, 부두 한 창고 그늘에서 어지러운 발자국 소리, 고함 소리, 비명 소리, 치고받는 주먹 소리가 들려온다.

"죽여, 죽여 버리리라고!"

"어디 덤벼 봐! 네놈들 손에 죽을 내가 아니니까."

"곱게 안 따라와? 너 죽으려고 환장했어? 어디 원하는 대로 없애 주마."

이 어수선한 고함 속에서 찢어지는 여자의 목소리도 들린다.

"여자라고 우습게 보면 죽어?"

퍽, 퍽! 둔탁한 주먹 소리가 들리고 휙휙 바람을 가르는 발차기 소리가 들린다.

야구방망이 하나가 여인을 향해 날아들었고 여인은 번개같이 머리를 숙인다. 야구방망이가 머리 위를 스쳐 간다.

"얍!"

기합 소리와 함께 여자의 발이 야구방망이를 휘두르던 남자의 복부를 강타한다.

"헉!"

숨을 멈춘 사내가 앞으로 고꾸라진다.

여자는 갑자기 몸을 돌려 도망치기 시작했고, 세 명의 남자는 어둠 속으로 사라져 가는 여인을 필사적으로 따라간다.

어둠 저쪽 한 고급 승용차 안, 중년의 남자가 비서를 향해 묻는다.

"저 애가 흙피리라는 애야?"

"네, 회장님!"

"음, 쓸 만하군 신상 조사해서 보고해. 어디서 태어났고 어떻게 성장했는지. 알았지?"

"알겠습니다. 회장님!"

비서가 차창을 열고 휘파람을 불자 여자를 따르던 세 사내가 추적을 멈추고 어디로인가 사라져 버렸다.

"뭐야, 개새끼들! 날 덮치는 이유가?"

흙피리는 사내들을 따돌렸다고 생각했는지 가쁜 숨을 몰아쉬며 뜀박질을 멈추었다. 그리고 아무 일 없었다는 듯 천천히 걷는다. 구름은 완전히 걷히고 달빛은 괴괴히 비춘다.

흙피리는 자신의 그림자를 끌고 한 허름한 한옥 귀퉁이 방으로 들어선다. 좁은 방엔 낡은 살림살이들이 어지럽게 널려 있다. 흙피리는 아무렇게나 옷을 벗은 후 이불 위로 벌렁 몸을 눕힌다.

"뭐야, 그 자식들은?"

아무리 생각해도 자신을 습격한 녀석들이 누군지 알 수가 없다.

"염병할—."

욕지거리를 내뱉더니 낡고 작은 냉장고에서 맥주를 꺼내 벌컥 대며 들이켠다. 주머니 속의 오카리나만 아니었다면 세 놈 모두 요절을 냈을 것이다. 싸움도 좋지만 오카리나가 부서지는 건 절대 안 된다. 이건 흙피리의 또 다른 목숨과도 같은 것이다.

더구나 구정이 지나면 부산시장배 탁구 시합이 있고, 그 시합이 끝나면 곧바로 일본 후쿠오카로 떠난다. 지금은 몸을 함부로 움직일 입장이 아니다. 하지만 녀석들을 피해 달아났다는 건 참으로 치욕적인 일이다. 이런 건 소문으로 번지게 마련이기 때문이다.

'그런데 그 녀석들 도대체 누구인 거야?'

칼잡이 쪽은 절대 아닐 것이고, 자갈치시장 애들도 누님으로 모시겠다는 충성 약속을 받아냈다. 이유 없이 함부로 기습할 애들이 부산에는 없다.

'언젠가는 다시 나타나겠지! 기다려 보면 알 거야……'

장선홍 회장이 흙피리에 대한 소문을 들은 것은 사루비아 강이 부산을 떠난 직후였다. 이런 소식이라면 제일 먼저 알아야 하는 장 회장이지만 미국서 온 공항건설 차관과 부두 확장 투자자 사루비아 강 문제로 정신 차릴 겨를이 없었기 때문이다.

그는 흙피리라는 여자아이가 부산역 칼잡이를 깨끗하게 해치웠다는 소문과 자갈치파 애들이 그녀에게 충성을 맹세했다는 말에 경악을 금치 못했다.

그것이 사실이라면 장선홍 회장으로서는 그토록 찾아 헤매던 해결사를 얻게 되는 셈이다. 그는 오래전부터 새 주먹, 새 얼굴을 애타게 찾고 있었기 때문이다. 지금 찾고 있는 주먹은 무식하게 싸움만 잘해서는 안 된다. 머리가 있어야 한다. 지략도 있어야 하고 존경받을 줄도 알아야 한다.

그런 면에서 부산역 칼잡이나 자갈치파 애들은 썩 마음에 내키는 아이들이 아니었다. 싸움은 잘할지 모르나 너무 거칠고 무식하다. 한마디로 그냥 건달일 뿐이다.

그런데 흙피리라는 아이는 다르다. 우선 사람을 다룰 줄 안다. 제압을 해 놓고도 오히려 술을 산다든가, 용돈까지 주어 자기 하수로 만든다는 건 머리를 쓸 줄 안다는 증거다. 자신이 이 거친 세계에서 경쟁자들을 따돌리고 성공한 배경도 이런 지략 때문이었다.

'음, 한번 솜씨를 봐야겠군!'

그래서 주먹들 중 고르고 골라 세 명을 선발하여 기습을 명령했던 것이다. 웬일인지 싸움을 피하는데 대신 야구방망이를 든 녀석이 얻어터졌고, 그녀는 한 대도 맞지 않고 도망쳐 버렸다.

이유가 있겠지만 그 정도면 대단한 실력이다. 눈에 찬 것이다. 이제 곧 비서가 알아낼 그 흙피리라는 아이의 정체가 밝혀질 것이다.

'이 여자아이가 만일 부두노조를 장악한다면 그녀는 부산 주먹 세계에서 새 전설을 만드는 주인공이 될 것이다.'

그것은 바로 자신의 후계자가 된다는 뜻이다. 그러고 보니 참 세월도 많이 흘렀고, 오랫동안 새 전설을 쓸 주인공도 없었던 셈이다. 장회장이 조금은 설레고 있었다.

3

부산시 중구 광복동, 그 번화가 뒤 좁은 골목에 7층 건물이 있다. 장선홍 회장의 〈행준사〉 건물이다. 3층부터 5층까지 그가 쓰고 나머지는 세를 주었다.

그는 개인 비서로부터 흙피리에 대한 보고를 받고 있었다.

"회장님, 놀라지 마십시오. 흙피리 정체가 밝혀졌습니다."

"뭐야, 놀라지 말라는 게!"

"흙피리는 올해로 28세. 현재 거주지는 부산역 맞은편 작은 방 하나 얻어서 자취하며 살고 있고요. 저녁에는 회장님 소유의 금메달 탁구장 회원으로 운동하고 있습니다."

"뭐야?"

의자에 비스듬히 앉아 있던 그가 화들짝 놀라 몸을 벌떡 일으킨다.

"네, 입회한 지 한 달 정도 되었구요. 이름은 최막동이라고 합니다."

"최─막동? 그럼 그 아이 아냐? 얼마 전 중고 오토바이 사 주었던!"

"네, 회장님. 우리 식구입니다."

장 회장은 경악하고 있었다. 조은숙 관장이 입에 침이 마르도록 칭찬하던 그 탁구 치는 아이가 흙피리라니. 등잔 밑이 어둡다더니 내 식구를 옆에 두고…….

"조 관장님 찾아봐!"

"이미 연락 드렸습니다. 흙피리와 함께 곧 올 겁니다."

참 눈치 빠른 비서다. 그래서 장 회장이 그토록 오랜 세월 옆에 데리고 있는 사람이다.

"잘했어. 오거든 정중히 모셔!"

흙피리와 최막동을 따로 알다니. 세상은 참 넓고도 좁다는 평범한 진리를 새삼 깨닫는 장 회장이다.

'그런데 왜 조 관장이 몰랐을까? 그 아이가 천하의 싸움꾼이었다

면 분명히 내게 보고했을 텐데······.'

장 회장은 며칠 전 부두에서 혼자 세 명을 상대하던 흙피리를 기억에 떠올린다. 야구방망이까지 든 놈들이 여자 하나 꺾지 못하고 참패한 싸움 모습을······.

'참 날렵했지. 세 놈 주먹이 야구방망이를 들고도 한 대도 치지 못했으니. 그런데 그날 흙피리는 전혀 싸울 의지가 아녔지. 왜 그랬을까? 그리고 그 아이는 도대체 어디서 나타난 거야? 단숨에 부산의 주먹 세계를 평정했다면 이건 기적 같은 일 아닌가?

사실 자신도 6.25 직후 어수선한 분위기 속에서도 부산 주먹을 평정하는데 무려 2년 가까이 걸렸다. 그런데 흙피리라는 아이는 채 한 달도 안 걸린 셈이다.

머리를 갸우뚱거린다. 이건 정말 신화가 분명하다. 더구나 여자아이가!

잠시 후 사무실 문이 열리더니 비서의 안내를 받으며 조은숙 관장과 흙피리가 조심스럽게 들어온다.

"인사드려 우리 회장님이셔!"

흙피리가 허리를 반쯤 꺾는다.

"지난 번 오토바이 정말 감사했습니다. 고맙습니다."

"앉아 앉으라고, 어려워 말고! 자, 관장님도 앉으세요."

잠시 후 여직원이 타 온 커피가 놓여진다.

천하의 장선홍이다. 부산 주먹 세계를 평정하고, 부산 지하 경제의 실질적 주인이며 앞으로 재벌을 꿈꾸는 막강한 실력의 소유자다. 하지만 그는 아직 세상에 태어나서 이런 〈물건〉을 본 일이 없다.

단발머리가 찰랑이고 얼굴은 아직 앳되어 보이는데 몸은 건장하면서도 군더더기 살 하나 보이지 않는다. 얼굴이며 몸이 참 당차게 생겼다.

커피를 마시며 장 회장이 다시 입을 연다.

"이름이 뭐랬지?"

"네, 최막동입니다."

"ㅎㅎㅎ 아니 그 이름 말고?"

조 관장이 깜짝 놀라 회장을 바라본다. 아직 흙피리라는 이름을 알려 드리지 않았기 때문이다.

"저……"

"흙피리라고 했나? 난, 그렇게 들었는데?"

"네, 회장님. 그건, 그냥 별명입니다."

조은숙 관장이 서둘러 대신 말한다.

"ㅎㅎㅎ 조 관장님은 아직 흙피리에 대해서 나만큼 몰라요!"

흙피리가 모기 소리만큼이나 작은 목소리로 대답한다.

"네, 그냥 제가 만든 이름입니다. 오카리나라는 쬐끄만 악기 이름이에요. 제가 그걸 좋아해서……"

"자, 좋아요. 관장님은 비서실과 상의해서 흙피리가 살 만한 아파트 하나 장만해 주고요. 가구 일체도 장만해 드리세요. 몸만 들어가면 살 수 있도록 해 주세요. 그리고 먼저 가 보세요. 전, 좀 더 할 말이 있으니까요."

조은숙 관장은 의아한 마음으로 돌아갔고, 관장이 돌아가자 대화는 다시 시작되었다.

"내가 먼저 흙피리 양한테 사과해야 할 일이 있네!"

"사과라니요. 제게 무슨? 오히려 정말 갖고 싶었던 오토바이를 사

주서서 무엇으로 은혜를 갚아야 하나 걱정이 태산 같은데요."

"아니야, 그런 게 아니야. 며칠 전 밤에 습격당한 일 있었지? 야구 방망이 든 놈과 두 명의 주먹들한테서 말이야."

"회장님께서 그걸, 어떻게!"

"음, 내가 시킨 거였어. 나도 그 자리에 있었고, 솜씨가 보고 싶었던 거야. 그런데 싸우지를 않더군. 왜 그랬지?"

"아, 그랬군요. 그런 꼴 보여 드려서 어쩌죠? 사실은 이것 때문에 싸우지 못했어요."

그녀가 호주머니에서 작은 천으로 된 주머니를 꺼내 보였다.

"이 속에 있는 게 오카리나입니다. 이 악기 이름을 우리나라에서는 흙피리라고 합니다. 이게 주머니에 있어서 혹 다칠까 봐 싸우지 않고 도망쳤던 겁니다."

"흠, 무척 아끼는 모양이군. 됐어! 그건 그렇고, 난 자네 사생활에 대해서는 묻지 않겠네. 다만 내 사람이 되어 달라는 부탁만은 꼭 하고 싶네. 어떤가, 나와 손잡고 큰일 한번 하지 않겠나?"

"전, 이미 회장님 사람입니다. 선뜻 오토바이를 사 주셨을 때 저는 충성을 맹세했었지요."

"그랬나? 사실은 신형 일제로 사 주려 했는데 관장이 말렸지, 꼭 중고로 갖겠다고 해서. 난 그때 감탄했었네!"

"저한테는 중고라도 과분한 선물이었습니다. 정말 갖고 싶던 오토바이였으니까요. 제가 충성하는 대신 작은 부탁이 하나 있습니다."

"말해 보게!"

"저의 탁구장에 파워라고 있습니다."

"음, 정완이 말이야?"

"네, 파워 여자 친구가 〈스타더스트〉에서 노래를 부르고 있습니다. 모니카라는 여자인데 좀 큰데 다른 곳에서 일했으면 좋겠습니다."

"음, 그거야 문제가 아니지. 노래만 잘하면 서울에도 진출시킬 수 있고……."

"그럼 전, 그걸로 만족하겠습니다. 제가 할 일이 있으면 말씀해 주십시오."

참 별난 아이다. 오토바이도 중고품으로 사겠다더니 소원이란 게 자기 일도 아닌 부탁이다. 조은숙 관장이 그랬던 것처럼 장 회장도 정말 욕심 없는 아이라고 혀를 찬다.

그때서야 장 회장은 두 가지 부탁을 해 왔다.

하나는 어떻게든 부산시장배 탁구 시합과 후쿠오카 친선 시합에서 꼭 우승해 달라는 부탁이다. 또 하나는 부두노조 관계다. 비교적 상세히 설명을 해 주었다. 무엇보다 노조 지부장을 퇴진시키는 일이다. 그리고 노조를 장악하여 노무자협의회와 합치는 일이다.

이 일만 성공하면 흙피리에 대한 모든 문제를 자신이 직접 챙겨 주겠다고 약속했다. 뜻밖에도 흙피리는 선뜻 동의했다.

"알겠습니다. 회장님은 제 주인이십니다. 반드시 좋은 보고 드리도록 하겠습니다. 모든 건 제게 맡겨 주십시오."

회장은 봉투 한 장을 내주었다.

"어찌 되었든 사람은 움직이면 다 돈이 필요한 거야. 필요할 때 아끼지 말고 써."

돈이다. 수표로 자그마치 300만 원이다. 당시로서는 일반 회사원 1년치 월급과 맞먹는 돈이다.

"만일 사람 머릿수가 필요하면 언제든지 요청해. 지원해 줄 테니."

"그럴 일은 없을 겁니다. 신속히 처리하겠습니다."

사람이든 코끼리든, 머리의 뇌가 죽으면 몸뚱이가 아무리 커도 쓰러지게 마련이다. 부두노조가 아무리 커 가고 있다고 해도 최고 지도자인 지부장과 핵심 인사가 쓰러지면 접수하는데 큰 문제는 없을 것이다. 그리고 당시 노조는 대개가 어용 노조이며 대단히 부패해 있었기에 그 틈을 노리면 그다지 힘들이지 않고 붕괴시킬 수 있다.

흙피리는 그다지 걱정하지 않았다. 잘만 하면 손에 피를 묻히지 않고도 해결될 것이다. 탁구장으로 돌아가며 그녀는 마음속으로 쾌재를 부르고 있었다.

그녀는 오토바이를 탁구장에 놓고 관장님 차로 왔기 때문에 택시를 타고 가야 했다. 차를 잡기 위해 길에서 서성이는데 한 대의 승용차가 미끄러지듯 달려와 멈추어 섰다. 그리고 단단하게 생긴 그러나 인상 좋은 남자가 손짓을 하며 부른다.

"저, 흙피리님 맞으시죠? 어디까지 가시는지는 모르지만 제가 모셔다 드리겠습니다."

"네? 절, 아세요?"

"그럼요, 저 팬입니다. 걱정 마시고 타세요."

'나한테 벌써 팬이 생겨?'

기분이 좋다. 그렇다면 거절할 이유도 없지.

"감사합니다."

인사를 하고 옆자리에 앉았다. 차가 출발하자 운전하는 남자가 인사를 한다.

"부산역으로 가실 거죠? 영광입니다. 저를 모르시겠지만 저는 잘 알고 있습니다. 칼잡이 해치우실 때 거기서 구경하던 놈입니다. 정말 대단했습니다."

"어머! 이를 어째?"

"내리실 때 사인 한 장 부탁합니다. 제 사무실도 역 근처에 있습니다. 저 김돈규라는 사람입니다."

"김돈규 씨?"

마리아, 마리아 수녀님

1

내일은 구정이다.

이날, 조은숙 관장은 장선홍 회장 사무실에서 출전할 선수들에 대한 격려금을 받고 있었고, 대진표 구상을 하고 있었다.

"남자 단식은 파워로 나갈 겁니다. 요즘 뭔가에 좀 흔들리는 모습이기는 하지만 윤철수 공백은 충분히 메워 줄 것입니다. 결승전 상대는 설봉의 최덕상이 유력하고요, 여자 단식은 흙피리입니다. 아직 부산 바닥에서 흙피리 실력을 꿰뚫고 있는 사람은 없습니다. 설혹 실력이 노출된다고 해도 흙피리를 꺾을 사람은 부산에 없습니다. 최고 라이벌은 역시 설봉의 야생화 정도가 될 것입니다. 숨은 복병이 있다면 모르지만 현재로서는 흙피리와 야생화가 결승에서 만나는 것으로 계산하고 있습니다. 혼합복식은 천화선과 안윤주를 내보낼 생각입니다. 상대는 성채와 성채 파트너로는 은퇴를 선언했던 최재숙을 컴백시킬 것으로 보입니다."

"최재숙? 그렇다면 혼합복식이 문제로군요. 안윤주가 좀 부족하지 않은가요?"

"그렇기는 합니다만 그래도 꾸준히 시합에 나가 리듬은 살아 있는 게 장점입니다."

"다른 구장은……."

"전례로 보아 다른 구장은 들러리에 불과할 겁니다. 언제든 두 구장 싸움이었으니까요."

이때다. 비서실에서 여비서가 놀란 얼굴로 뛰어 들어왔다.

"회장님, 큰일 났습니다! 수녀님께서 오셨습니다."

"뭐야? 없다 하지 않고!"

그때 구둣발로 문을 걷어차는 소리가 들리더니 수녀복을 곱게 차려입은 중년의 수녀님 한 분이 들어온다.

수녀를 보자 장 회장 얼굴이 흙빛으로 변한다.

"갑자기, 어떻게?"

"뭐? 없다고 하라고! 너 정말 죽고 싶어?"

그러더니 다짜고짜 달려들어 수녀들이 신는 단화 구두로 정강이를 걷어찬다. 뼈를 얻어맞았는지 비명을 지르며 데구르르 구른다. 구르는 그에게 이번에는 재떨이를 집어 던진다. 다행히 피했으니 망정이지 그렇지 않았다면 머리 어딘가는 깨져 버리고 말았을 것이다.

"왜 이러세요, 수녀님. 누구신데?"

천하의 장선홍 회장을 난데없이 나타난 수녀가 걷어차고 뺨을 때리고 소리소리 지른다. 그래도 말 한마디 못하는 장 회장이다.

"없다고 그러라고? 너 아주 그만 살기로 작정을 한 거야? 날 내쫓을 생각을 다 하게?"

조 관장이 수녀의 팔을 잡자 이번에는 그녀의 팔을 뿌리친다.

"너도 얻어맞기 싫으면 가만있어. 이 녀석은 맞아도 싸니까!"

장 회장이 조은숙 관장에게 나가라고 눈짓을 했고, 조 관장은 놀라 밖으로 뛰쳐나갔다. 도저히 이해할 수 없는 상황이 벌어진 것이다.

"누구야, 저 수녀님은?"

"마리아 수녀님이세요. 그냥 빨리 가세요. 툭하면 오셔서 저러세요!"

"마리아 수녀님?"

비서실에서도 해명 한마디 없이 그냥 가라고 서둘러 내쫓는다.

안에서 살림 부서지는 소리, 수녀의 고함 소리가 소란스럽다.

'뭐야? 이게 어떻게 된 거야?

영문을 알 수 없는 조 관장은 놀란 가슴을 쓸어내리며 탁구장으로 가기 위해 돌아섰다.

"야, 이 녀석아! 지난 연말까지 모두 정리하라고 했지? 재산 다 사회에 기부하고 부산 떠나라고 분명히 경고했지? 그런데 왜 여태 이러고 있는 거야! 세상 이치가 어떤 건지 말해 줬으면 들어 쳐먹었어야지! 남의 눈에 눈물 흘리게 하면 내 눈에는 피가 흐르는 법이여! 그렇게 사람들 아프게 하고 너 혼자 잘될 것 같아? 쓰린 일 당하기 전에 네 업보 다 지우란 말이야. 멍청한 놈 같으니라구. 부산 떠나서 노동일을 하던지. 멀리 시골 가서 구멍가게를 하던지 절에 가서 중이 되든지. 그렇게 살란 말이야! 네 죄 평생 참회하면서 말이야. 빌어먹을 놈. 멀쩡한 내가 왜 이 시커면 수녀복 입었는지 네가 알잖아. 나도 시집가서 남편 사랑받고 애새끼 낳고 오손도손 살고 싶었다.

그거 버리고 수녀가 된 거 다 너 때문인 거 알잖아. 그렇게 해서라도 네 죄를 내가 대신 갚으려고 인생 포기한 년이야. 그런데 네가 아직도 정신 못 차리고 난 척하며 살아? 너, 운명이란 거 그리 만만하게 생각하지 마! 네 눈에 피가 흐르기 전에 정리해. 네 인생, 그만 접으란 말이야! 그만큼 호강했으면 됐잖아! 나, 간다."

수녀가 문짝이 부서져라 쳐닫고 나간다.

장 회장은 비서를 불러들였다.

"누가 가서 수녀님 부산역까지 모셔다 드려. 그리고 가면서 말씀드려. 구정 지나고 성당으로 찾아갈 것이라고. 알았지?"

"알겠습니다."

"아 참, 이거."

장 회장이 봉투 하나를 꺼내 손에 잡히는 대로 돈을 집어넣는다.

"안 받으시면 그냥 던지고 와!"

비서는 봉투를 핸드백에 우겨 넣고 회장실을 나왔다. 회장 운전기사를 찾아 밖으로 나왔다. 하지만 여비서가 수녀를 찾아 밖으로 나왔을 때는 이미 수녀의 모습은 보이지 않았다.

조은숙 관장은 탁구장으로 가지 않았다.

부산 바닥에서 회장님에게 함부로 대할 사람은 없다. 그가 누구라 하더라도! 한데 난데없이 나타난 수녀가 얼굴을 보자마자 구둣발로 걷어차고 뺨을 때려도 장 회장님은 그저 맞고 피하는 것밖에는 할 수 있는 것이 없었다.

누군가, 그 수녀님은? 그리고 회장님은 왜 맞고만 있는 것이며 왜 맞는 것일까? 무엇이 수녀님을 흥분하게 만든 것일까? 궁금해서 견딜 수가 없다. 그래서 탁구장으로 가지 않고 기다리고 있었다. 이 궁금증을 풀지 않고서는 아무것도 할 수 없을 것만 같아서였다. 그래서 현관 저쪽에서 그 수녀를 기다리고 있었다.

다행히 오래지 않아 수녀님이 모습을 나타냈다. 아직도 흥분을 가라앉히지 못했는지 얼굴이 잔뜩 굳어 있었다. 버스를 타기 위해 길을 건너려는 순간 잽싸게 차를 몰고 가 그 앞을 막아섰다. 그리고 차에서 내려 허리가 꺾어지게 인사를 올렸다.

"수녀님 접니다. 아까 회장님 방에 있었던……."

똥그란 눈으로 바라보더니 얼굴을 찡그린다.

"너, 장 회장이 경영하는 술집에 있는 여자야?"

조 관장이 웃으며 대답했다.

"제가 그렇게 보이십니까? 아닙니다. 회장님이 운영하시는 탁구장 관장입니다."

"그런데 왜!"

"어디까지 가시는지 제가 모셔다 드릴려구요. 타세요."

"진짜 탁구장에 있어?"

"그럼요, 보세요!"

조 관장이 가방에서 라켓을 꺼내 보여 드렸다. 그때서야 얼굴이 풀린다. 그리고는 잠시 머뭇대던 수녀님이 비로소 차에 오른다.

"탁구는 나도 좋아하지. 우리 수녀들 중에 내가 제일 잘 치거든!"

마음이 다소라도 풀렸다고 생각한 조은숙 관장은 첫 매듭을 잘 풀었다고 생각했다. 이제부터 입을 열게 해야 한다.

"수녀님 목적지가 어디세요?"

"대구야, 대구로 가야 하거든? 그러니 부산역까지만 데려다 줘!"

"지금 오후 두 시인데 막차로 가시면 안 되나요? 몇 시까지 가시면 되시나요? 제가 차라도 대접하고 싶어서요. 괜찮으시다면 어디 해변이라도 가서서 바닷바람이나 쏘이고 가세요. 자주 오시기도 힘드실 텐데……."

"그렇지 않아도 기분 꿀꿀한데 잘 됐군. 관장님 시간 괜찮으면 그렇게 하지. 이왕 시간 내줄 거라면 난, 태종대가 좋은데. 꼭 가야 할 이유도 있고!"

"전, 괜찮아요. 태종대 가면 포장마차 집 있거든요. 거기서 커피 대접해 드릴게요."

성공이다, 대성공이다. 수녀님도 뭔가 답답한 구석이 있으실 것이다. 그리고 마음을 풀어 드리면 자신도 기분이 좋아질 것 같다.

그녀는 수녀님을 옆에 태우고 태종대를 향해 달렸다.

운전을 하며 조심스럽게 질문을 시작했다.

"수녀님들도 탁구 치세요?"

"그럼, 당구 치는 수녀도 있어. 수녀라고 별세계 사람인 줄 알아? ㅎㅎㅎ 나, 제법 쳐!"

"어머, 그러세요? 탁구 참 재미있죠?"

"말하면 잔소리지. 근데 관장은 어디서 탁구 배웠어?"

"전, 전에 국가 대표 선수였어요."

"어머, 그래? 그럼, 언제 대구 한 번 올라와. 우리 수녀님들 되게 좋아하겠다. 성당에 탁구대도 있고 교우님들 중에도 탁구 잘 치는 분 많거든. 심근하라는 교우님은 대구서도 알아주는 고수지."

"어머, 그러세요? 그럼, 언제 꼭 올라갈게요."

탁구 얘기가 나오자 기분이 한결 좋아지시는 수녀님이다.

"그런데 장 회장님하고는 어떤 관계세요? 아까는 깜짝 놀랐어요!"

"응, 선홍이? 그 녀석, 내 네 살 턱 아래 동생이야!"

"네? 그럼, 회장님 누님?"

조은숙 관장이 깜짝 놀라 되물었다.

"그래, 어휴! 내 그놈 생각만 하면 복장이 터져, 복장이. 아 참, 나여섯 시 기차는 꼭 타야 하니 그리 시간 맞춰 줘?"

"네, 알겠습니다. 걱정 마세요. 그런데……."

"아까는 놀랬지? 궁금하기도 할 테고. 어휴!"

주먹으로 가슴을 친다.

"그놈 죄 많은 놈이야. 암 많고, 말고!"

"과거야 모르겠지만 지금은 참 훌륭하세요. 배려도 깊으시고, 주위 분들에게 존경도 많이 받으시죠. 다정다감하시고요."

"그놈 성격이 그래, 그건 알아. 하지만 그놈 돈에는 피의 원죄가 있어!"

"?"

차는 어느새 태종대에 도착했다.

수녀님은 그때서야 가슴이 뚫리는지 차에서 내려 심호흡을 한다.

"내 이래서 바다를 좋아하지. 여기는 내 눈물이 고여 있기도 한 곳이고……."

2

"지금부터 내가 하는 말 장 회장에게는 절대 비밀로 해야 돼?"

"그럼요. 그런 걱정은 하지 마세요!"

"휴—우!"

가슴이 막히는지 수녀님은 깊은 한숨을 쉰다.

"세상은 말이야 참 불공평한 것 같지만 알고 보면 공평한 점도 많아. 죄는 절대 용서받지 못한다는 거. 난, 그걸 철저히 믿거든? 어떤 방법으로든 죄의 업보는 자신에게 되돌아오게 돼 있어. 그게 진리야. 그래서 난 선홍이 보고, 모든 재산 사회에 전부 돌려주고 맨 몸부터 인생 다시 시작하라고 수없이 말했어!"

태종대 겨울바람은 차고 매웠다. 저쪽 멀리 보이는 성난 파도는 바람에 한껏 일렁이고 있었고 바람이 두려운지 오늘은 갈매기조차 보이지 않는다.

조은숙 관장은 마리아 수녀님을 다시 차에 오르시라고 한 뒤 이날 역시 빼놓지 않고 나온 포장마차 집에서 커피를 받아 차로 돌아왔다.

"날이 춥네요. 어서 드세요!"

"내 일생 최고의 커피를 마시는 것 같군. 고마워."

"마음 다 털어놓으시고 가세요. 그래서 바다거든요. 하늘 빼고 바다보다 더 넓은 게 있나요?"

"ㅎㅎㅎ 그건 그려. 정말 오랜만에 태종대 왔군. 내겐 슬픈 곳이지만, 많이 오고 싶었는데 참 잘 됐어!"

"이곳에 무슨 사연이라도 있으신가요?"

"있지, 있고 말고. 다 선홍이 그 녀석 때문이야. 에구!"

갑자기 눈물이 나는지 손수건을 꺼내 눈물을 훔친다.

"궁금하지? 선홍이에게는 내게서 뭔 말 들었다는 거 비밀로 해 둬!"

"……."

"선홍이 내 목숨보다 더 소중한 놈이지. 내게는 유일한 핏줄이니까. 그런데 말을 안 들어. 재산, 그 헛꿈 같은 거 때문에 말이야."

"……."

"내가 답답한 건 선홍이가 죄를 용서받을 상대가 어디 있는지 알 수가 없다는 거야. 죄를 지으면 누구보다 피해자에게 먼저 용서를 받아야 하는데 어디 있는지 알아야 용서를 받지. 젠장, 하느님에게 죄를 용서해 달라고 아무리 빌어도 소용없어. 피해자가 용서 안 하면 누구도 대신해서 용서해 줄 수 없는 게 죄야."

"네, 그건 그렇습니다. 그런데 회장님이 도대체 누구에게 그런 죄를……."

"얘기하자면 길지. 6.25 때로 거슬러 올라가야 하니까. 자네, 운동하는 사람이니 맘 놓고 얘기하는 거야. 내 평생 가슴에만 묻어 두고 온 얘기니까!"

1950년 터진 6.25전쟁은 전국을 폐허로 만들었다.

경북 김천서 전쟁을 맞은 선홍이와 누나 인숙이는 부모님과 함께 피난할 처지가 되지 못했다. 불행하게도 아버지가 맹장염에 걸려 수술을 끝낸 직후였고, 열악한 시설로 수술을 받아 상처가 제대로 아물지 못했기 때문이다.

어머니는 주머니에 돈을 싸 넣어 주고 부산으로 피난 가 있다가 전쟁이 끝나면 돌아오라고 했다. 선홍이가 17살이니, 인민군에게 잡히면 의용군으로 끌려갈 나이였기 때문이다.

트럭을 타고 대구를 거쳐 부산까지 무사히 도착했다. 피난민으로 들끓던 부산에서 그래도 돈이 있어 방 한칸을 얻어 피난민 생활을 시작하게 되었다.

"참, 참담한 생활이 시작되었지. 난, 그래도 선홍이를 학교로 보냈어. 공부는 해야 했거든. 대신 내가 껌팔이, 식당일 심지어 구두통 메고 구두닦이까지 했으니까. 그리고 그해 가을 수복이 되어 선홍이를 남겨 두고 김천으로 찾아갔어. 그게 불행의 시작이었지!"

김천의 병원은 제법 큰 건물이어서 인민군들이 사령부로 쓰고 있었고 환자들은 옆 창고 건물로 쫓겨갔다. 그런데 이 건물들이 폭격을 당해 상당수 파괴되었고 환자들은 피하지 못해 상당수 사망해 버리고 말았다.

"부모님이 이 폭격으로 모두 사망하신 거야. 졸지에 고아가 되었지. 하기야 그런 일이 어디 우리뿐이었겠어? 천지가 고아인 시절이었으니. 난, 김천을 버리고 다시 부산으로 내려왔어. 이제부터는 진정한 생존경쟁이었지. 돈을 벌지 못하면 죽는 거니까. 난, 죽어라 일했어. 정말 뼈가 빠지게 일했지. 먹고 살아야 했고 선홍이를 공부시켜야 했으니까. 자네 꿀꿀이죽이 뭔지 아나?"

"네? 꿀꿀이죽이요! 그게 뭔데요?"

"모를 테지. 미군들이 먹다 버린 음식 찌꺼기를 모아 끓여 만든 죽이야. 그게 싸고 영양가는 많았지. 그걸 선홍이에게 먹이려고 난 굶어 가며 일했어. 한데 말이야. 이 빌어먹을 놈이 학교를 안 가고 돈을 벌겠다고 나선 거야. 참 속 많이 썩었어. 돈도 좋지만 사람은 공부를 해야 하거든. 대가리에 든 게 있어야 사람 구실을 하는 건데 말이야. 싸우다 지쳐서 공부시키는 거 포기했어. 그래도 그 녀석 재주가 좋아 돈을 꽤 모았지. 집도 장만했고. 난, 아쉽지만 그 녀석 그게 팔자라 생각했어. 근데 그게 아니었어. 이런 환장할, 어느 날 한 여자가 찾아왔어. 귀부인 같았어."

딸 둘을 데리고 사는 전쟁미망인이라고 했다. 다행히 부산 토박이인데다 재산이 많아 피난민과 미군을 상대로 사업을 해서 알아주는 알부자가 되었다고 했다. 그리고 아래서 일하는 꽤 똑똑한 선홍이를 만난 것이다.

"일도 성실하게 하고 똑똑해서 참 귀여워해 주었죠. 사람 부리는 데 남들과 달랐어요. 돈도 많이 벌어 주고. 그래서 많은 걸 맡겼는데. 이 녀석이 재산을 모두 가로채 사라졌어요. 제발 어디 있는지 아시면 다 용서해 드릴 테니 찾아만 주세요."

여인은 대성통곡을 하며 선홍이를 찾아 달라고 울어 댔다. 하지만 누나인들 연락이 없으니 찾을 길이 없었다. 맨손이 되었으니 두 딸과 앞으로 어떻게 살아야 하냐며 차라리 죽어 버리겠다는 것을 같이 울며 말렸다.

참, 죽이고 싶도록 미워진 동생이 되었다. 군대 안 가겠다고 군용 대검으로 제 허벅지까지 찌른 놈이라고 했다.

"난, 집을 팔았지. 그리고 부산역 앞 내 집 쪽방 하나를 남겨 내 집에서 내가 월세로 살았어. 집을 판 돈을 여인에게 주었지. 작지만 죽지만 말아 달라고. 내가 그 집에서 산 건 혹시나 선홍이가 찾아오지나 않을까 해서였어. 그리고 다시 일을 시작했어. 살아야 하니까! 정

134 인간병기 홈피리

말 미치겠더군. 이런 빌어먹을 놈이 있어?"

"그래서 그 후 어찌 되었나요? 회장님이 찾아는 오셨나요?"

"회장님은 빌어먹을 무슨 회장님이야 도둑놈이지. 허허허! 그 여자는 내가 준 돈으로 국제시장에서 식당을 차렸고 생활비로 쓰고 있었지. 재산 있는 여자가 하루아침에 거지가 되었으니 어쩌겠어. 난, 그 여자와 인연을 끊지 않고 계속 찾아다니며 돌보아 드렸지. 동생을 대신해서 평생 죄를 갚겠다는 생각으로. 그런데 어느 날부터 누군가가 내게 돈을 가져오기 시작했어. 적지 않은 돈을. 난, 틀림없이 선홍이가 보내 주는 돈이라 생각했어. 그 정도 돈이면 난 놀고먹어도 남을 정도였어. 충분한 돈이였어. 하지만 난 그 돈을 내가 쓰지 않았어. 국제시장 천막 식당을 하는 그 여자에게 주기로 하고 돈을 모으기 시작했어. 다소라도 마음의 빚을 갚자는 뜻이었지. 집이라도 사 드리자 하고. 난, 배를 곯아 가며 모았다가 웬만큼 모이면 드리려고 했어. 젠장, 하늘도 무심하시지. 겨우 돈이 좀 모일 무렵 국제시장에 화재가 난 거야. 한겨울 밤중에 난 화재였지. 난, 기겁을 해서 달려갔어. 하지만 늦었어. 그 여자와 작은딸 진양이가 숯덩이 시체로 발견되었고, 큰딸 은양이는 행방불명이 되었어. 엄마 아빠가 폭격에 죽었다는 사실을 알고 목이 터지도록 울었던 후로 그처럼 운 적이 없었어. 참 많이 울었지. 난, 시체를 수습하여 화장을 하고 그 뼛가루를 이 태종대로 가져와 바다에 뿌려 주었어. 저승에서라도 후련하게 살라고……."

"네! 그럼, 여기에?"

"응, 그래서 이리 오자고 한 거였어. 허허허! 세상 참, 기구한 운명의 여자였지. 딸도 마찬가지고. 난, 큰딸 은양이를 찾으려고 별짓 다

했지만 찾지 못했어. 그리고 난 세상 다 버리고 수녀가 된 거야. 정말 죽고 싶더군."

"그럼, 회장님과 어떻게 다시⋯⋯."

"응, 그 미친 녀석이 화재 사건에 연루되어 조사받고 있다는 사실을 신문을 보고 알았어. 난, 경찰 앞에서 돼지도록 패 주었지. 그래도 차마 은양이 엄마와 진양이가 그 화재로 죽었단 말은 못 하겠더군. 그 모녀의 죽음과 큰딸의 실종은 내 몫이라 생각했거든. 선홍이는 방화가 아니라 실화였다는 재판을 받고 1년 징역 살고 나왔지만 사람들은 그리 믿지 않았어. 화재가 난 시장터에 새 시장 건물을 짓는데 선홍이가 거기에 투자를 했거든. 그리고 부두 주먹을 휩쓸어 두목이 되었어. 이런 환장할 일이 있어? 응? 내 동생이, 염병할!'

"아, 그렇게 되었군요."

"오늘 왜 내가 선홍이 찾아와 두드려 팬 줄 알아?'

"글ー쎄요?'

"오늘이 바로 국제시장에 화재가 나서 그 여자와 아이가 죽은 날이었어. 그래서 화를 못 참고 내려온 거야. 오늘 관장 아니었으면 더 힘들었을 거야. 이렇게라도 뱉어 내니 속이 다 후련해지는군. 고마워. 그리고 말이야 웬만하면 선홍이와 인연 끊어 선홍이 내 말 안 들으면 불행이 곧 찾아와. 파도가 등 뒤에서 덮치는데 선홍이는 그걸 눈치채지 못하고 있다는 거야. 그런데 난 그걸 몸으로 느끼고 있어. 온몸으로 말이야. 그래서 하루라도 빨리 재산 정리하고 낯선 곳에서 참회하며 살아가라고 이러는 거야."

벌써 오후 5시가 되었다. 이제는 부산역까지 모셔다 드려야 할 시간이다.

"처얼썩─."

파도가 분풀이라도 하듯 바위를 때린다.

3

누님이 다녀간 후 장 회장은 깊은 생각에 빠져 있었다. 전쟁 후 자신을 위해 구두통까지 어깨에 둘러메고 다니던 누나였다. 남자들에게 얻어맞기도 했고 구두통을 빼앗기기도 했다. 껌 팔던 상자를 부쉬 버린 놈들도 있었다.

이젠 누님에게 모든 걸 맡길 수는 없었다. 자신은 남자 아닌가? 공부도 좋지만 더 이상 누님을 고생시켜서는 안 된다. 눈앞에서 누님이 남자 구두닦이에게 얻어터져도 누님은 덤비지 못하게 했다.

아니다. 이건 아니다. 그래서 학교고 뭐고 다 때려치우고 돈을 벌기 위해 팔을 걷어붙인 것이다. 다행히 양키 물건과 구호물자를 빼돌려 엄청난 돈을 버는 아줌마를 만났다. 정말 최선을 다해 몇 년 일해 주었고 그녀는 점차 중요한 일을 맡기기 시작했다. 돈을 관리하는 일이었다.

돈을 만지기 시작하자 욕망이 끓기 시작했다.

'어차피 죽고 사는 경쟁이다. 이제 다시는 이런 고생하지 않겠다.'

금고와 집문서까지 빼돌려 도망쳤다. 생존 문제란 어차피 죽고 사는 문제니 어쩔 수 없었다. 그리고 건달들을 돈으로 매수하여 부두를 장악하기 시작했다. 물론 죽을 고비도 넘겼고, 사람 죽이는 일 빼놓고는 무엇이든 해냈다. 국제시장에 불을 지르고 폐허 위에 새 건물도 지어 팔아 보았다.

돈이 모이기 시작하자 그것은 눈덩이처럼 불어났다.

'그때 그렇게 하지 않았다면 누님이나 나는 거지 신세 면하지 못했을 거야.'

은양이 엄마에게는 미안하기 짝이 없는 일이지만 그게 생존 방식이 되었으니 어쩔 수 없는 일이다.

돈을 만지기 시작하면서 누님에게 충분히 보내 드렸다. 밑에 아이들을 시켜 보냈지만 누가 보낸 돈이란 건 충분히 알 누님이다. 그런데 어찌 된 영문인지 누님은 쪽방에서 거지처럼 살고 있었다. 그러더니 불현듯 수녀가 되어 대구로 가 버린 것이다.

누님은 가끔 찾아와 걷어차고 욕설을 퍼붓지만 그런다고 누님에게 덤빌 수는 없었다. 그럴 때마다 구두통 생각이 나고 껌상자 빼앗기던 기억이 떠오르기 때문이다.

수녀가 된 뒤에도 돈은 충분히 보내 드렸다. 무엇에 쓰는지는 그리 중요한 일이 아니다. 그냥 그래야만 할 것 같아서였다.

장선홍 회장은 은양이 엄마와 진양이가 화재로 숨지고 은양이가 실종된 사실을 전혀 알지 못하고 있었다. 누님이 가끔 찾아와 행패 부리는 건 충분히 이해하지만 그 속내를 알지는 못했던 것이다.

'그래 다 내 업보이기는 해. 하지만 어쩔 수 없었어.'

그렇게 스스로를 변명하며 많은 세월을 보내왔다.

이번 김해 땅 문제와 일본과의 밀거래를 위한 탁구 시합만 끝나면 이제는 좀 보람 되게 살 것이라고 다짐하는 장 회장이다.

'학교도 하나 지어 사회에 환원하고 공부 잘하고 돈 없는 아이들 공부도 시킬 것이다.'

그는 이번 일본에서의 시합만 끝나면 조은숙 관장에게 탁구장을 조건 없이 넘겨줄 것이고 흙피리라는 아이에게도 충분히 먹고 살 수 있도록 부두에 큰 식당이라도 하나 차려 줄 요량이었다.

'죄 지은 게 있으니 주위 사람에게라도 갚아 가야지.'

제발 수녀복 벗고 사회에 나오라고 해도 누님은 끄떡도 하지 않으니 커다란 고아원이라도 하나 지어 드릴 생각까지 하고 있었다.

수녀님을 기차에 태워 보내 드린 조은숙 관장은 선뜻 탁구장으로 발걸음을 돌릴 수가 없었다. 너무나 큰 충격을 받았기 때문이다. 수녀님 말은 절대 거짓이 없을 것이다. 문제는 회장님이다. 그간 겪은 회장님은 수녀님이 생각하는 그런 분이 아니었다.

베풀 줄 알고 잔정이 많으신 분이다. 누가 탁구 회원에게 용돈까지 주며, 누가 중고 오토바이 사 달라는데 신형 일제를 사 주겠다고 하겠는가? 자신에게도 작은 아파트를 사 주셨고, 갈 데 없어 보이는 흙피리에게도 집을 장만해 주라는 지시가 있었다.

아무리 돈이 많아도 그렇게 마음을 쓸 사람은 없다.

'누군가? 장 회장님 정체는? 정말 그런 범죄를 저지른 사람이라면 어찌 그런 마음 씀씀이를 가졌겠는가?

오늘은 구정 전날이라고 보너스까지 챙겨 주신 회장님이다.

정말 그 인간적인 정체성에 궁금증이 더 해 가는 조 관장이다.

장 회장님에게서 충격을 받았다면 수녀님에게서는 감동을 받은 조 관장이다.

종교란 그런 것이다. 그것이 불교가 됐든, 개신교가 됐든, 가톨릭이 됐든 그런 건 중요하지 않다. 오늘 수녀님이 보여 주고 들려준 이

마리아, 마리아 수녀님 139

야기, 그 모습이 진정한 종교의 힘인 것이다.

사랑, 관용, 자비, 희생, 그리고 참회와 용기, 무한 책임, 사명감. 이 것이 그녀에게 있었다. 종교를 갖기 전부터 수녀님은 그런 삶의 방식을 알고 있었다. 그런 성품이 그녀에게 검은 수녀복을 입힌 것이다.

참으로 존경스러운 분이다. 조 관장은 세상에 태어나서 진정한 종교인을 만났고 가장 아름다운 사람을 만났다. 성(聖)스럽다는 모습을 그녀에게서 보았다.

동생의 죄를 대신 책임지려 했고 동생을 참회시키려 했다. 수녀님은 화재로 죽은 여인과 그 딸에 대한 무한한 책임을 지려 했다. 자신을 희생하여 그 업보들을 모두 혼자 짊어지고 있다. 삶의 이치를 알고 있고 인간의 가치를 증명해 주었다. 그 여인에게서 예수를 보았고, 성모 마리아의 얼굴을 보았다. 그 사랑을 본 것이다.

수녀님은 조은숙 관장을 부산역 맞은편 한 허름한 한옥 집으로 데려 갔었다. 그리고 구석진 쪽방을 보여 주었다. 열쇠로 문이 잠겨 있지만 보기에도 초라한 방이다.

"여기야. 용케도 아직 이 집이 살아 있어. 저 방이 내가 쓰던 방이었지. 수녀가 되기 전까지 여기서 살았어. 부산 오면 가끔 들러 들여다보고는 하지. 추억 때문이기도 하고 참회하는 뜻도 있고 말이야. 은양이와 진양이 그리고 그 엄마가 가끔 놀러 오기도 했었지. 화재로 죽은 그 여자와 딸을 생각하면 가슴이 미어져!"

뚫어진 문틈으로 들여다보니 살림이 어수선하게 널려 있고 작고 낡은 냉장고 하나가 구석에 처박혀 있었다. 냉장고 옆에는 미제 빈 캔 맥주 하나가 찌그러져 있었다. 한동안 넋을 잃고 바라보고 있었고, 그리고 대구로 올라간 수녀님이다.

그 쪽방이 지금 흙피리가 생활하고 있는 방이라는 것을 조은숙 관장이 알 턱이 없다.

마음이 숙연해지는 건 당연한 일이다. 그래서 선뜻 탁구장으로 가지 못하고 부산역 대합실에서 하염없이 사색에 빠지는 조은숙 관장이다.

그녀의 무거웠던 마음은 탁구장에 들어서서야 비로소 풀리기 시작했다. 경쾌한 공 때리는 소리는 언제나 기분을 상쾌하게 해 준다. 내일이 구정인데도 시합에 나갈 회원들은 땀을 흘리며 연습에 몰두하고 있었다.

저쪽에 파워와 흙피리가 다정하게 앉아 이야기를 나누고 있는데, 이질 러버를 들고 이리저리 돌려가며 뭔가를 설명하고 있다. 아마도 이질 러버에 대한 성질을 설명하며 전략을 짜는 것 같다. 두 사람이 참 잘 어울린다는 생각이 들자 갑자기 어깨가 딱 벌어지고 구릿빛 얼굴을 가진 정연학 씨가 보고 싶어진다. 구정 휴무 둘째 날 만나기로 했다.

"자, 집합!"

회장님에게서 받은 격려금도 나누어 줘야 하고 구정이 지나면 바로 있을 시합에 대비한 논의도 해야 한다. 이들을 회의실로 불러들였다. 그리고 준비한 돈 봉투를 나누어 주었다.

"구정 특별 보너스야. 회장님께 감사드려!"

"감사합니다."

모두 얼굴에 꽃이 핀다. 공짜로 운동하는 것만도 감지덕지인데 이렇게 용돈까지 얻어 쓰니 기분이 좋을 수밖에 없다.

"대신 꼭 성적 내야 한다. 알았지? 자, 그건 그렇고 어때 남자 단식은 파워가 나가고 여자 단식은 흙피리가 나가면 좋겠는데."

"안 됩니다. 그건 절대 안 됩니다."

쌈닭 천화선이 제동을 걸고 나선다.

"지난 부산시 체육대회 때 야생화한테 깨진 것 생각하면 잠이 다 달아납니다. 어깨 부상만 아니었어도 이겼을 텐데. 이번에 복수전하려고 얼마나 별렀는지 아세요? 다 양보해도 개인전은 양보 못합니다."

그렇다, 충분히 이유 있는 항의다. 하지만 만일 또 깨진다면 이건 회장님께 얼굴을 들 수 없는 일이다. 정말 고심되는 부분이다.

"정말 어깨 괜찮은 거야?"

"네, 의사 선생님이 마음 놓고 운동하라고 하셨습니다. 이번에도 지면 저 라켓 놓겠습니다. 물론 야생화도 연승하기 위해 준비 단단히 하겠지만 공식 시합이든 비공식 시합이든 제가 패한 건 지난 시합 때 딱 한 번뿐이었습니다."

이때 흙피리가 나선다.

"네, 전 혼합복식에 나가겠습니다. 화선 씨가 단식 나가세요. 꺾을 사람은 꺾어야 하잖아요? 제가 뒤에서 죽어라 응원할게요."

조은숙 관장도 사기충천한 천화선이 개인전으로 출전하는 것도 그리 나쁜 대진만은 아니라는 판단을 내렸다. 또 이 정도 결심이라면 말릴 수도 없다.

"좋아. 그럼, 천화선이 개인전 나가고 혼합복식은 흙피리와 윤주가 나가!"

그런데 이번에는 안윤주가 주춤거린다.

"전, 이번 시합 나가는 거 준비가 좀……."

"전, 안윤주님과 같이 나가면 좋을 것 같은데요? 어제 해 보았잖아요. 시간 되시면 모레 만나서 한 번 더 연습하죠. 관장님 전, 윤주님과 혼합복식 나가겠습니다."

원래는 파워와 혼합복식을 원했지만 어쩔 수 없다. 그래도 큰 문제는 없을 것이다.

출전은 이렇게 매듭지어졌다. 이제 구정만 지나면 바로 시합이다. 결전의 시간이 다가오고 있다. 이때 비죽이 문이 열리며 누군가 들어온다. 키가 훤칠하고 짙은 눈썹이 인상적인 남자다. 흙피리는 처음 보는 남자다.

"어머, 선배님!"

"어? 형님 여긴 어떻게!"

"어? 이 시간에 어떻게 오셨어요?"

모두가 반색을 하며 반긴다. 부산 탁구의 상징이며 금메달 구장의 큰형님 윤철수의 예상치 못한 방문이다.

"큰 시합을 앞두고 걱정이 되어 왔습니다. 허허허허!"

탁구복 결혼식 세계에 알려지다

1

윤철수! 비록 생활 탁구이지만 전국, 지방 시합 모두 합쳐 24회 연속 우승의 대기록을 남긴 탁구인이다. 부산뿐 아니라 전국구로 존경받고 있다. 지금은 작은 건설회사를 차려 시합에 나갈 여력이 없지만 그래도 틈틈이 탁구는 친다. 그가 이번 시합을 앞두고 응원 차 찾아온 것이다.

그가 봉투를 내민다.

"관장님, 작지만 후배들 고기나 사 주세요……."

30만 원이다. 엄청난 돈이다. 회장님이 주신 돈도 있다.

"사업 새로 시작해서 힘드실 텐데……."

"아닙니다. 받아 두세요. 그리고 정완이 너 말이야. 이번에 우승하면 몇 연승이지?"

"네, 선배님 8연승입니다."

"좋아. 기록은 깨지라고 있는 거고, 신화는 새로 쓰라고 있는 거야.

네가 내 기록 깨! 그게 내 소원이다. 알았지?"

"아이구, 감히 제가 어떻게 선배님 기록을!"

"원, 이렇게 마음이 약해서야. 내 기록 깰 사람 너밖에 없어. 근데 저분은?"

처음 보는 여자다. 당당한 체격에 얼굴도 멋지다.

"아, 내 정신 좀 봐! 새로 입회한 우리 에이스예요. 그냥 흙피리라고 불러요."

"그러시군요. 참 멋진 분이네요. 잘 부탁합니다."

"감사합니다. 자주 들르세요. 말씀은 많이 들었습니다."

윤철수 선배의 격려에 후배들은 용기 백배 힘을 낸다.

같은 시간.

설봉 탁구장도 긴장하고 있었다. 최재숙이 빠져나간 자리를 메울 수 없는 데다 컴백 시도도 무산되었다.

최덕상과 성채가 버티고 있지만 금메달에 다소 뒤지고 있다는 것을 잘 알고 있다. 야생화가 지난 시합 때 천화선을 이겨 주었지만 다시 승리한다는 보장이 없다. 열세인 것은 틀림없는 사실이지만 그렇다고 넋 빠져 앉아 있을 수만도 없다.

"우리가 밀리는 건 사실이야. 하지만 최선은 다하자고. 어차피 후 쿠오카는 1위만 가는 걸로 되어 있어! 1등해서 가야지. 자, 내일이 구정이니 가서 푹 쉬고 연휴 끝나면 다시 만나!"

최덕상이 남자 단식으로 나가고 야생화가 여자 단식으로 출전한다. 성채가 혼합복식으로 나가야 하는데 파트너가 없다. 야생화가 그 자리를 메워 주면 되지만 그렇게 되면 체력 부담이 만만치 않을 것이다. 그러나 실질적인 에이스는 이들뿐이니 어쩔 수 없다.

그런데 갑자기 생각나는 사람이 있다. 어차피 혼합복식은 승리가 힘들다. 그럴 바에는 차세대에게 기회를 주어 경력을 쌓게 하는 일이다. 여기에 딱 알맞은 회원이 하나 있다.

김상애다. 미스 퀸 부산대학 출신의 미모에 지금은 부산에서는 제법 큰 양품점을 경영하고 있다. 탁구를 배우겠다며 찾아온 것이 불과 4년 전인데 지금은 야생화에게 핸디 4점을 잡히고 친다. 적어도 3, 4년 지나면 에이스로 충분히 활동해 줄 것이다. 이 정도면 대단한 성장률이다. 성격도 밝고 노래를 좋아하는 화끈한 타입이다.

설봉 관장은 김상애에게 전화를 걸었다.

"상애 씨, 나 관장입니다."

"어머 관장님, 웬일이세요?"

반색을 한다. 관장은 여러 설명 없이 이번 후쿠오카 시합 선발전에 혼합복식으로 출전하라고 했다.

"시합 한번 출전하면 실력이 엄청 향상됩니다. 이보다 더 큰 경험은 없지요. 물론 큰 성적을 바라는 건 아닙니다. 경험도 쌓고 자신감도 얻으라는 겁니다."

상애는 두렵기도 하고 흥분도 되었다. 사실 시합에 나가고 싶지만 그럴 군번이 아니란 걸 잘 안다. 그런데 뜻밖에도 기회가 찾아왔다.

"네, 감사합니다. 최선을 다 하겠습니다."

파트너는 성채 선배이며 구정 휴무 기간 성채 선배와 손을 맞춰 달라고 했다.

"앗싸!"

그녀는 주먹을 불끈 쥐어 보았다.

같은 시간.

〈스타다스트〉 나이트클럽 지배인은 모니카와 함께 광복동 장선홍 회장 사무실을 찾아가고 있었다. 오라는 호출을 받은 것이다.

지난 파워 협박 사건 이후 둘은 참 불편한 사이가 되었다. 그러나 이 세계의 황제 장 회장님의 호출 명령을 누가 거부하겠는가? 그런데 왜 둘을 부르는 건지 정말 알 수 없다.

지배인이 운전을 하며 묻는다.

"감잡히는 거 있어?"

"……."

묻건 말건 모니카는 차창만 내다본다. 목소리도 얼굴도 다시는 보기 싫다. 그래도 궁금하기는 마찬가지다. 2류 나이트클럽 가수를 그 엄청난 회장님이 직접 부를 이유가 없기 때문이다.

그런데 도착해서야 뜻밖의 제의를 받게 되었다.

"야, 지배인! 모니카 우리 나이트클럽으로 돌려. 계약 기간 따위는 생각하지도 말고."

"네? 모니카를요?"

"구정 지나고 바로 보내. 그리고 모니카, 우리 황제 나이트클럽에서 출연료 두 배 줄 테니 아무 말 말고 와!"

이건 마치 하늘에서 동아줄이 내려오는 구세주 같은 제의다.

"네, 갈 수만 있다면 당장이라도!"

"그리고 지배인, 모니카 데려가는 대신 우리 무대에 서는 서울 톱스타들 그쪽 무대 한 번씩 세워 줄 테니 그리 알아!"

"네!"

"공짜로 데려가겠다는 거 아냐. 그리 알아!"

밤 세계의 황제는 그냥 되는 것이 아니다. 지배인은 벌떡 일어나 허리를 90도로 꺾는다.

"감사합니다, 회장님! 죽도록 충성하겠습니다."

"됐으니 자네는 잠깐 나가서 기다려. 모니카와 할 말이 좀 있으니."

지배인이 나가자 비로소 설명이 시작되었다.

"모니카 남자 친구가 우리 탁구장 파워라고? 지배인이 너 괴롭힌 거 알고 있어. 지배인에게서 구해 준 게 흙피리라는 여자 맞지?"

"네, 맞기는 한데. 정완이 오빠와 뭐 결혼 같은 건 아직……."

"그런 건 나와 관계없는 일이야. 문제는 흙피리야. 그 아가씨가 널 부탁했어. 잘 도와 달라고."

"네?"

"구정 지나면 바빠져서 잊어버릴 것 같아 오늘 부른 거니, 구정 지나고 바로 황제 지배인 찾아가. 얘기해 놓았으니까. 실력 인정받으면 음반도 내 주도록 손써 볼게. 그리고 부탁이 있는데, 이번 토요일 부산시립체육관에서 탁구 시합이 있어. 그런데 아침 10시에 우리 탁구협회 사무국장 결혼식을 먼저 열거든, 와서 축가 하나 불러 줘."

"네, 부르고 말고요. 시간 맞춰 나가겠습니다."

그리고 돌려보냈다.

오늘 누님이 왔다간 후로 세심한 곳까지 더 신경 쓰기로 작정한 장 회장이다. 그리고 흙피리 부탁이다. 무엇인들 못해 주랴!

이제 구정이 지나면 탁구 시합이 열린다. 조은숙 관장은 잘 해낼 것이다. 그런데 이날 이벤트가 있다.

4년간 묵묵히 탁구연합회 궂은일을 다 맡아 온 사무국장 〈정승미〉

양이 결혼을 한다. 대구 영남대학에서 법을 강의하는 강경운이라는 젊은 조교이며 생활 탁구인이다. 그들이 이번 시합장에서 시합 전에 결혼식을 하겠다는 것이다. 준비는 지금 사무국에서 할 것이다.

주례로 이번 시합 명예회장인 조성준 부산시장에게 부탁해 놓았다. 이색적이고 의미 있는 결혼식이 될 것이다.

'그런데 우리 조 관장은 남자 친구도 없는 거야?'

상대가 그 쟁쟁한 중앙정보부 부산지국장 정연학이라는 것을 알 턱이 없는 장 회장이다.

그리고 파워 마음이 모니카에서 서서히 흑피리에게 옮겨 가고 있다는 것도, 김돈규라는 전문 경호 요원이 흑피리에게 정신줄을 놓고 있다는 것도, 모니카가 파워 문제에 대해 중대 결심을 하고 있다는 것도…….

올 때와 달리 돌아가는 모니카와 지배인은 한껏 들떠 있다.

일주일에 두 번씩 국내 최고스타 배우, 가수들이 황제 나이트클럽에서 공연을 한다. 이들이 공연을 마치고 단 20분만이라도 스타다스트 무대에 서 준다면 손님은 미어터질 것이다. 이런 행운이 어디 있는가? 만일 모니카를 건드리려 하지 않았다면 이런 행운은 오지 못했을 것이다.

"모니카 고마워!"

"알았어요. 잊어버리세요. 지배인님."

하지만 더 들떠 있는 것은 모니카다.

"나라고 성공하지 말라는 법 있어? 나 TV에 나올 때까지만 기다려!"

이건 파워 오빠에게 한 말이다. 그 말이 이렇게 현실로 다가오게 될 줄은 자신도 모르던 일이다.

'모니카는 아직 발견되지 않은 보석이야. 곧 대 스타가 되지, 봐!'

그날을 대비해서 자작곡과 가사까지 만들어 놓았다.

〈부산항 갈매기〉 트로트 노래다. 꼭 성공해서 전국을 발칵 뒤집어

놓을 것이다.

2

부산시립체육관은 아침부터 발칵 뒤집히고 있었다. 대구 영남대학 조교 강경운과 부산탁구연합회 정승미의 결혼식이 있고 이어서 탁구 후쿠오카 시합 선발전이 열린다.

양가 친지들은 물론 두 대도시 탁구인들까지 뒤엉켜 인산인해를 이루고 있다. 여기에 중앙지 신문사 부산지국 기자들과 방송국, 현지 언론사 기자들까지 모여들었는데 이들은 시합보다 더 흥미로운 행사에 초점을 맞추고 있었다.

강경운과 정승미의 결혼식 때문이다. 그냥 결혼식이라면 언론의 주목을 받을 이유가 하나 없다. 문제는 그들의 결혼 방식이다.

장선홍 회장은 사무국을 시켜 각 언론사에 홍보물을 보냈다.

1월 26일 부산—후쿠오카 탁구 시합 선발전이 있고 이날 본 연합회 사무국장 정승미의 결혼식이 있습니다. 이날 결혼식에서 신랑 신부는 세계 최초로 탁구복 차림으로 결혼식을 올리며 간단한 예식이 끝나면 두 신혼부부의 결혼기념 1세트 탁구 시합을 합니다. 이 전대미문의 결혼식에 많은 관심과 홍보를 부탁합니다.

이런 요지의 홍보물이다.

각 언론사의 사회부, 체육부 기자들과 사진기자, TV 카메라 기자들로 법석을 이루고 있다.

체육관은 결혼 축하 화환, 탁구 시합 축하 화환으로 가득했고, 부케를 받으려는 여인들은 전쟁을 하듯 몰려들었다.

양가 부모님들과 친지들, 그리고 탁구인들의 축하 속에 결혼식이 시작되었다. 웨딩 마치 대신 탁구 치는 경쾌한 소리를 녹음한 음향이 체육관에 울려 퍼졌고, 결혼 예복 대신 탁구복을 입고, 꽃다발 대신, 그리고 교환 예물로 양손에 라켓을 든 신부와 신랑이 입장하였다.

이날 주례로 선 조성준 시장은 아주 간단한 예식을 치렀다.

"신랑 신부는 서로 사랑하는가?"

"네!"

"신랑 신부는 탁구공을 주고받듯 끝까지 서로 사랑을 주고받겠는가?

"네!"

"탁구에 져서 화가 날 때보다 더 화가 나는 일이 있더라도 서로 참고 살아가기 바랍니다. 행복한 결혼 생활하십시오."

이것이 주례사의 전부였고, 예물 교환으로 서로 라켓을 주고받았다. 그리고 모니카의 진심 어린 축가가 있었다. 자신의 자작곡으로 갈매기가 부산을 사랑하듯 부산이 갈매기를 사랑하듯 모두 사랑으로 살아가자는 가사다. 이건 이 신혼부부를 위해 임시 가사를 바꾼 것이다. 그걸 먼저 설명한 후 축가를 부르기 시작했다.

그런데 이 전대미문의 결혼식과 모니카의 축가가 그대로 TV 카메라로 옮겨졌다. 그 곡과 모니카의 노래, 그 모습들이 전국으로 퍼져 나갔고, 결혼식과 함께 외신을 타고 세계 각국으로 전파를 타고 울려 퍼졌다.

강경운 신랑과 정승미 신부, 그리고 모니카는 자신들 모습이 국내는 물론 전 세계에 퍼져 나가고 있다는 사실을 알지 못하고 있었다. 도쿄에서도, 뉴욕에서도, 런던에서도, 파리에서도, 로마에서도 전세계인들이 흥미로운 결혼식과 노래를 듣고 보았다.

모니카의 노래는 언론사 그 모두들에게 깊은 인상을 주었고 궁금증을 일으켰다. 그녀에게 기적이 일어나고 있는 순간이었다.

"누군지 알아봐, 곡도 좋고 음성도 죽여! 다른 방송국에 빼앗기지 마. 예식 끝나면 출연 섭외해!"

이 뉴스를 본 음반 기획사들도 속속 부산을 향해 출발했다.

전문가들은 안다. 숨어 있는 원석을 캐는 데는 모두 귀신들이다. 그들은 모니카를 알아본 것이다.

〈부산항 갈매기〉는 대박이 틀림없어!

정말 간단하고 소박한 결혼식을 끝낸 후 강경운 정승미의 1세트 탁구 시합이 열렸다. 묘기로 축하객들을 즐겁게 해 주고 서울로 신혼여행을 떠났다.

워커힐 호텔에 도착한 이들은 식사를 하고 휴식을 취한 후 그 유명한 〈워커힐 쇼〉를 관람하고 객실로 돌아왔다. 그리고 뉴스를 보고서야 오늘 결혼식이 전국적으로 화제가 되었다는 것을 TV 화면으로 알게 되었고, 부산의 무명 가수 모니카가 가수 이미자 이후 대박을 터뜨릴 대형 트로트 가수가 될 예감이라는 인터뷰 화면도 볼 수 있었다.

너무 기쁘고 행복하다. 기쁨을 주체할 수 없었다. 이 기쁨을 축하해 줄 방법은 하나밖에 없다. 그들은 얼른 실내등을 껐다. 그리고 행복한 첫날밤을 보냈다. 2세가 탄생하면 그놈에게도 탁구를 가르칠 것이다.

기자들은 모니카에게로 모여들었다.

"어떻게 노래를 하게 되었나요?"

"원래는 성악가가 되는 게 꿈이었습니다. 그런데 대학을 못 갔죠. 그래서 가수의 꿈을 안고 부산에서 무명 가수로 활동하고 있습니다."

"이미자 씨 이후 가장 기대되는 대형 가수가 될 소질을 갖추고 있다고 보는데, 중앙에서 활동할 계획은 있으신지요?"

"저야 무명 아닙니까? 불러만 주신다면 최선을 다하겠습니다."

"혹, 남자 친구는……."

마치 대형 스타 인터뷰를 하는 것 같다. 그만큼 언론의 호기심을 불러일으킨 것이다.

"네, 절 돌보아 준 오빠 같은 분이 있지요."

"연애 상대인가요?"

"아닙니다. 저는 가수가 꿈이고 오빠는 항해사가 꿈입니다. 곧 항해사 자격증을 획득할 겁니다. 오빠는 바다로 가고 저는 무대로 갈 겁니다. 오빠는 오늘 이 시합에 출전합니다. 꼭 승리하시기 바랍니다."

이날 출전할 선수들은 모두 이 인터뷰를 보고 있었다. 물론 파워도 마찬가지다. 파워는 모니카가 분명히 선을 긋는 것을 보았다. 그렇다면 연인 관계는 오늘로 종지부를 찍는 것이다. 마음이 아프지만 그렇다고 모니카에 더 연연하고 싶지는 않았다. 그렇게 반대하던 가수의 길을 가겠다는데 반대할 명분도 없지만 가는 길을 방해할 생각도 없다.

'음, 그렇다면 할 수 없지. 나도 내 갈 길이 있으니까!'

6월 항해사 자격시험이 있다. 먼 훗날 엘리자베스호 같은 세계적인 유람선을 끌고 온 세계를 항해하리라!

흘깃 흙피리를 바라본다. 흙피리는 양복을 말쑥하게 차려 입은 누군가와 웃으며 대화를 나누고 있었다. 그는 장미꽃 한 다발을 흙피리 가슴에 안겨 주고 있었다.

이날 시합을 응원 나온 김돈규다.

"오늘 꼭 승리하십시오."

"응원 나와 주셔서 감사합니다. 꼭 승리할게요."

'누구지?'

이 모습을 지켜본 파워의 머리가 복잡해진다.

오늘 모니카를 잃었다. 대신 흙피리가 있다.

그런데 이때다. 인터뷰를 마친 모니카가 흙피리에게 달려왔다.

"흙피리님이시죠? 저, 모니카입니다. 정말 뭐라 감사해야 할지 모르겠습니다. 절대 잊지 않고 은혜 갚겠습니다."

지배인 사건과 장 회장에게 황제 나이트클럽으로 추천해 준 고마움 때문이다.

"축하해요. 오늘 노래 정말 좋았습니다. 꼭 성공하세요."

이제 곧 시합이 시작된다.

결혼 하객이 떠난 뒤 귀빈들이 단상에 오르기 시작한다. 정말 한 자리에 모이기 힘든 귀빈들이다. 부산시장은 물론, 경남지사, 마산 시장 등 행정 부서 사람들은 물론 지역의 각계각층 인사들이 다 모였다. 중앙의 귀빈석 세 자리 중 하나는 부산시장이 앉았고 두 자리가 비어 있다.

시합이 있기 전에 탁구연합회는 부산의 탁구 상징 윤철수에게 감사패와 기념품을 전달했다.

그리고 마침내 우레 같은 박수 소리와 함께 두 귀빈이 나타났다. 이곳 터줏대감 정치인 김영삼 의원과 뜻밖에도 김재규 중앙정보부장이 그들이다. 부산 국제공항 건설에 적극적으로 협조하는 두 분들이다. 이들은 축사를 통해 부산과 후쿠오카를 연결하는 국제공항은 반드시 필요하며 이를 계기로 한국 동남 지역 경제는 엄청난 효과를 볼 것이라는 요지의 발언을 해 주었다.

그리고 오늘 탁구 시합이 단순한 부산—후쿠오카 두 도시의 친선 시합을 위한 선발전이 아니라 한 · 일 양국 친선에도 큰 영향을 줄 것이라는 치하를 해 주었다.

조은숙 관장은 연단 위 김재규 부장 바로 뒤에 앉아 있는 정연학을 자랑스럽게 바라보고 있었다. 지난 구정 휴무 둘째 날, 관장은 정연학과 대구로 올라가 마리아 수녀님을 뵈었고 수녀님들에게 선물로 탁구용품을 잔뜩 드리고 왔었다.

오늘 시합은 그리 걱정되지 않았다. 파워를 믿고 있었고 흙피리와 천화선을 믿고 있기 때문이다. 혼합복식은 이질 러버를 어느 정도 익힌 안윤주가 흙피리를 충분히 뒷받침해 줄 것이다.

엔트리 명단을 받아든 설봉 측은 머리를 갸우뚱거린다. 최막동이라는 낯선 이름과 안윤주가 혼합복식 엔트리기 때문이다.

'최막동? 애는 누구여? 그리고 안윤주는 성채보다 한 수 아래 아닌가? 이거 혼합복식에서 대박 터지는 거 아녀?'

부산—후쿠오카 시합 선발전

1

시합이 시작되기 전 홈피리는 파워에게 다가가 승리를 부탁했다.

"오늘 우승하면 8연승이시죠? 반드시 해내세요. 제가 뒤에서 열심히 응원할게요."

파워의 얼굴이 한결 밝아진다.

"네, 꼭 이기겠습니다. 홈피리님도 파이팅하세요!"

파이팅! 하이 화이브, 손바닥을 마주친 후 각자 시합 탁구대로 향했다.

탁구인들에게는 몇 가지 홍밋거리가 있다. 과연 파워 금정완이 8연승을 할 것인가? 야생화가 이번에도 천화선을 꺾어 쌈닭 킬러를 재확인해 줄 것인가? 새로 등장한 최막동이라는 신예가 얼마나 해낼 것인가? 그리고 처음 큰 시합에 등장하는 김상애는 얼마나 버틸 것인지가 대단한 관심거리였다.

그리고 또 다른 홍밋거리는 이번에 누가 새 히로인이 되어 부산 탁

구에 희망이 되어 줄 것인가? 그러니까 눈부신 신인은 탄생될 것인
가 등이다.

　예선전이 시작되었다.
　조은숙 관장은 누구보다 천화선이 걱정되었다. 물론 평소 실력이
면 누구에게나 2점 이상 핸디를 잡아 줘도 충분할 것이다. 하지만 그
동안 어깨 치료를 받느라 충분한 훈련을 쌓지 못했다. 그것이 걱정
되었다. 예선전을 보며 컨디션 조절을 얼마나 했는지를 점검할 생각
이다.
　그러나 막상 뚜껑이 열리니 걱정할 필요가 없게 되었다. 하수들과
핸디를 잡고 치지만 몸이 한결 가벼워 보이고 눈은 불꽃처럼 타오른
다. 총 3세트에서 쉽게 첫 세트를 따냈다. 이건 완전 몸 풀기에 지나
지 않는다.
　첫 세트를 따내는 것을 보고 이번에는 파워에게로 갔다. 그런데 웬
일인지 흔들리는 모습이다. 쉽게 딸 수 있는 공도 놓친다. 이기기는
했지만 좀 불안하다. 조 관장은 그 흔들리는 이유를 알지 못하고 있
었다. 각오는 했지만 쉽게 결단을 짓는 모니카 때문이며, 흙피리에
게 장미꽃을 선물하는 남자가 마음에 걸린 것이다. 그래서 집중력이
떨어진 파워다.
　"야, 파워! 뭔 생각을 하는 거야, 집중!"
　그래도 관록의 파워다. 그가 웃으며 한 손을 들어 올려 보인다. 걱
정하지 말라는 뜻이다. 하기야 예선전에서 떨어져 나갈 파워는 절대
아니다.
　히트는 혼합복식이다.

김상애와 성채는 예상보다 쉽게 시합을 끌어가고 있다. 워낙 김상애가 침착하여 실수하지 않는 게 큰 힘이 되었다.

문제는 흙피리와 안윤주 팀이다.

관전하는 사람들이 배꼽을 잡으며 웃어 댄다. 상대가 공을 때리면 공은 주르르 가라앉거나 힘없이 네트에 걸린다. 드라이브를 걸어도 마찬가지다. 죽을힘을 다해 때리면 공은 바닥으로 가라앉는다. 흙피리의 공은 흐믈흐믈 날아오는데 도무지 잡을 수가 없는 구질이다.

시합을 보던 사람들은 상대가 얼굴을 찌푸리며 자기 라켓을 원망하는 모습에 자지러든다. 그도 그럴 것이 생전 처음 경험하는 돌출 라켓 아닌가?

"에이, 나 안 쳐!"

상대 남자 선수가 라켓을 팽개치더니 시합을 포기하고 돌아선다. 그래도 후배들 앞에서 탁구 좀 친다고 거들먹이던 사람이다. 그런 그가 공을 넘기지 못하니 화가 난 것이다. 더 이상 망신당할 바에야 차라리 엎는 게 낫다고 판단한 것이다.

사람들이 또 깔깔대고 웃는다.

그 시간.

체육관 아래 귀빈실에는 조촐한 다과회가 열리고 있었다. 김영삼 씨가 김재규 부장과 대화를 나누고 있다. 김대중 씨와 더불어 민주당을 끌고 있는 양대 산맥 중 한 사람이다.

"부산 국제공항 건설에 차관이 결정났다고요?"

"네, 맥튜 가(家)에서 적극 나서 주어 해결되었지요. 맥튜 장군의 한국인 입양딸 사루비아 강이 부산까지 와서 직접 발표했습니다. 또 직접 투자로 부산항을 개발할 계획까지 하고 있습니다. 경제에는 여, 야가 따로 없으니 앞으로 많은 지원바랍니다."

"물론입니다. 그렇지 않아도 부산이 나 때문에 손해 보는 거 아닌가 걱정했는데 잘 되었습니다."

"우리 부산시장님 공도 크십니다."

김재규 부장이 조성준 시장을 한껏 추켜 준다.

김영삼 의원이 조 시장을 웃으며 바라본다.

"아, 물론이겠죠. 이러다 다음 총선 때 내 구역에서 출마하시는 거 아닙니까? 허허허!"

조성준 시장이 깜짝 놀란다.

"제가 죽으려고 환장했나요? 허허허, 감히 어디라고!"

긴박한 대결을 펼치는 박정희 대통령의 공화당과 김영삼·김대중의 신민당이지만 이 자리는 화기애애한 모습이다.

박정희 대통령은 분명 개국 이래 최고의 경제성장을 이뤄 국민들 사랑을 한 몸에 받고 있지만 1961년 일으킨 5.16 혁명 이래 너무나 오랜 통치로 야당과 젊은 층의 극렬한 저항을 받고 있는 것도 사실이다. 민주화 요구는 거세지고 있고, 불만은 커져 가고 있었다.

그러나 대통령보다 그 측근들이 더 권력에 집착하여 대통령 장기집권을 포기하지 않고 있었다. 그러니 더욱 강력한 통치로 이어질 수밖에 없었다.

그리고 김영삼·김대중 두 정치인은 차기 대통령을 꿈꾸고 있는 사람들이다. 이들에게 박정희 정권은 눈엣가시인 셈이다.

그러나 오늘 정치적 대화는 없었다. 사실 김영삼 의원은 기분이 좋았다. 부산 국제공항을 중심으로 마산—부산 간 초고속도로도 뚫는다는 보도도 있었다. 이 두 지역은 자신의 정치 지지 기반이다. 이 두 도시 경제가 발전하면 자신에게도 절대 유리하다.

그리고 장선홍 회장은 부산시장에 의해 처음 김재규 부장과 인사를 나누었다.

"우리 부산 지역을 위해 많은 일을 하시는 사업가입니다. 많은 관심 바랍니다."

"예, 전에도 말씀 들은 바 있습니다. 나라를 위해 많은 일해 주십시오. 그리고 오늘 탁구 시합 축하드립니다."

그가 그 큰 손을 내밀어 악수를 나누었다.

그리고 정연학 부산지국장을 불러 구석으로 간다.

"할 말이 있으니 지금 바로 코모도 호텔 경양식당으로 오게!"

"알겠습니다."

정연학은 지체하지 않고 호텔을 향해 차를 몰았고 김재규 부장은 여러 인사들과 인사를 나눈 뒤 역시 코모도 호텔로 향했다.

예선전이 끝났다.

금메달의 파워, 천화선, 그리고 흙피리와 윤주는 무사히 통과했다. 설봉의 에이스들도 모두 통과했다. 그런데 설봉의 혼합복식 조가 긴장을 풀지 못하고 있다. 만만히 보았던 최막동이라는 여자와 안윤주가 전승으로, 그것도 압승으로 예선을 통과했기 때문이다. 이건 전혀 예측하지 못했던 일이다.

흙피리의 노련함과 그 이상한 돌출 러버 때문이다. 처음에는 이 이상한 러버에 태클도 걸어 보았지만 태클은 용납되지 않았다.

블레이드에 고무판이 붙어 있으면 위반은 아니라는 판단을 내렸기 때문이다. 그런데다 일찍 중공에서 있었던 국제 시합에 한 번 등장한 경력도 있다. 그래서 시합이 가능했던 흄피리다.

흄피리 조와 시합을 했던 팀들은 혀를 차고 있었다. 아무리 공격을 해도 공은 네트를 넘기지 못했다. 설혹 운 좋게 네트를 넘긴다 해도 공은 힘없이 떠서 안윤주의 강타를 얻어맞았다. 얼마나 신경질이 나면 시합을 포기까지 했겠는가?

설봉 측은 사색이 되었다. 상대 명단을 보고 가능성 있는 시합으로 이 혼합복식을 꼽았지만 막상 뚜껑을 여니 장난이 아니다. 압도적인 점수 차이로, 그것도 전승으로 예선을 통과했다. 성채 · 성애 조가 이긴다는 보장이 없게 되었다.

이때, 조은숙 관장은 파워를 복도로 불러냈다.

"도대체 무슨 일이야?"

파워 역시 전승이다. 하지만 내용이 좋지 않다. 하수들에게도 한 세트씩을 내주었기 때문이다. 이럴 파워가 아니다. 더구나 본선에서 언제 최덕상과 맞붙을지 모른다. 만일 컨디션 조절에 실패한다면 그를 이길 수 없다.

"아닙니다. 괜찮습니다."

하지만 아니다. 천하의 조 관장이 그걸 못 알아볼 리 없다. 분명 흔들리고 있는 게 분명하다. 그런데 도무지 이유를 알 수 없다. 절대 컨디션 조절에 실패할 파워가 아니기 때문이다. 걱정이 태산 같은 조은숙 관장이다.

이때 저쪽에서 흄피리가 온다. 그녀는 왜 파워 선배가 흔들리는지 잘 알고 있다. 모니카의 인터뷰 발언을 목격했기 때문이다. 둘 간에 금이 가고 있다는 것은 이미 감지하고 있었다.

지금 파워 선배가 흔들리는 이유는 모니카 때문이다. 아무리 관장님이 응원하고 격려해도 사정은 변하지 않을 것이다. 더구나 성격이 예민한 파워다.

"관장님, 제게 잠깐만 시간 주세요. 파워 선배에게 할 말이 있습니다."

"그래? 시간 많지 않아!"

관장이 떠나자 흙피리가 손을 잡아 준다.

"전, 압니다. 흔들리지 마세요. 어차피 모니카는 떠난 사람입니다. 오늘 승리하세요. 모니카에게 보란 듯이 오늘 꼭 이기셔야 합니다. 만일 마음을 잡지 못하시면 저도 파워 선배 안 봅니다. 난, 시시한 남자와는 말도 안 하니까요. 아셨죠?"

그리고 덥석 포옹을 해 준다.

"약속하시는 거죠?"

"고마워, 꼭 우승할게. 걱정하지 마!"

미안하고 창피하다. 그러니 마음 다잡고 우승이라도 해야 하고 또 사실 기분도 좋아진다.

'그래, 흙피리를 보아서라도 꼭 우승할 것이다.'

몸에서 힘이 솟구치고 기분도 날아갈 것 같다.

그는 저쪽으로 사라져 가는 늘씬한 흙피리의 뒷모습을 들뜬 마음으로 바라보고 있었다. 그리고 그 풍만한 가슴의 촉감과 향기에 몸을 떨었다.

'그래, 우승이다. 우승 메달을 흙피리에게 줘야지!'

2

점심시간이다.

조은숙 관장은 이 시간을 이용하여 예선전에서 보여 주었던 단점과 새 전략을 설명해 주었고, 회원과 출전 선수는 모두 본선 첫 경기를 갖는 천화선을 응원하도록 지시해 두었다.

예선에서 가뿐히 올라온 천화선이다. 이런 컨디션이라면 결승까지는 무난할 것이다. 설봉의 야생화도 쾌조의 성적으로 본선에 올랐다. 아마도 천화선에게 연승하기 위해 엄청난 훈련을 한 것 같다.

그런데 이날 단연 돋보이는 세 사람이 있다. 실력보다 우선 미모에 관전하는 탁구 팬들이나 탁구인 남자들이 홀려 버렸다. 흙피리와 김상애, 그리고 야생화다. 김상애, 야생화야 이미 알려진 미모의 여자 탁구인이지만, 오늘 처음 나타난 최막동이라는 촌스러운 이름의 여인은 도무지 시선을 뗄 수 없는 우아한 몸과 아름답기 짝이 없는 얼굴이다.

"쟤, 누구야?"

"야, 죽인다! 금메달 탁구장 선수라며?"

"영화배우 뺨치는데? 저런 애가 어디서 나타난 거야?"

"야, 탁구고 뭐고 저애부터 꼬셔 보자!"

남자들 수군대는 소리가 여기저기서 들린다.

이제 본선 시합이 시작되었다.

그런데 저쪽 앞자리에 두 소녀가 보인다. 한 명은 콧날이 오똑하고 눈이 날카롭다. 중학생이거나 고등학교 저학년으로 보인다. 그녀는 꼼짝도 하지 않고 무서운 눈으로 시합 관전에 몰두하고 있다.

바로 현정화 양이다. 그녀가 훗날 세계를 제패할 부산 출신 불멸의 탁구 스타가 되리라고 생각한 사람은 아무도 없었다. 옆의 학생은 후에 제일모직에서 선수로 활동하다 지금은 경기도 광명에서 후진들을 키우고 있는 방정화 관장이다. 후에 모두 대단한 탁구인으로 성장한다.

본선이 시작되자 응원단들은 자기 팀 선수들을 응원하기 위해 탁구대로 몰려들었다.

"천화선, 파이팅!"

"야생화, 힘내!"

스타들을 응원하는 목소리가 제일 크게 들린다.

'그런데 어디 간 거야?'

조은숙 관장이 짜증을 낸다. 아까부터 정연학 씨 모습이 보이지 않아서다.

"그래서?"

코모도 호텔 경양식당에서 간단한 식사를 하는 김재규 부장과 정연학 부산지국장이다. 이들은 굳은 얼굴을 펴지 못하고 있다.

"더 이상 진전은 없습니다. 위폐가 발견되지도 않고요. 부산에서 제조되었다고는 보기 어렵습니다. 부산을 이 잡듯 뒤졌지만 위폐를 찍을 만한 공장은 없었습니다. 그와 관련된 사건도 없었고요. 장선홍 회장을 계속 주시하고 있지만 거기도 특이점은 발견되지 않고 있습니다."

"그렇다고 해도 시선을 놓지는 마, 요주의 인물이거든. 그리고 달러 위조지폐 말이야 우리 분석으로는 부산에서 제조한 것으로는 보지 않아! 문제는 CIA야. 뭔가 움직임이 있어. 지난번 세인트가 한국에 와서 위조지폐 사건을 말하고 갔을 때 느낀 거야. 분명히 정치적인 움직임이 있기는 한데 도무지 감을 잡을 수가 없어!"

"CIA가요?"

"음, 아직 우리 능력으로는 그들의 전략을 알아내기는 힘들어. 하지만 뭔가 움직임이 있는 게 분명해. 그것도 부산을 중심으로 말이야. 그런데 도통 감을 잡지 못하겠어. 위조지폐는 애초부터 그들의 장난질이었는지도 몰라. 우리 시선을 그리로 돌려놓고 자신들의 정치적 목적을 달성하려는 것 같단 말이야."

"지금 CIA에서 우리한테 정치적 목적이 있을 게 없지 않습니까?"

"굳이 있다고 치면 이 정권의 장기집권 저지겠지. 근데 그게 부산에서 움직인다는 건 분명한데 통 감이 안 잡힌단 말이야. 그런데다 그들을 상대로 정보 전쟁을 할 수도 없고!"

마치 안개 속을 헤집는 기분이다. CIA의 움직임이 있기는 하지만 전혀 알 수가 없다. 그들의 목적이 무엇인지, 누가 그들의 정보 요원인지, 왜 부산을 타켓으로 삼으려는지…….

위조지폐 사건은 허상이며 한국 정보국 시선을 그리로 돌리려는 것이 분명하다. 중앙정보부는 부산에서 발견된 위조지폐와 정본 달러의 종이를 분석한 결과 같은 재질임이 밝혀졌다. 물론 여러 가능성을 타진해야 하겠지만 부장은 물론 그쪽 전문가들 분석은 미국의 자작극일 가능성으로 보게 되었다.

그렇다면 그들이 노리는 것은 무엇이란 말인가?

"아무튼 이 문제를 집중으로 생각하고 찾아봐!"

"알겠습니다."

"그리고 자네 말이야. 나, 자네 믿고 하는 말인데!"

"네, 말씀하십시오!"

"내가 자네 충성심을 의심하는 건 절대 아니야. 근데, 자네 차지철 라인과 연결되어 있나?"

"네? 차 실장님이요?"

〈차지철〉.

대통령 〈경호실장〉을 말한다. 지금 김재규 부장을 가장 위협하는 인물이다. 이들은 박정희 대통령을 두고 충성 경쟁을 하고 있는 입장이다. 서로 견제하고, 서로를 의심한다. 청와대와 중앙정보부는 그래서 지금 견원지간이 되어 있다.

"음, 차지철 라인 아니냐 이거야."

"제가 그럴 리가 있습니까? 절대 아닙니다. 차 실장님과는 공적인 자리 말고는 만나 뵌 일도 없습니다."

"음, 그건 아는데 말이야 차지철과 가까운 전두환이 자넬 챙기니 하는 말이야."

"전두환 장군이요?"

"그래, 전 장군과는 어떤 사이야?"

등에서 땀이 흐른다. 전두환 장군은 김재규 부장이 참 싫어하는 인물이기 때문이다

"아, 네. 옛날에 장교 시절 같이 있을 때가 있었습니다. 그때 저와 노태우, 전두환은 축구를 좋아해서 늘 같이 붙어 다녔죠. 그 시절 정이 있어서 가끔 만나고 술도 하는 사이이지 다른 뜻은 없습니다."

"전두환은 정치 군인이야 가까이하지 마. 얼마 전 자네를 보안사령부로 데려가려 했었어. 정보통이 부족하다고 말이야. 내가 결사적

으로 반대했어. 지금 부산을 지킬 유일한 정보통이라고 말이야."

"알겠습니다. 감사합니다."

"요즘 차지철과 신경전이 심해. 각하께 계속 내 험담을 하고 있어! 한번 걸리면 절대 그냥 두지 않을 거야! 알고 있으라고."

"꼭, 명심하겠습니다."

"그리고 말이야 CIA애들, 별 문제 없다고 판단되면 정보부 옷 벗어!"

"네? 무슨 말씀이신지?"

정연학이 깜짝 놀라 김재규 부장을 바라보았다.

"놀랄 거 없어, 정보부 그만두고 정계로 진출해. 지역구 하나 마련해 줄 테니 금뱃지 달아. 정계에 내 사람이 너무 없어. 자네 선배 1차장도 그리 준비하고 있으니 정계에 진출해서 날 도와줘!"

가슴이 벅차오르는 말이다. 모두의 꿈, 국회의원을 하라는 것이다.

"감사합니다, 각하! 목숨을 걸고 충성하겠습니다."

"좋아. 아무튼 부산에서 미 정보부가 무엇을 목표로 움직이는지, 움직이는 정보 요원이 누군지 알아봐!"

지금까지 파악된 CIA 최 주요 요원은 김돈규 등 10여 명뿐이다. 그나마 군 보안대 출신들이라 그리 경계하지 않고 있다.

그가 최근 부산 국제공항 건설 차관 문제로 온 사루비아 강을 경호한 것을 알고 있다. 그리고 그녀가 부산을 떠난 후 김돈규는 아직 부산에 머무르고 있다.

그 정도가 고작이다. 그리 위협적인 인물은 아니다. 아니, 사루비아 강을 생각하면 우호적일 수도 있다. 그렇다고 김돈규를 추적한다고 해서 다른 요원을 파악한다는 것은 불가능하다.

중앙정보부나 세계적인 정보기관도 마찬가지지만 일선 행동 요원들은 서로를 모른다. 지시가 있을 때까지는 서로 접촉하지 않는다.

이것이 정보계 특성이다. 오직 비밀 지령만 있을 것이다. 김돈규도 자신에게 내리는 지시가 누구에게서 오는지조차 모르고 있는 실정이다. 만일 적국에서 체포된다고 해도 자신이 알고 있는 것밖에는 털어놓을 수 없는 구조적 장치다.

그리고 김재규 부장은 경호원들과 함께 서울로 올라갔다.

부장이 떠난 뒤, 정연학은 커피숍으로 갔다. 그는 가슴을 쓸어내렸다. 지난 신정 연휴 때, 전두환과 만났었다. 오랜만에 한번 얼굴이나 보자고 해서였다.

그런데 그가 뜻밖의 제안을 해 왔다.

"자네 말이야 언제까지 김 부장 밑에 있을 거야? 우리 보안사령부로 와. 전문 일손이 너무 부족해. 자네야 그쪽은 국내 최고 아닌가?"

"전 장군님! 이게 어디 내 마음대로 움직일 수 있는 겁니까? 기회가 오면 내 성큼 달려가 도와드리겠습니다."

"허, 그게 참. 부장이 김재규만 아니면 당장이라도 데려오겠지만 어디 씨나 먹혀야지. 젠장할! 그리고 서울 오면 가끔 차 실장님 찾아뵙고 인사드려. 호탕하신 분이야. 자, 한잔 받아!"

'이걸 부장이 알았나?'

등골이 서늘해진다. 이따위 권력 다 때려엎고 조은숙 씨와 시골 가서 농장이나 하며 여생을 보내고 싶은 심정이다.

"참, 탁구 시합 어떻게 됐지? 빨리 가서 조 관장 응원해 줘야지."

갑자기 조은숙 관장이 보고 싶어지는 정연학이다.

체육관은 열기로 가득했다. 본선 8강전이 끝나고 4강전이 시작되었다.

조 관장은 타임을 걸고 시합하는 선수를 불러 손짓을 하며 뭔가를 주문하고 있다.

3

체육관은 더욱 뜨겁게 달아오른다. 남녀 단식, 그리고 혼합복식 결승전이 열리고 있다. 모두가 예상했던 대로 금메달의 파워 금정완과 설봉의 최덕상 남자 개인전이 최대 흥밋거리다.

여기저기서 악을 쓰는 듯한 응원 소리가 터져 나오고 두 선수는 땀을 흘리며 시합에 몰두한다. 둘 모두 공격형이라 잠시도 눈을 뗄 수가 없다.

파워의 강력한 드라이브에 이은 강 스매싱. 그리고 이를 커트 볼로 받다가 갑자기 예상치 못한 코너로 찔러 넣기. 랠리는 10회 이상 연결되고 관전하는 응원단과 탁구인들은 탄성을 지른다.

1회 18 : 21!

예상을 엎고 최덕상의 승리다. 역시 파워의 집중력 저하 때문이리라. 하지만 조 관장은 파워의 승리를 굳게 믿고 있었다. 시동이 좀 늦다는 것을 알고 있고 집중력 또한 금세 회복할 것이기 때문이다.

수건으로 비 오듯 한 땀을 닦는 파워에게 조 관장이 속삭인다.

"서두르지만 않으면 이겨, 약점 알잖아! 서비스부터 푸싱으로 밀

어 대. 그리고 좀 더 속공으로 말이야! 힘은 저쪽이 좋지만 속도에서
는 파워가 빨라. 반 박자 빠르게 치라고. 딴 거 없어. 간결하게 쳐!"

파워가 머리를 끄덕인다.

설봉 측도 마찬가지다.

"이미 기가 죽었어. 웬지 파워가 흔들리는 거 같아. 한 세트 더 따
면 끝이야. 집중력 잃지 말고, 알았지?"

제2세트.

파워의 8연승이냐, 이를 저지할 최덕상인가? 사람들은 숨조차 죽
이며 관전한다.

짧고 강력한 횡 회전 서비스를 간단히 받는 최덕상이다. 그런데 공
이 네트를 넘어오자마자 파워는 전광석화처럼 플립으로 때렸고 공
은 코너에 깊숙이 박힌다. 조 관장이 지시한 반 박자 빠른 속공이다.

리듬을 타기 시작했다. 공은 한결 빨라지고 무척 깎여 넘어간다.
파워의 주특기인 강력한 드라이브는 실수가 없다. 한번 신이 나면
걷잡을 수 없는 파워다. 신경이 예민하지만 이제 그의 머릿속에서
모니카는 사라진 지 오래되었다. 공에 집중하고 승리에 몰두하기 시
작한 것이다.

저쪽에서 흙피리의 고함이 들릴 정도로 여유가 생겼다. 강 스매싱
이 성공하자 흙피리와 관장에게 손까지 흔들어 보인다.

최덕상 역시 절대 만만치 않은 기술의 소유자다. 하지만 파도 같은
힘에 자꾸 밀려간다.

마침내 18 : 21, 파워 승리다.

제3 마지막 세트다.

3세트는 의외로 싱겁게 끝났다. 2세트의 패배가 전의를 상실시킨 것 같다. 14 : 21로 허무하게 끝났다.

마침내 파워의 8연승이 이뤄지는 순간이다.

시합이 끝나자 파워가 최덕상에게 걸어가 인사를 꾸벅 올린다.

"형님, 제가 아직 젊어서 힘으로 이긴 것 같습니다."

"아냐, ㅎㅎㅎ 하기는 이젠 나도 힘에 부쳐. 잘했어. 축하해 8연승!"

둘은 무려 7살이나 차이가 난다.

둘이 얼싸 안는다. 참 보기에 좋다.

쌈닭 천화선과 야생화 시합은 근래 보기 드문 대접전이다. 그런 이유가 있다. 아무래도 훈련이 부족했던 천화선이고 이를 갈며 연승을 노리는 야생화다. 그러니 접전이 될 수밖에 없다.

1회전부터 연장전이다. 24 : 24까지 이어온다.

끈질기기로 명성을 올린 야생화지만 수비와 공격을 적절히 구사하는 천화선에 힘들어 한다. 하지만 옛날처럼 절대 만만한 야생화가 아니었다. 어깨 치료로 부족했던 훈련의 결과다.

다시 25 : 25.

사람들은 응원조차 못하고 있고, 조 관장은 발을 동동 구른다.

모두 야생화의 선전에 놀라워하고 있다.

하지만 관록에서 밀렸다.

마침내 1회전은 27 : 25로 천화선 승리다.

'휴―.'

천화선이 비로소 안도의 숨을 쉰다.

2세트에서 대 이변이 일어났다.

주먹을 움켜쥐며 파이팅을 외치던 야생화가 천화선의 강 스매싱을 끈질기게 받아내고 힘에 부친 천화선이 범실을 하며 점수를 내주어 어이없게 무너지기 시작한 것이다.

괜찮다던 어깨에 약간씩 통증이 오기 시작한 것이다. 어깨에 너무 힘이 들어갔기 때문이다.

'안 돼, 이러면 안 돼!'

속으로 부르짖지만 아픈 것은 어쩔 수 없다.

14 : 21.

허무하게 무너지는 천화선이다. 야생화는 지난 시합에서 승리한 경험을 되뇌이며 이기는 법을 알아 가고 있었다. 약점을 아프게 찔러 댄 것이다.

체육관은 난리가 났다. 지난 부산시 체육대회에 이어 야생화의 연승이 점쳐지고 있기 때문이다.

이제 대망의 3세트 결승전이다.

천화선은 관장과 상당히 밀도 높은 전략을 짜고 나왔다.

천화선의 힘찬 공격을 준비한 것이 분명하다. 그러니 이번에는 공의 속도를 늦추자는 것이다.

다행히 난생처음 경험한 흄피리의 돌출 러버로 훈련하며 지공 방법을 터득한 천화선이다. 서비스가 시작되자 마자 천화선은 공의 속도를 현저히 늦춰 리듬을 깨기 시작했고 당황한 야생화의 공을 강 스매싱으로 때려 많은 유효타를 만들었다.

이번에는 야생화가 당황하기 시작한다. 도무지 리듬을 탈 수 없다. 강했다 약했다, 빠르다가 지공으로. 역시 경험 부족의 야생화가 무릎을 꿇었다.

천화선의 노련함이 패기의 야생화를 꺾은 것이다.

이번에는 거꾸로 21 : 14로 패했다.

마지막 혼합복식이다.

흙피리는 돌출 러버를 가방에 넣고 민 러버 라켓을 들고 나왔다. 안윤주라면 더 이상 훈련하지 않아도 충분하며 민 러버로 쳐도 파워는 충분히 꺾을 실력의 흙피리다.

그런데다 김상애가 이번 시합을 경험 쌓기 위해 출전한 만큼 그리 두려운 상대는 아니고 이변은 일어나지 않았다.

3전 전승! 금메달 탁구장의 완승이다.

시합을 승리로 이끈 흙피리는 우승 메달을 받더니 관중석을 향해 달려간다. 그리고 죽어라 응원하던 한 남자의 목에 걸어 준다.

끝까지 응원해 준 김돈규다. 파워가 머리를 갸우뚱한다.

이때다. 방금 시합을 한 상대 선수 김상애가 파워를 향해 오는데 손에 꽃다발이 들려 있다.

"저, 이 꽃 받으세요. 예전부터 팬이었습니다. 오늘 같이 시합해서 정말 영광이었습니다. 부탁이 있는데 같이 사진 한 장 찍어 주시겠어요?"

"와―아!"

설봉 측에서 함성이 들린다. 김상애가 오늘 출전을 왜 그토록 좋아했는지를 알기 때문이다. 둘은 어깨동무를 하고 사진을 펑 펑 찍어 댔다.

이미 부산 바닥에서 정평이 나 있는 미모의 상애다. 그가 파워를 짝사랑한 지는 이미 오래되었다. 설봉 구장 몇몇이 아는 사실이다. 그녀의 집에는 파워 사진이 도배를 하고 있었다.

늦도록 초조하게 기다리던 장선홍 회장도 조은숙 관장도 기뻐 어쩔 줄을 모르고 있었다. 장선홍 회장은 1차 목표를 이룬 셈이며 조 관장은 빚을 갚은 기분이었다.

장 회장이 조 관장에게 축하해 주며 몇 가지 지시를 내린다.

"암튼 축하하고 감사드립니다. 오늘 남포동 황제 나이트클럽 비워 놓았습니다. 우리 회원들과 설봉 회원들 데리고 가서 마음껏 즐기세요. 이미 지시해 놓았으니 준비는 다해 놓았을 겁니다. 실컷 먹고 실컷 놀게 하세요. 그리고 삼 일간 탁구장 문 닫고 선수들 쉬게 하세요. 여행하고 싶은 사람은 여행 가게 하고, 쉬고 싶은 사람은 충분히 쉬도록 해 주세요. 이제 진짜가 남았습니다. 후쿠오카 시합 말입니다."

조 관장은 너무나 기뻤다. 사실 자신도 좀 쉬고 싶었기 때문이다.

"정말 감사합니다. 회장님 지원 덕에 완승했습니다. 모두 데리고 가서 즐거운 시간 보내겠습니다. 일본에서도 반드시 좋은 성적 올리겠습니다."

두 탁구장 선수들은 언제 경쟁했느냐는 듯 나이트클럽 전용 미니버스에 몸을 싣고 남포동을 향해 달리기 시작한다.

모두 즐거운지 노래를 부르고 시합 이야기에 꽃을 피운다. 파워 옆자리에 김상애가 냉큼 자리 잡고 앉았다. 그가 탁구 가방에서 뭔가를 꺼낸다. 길고 노란 봉지다. 그걸 찢어 입에 털어 넣어 준다.

"이거 드세요. 비타민 레모나입니다. 피로 회복엔 최고죠."

그리고 웃으며 얼굴을 빤히 들여다본다.

최덕상은 윤철수처럼 이제 공식 시합에서는 은퇴할까 생각 중이고, 야생화는 오늘 천화선 선배와 선전한 것을 만족하게 생각하고 있다. 천화선은 몸이 좀 피곤한지 의자에 기대어 눈을 감고 있고, 설봉 관장은 자존심이 상했는지 참석하지 않았다.

성채는 금정완 입에 레모나를 넣어 주는 상애를 섭섭한 듯 바라보고 있다.

숙소로 돌아온 김돈규는 혼자 자축의 건배를 한다.

흙피리는 맨 뒷자리에 앉아 뭔가를 곰곰이 생각하고 있다.

그녀는 지금 부산 부두노조 붕괴를 머리로 그리고 있었다.

흙피리, 넌 도대체 누구냐?

1

나이트클럽 주말 수입은 주중 수입의 절반을 차지한다. 그럼에도 불구하고 장 회장은 고객을 받지 않고 오늘 선전한 두 구장 선수들을 위해 축하 자리를 제공해 주었다.

중앙 테이블을 치우고 둥글게 원형을 만들어 술과 안주를 푸짐하게 준비했다. 모두가 어려워하지 않도록 자신은 참석하지 않았다.

오늘 제일 기분 좋은 사람은 단연 김상애다. 시합에 첫 출전했다는 것만도 행운인데다, 파워가 친절하게 해 주어 사기가 오른 것이다. 두 살이나 연상이지만 그녀는 정말 파워를 좋아했다.

흥이 많은 그녀는 마이크를 잡고 사회를 보고, 선수들에게 노래를 시키며 흥을 돋았다. 파워는 흙피리에게 술잔을 권했고, 흙피리는 김상애의 부탁으로 노래도 불렀다.

한참 흥이 무르익을 무렵이다. 나이트클럽 문이 열리더니 한 떼의 남자들이 모습을 나타냈다. 검은 정장을 하고 어깨가 딱 벌어졌는데 한결같이 짧은 머리를 하고 있다. 소위 말하는 조폭 깍두기들이다. 그들은 뭔가 상자 하나를 메고 있었다. 선수들은 놀라 눈이 휘둥그 레진다.

"뭐야, 이거?"

"시비 걸러 온 거 아냐?"

모두 긴장에 휩싸인다.

조은숙 관장의 얼굴이 창백해진다. 전에 파워를 괴롭히던 주먹들 때문에 크게 데인 적이 있기 때문이다.

흙피리가 잔에 맥주를 따라 가득 채운다.

그들이 마침내 파티석까지 다가와서는 흙피리를 둘러싼다.

"누님! 축하드립니다. 우승하셨다는 말 전해 들었습니다."

그러더니 허리를 90도로 꺾어 절을 한다. 맨 앞의 왕초같이 생긴 남자가 허리를 꺾자 나머지 모두도 일제히 허리를 꺾는다. 그리고 합창하듯 소리친다.

"축하드립니다."

모두 영문을 몰라 어리둥절한다. 남포동, 부산역 일대를 주름잡는 주먹들이다. 그들이 갑자기 나타나 흙피리에게 누님이라며 허리를 꺾으니 놀라지 않을 수 없다.

그러고 보니 낯익은 얼굴도 있다. 조은숙 관장이 한 놈을 알아보았다. 탁구장을 찾아와 파워를 협박하던 그놈이다. 이번에는 그녀석이 파워에게 허리를 굽힌다.

"접니다. 그동안 별일 없으셨죠?"

"아, 네에―."

파워가 놀라 자리에서 엉거주춤 일어선다.

"아닙니다. 그냥 앉아 계세요."

하며 자리에 다시 앉힌다. 아무래도 시비를 거는 게 분명하다고 판단한 선수들이다. 흙피리의 다음 행동이 아니었다면 질린 얼굴을 펴지 못했을 것이다.

흙피리는 조금 전 가득 따른 술잔을 왕초 남자에게 건네주었다.

"자, 한잔 마시고 돌아가. 선수들 놀라겠다."

그가 두 손으로 잔을 받아 한 입에 털어 넣는다.

"누님, 선물입니다. 이거 받으세요."

어깨에 메고 있던 상자다.

"이게 뭔데?"

"네, 국내에서는 구하기 힘든 와인입니다. 엘곰표 와인이라고 맛이 죽입니다."

"그래? 고맙군. 잘 마실게! 자, 이왕 왔으니 인사나 하고 가! 여러분, 오늘 탁구 시합을 축하하러 온 내 아우들입니다."

그들은 다시 허리를 꺾어 인사를 한 후 떠나갔다.

"분위기 깨서 죄송합니다. 다시 시작하시죠? 아 참, 이거."

그들이 가져온 〈엘곰표〉 와인이다. 뚜껑을 열고 잔이 돌자 언제 분위기가 가라앉았냐는 듯 분위기가 확 바뀌었다. 와인의 맛 때문이다. 와인 특유의 떫은맛도 없고 향기는 형용할 수가 없다. 12병이 금세 동이 난다.

"와, 생전 이런 와인은 첨이다."

"더 없어?"

"한 잔씩만 마셔! 왜 자꾸 마시는 거야?"

굳었던 분위기는 와인 탓에 다시 열기로 가득 찬다.

'이 녀석들 왜 하필 여기 나타난 거야?'

흘깃 조 관장 표정을 훔쳐본다. 노련한 그녀는 모르는 체하지만 얼굴은 생각으로 가득하다. 전혀 예기치 못한 사건이다. 그리고 상상할 수 없는 일이 벌어진 것이다.

조폭들이 흙피리를 황제처럼 모시다니. 그녀의 오빠라는 사람이 검사라는 것만으로는 그리하지 못할 것이다. 가뜩이나 스카이 서비스와 돌출 러버로 머리를 갸우뚱하게 만드는 흙피리 아닌가?

'흙피리, 넌 도대체 누구냐?'

얼굴은 웃고 있지만 마음은 한없는 수렁으로 빠져들고 있다.

참 어처구니없는 일이다. 지금까지 주먹과 자신과의 관계를 아는 사람은 주변에서 둘 뿐이다. 갑자기 나타난 팬이라는 그 잘 생긴 김돈규와 장 회장님뿐이다. 그런데 이 숨겨온 비밀이 하루아침에 무너졌다. 무언가 설명을 하던가, 변명을 해야 하는데 뚜렷이 머리에 떠오르는 것이 없다.

마치 도둑질하다 들킨 사람 꼴이 되어 버렸다.

'어쩌지?'

고민이 시작되었다. 그냥은 넘어갈 일이 아니다. 이를 눈치라도 채듯 최덕상이 입을 연다.

"오늘 신예 흙피리님의 탁구 실력은 정말 눈부셨습니다. 부산의 미래를 빛내 줄 분이 틀림없습니다. 그런 뜻에서 건배!"

술잔 부딪치는 소리가 요란하다.

"그런데 오늘 와인을 선물하신 분들에 대한 소개가 있으면 좋겠습니다. 감사히는 받았지만 인사를 드리지 못해서요!"

"네, 알겠습니다."

자리가 다시 차가워진다. 뜻밖에도 부산의 주먹들이 찾아왔으니 설명해 달라는 요구다.

흙피리가 해명은 하지 않고 지배인을 부른다.

"긴 송판 같은 거 있으면 하나 준비해 주세요."

지배인은 잠시 후 긴 목판을 구해 왔다. 흙피리는 두 개 의자를 벌려 놓고 그 위에 목판을 올려놓았다. 그녀가 무엇을 하려는지 아는 사람은 아무도 없다.

그 목판 위에 빈 맥주병 5개를 늘어놓는다. 그리고 탁구 가방에서 그녀의 또 하나의 무기인 손가락 없는 가죽장갑을 꺼내 손에 끼운다.

'뭐하는 거야?'

사람들은 그녀가 무얼 하는지 정말 알 길이 없어 궁금한 얼굴로 흙피리를 주시한다.

늘어놓은 맥주병 앞에 선 흙피리가 갑자기 "얍!" 하는 기합을 넣더니 수도(手刀)로 병을 후려친다. 빈 맥주병은 쨍그렁! 금속성 소리를 내더니 다섯 병 모두 병목이 달아났다. 더욱 놀라운 것은 단 한 개의 병도 쓰러진 것이 없다는 것이다.

그러더니 이번에는 병이 올려 있던 목판을 왼손으로 들고 오른 주먹으로 갈겨 댔다. 그 두터운 나무판이 으스러지며 반쪽이 났다.

선수들은 놀라면서도 손바닥이 터져라 박수를 쳐 댔다.

흙피리가 웃으며 바라본다.

"관장님께 미처 말씀드리지 못한 것이 있습니다. 사실 저는 무술을 좀 했습니다. 제 무술을 전부 합치면 20단은 넘을 겁니다. 운동이라면 뭐든 다 좋아하지요. 탁구 역시 마찬가지고요. 제가 고향 부산을 떠난 지 꽤 오래되었습니다. 그러다 40일 전 고향으로 돌아왔습니다. 그런데 절 처음 맞아준 것이 바로 아까 왔던 녀석들이었습니다. 난, 그들이 부산을 장악하고 있는 주먹들이란 걸 전혀 몰랐습니다. 모를 수밖에 없지만요. 나는 그들의 도전을 받았고, 이참에 버릇 고쳐 준다고 정신이 나가도록 패 주었습니다. 그런데 그들이 나를 누님이라 부르네요. 전, 그냥 받아 주는 것뿐입니다. 아마 오늘 탁구 시합 소식 듣고 인사차 찾아온 것 같습니다. 혹, 저 때문에 분위기 깨졌다면 사과하겠습니다."

"아닙니다. 정말입니다."

"와, 대단하십니다. 또 뭐 보여 줄 거 없나요?"

"분위기를 깨다니요, 오히려 너무 즐겁습니다."

선수들이 다가와 손을 만져 보고 난리를 친다.

단, 딱 한 명 조은숙 관장만이 이 말을 수긍하지 않고 있었다. 입은 웃고 있지만 의혹은 점점 더 커지고만 있었다.

'아냐, 그것만으로는 설명이 안 되는 부분이 있어. 넌, 국내에서 자란 아이가 아냐. 중공 물을 먹은 게 분명한데 그것 역시 불가능한 일이거든? 어린 나이에 어떻게 수교도 안 된 중공 물을 먹을 수가 있느냐 말이야? 그런데 스카이 서브, 이질 러버는 중공 애들 아니면 절대 만지지 못하거든. 어떻게 된 거야. 설명 좀 해 봐, 설명 좀 해 보라고! 흙피리, 넌 도대체 누구냐. 누구냐고!'

파워는 놀라 머리를 절레절레 흔들었다. 이제서 비로소 비밀이 풀어진 것이다. 모니카를 괴롭히던 지배인과 그 주먹들이 찾아와 죽어라 사과한 건 흙피리 주먹 때문이란 것을.

좀 더 시간이 흐른 뒤 조은숙 관장이 뒤풀이 끝맺음 인사를 한다.

"오늘 참 즐거웠습니다. 진 팀이나 이긴 팀이나 모두 선전하신 것에 감사드리며 부산 탁구가 더욱 발전하도록 회장님 모시고 열심히 일하겠습니다. 전, 가능하면 준우승을 한 설봉 팀의 선수들도 후쿠오카에 함께 가기를 희망합니다. 회장님께 적극 요청할 생각입니다."

우레 같은 박수가 터져 나온다.

"아마 일본 원정은 3월 하순쯤 되리라 봅니다. 그동안 실력을 갈고 닦아서 반드시 일본을 꺾고 귀국하도록 열심히 훈련해 주시기 바랍니다. 이제 또 하나 축하해야 할 일이 있습니다. 이번 2월에 해양대학을 졸업하는 우리 파워 금정완이 탁구에 많은 시간을 빼앗겼음에도 불구하고 수석으로 졸업하여 대통령 표창을 받게 되었습니다. 가을에 있을 항해사 자격증 시험도 수석으로 합격하기를 진심으로 기도합니다."

더 큰 박수 소리와 함성이 터진다. 김상애는 눈물까지 글썽인다.

"오늘 아쉽고 즐거운 뒤풀이 파티는 이로써 끝을 맺겠습니다. 자리에 계시지는 않지만 이 자리를 베풀어 주신 장선홍 회장님께 감사의 박수를 드립시다."

다시 터지는 박수 소리!

"끝으로 공지사항이 있습니다. 우리 금메달 구장에만 해당되는 사항이라 죄송스럽게 생각합니다. 회장님 지시에 따라 앞으로 3일간 휴무로 정했습니다. 3일 후부터 후쿠오카 원정을 위한 훈련을 재개합니다. 모든 여러분 감사합니다!"

자리가 끝나고 뿔뿔이 흩어진다.

조은숙 관장은 차를 몰고 돌아오면서도 흙피리 생각을 떨쳐내지 못하고 있다. 20단이 넘는다는 무술 실력, 스카이 서비스, 돌출 러버, 가족도 없는 것 같은 혈혈단신…….

생각하면 할수록 의혹만 짙어 가는 흙피리다. 뭔가 알아내고 싶지만 지금으로서는 불가능하며 그녀의 입을 열게 한다는 것은 더더욱 불가능하다. 지금은 아무것도 묻지 말아 달라며 분명히 선을 그었기 때문이다.

그 궁금증은 병이 된 지 이미 오래되었다. 그래서 사람을 매수하여 흙피리 뒤를 따르게 했다. 집을 알아내 뒤져 볼 작정이다.

빛바랜 낡은 사진 한 장이라도, 혹은 일기장 하나라도 볼 수 있다면 그녀에 대한 의문들은 조금이라도 풀 수 있을지 모른다는 생각이다.

2

"따르릉 따르릉—."

전화벨 소리가 요란하다. 아직 늦잠에서 깨어나지 못한 조은숙 관장은 손을 더듬어 수화기를 집어 들었다.

"예, 조은숙입니다."

"접니다. 집을 알아냈습니다. 탁구장에서 불과 300미터도 떨어지지 않은 곳에 있습니다."

"그래요? 수고하셨습니다. 곧 갈 테니 탁구장 앞에서 만나죠."

작정을 했다. 더 이상은 참을 수 없을 것 같다. 후쿠오카를 다녀와서 찾아보려 했지만 주먹들과의 관계, 그리고 지난밤 그녀가 보여 준 무술, 탁구 기술 등 도저히 참을 수가 없었던 것이다.

커피 한잔을 간단히 타 마신 후 차를 몰고 탁구장으로 달려갔다. 흙피리를 미행하여 집을 찾아낸 사내가 맞아 준다.

"집을 코앞에 두고 찾으셨네요. 절, 따라오세요."

그가 앞장을 서서 걷는다. 탁구장 뒷길, 아직 정비가 끝나지 않아 허름한 집들이 즐비한 골목이다. 악명 높은 사창가들이 다닥다닥 붙어 있기도 한 길이다.

사내가 한 허름한 한옥 앞에서 멈추었다.

"저 집 쪽방이 그 여자가 살고 있는 집입니다."

'아니, 저긴!'

조 관장이 기겁을 한다. 바로 며칠 전 대구 마리아 수녀님이 찾았던 그 집 아닌가? 밖에 오토바이까지 보인다.

놀란 그녀가 문틈으로 집을 살펴본다. 어제 시합과 뒤풀이로 피곤했는지 깊은 잠에 떨어진 흙피리가 보인다.

살림은 별로 없다. 부엌은 반대편에 있는지 밖에서 보이지 않았고, 낡고 작은 미제 냉장고와 가방 몇 개, 그리고 대한전선 14인치 텔레비전이 보인다. 옷걸이에는 눈에 익은 옷들이 걸려 있고 작은 밥상이 접힌 채 벽에 기대어 서 있다. 가난한 독신자의 생활 이상도 이하도 아니다.

'우연이겠지.'

이 집은 전쟁 직후부터 장선홍 회장 누님인 마리아 수녀님이 동생이 보내 준 돈으로 매입했고 같이 살았으며 국제시장 화재로 사망한 강은양의 가족을 위해 팔았던 그 집 아닌가? 집을 팔고 마리아 수녀님은 동생을 기다리며 이 쪽방에서 혼자 외롭게 살았던 그 방 아닌가? 소름이 돋는 일이지만, 마리아 수녀님과 흙피리를 연결 지을 수는 없다. 그야말로 우연이겠지.

'그런데, 그런데!'

조은숙 관장은 머리에 뱅뱅 도는 알 수 없는 의혹을 지울 수 없다.

흙피리는 지금 장선홍 회장과 연결되어 있고, 장 회장은 흙피리에게 집을 구해 주라는 지시까지 있었다.

'그게 뭔지를 모르겠다. 그 연결의 꼭지점을, 이것도 우연일까?'

흙피리를 생각하면 할수록, 알려고 노력하면 할수록 점점 깊은 늪에 빠지는 조은숙이다. 기회를 만들어 집을 뒤져 보겠다는 생각을 하며 탁구장으로 돌아왔다.

책상에 앉았지만 아직도 충격에서 헤어나지 못하고 있다. 한때는 마리아 수녀님의 집이었고 그 실질적 주인은 장선홍 회장이었다. 흙피리가 거주하는 쪽방은 장 회장님 누님이 수녀가 되기 전까지 살고 있었다. 그리고 강은양과 동생, 사망한 그 어머님은 마리아를 찾아 자주 왔던 곳이다. 정말 그들 사이는 무관한 것일까?

하지만 조은숙 관장은 더 이상 생각할 힘이 없었다.

'흙피리는 누구인가? 언제 기회를 만들어 수녀님을 만나게 해 볼까?'

그녀에 대한 의문은 그것만이 아니다. 처음 탁구장에 나타났을 때 흙피리는 파워에게 지대한 관심을 보였다.

'저러다 둘이 눈 맞는 거 아냐?'

생각할 정도였다. 하지만 그 후 그녀는 별다른 진전을 보여 주지 않았다. 물론 모니카 문제가 있기는 하지만 그렇다고 뾰족하게 남자를 사귀는 것 같지도 않다. 그 나이로는 그것도 이해 못할 일이다.

어제 시합장에서 누구인지 알 수 없는 남자에게 장미 꽃다발을 받기는 했지만 아마 그것은 팬이 보내는 선물이리라. 조 관장은 아직 김돈규의 정체를 모르고 있었다.

연애도 안 하고, 무술은 20단을 넘는다 하고, 불과 40일 만에 부산 주먹 세계를 평정했다. 그런데다 국제적으로 아직 보급이 안 된 특수 러버와 기술을 쓰는 어린 여인 흙피리! 정말 그녀를 안다는 것은 불가능한 일이었다.

밖의 누군가가 다가와 문틈으로 자신의 방을 훔쳐보고 있다는 것을 흙피리는 알고 있었다. 그 예민한 신경에 조 관장이 포착된 것이다. 뚫어진 문틈으로 보인 돌아가는 여자는 바로 조은숙 관장이다.

'그럴 테지, 궁금하겠지.'

충분히 이해한다. 모든 것이 의문투성이인 자신이니까! 하지만 아니다. 지금은 아무 말도 할 것이 없다. 조은숙이라는 아주 괜찮은 관장님에게 지금 무슨 말을 해 줄 수 있는가?

이제 겨울이 가고 따뜻한 봄이 오면 집을 장만하여 이곳을 떠나게 된다. 하지만 절대 그냥 떠나지는 않을 것이다. 전셋돈을 맡겨 두고 빈 집이라도 지킬 것이다. 좀 더 많은 시간이 흐르면 그때는 떠날 것이다.

우두커니 앉아 있던 그녀가 갑자기 벌떡 일어났다. 계란을 넣은 라면으로 정말 간단한 아침 식사를 마친 후 밖으로 나왔다.

오토바이를 끌고 나온 그녀는 미친 듯 바닷가를 달리기 시작했다. 파도 소리, 바람 소리에 몸을 맡기고 목적지 없는 질주를 계속하고 있었다.

그렇게 질주하던 그녀 입에서 찢어지는 듯한 고함 소리가 들린다.

"아, 아—!"

그것은 증오와 슬픔과 외로움에 지친 절규 같은 함성이었다.

머릿결이 바람에 아름답게 흩날린다.

같은 날 아침.

장선홍 회장은 늦게 침대에서 일어났다. 그는 저택 샤워실로 들어섰다. 상의를 벗었다. 이제 중년을 넘기는 나이지만 근육은 젊은 시절 못지않게 잘 발달되어 있다.

그런데 그의 상체는 차마 눈 뜨고 볼 수 없을 정도의 상처로 뒤덮여 있다. 마치 난도질당한 창호지 같다. 칼자국, 흉기에 찔린 자리, 살을 꿰맨 자리 투성이다.

이 흉터 자국을 본 여자들은 질겁하여 도망친다. 징그럽기 짝이 없기 때문이다. 그래서 그는 결혼을 포기했다. 어쩌다 여자를 돈으로 산다고 해도 두세 갑절 이상을 준다. 태반은 돈을 포기하고 도망치기 일쑤지만……

하지만 이 상처는 곧 장선홍의 역사이며 오늘의 대 〈행준사〉의 기록이다. 〈행준사〉라는 뜻은 〈행복을 준비하는 회사〉라는 뜻이다.

거친 항구도시 부산에서 밤의 세계를 장악하여 오늘의 재산가가 되기까지의 흔적이기도 하다. 죽을 고비도 숱하게 넘겼고, 실제 목숨을 잃을 최악의 위기도 맞았었다. 그래도 이렇게 죽지 않고 살아남았다.

그는 첫 상처, 허벅지의 칼자국을 분명히 기억하고 있다.

부산이 전쟁 피난민으로 들끓던 시절, 나가서 돈을 벌겠다는 동생을 강제로 등교시킨 누님이다. 그런 누님이 남자들에게 얻어맞고 있었다. 영역을 침범하지 말라는 같은 또래의 구두닦이들에게서다. 구두통을 짓밟고 누님에게 발길질을 해대고 있다.

학교에서 오다가 이 모습을 목격하게 된 것이다. 어린 장선홍은 책보자기를 내던지고 녀석들에게 달려갔다. 그리고 누님을 걷어차는 사내에게 달려가 발을 잡고 허벅지를 악물었다. 녀석이 비명을 지르며 뿌리쳤지만 놓지 않았다. 살점이 떨어져 나가고 피가 흐르지만 놓지 않았다.

비명을 지르던 그가 주머니에서 칼을 꺼내 허벅지를 그었다. 둘 모두 피가 흐르지만 그래도 장선홍은 물어 버린 이빨을 풀지 않았다. 생존을 위한 야수들의 싸움 같았다. 누가 죽든 하나가 죽어야 끝이 날 거 같아 보였다. 누님이 고함을 지르며 밀쳐 내지 않았다면 정말 대형 사고로 번졌을 것이다.

선홍이는 그 와중에도 녀석의 얼굴을 기억했다가 후에 밤에 돌로 머리를 쳐 쓰러뜨린 일이 있었다. 그때 당한 칼자국은 아직도 선명하게 남아 있다.

'ㅎㅎㅎ 그 녀석 허벅지에도 내 이빨 상처가 남아 있을 거야.'

그리고 학교를 때려치우고 거리로 나선 것이다.

지금 다시 그 시절이 온다고 해도 역시 마찬가지 같은 길을 걸었을 것이다. 남자는 여자를 보호해야 한다. 하물며 누님을 보호하지 못하고 어찌 남자라 할 수 있겠는가?

그리고 칼자국은 늘어났고 그만큼 돈과 힘은 불어났다. 만약 이 길을 선택하지 않았다면 거렁뱅이 신세를 면하지 못했을 것이다.

잠시 생각에 잠기던 그는 샤워를 하고 나이 많은 가정부가 차려 준 아침밥을 먹고 밖으로 나섰다.

일요일이라 운전기사는 쉰다. 그는 직접 핸들을 잡고 사무실로 갔다. 사무실로 흙피리가 올 것이다. 그리고 독일서 손님이 온다.

후쿠오카 시합 선발전이 끝났다. 후쿠오카로 떠나기 전에 부두노조 문제를 해결해야 한다. 오늘 흙피리와 이 문제를 마지막으로 논의할 것이다.

3월, 사루비아 강이 한국을 다시 찾기 전에 반드시 끝장내야 한다. 이건 그녀와의 약속이기도 하며 자신의 숙원 사업이기도 하다.

장 회장이 자신의 빌딩에 도착했을 때, 흙피리는 오토바이에 기대어 기다리고 있었다.

"추운데 들어가서 기다리지 않고?"

"아닙니다. 사무실로 전화했더니 곧 오실 거라 해서요."

예의를 지키느라 추운데도 불구하고 밖에서 기다리는 것이 분명해 보였다.

"자, 들어가자고!"

장 회장이 어깨를 토닥여 주며 앞서고 흙피리가 뒤를 따른다.

보기만 해도 흐뭇한 흙피리다.

이 모습으로만 본다면 말할 것 없이 다정한 부녀 같아 보인다.

3

장선홍 회장의 의도적인 방침이기도 하지만 이때까지만 해도 주먹들을 조직화하지 않았다. 자생적으로 커 가되 타 지역을 침범하지 않는 조건에서다. 그것은 앞으로 큰 꿈을 꾸어야 할 그에게 조폭 두목이라는 명예롭지 못한 수식어가 따를까 걱정되어서였다.

하지만 지금은 다르다. 최근 그는 산발적으로 움직이는 각 지역 주먹들을 조직화하기 시작했다. 남포동과 자갈치시장을 중심으로 한 '자갈치파'와 부산역을 중심으로 한 '역전파'의 보스를 선정하여 '큰형님' 명칭을 주었고 나머지는 그 휘하에 있도록 조치했다. 이 조직을 반대하거나 이의를 제기하는 아이들은 무참히 제거시켜 갔다.

그리고 이들 두 조직을 총괄할 실질적인 보스에 흙피리를 앉혀 놓았다. 주먹들은 대환영이고 흙피리는 기꺼이 수락했다. 탁구 시합을 끝내고 뒤풀이 때 찾아온 주먹들의 보스는 바로 흙피리였다. 그들에게 흙피리 명칭은 '누님'이다.

조은숙 관장은 이 사실을 전혀 알지 못하고 있었다.

"어제 수고 많았어. 게다가 완승까지 해내고 말이야. 허허허!"

기분이 좋은지 계속 너털웃음이다.

"회장님 배려 덕이죠. 천화선이 한 세트 잃을 때는 아찔했었습니다. 다행히 바로 컨디션을 회복해서 승리할 수 있었죠. 천화선님 참 대단하신 분이예요."

"맞아, 어깨 치료를 받고 바로 시합에 나가 그만한 성적을 냈으니!"

여직원이 내온 커피를 마시며 어제 시합 이야기로 잠시 꽃을 피웠다.

"그런데 참, 부두노조 건은 연구 좀 했나?"

"네! 오늘 중간보고 드리러 온 겁니다. 제일 좋은 건 피를 보지 않고 무릎을 꿇게 하는 거지요. 이번에는 상황이 급변하지 않는 한 스스로 무너지게 만들 계획입니다. 물론 마찰은 피할 수 없겠지만 회장님 명예에 누가 가도록 하지는 않을 생각입니다."

이미 구상은 오래전에 마쳤다. 후쿠오카 시합 선발전이 끝났으니 이제 행동으로 옮길 차례다. 약속대로 3월 이전에는 마침표를 찍어야 한다.

"충돌 없이 해보겠다고? 그게 가능하겠어?"

"작은 충돌이야 있겠지만 제가 그동안 여러 준비를 해 왔고 또 그들의 약점을 파악했기 때문에 그리 큰 물의는 일어나지 않을 겁니다. 걱정하시지 않아도 됩니다."

"그렇다면 더욱 좋은 일이고, 혹 자금이 더 필요하면 말해. 얼마든지 지원해 줄 테니."

"어머, 회장님도 지난번에 주신 돈으로도 쓰고 남을 겁니다. 이번 작전에 약간의 달러가 필요해서 암시장에서 좀 바꾸어 놓았고요. 몇 가지 상품을 매입한 것뿐입니다. 정말 쓰고도 남을 겁니다. 돈 걱정은 하지 마세요."

부두노조만 흡수할 수 있다면 돈이야 2, 3천만 원을 쓴다고 해도 아까울 것이 없다. 한데 흡피리에게 준 돈은 푼돈에 지나지 않는다. 겨우 300만 원 주었을 뿐이다.

"기간은 얼마로 잡고 있지?"

"네, 1주 정도요? 빠르면 2, 3일 안에 해치울 수도 있습니다. 아무튼 2월 중순 안에 매듭을 짓겠습니다."

"고마워, 내 이 공로는 절대 잊지 않을 거야!"

"아닙니다, 회장님. 제가 운이 좋아 관장님 만났고 회장님 만나 지금까지 맛보지 못한 사랑을 듬뿍 받고 있습니다. 제가 태어나서 처음 받아 보는 사랑입니다. 너무 외롭게 자랐거든요. 거듭 말씀드리지만 전 회장님을 위해 목숨을 걸고 충성할 겁니다."

"외롭게 자랐다고?"

"네, 회장님. 전 천하의 외톨이입니다. 처음 받아 보는 사랑입니다."

이번 부두노조 건이 원하는 대로만 된다면 자신의 모든 사업을 후에 물려주겠다고 생각하는 장 회장이다. 자신이야말로 천하의 외톨이 아닌가? 누님이 하나 있지만 이미 세속과는 인연을 끊었으니 그 무엇도 물려줄 사람이 없는 장선홍 회장이다.

그리고 흙피리의 인간 됨됨이를 주도면밀히 지켜보았지만 정말 썩 괜찮은 아이임에 틀림없었다.

"모든 일을 내 일이다 생각해! 알았지?"

"네, 회장님!"

이때다. 문이 비죽이 열리며 여비서가 얼굴을 내민다.

"저, 손님 오셨는데요. 독일분하고 한국 남자분 모두 두 분입니다."

"그래? 모셔 와. 그리고 흙피리는 가 봐."

"알겠습니다."

인사를 하고 막 일어서려는데 장 회장이 갑자기 흙피리를 불러 세운다.

"아냐, 내가 생각을 잘못했어. 손님과 합석해. 탁구 관계 손님이니까?"

"탁구 쪽 손님이신가요?"

다시 엉거주춤 자리에 앉았다.

찾아온 독일분은 쥴라(JOOLA)라는 독일 탁구용품 본사 홍보이사
며 또 한 젊은이는 통역관이다. 이들은 두 가지 용건으로 찾아왔다.

손님들이 자리에 앉자 명함이 오고 갔고 찾아온 용건을 설명하기
시작했다. 독일 사람은 유창한 영어를 쓰고 있었다.

"일요일 찾아오게 되어 대단히 죄송스럽게 생각합니다. 저는 오늘
두 가지 용건으로 회장님을 찾았습니다. 하나는 우리 회사 탁구 용
품에 대한 홍보와 후원 문제이며 또 하나는 우리 회사 용품을 선전
할 모델을 찾아 달라는 것입니다."

통역하는 젊은이가 이를 통역하기 시작했다. 그런데 급하게 구했
는지 통역하는 젊은이는 말을 더듬기도 하고 다시 묻기도 한다. 부
산대학교 영문학과 재학 중이라고 한다. 아마 서울서 대학에 의뢰하
여 구한 통역관 같다.

"용품 선전이라면 어떤 방식인가요? 혹, 스폰해 주시겠다는?"

다시 영어로 통역해 준다. 이번에는 그 독일인이 잘 알아듣지 못하
겠다는 투다.

"잠깐요!"

흙피리가 통역관을 제지시킨다.

"제가 직접 대화를 나누겠습니다."

그리고 독일인을 향해 유창한 영어로 질문을 시작했다. 그때서야
그 외국인도 만족스러운 표정이다.

"구체적인 용건을 말씀해 주시겠습니까?"

"네, 부산탁구연합회에서 곧 일본 측과 시합이 있다는 뉴스를 보았
습니다. 이 시합에 우리 쥴라 용품을 쓰신다면 모든 용품을 무상으
로 제공하겠습니다. 또 일부 홍보비 조건으로 선수들 일본 왕복 여

비를 제공하겠습니다. 이것이 첫째 용무고요, 또 하나는 탁구 결혼식을 올린 분을 소개받고자 합니다. 회사 용품 선전에 CF 모델로 쓸 계획입니다. 이 부부는 이미 세계적으로 널리 알려져 홍보 효과가 매우 크리라 보며 출연료는 국내 최고 배우와 같은 액수로 맞춰 드리겠습니다."

"알겠습니다. 이 제의를 우리 회장님에게 말씀드리겠습니다."

흙피리는 이들의 조건을 장 회장에게 설명해 주었다.

이들의 제의도 놀랍지만 더 놀란 것은 흙피리의 유창한 영어 실력이다. 영어까지 유창하게 구사하리라고는 꿈에도 생각 못했던 장선홍 회장이다.

스테거 바스티안(Steger Bastian)이라는 쥴라 홍보이사는 현재 자신의 회사 용품이 유럽은 물론 중공까지 보급되어 인기리에 판매 중이며 한국과 일본 시장을 공략하기 위해 나섰다는 설명이 있었다.

그런데 마침 한·일 시합이 곧 후쿠오카에서 열린다는 정보를 얻어 부산까지 찾아왔다고 했다. 그리고 유럽과 아시아 시장을 겨냥한 회사 광고 모델로 탁구복 결혼식을 올린 강경운·정승미 부부를 선택했다는 설명이다.

이들이 제의를 하고 이를 수락하는데 걸린 시간은 고작 30분을 넘기지 않았다.

"OK! 흙피리, 모든 조건을 수락한다고 전해 줘요. 단 모델 문제는 당사자가 아닌 만큼 단정 짓기는 어렵지만 내가 책임지고 해결해 주겠다고 해 주고!"

"알겠습니다."

흙피리는 이 사실을 쥴라 홍보이사 바스티안에게 전해 주었고 그는 뛸 듯이 기뻐했다.

"시원하게 결정해 주셔서 대단히 감사합니다."

그는 가방에서 계약서를 꺼내 내밀었고 이를 검토한 흙피리는 장 회장에게 계약서에 문제가 없다는 것을 보고했다.

장 회장은 즉석에서 계약서에 도장을 찍었다.

모두가 만족스러운 계약이다.

장선홍 회장이 점심을 사겠다고 했지만 쥴라 홍보이사는 다음 스케줄 때문에 급히 서울로 가야 한다며 일어섰다.

장 회장이 지갑에서 만 원권 지폐 몇 장을 꺼내 통역으로 따라온 학생에게 집어 준다.

"공부 많이 해. 자, 받아 둬!"

"아닙니다. 이미 받았고 또 오늘 제대로 한 게 없어서……."

"알고 있어. 받아 두라니까. 대신 공부 열심히 해?"

그가 허리를 꺾는다.

"감사합니다. 공부 열심히 하겠습니다."

이들이 떠나자 다시 흙피리를 앉힌다.

"자네, 어떻게 된 거야? 나야 가방 끈 짧아 영어 못하지만 언제 그렇게 영어를 배웠어?"

"네, 그저 중학생 정도죠. 어릴 때부터 동두천 미군 부대서 자랐습니다. 다행히 공부를 시켜 준데다 미군 틈에서 자라 영어를 좀 합니다. 상대가 알아들을 정도는 됩니다."

'와, 이건 정말 대박이다. 주먹에 영어까지!'

"흙피리, 또 다른 재주는 없어? 내가 필요로 하는 게 너무 많아. 자네가 날 도와줄 그 무엇이 또 있는지. 있으면 말해 줘!'

"사람 죽이는 일 빼고는 다 할 줄 압니다. ㅎㅎㅎ 잔머리도 굴릴 줄 알고요. 일본 말도 좀 합니다. 영어만큼은 합니다."

"일어도 해?"

"부끄럽지 않을 만큼요. 그런데 일본 말은 대화, 읽기는 잘하는데 쓰기가 좀 약합니다. 일어는 독학으로 했거든요. 하지만 가장 큰 재주는 주먹과 잔머리 굴리는 겁니다. 이 주먹과 머리로 부두노조를 붕괴시킬 거니까요. 저 이쁘죠, 회장님?"

"하하하하, 이쁘고 말고! 내가 정말 운이 좋군. 흙피리 같은 아이를 얻었으니. 하늘이 내편이 되어 준 거야. 가자! 세상 없어도 오늘 내가 한턱 쓰지!"

기분이 좋다. 좋아도 너무 좋다. 유비가 제갈량을 얻었을 때도 이렇게 기뻤으리라. 찾고 찾던, 새 주먹이다. 그런데 주먹에, 탁구에, 영어에, 일어까지 능통하니 앞으로 회사를 키우는데 더없는 힘이 되어 줄 것이다. 그리고 무엇보다 착하다. 이건 자신뿐 아니라 금메달 조은숙 관장도 인정하는 대목이다. 도무지 흠잡을 데가 없는 아이다.

늘 군복 바지를 입던 흙피리가 오늘은 제법 예쁜 옷을 입었다. 검은색 정장이다. 키가 커서 훤칠한 바지가 썩 어울린다. 아무리 생각해도 눈부신 아이가 틀림없다.

정말 이런 딸 하나 있으면 소원이 없을 것 같다.

오토바이를 경비실에 맡기고 해운대를 향해 달린다.

사루비아 강이 파티를 열고 숙박을 하던 파라다이스 호텔에서 양식을 사 줄 생각이다. 누구는 운이 좋아 미국 재벌의 딸이 되고, 누구

는 운이 없어 미군 부대에서 고아로 자라 고생하며 자라는 운명이
되었는가?

　이 불행한 아이에게 오늘은 최고의 요리를 사 주리라. 그리고 이제
돈 때문에 고생하는 일은 없게 만들 것이다. 흙피리는 그 자신이 돈
을 벌어 자신에게 바칠 충신 아닌가?

　부두를 개발하고, 김해공항을 국제공항으로 만들면 떼돈이 들어
올 것이다. 거기에 일본과의 밀거래만 탈 없이 성사된다면 이제는
최소 국내 100대 기업에는 도전할 것이다.

　그리고 흙피리는 그 중심에 서 있을 것이다. 한국의 사루비아 강으
로 만들 것이다. 흙피리에게 새로운 신화를 써 주고 싶다. 부두노조
를 흡수한 뒤 자신의 모든 계획을 설명하고 도움을 청할 것이다. 흙
피리는 매우 영리하고 똑똑한 아이가 틀림없다.

흙피리, 마리아 수녀님을 만나다

흙피리에 대해 조은숙 관장은 심각한 고민에 빠지고 있었다.

흙피리에게 분명히 비밀은 있다. 그것이 문제다. 그 비밀을 알 수 없기 때문이다.

'혹, 흙피리가 강은양은 아닐까? 아니면 죽었다는 진양이는 아닐까?'

그런 상상도 해 보았다. 그런데 여기에 또 문제가 있다. 흙피리가, 강은양이나 진양이라면 장 회장이 몰라 볼 이치가 없다. 강은양 가족과 장 회장은 가족처럼 수년을 함께 생활했다. 아무리 세월이 흘렀다 해도 알아보지 못할 만큼 변하지는 않았을 것이다. 혹, 남자라 둔해서 그럴까? 그렇다면 마지막 방법은 마리아 수녀님에게 흙피리를 보여 주는 것이다.

그런데 여기까지 오기에는 조 관장과 장 회장 간에 흙피리에 관한 의사 소통이 두절되었기 때문이다. 장선홍 회장에게 흙피리는 최전방에서 자신을 도와줄 전사이며, 조 관장에게 흙피리는 후쿠오카 시합의 간판스타인 셈이다. 지금으로는 서로에게 비밀을 지켜야 할 이유가 있고 특히 조 관장은 마리아 수녀님으로부터 장 회장의 과거를 누구에게도 말하지 말라는 엄명이 있었다.

조은숙 관장은 흙피리를 데리고 대구 성당을 찾아가기로 결심했다. 지금 그녀가 할 수 있는 마지막 방법은 그것뿐이다. 궁금증이란 사람이 참 견디기 힘든 일 중 하나다.

2월 첫 목요일을 선택한 것은 수녀님 사정 때문이다. 이날이 제일 여유가 많다는 설명이 있었기 때문이다.

이제 2월 초순이 되었다.

2월은 장 회장과 흙피리에게 대단히 중요한 달이다. 이달 중 장 회장의 숙원 사업이던 부두노조와 노무자협의회를 통일시켜야 한다. 3월에 사루비아 강이 다시 찾아올 것이며 그때까지는 그녀가 원하는 대로 해 주어야 한다.

사루비아 강이 원하지 않더라도 장 회장은 두 조직을 반드시 합치리라 맹세한 터였다. 이 문제로 흙피리는 설계도를 그리고 있었고 거의 완성되어 갈 무렵, 조 관장으로부터 연락이 왔다.

첫째 주 목요일 대구를 가자는 것이다. 가는 목적은 가면서 알려 줄 테니 가능하면 시간을 내 달라는 것이다. 한 수녀님을 만나러 가는 일이라 했다. 흙피리는 설계도를 그리는 것이 바쁘기는 하지만 그렇다고 이 부탁을 거절할 정도는 아니다.

그렇게 해서 그들은 대구를 향해 출발하게 되었고, 조 관장의 승용차는 어느새 고속도로로 올라섰다. 자동차 트렁크에는 탁구공이 두 박스나 있었고, 먹을거리도 한 박스나 되었다. 성당 탁구인들과 마리아님에게 줄 선물이다.

차가 고속도로로 올라서자 흙피리가 먼저 입을 연다.

"대구에 아시는 수녀님이 계세요?"

"응, 있어. 아주 훌륭하시고도 불행하신 분이지!"

흙피리의 호기심을 자극한다.

"예? 훌륭하시고 불행하신 분이세요? 어떤 분이신데요?"

"애기하자면 길어. 내 간단히 소개하지. 어차피 곧 뵙게 될 테니!"

"이 수녀님은 6.25 때 부모님 모두를 잃고 남동생과 부산으로 피난 왔었지. 그래도 공부시키겠다며 본인은 껌도 팔러 다니고 구두닦이도 했어. 그러다 보니 머슴애들에게 얻어터지기도 하고, 구두통, 껌통을 빼앗기는 일도 다반사였지. 그러자 동생이 돈을 벌겠다고 학교를 때려치우고 집을 나간 거야. 어디서 어떻게 돈을 벌었는지 동생은 누나에게 많은 돈을 보내 왔어. 그런데 그 돈에 문제가 있었던 거야. 전쟁으로 남편을 잃은 한 과부가 남편이 남긴 돈을 잘 활용하여 엄청난 재산을 모았어. 그런데 동생이 그 여자에게 충성을 다 했고 돈도 많이 벌어 주었지. 여기까지는 좋았어. 그런데 그 녀석이 여자의 돈을 탐내기 시작했고 기어이 모든 재산을 갈취하여 도망쳤어. 하루아침에 알거지가 된 것을 누님이 안 거야. 그 여자와 딸들이 찾아와 동생을 내놓으라고 다그쳤거든!"

운전을 하며 흘깃 흙피리를 바라보았다. 흙피리 눈이 똥그래진다.

"어머, 그래서요!"

"누님은 동생이 준 돈을 한 푼도 쓰지 않고 모아 놓았었어. 그 돈으로 집을 샀었는데 다시 집을 팔아 돈을 갈취당한 여자의 장사 밑천으로 주어 버렸어. 그리고 속죄하는 뜻으로 수녀가 된 거야!"

"그랬군요. 그런데 돈을 빼앗긴 여자분은 어떻게 되었나요?"

"나는 거기까지는 잘 몰라."

"관장님은 어떻게 그 수녀님을 알게 되셨어요?"

흙피리는 이야기에 빠져 있었다.

"정말 소설 같은 얘기를 알게 된 건 대구 성당 수녀님들이 탁구를 친다는 소문을 듣게 되었고, 나는 그곳에 지원을 하려다 그 수녀님을 만나게 된 거야. 지원하겠다니까 부산을 찾아오셨었지. 나도 그 성당을 찾아가는 건 오늘이 처음이야."

"그러면 그 누님이란 분은 말할 수 없는 은인이고 동생은 철천지 원수가 되네요?"

"그렇게 된 셈이네? 만일 말이야 흙피리가 그 여인 딸이라면 어떻게 하겠어? 누님을 위해서 복수를 포기할까, 아님 끝까지 찾아 복수를 할까?"

잠시 침묵이 흐른다.

"글쎄요. 전, 그분 딸이 아니라 모르겠네요. 하지만 막상 내 앞에 그런 일이 벌어진다면 누님에게는 은혜를 갚고, 동생에게는 복수할 것 같네요. 죄를 짓고 사는 사람을 모두 용서한다면 정의란 사라지겠죠. 그래서 저는 교회를 다니지 못해요……."

흙피리가 흥미는 갖지만 특별한 감정을 드러내 보이지는 않는다.

'정말 장 회장과 흙피리는 아무 관계도 없는 사이일까?'

다시 의문에 휩싸이는 조은숙 관장이다.

물어물어 대구 수성동 한 성당에 도착했다.

성당 마당은 소란스러워 보였다. 키가 큰 한국인 신부님이 수녀님들과 어울려 공을 차고 있었고, 마리아 수녀님은 시간이 됐다고 판단했는지 현관 앞에서 밖을 기웃거리며 기다리고 있었다.

차가 도착하자 공을 차던 신부님과 수녀님들이 우르르 몰려든다.

그리고 조 관장을 에워싼다.

"어머, 이 손이 국가 대표로 탁구 치던 손이에요?"

"오늘 한 수 가르쳐 주실 거죠?"

신기한 듯 손을 만진다.

"신부님도 축구하세요?"

키가 크고 말끔하게 생겼다.

"신부라고 기도만 하는 줄 아세요? ㅎㅎㅎ 자, 안으로 드세요."

선물로 가져온 탁구공과 음식을 내놓았다.

"그런데 이 멋진 아가씨는 누굴까?"

"우리 탁구장 에이스입니다. 이름이 특이하죠. 흙피리랍니다."

"아, 오카리나를 좋아하시는군요. 자, 들어가세요."

마리아 수녀님이 조 관장과 흙피리를 식당으로 안내한다. 간단한 다과회가 있었고, 이어 탁구 강습이 시작되었다.

먼저 마리아 수녀님과 흙피리를 붙였다. 다분히 의도적이다.

둘이 10여 분 랠리를 하고 다음 수녀님에게 라켓을 넘겨 준다.

조 관장은 그 사이 마리아 수녀님을 밖으로 불러냈다.

"저, 수녀님. 혹 흙피리라는 아이 눈에 익지 않으세요? 어디서 본 것 같은 생각은……."

"글쎄, 눈에 익는다는 생각은 했지만 통 기억이 안 나?"

입에 침이 마른다. 긴장한 때문이다.

"혹……."

어렵게 입을 열었다.

"혹시, 강은양이나 진양이 닮지 않았어요? 혹시나 해서 데려온 겁니다."

"은양이?"

한참 생각에 잠기던 마리아 수녀님이 머리를 끄덕인다.

"윤곽은 비슷해! 그런데 은양이나 진양이는 아냐, 나이가 진양이는 더욱 아니고, 큰 눈은 꼭 닮았는데 뾰족한 코는 아냐. 몸은 어려서 보아 잘 모르지만 코가 닮지 않았어. 턱 윤곽도 달라 보이고!"

희망과 절망이 동시에 몰려온다. 그런데 그녀 머리에 스쳐 가는 것이 있다. 오랜 동안 흙피리는 외국 생활을 한 것 같다는 생각을 해 왔다. 아니, 외국물을 먹은 것이 분명하다. 그렇다면, 혹 선진국에서 한다는 얼굴 뜯어고치기? 그건 가능성 있는 생각이다.

그녀는 다시 깊은 생각에 잠기기 시작했다.

안에서 수녀님들과 흙피리의 자지러들 듯한 웃음소리가 들린다.

제2장

부두노조 쓰러지다

1

항구도시 부산, 한반도의 혹독한 추위는 아직 물러가지 않았지만 남쪽 부산은 그래도 봄을 부르듯 훈풍이 분다. 자갈치시장 아줌마들의 목청이 높아지고, 남포동 극장가에도 쌍쌍이 짝을 지은 젊은이들이 모여든다. 성급한 꽃나무는 벌써 싹을 틔울 준비를 하고 있다.

2월 둘째 일요일.

부산항 부두의 한 건물 앞에 한 대의 오토바이가 멈춰 선다. 그리고 한 여인이 헬멧을 벗어 의자에 묶어 놓고 건물로 들어선다. 건물 입구에는 〈한국노동연합총연맹 해운노동조합 부산 부두지부〉라는 요란한 간판이 붙어 있다. 홈피리가 흘깃 간판을 바라보더니 건물로 들어선다.

지부 사무실에는 건장한 남자 네 명과 큰 책상에 앉아 있는 지부장 얼굴이 보인다. 40대 중반 정도로 보이는데 무척 거칠어 보이는 남자다. 흙피리가 들어서자 지부장이 그녀를 바라본다.

"네가 흙피리라는 아이냐? 앉아!"

사내 하나가 의자를 내민다. 흙피리는 의자 대신 지부장의 그 큰 책상 위에 엉덩이를 걸치자 지부 간부들 눈이 휘둥그레진다.

"손님이 오셨으면 일어나 맞아야지요. 예의를 지키지 않으니 나도 예의를 지킬 수 없잖아요!"

"음, 그건 미안하게 됐군. 그래 날 보자는 용건이 뭐야?"

"이 지부에서 노무자협의회 사람을 총 400명이나 빼 갔죠? 돌려줘요. 나, 분명히 경고하는데 한 명이라도 남겨 두면 당신은 재앙을 만납니다. 제자리에 돌려놓으란 얘기죠. 이건 건전한 상거래가 아니거든요."

"장 회장이 보냈냐? 재주 있으면 네가 데려가 봐. 제 발로 찾아온 놈들을 왜 내가 돌려줘야 하는데?"

"그럼, 거절하는 걸로 알고 가겠습니다!"

"뭐, 이런 건방진 계집애가 다 있어? 대가리 피도 마르지 않은 게. 너 주먹 좀 쓴다는 소문은 들었지만 여기는 달라!"

지부 간부 하나가 사무실 구석에 있는 야구방망이를 집어 든다. 나머지 사내들도 가죽장갑을 꺼내 손에 낀다.

오늘 작정을 하고 있었다. 오늘 완전히 기를 꺾어 놓지 않으면 오래오래 후환이 되리라 판단했다. 아예 병신을 만들어 기어 나가게 할 작정이다.

야구방망이를 든 사내가 흙피리 머리를 향해 내리치려 했지만 갑자기 팔이 꿈쩍도 하지 않는다. 누군가 팔을 움켜잡는데 그 압력이 얼마나 강한지 꼼짝도 할 수 없다.

"숙녀에게 이러면 안 되지. 말로 하라고, 말로! 이건 폭력으로 해결할 문제가 아닌 것 같은데?"

김돈규다. 언제 나타났는지는 흙피리조차 모르고 있었다.

"뭐야, 이 새끼는?"

다른 사내들이 우르르 몰려들었지만 그들은 더 이상 덤벼들지 못했다. 김돈규가 야구방망이를 빼앗아 들고 주먹으로 중심부를 갈기자 그 굵고 단단한 야구방망이가 두 조각이 나 버렸기 때문이다.

흙피리가 흘깃 바라보지만 놀라는 표정조차 짓지 않는다.

"언제 왔어요? 그냥 두세요. 할 말 다 했으니까요."

그리고 다시 지부장을 바라본다.

"예, 이분 말이 맞네요. 이 문제는 폭력으로 해결할 문제는 아닙니다. 분명히 경고하는데 지금 이 부두노조, 장 회장님에게 양도하세요. 원래 이 조직의 주인은 그분이 맞잖아요. 만약 조용히 넘겨준다면 지부장 먹고살 길은 장 회장님이 마련해 주실 겁니다. 하지만 끝까지 거절하면 당신은 파멸당할 겁니다."

"……."

잠시 무거운 침묵이 흐른다.

"좋아, 이건 폭력으로 해결할 문제가 아니란 건 받아들이지. 하지만 부두노조 지부는 합법적인 조직이야. 가져가고 싶거든 합법적으로 가져가. 됐어? 오늘 폭력 시도는 사과한다."

"그럼, 제 제의를 거절한 것으로 받아들이겠습니다. 가시죠, 돈규 씨."

김돈규가 어떻게 이 자리에 나타났는지는 모르지만 그에 대해 묻지도 않는 흙피리다. 궁금한 건 흙피리가 아니라 오히려 김돈규다.

건물 밖으로 나섰다.

흙피리는 오토바이를 타고 왔고 김돈규는 승용차를 몰고 왔다. 헤어질 수밖에 없다. 또 다른 일정만 아니라면 식사라도 대접해야 한다. 하지만 오늘은 이것이 끝이 아니다.

"오늘 제가 멋진데서 식사라도 대접하고 싶지만 하필 오늘 바쁜 날이네요. 그동안 보여 주신 호의에 감사드립니다."

처음 생각했던 것보다 훨씬 멋지고 깔끔한 사내다. 흙피리는 그 멋진 얼굴을 보며 씨―익 웃는다. 그리고 그녀는 어떻게 알고 왔냐는 인사도 없이 다시 오토바이를 타고 어디론가 떠나 버렸다.

섭섭하기도 하고 아쉽기도 하지만 어쩔 수 없다. 그게 흙피리의 매력 아닌가? 그래서 더욱 사랑에 빠지는 김돈규다. 세상에 저런 여자는 없다.

부산 최고의 사우나 시설을 꼽으라면 해운대 파라다이스 호텔 사우나를 빼놓을 수가 없다. 서울 워커힐 호텔 사우나를 모델로 만든 시설이며 더 보완하여 국내 최고의 시설을 자랑한다.

이곳을 이용하는 사람들은 대개 투숙객 외국인이거나 부산 상류층 사람들이다. 여성 고객들이라면 특히 그렇다. 지역 유지 부인들이거나 부산을 찾아온 연예인 아니면 감히 찾아올 엄두도 내지 못한다. 턱없이 비싸기 때문이다. 그리고 대부분은 회원으로 등록하여 그 위세를 과시한다.

골프를 치고 온 중년 여성 세 명이 사우나를 마치고 옷을 갈아입기 위해 옷장으로 몰려들었다. 골프 얘기로 수다를 떨며 옷장을 열고 막 옷을 꺼내려는데 덩치 크고 어려 보이는 젊은 여자 하나가 와서 어깨로 몸을 밀친다. 중심을 잃은 여인 하나가 비틀거리며 쓰러지려 했고, 다른 한 여인이 그를 부추겨 주었다.

"뭐야? 조심하지 않고!"

"썅, 조심이라니! 이 늙은 할망구들이, 좁은 옷장 복도를 여럿이 점령하고 서 있으니 갈 수가 있어야지?"

눈을 부라리고 욕질을 하며 시비를 건다. 가운을 입은 20대 후반 정도 되어 보이는 젊은 여자다.

"뭐? 늙은 할망구들? 이런 배우지 못한 계집애 같으니라고, 감히 어디다 욕질이야?"

그러더니 젊은 여자의 뺨을 갈겨 댔다.

"철─썩!"

하지만 그냥 넘어갈 젊은 여자가 아니다. 그 여자가 소리를 고래고래 지른다.

"왜 때려, 왜 때리냐고! 엉? 우리 엄마도 난 때리지 않아!"

있는 대로 고함을 지르자 사람들이 모여든다. 그리고 사우나 담당 여 종업원이 달려왔다.

"왜들 이러세요. 좀 조용히 하세요!"

"아니, 이 어린 게 욕질이잖아!"

"욕먹게 했잖아요? 나잇살 처먹었으면 나잇값을 해야지!"

"뭐, 이런 게 다 있어?"

쓰러질 뻔했던 여인이 다시 머리를 쥐어박는다.

"왜 때려?"

있는 대로 고함을 지르던 젊은 여자가 열려 있는 중년 여인의 옷장에서 숄더백을 꺼내 바닥에 팽개쳤다. 백이 바닥에 떨어지며 내용물이 쏟아져 나왔다.

"악—!"

숄더백 주인 여자가 비명을 질렀고, 몰려들었던 사람들과 종업원 입에서도 같은 짧은 비명이 터져 나온다.

적어도 100만 원은 되어 보이는 현찰이 쏟아져 나온 것이다. 그뿐이 아니다. 돈다발에 섞여 미국 돈 달러가 함께 쏟아져 나왔다. 100달러, 20달러 지폐들이다. 작히 1천 달러는 되어 보인다. 거기에 양담배까지 섞여 있다.

놀란 중년 여인이 숄더백을 집으려 했지만 그녀는 젊은 여인의 발길질에 저만큼 나가떨어졌다.

젊은 여자가 돈과 양담배를 발로 밟는다.

"누구든지 이 돈과 담배에 손을 대면 같이 책임지게 될 겁니다. 그리고 당신!"

이번에는 어린 여 종업원을 향해 소리친다.

"빨리 경찰에 신고해! 이 여자, 불법 외화 소지에 양담배까지 가지고 있어. 서 있지 말고 빨리 신고하란 말이야!"

놀란 여 종업원이 밖으로 뛰쳐나갔고 사우나를 왔다가 이 광경을 목격한 여성 고객들은 발길을 돌리지 못하고 있었다.

숄더백 주인 여자는 경악에 찬 눈으로 자신의 핸드백과 돈과 담배를 바라보았다.

신분을 과시하기 위해 백 달러 지폐 한두 장 정도는 넣고 다닌다. 그리고 양담배를 피우는 것은 사실이다. 또 현찰 1, 20만 원 정도쯤 넣고 다닌다. 하지만 저런 거액은 아니다. 오늘 외출할 때도 한국 돈 15만 원, 그리고 100달러 한 장과 20달러 지폐 두 장을 넣고 나왔다.

그리고 오늘 쓴 돈도 있다.

그런데 모두가 보는 앞에서 저런 엄청난 돈이 쏟아져 나왔다.

"아니야, 저건! 내 것이 아니라고, 내 돈이 아니야!"

하지만 아무도 그녀의 말을 인정하지 않고 있었다.

잠시 후 여 종업원이 여 형사 한 명과 다시 나타났다.

여 형사는 종업원과 현장을 목격한 여러 여성 고객들로부터 정보를 청취한 후, 젊은 여자의 신분증을 확인했다. 그리고 숄더백과 돈, 달러를 압수하고 그 여인을 연행해 갔다.

외화는 정부의 허락 없이는 소유할 수 없다. 그리고 양담배를 피우면 처벌받는다. 이 여자는 불행하게도 두 가지 법을 어겨 현장에서 체포된 것이다.

그리고 더욱 불행하게도 이 여자는 그 100달러 지폐 중에 한동안 잊고 있던 문제의 위조지폐가 한 장 섞여 있다는 사실을 알지 못하고 있었다.

여인이 연행되어 가자 젊은 여인이 부산일보 편집국으로 전화를 건다.

"제보입니다. 부두노조 지부장 부인이 지금 파라다이스 호텔 사우나에서 관할 경찰서에 긴급 체포되어 연행되어 갔습니다."

일요일이지만 월요일자 신문을 발행하기 위해 기자들은 모두 출근한다. 그들은 곧 경찰서를 찾아가 이 사건을 취재하여 대대적으로 보도할 것이다.

사회부 기자와 사진기자가 해운대경찰서를 향해 긴급 출동한다.

2

지부장 부인이 경찰에 연행된 것은 부산 부두노조 붕괴의 서막에 지나지 않는다. 이제 노조 수뇌부들은 지금까지 한 번도 겪어 보지 못한 대 재앙을 만나게 될 것이다.

보름이 넘게 지부장 부인에 대한 뒷조사를 했다. 일요일은 골프를 치고 사우나를 하며 평소 힘을 과시하기 위해 달러를 가지고 다니고 양담배를 피운다는 정보를 입수했다.

그리고 그녀는 오늘 흙피리의 함정에 걸려든 것이다. 그녀가 사우나에서 땀을 빼고 있을 때 흙피리는 그녀의 옷장 문을 쇠갈고리로 열고 숄더백에 거액의 한국 돈과 달러를 넣었다. 그녀는 변명의 여지가 없을 것이다.

얼굴이 사색이 된 채 변명하지만 이를 인정할 경찰이 아니다.

"솔직히 말하세요. 이 달러 어디서 난 겁니까? 양담배야 그렇다 쳐도 이 거액의 달러는 출처를 밝혀야 합니다."

걱정은 자신만이 아니다. 자기야 영창엘 가도 그만이지만 이 불똥이 남편에게까지 튈까 걱정이 태산 같은 부인이다. 얼굴이 사색이 되어 있다.

"남편 분이 부두노조 지부장이라는 것도 다 알고 있어요. 이 돈 남편에게서 나온 거 맞죠?"

"……."

더 이상의 변명이 통하지 않는다는 것을 눈치챈 여자는 입을 다물어 버렸다. 묵비권 행사다. 버티며 시간을 벌어 볼 요량이다. 그러나 그것은 부질없는 짓이다. 시간이 해결해 줄 문제가 아니기 때문이다.

이때다. 번쩍! 카메라 플래시가 터진다. 깜짝 놀라 돌아보는 여인의 얼굴에 연이어 플래시가 터진다. 부산일보 기자들이 도착한 것이다. 그리고 카메라 렌즈는 수사관 책상 위에 늘어져 있는 달러와 한국 돈, 양담배를 찍어 대기 시작했다.

형사들이, '기자들 참 냄새도 잘 맞는다.' 라며 혀를 찬다.

"부두노조 지부장 부인이 맞습니까?"

"이 달러는 어디서 났습니까?"

경찰에게도 하지 않은 진술을 기자에게 할 이치가 없다. 여인은 두 팔로 얼굴을 감싸고 엎드려 꼼짝도 하지 않는다.

이 사건은 발생 30분 만에 중앙정보부 부산지국에 포착되었다. 보통 때 같으면 이 정도 사건은 경찰이나 검찰에 맡기겠지만 지금은 달러로 조금은 예민해져 있을 무렵이다.

이 보고를 받은 정연학은 즉각 부산경찰청장에게 연락했다.

"보고받아서 아시겠지만 부두노조 지부장 부인이 거액의 외화 소지 혐의로 체포되었습니다. 이 사건은 아무래도 우리가 조사해야 할 것 같습니다. 우리가 데려가 조사할 테니 양해 바랍니다. 특히 증거물인 달러는 수사에 매우 중요한 수사의 단서가 되니 함께 넘겨주시기 바랍니다."

말이야 양해지 이건 일방적인 통보다. 그리고 경찰은 이 지시에 저항할 수 없다. 북한이나, 조총련, 아니면 일본 야쿠자로부터 흘러들어온 돈일 수도 있기 때문이다.

정연학은 부하들에게 즉각 해운대경찰서로 출동하여 한국 돈과, 달러와 여인을 인계받아 오라는 지시를 내렸다. 그리고 그의 남편인 부두노조 지부장을 찾아 체포해 오라는 명령을 내렸다.

직업도 없는 여인이 그런 거액을 소지하고 있다면 그건 틀림없이 지부장에게서 나온 것이기 때문이다.

"장 회장 정신 나간 거 아냐? 아니 우리를 통째로 삼키겠다며 겨우 어린 계집애를 보내? 허허허!"

"그러게 말입니다. 이참에 아예 노무자협의회 사람들도 우리가 흡수해 버리죠. 하기야 협의회는 이제 껍질만 남은 허수아비이기는 하지만……."

"아냐, 그렇게만 생각하지 마. 거기 주인은 그래도 장선홍이야. 호락호락 넘겨줄 위인이 아니라고!"

그렇다. 이 부두를 제외한다면 부산 밤의 황제는 실질적으로 장 회장이다.

지부장 일행은 남포동 번화가의 한 룸살롱에서 부하 간부들과 한잔 걸치고 있는 중이다. 이곳은 오랜 동안 그의 단골이었다. 오늘 흙피리라는 여자아이가 찾아온 이후 분위기 쇄신을 위해 한잔 하고 있는 중이다. 여인들을 부르고, 노래로 흥을 돋우고, 양주로 취해 가고 있었다.

이때다. 벌컥 문이 열리며 세 명의 사내가 나타났다. 밤인데도 불구하고 모두 검은색 안경을 쓰고 있었고, 같은 검은색 가죽점퍼를 입었다. 한결같이 어깨가 딱 벌어져 있어 한눈에 보아도 예사로운 사람들로는 보이지 않는다.

"부두노조 지부장이 누굽니까?"

"뭐야, 이 새끼들은! 근데 오늘 하루 종일 왜들이래?"

"누구야 당신들? 여기 잘못 찾아온 모양인데 조용히 꺼져!"

노조 간부 하나가 거드름을 피우며 사내들 어깨를 밀친다.

그러나 그의 호기는 그것으로 끝이었다. 대장인 듯, 한 남자가 권총을 뽑아 들었다. 그리고 한 손으로 신분증을 꺼내 내민다.

"중정에서 왔다. 반항하거나 도주하면 쏘아 버린다. 자, 이자들 모두 체포해!"

"알겠습니다."

나머지 요원들이 달려들어 손목에 수갑을 채웠다.

"왜, 왜들 이러십니까? 우리가 잘못한 거라도 있는지……."

"가 보면 알아. 죄가 없다면 모두 풀려날 것이고, 죄가 밝혀지면 대가를 받아야겠지."

중앙정보부 사람들이다. 경찰이나 검찰과는 차원이 다르다. 이들에게 걸리면 걸어서 들어갔다가 들것에 실려 나온다는 소문을 잘 알고 있다.

모두들 사색이 된 채 호송 차량에 실렸다. 차창 유리는 모두 천으로 가려져 있고 운전석과 뒷좌석 사이는 막혀 있다.

호송 차량이 출발하여 어디론가 달리지만 어디로 가는지는 알 길이 없다. 모두 놀라고 질렸는지 말을 꺼내는 사람도 없다.

모두 덜덜 떨고 있었다.

지부장과 간부들이 수사실로 들어섰고, 시간 차이를 두고 좀 더 떨어진 수사실로 지부장 부인이 끌려왔다.

하지만 왠지 서둘러 취조하지는 않는다. 그렇게 겁에 질린 채 대기하고 있었다.

　정연학은 바쁘게 움직이고 있었다.

　은행에 배치된 위조지폐 감식 전문가를 호출하여 불러들였고, 자정이 지나면 지부장 자택과 그의 사무실을 압수수색할 것이다.

　경험으로 잘 안다. 이 지부장 자택이나 사무실 은밀한 곳에는 반드시 거액의 돈과 달러가 숨겨져 있을 것이다. 이 부부를 조사실에 가두고 집을 수색할 것이다. 그리고 압수한 달러 중 혹 위조지폐가 있는지도 확인할 것이다. 운이 좋다면 대어를 낚을 수 있다.

　그래서 초조하게 시간이 가기만 기다리고 있다.

　지금 위조지폐 감식 전문가는 옆방에서 지부장 부인이 소지하고 있던 달러를 조사하고 있다.

　지부장 부인을 경찰서로 보낸 흙피리는 잠시 시간을 내어 숙소로 돌아왔다. 이제 이 낡은 방과 헤어질 날도 며칠 남지 않았다. 미국으로 이민 가는 사람이 급히 내놓은 집을 사 놓았기 때문이다.

　방구석에 작은 짐이 있다. 양담배 말보로와 팔말, 럭키 스트라이크가 무려 20보루나 쌓여 있다. 흙피리는 방바닥 장판 밑에서 달러를 꺼내 봉투에 담았다. 1천 달러다. 이것들은 오늘 밤 11시 노조 지부장 사무실로 옮겨질 것이다.

　흙피리는 부두노조의 붕괴를 자신하고 있었다. 달러 불법 소지는 그만큼 치명적이기 때문이다. 그런데다 틀림없이 지부장에게는 그이상의 달러가 있을 것이며 정신 나간 수사관들이 아니라면 반드시 집을 수색할 것이기 때문이다.

이 양담배와 달러는 지부장 책상 속에서 발견될 것이다. 집과 사무실에서 거액의 달러가 발견된다면 그것으로 지부장 숨통은 완전히 끊어진다.

"지국장님, 지국장님!"
부하 한 명이 정연학에게 달려오며 숨 가쁘게 부른다.
"무슨 일이야?"
"위조지폐 한 장이 발견되었습니다."
"뭐야?"
"100달러 중에 한 장이 위조지폐입니다."
뒤이어 감식 전문가가 뒤따라 들어온다.
"자넨, 잠시 나가 있어."
부하를 내보낸 뒤, 감식 전문가와 마주 앉았다.
"위폐가 발견되었다고요?"
"네, 문제의 그 위조지폐와 동일한 재질입니다. 이겁니다."
그가 100달러 지폐 한 장을 내민다.
"뭐요?"
깜짝 놀라는 정연학이다. 문제의 위조 달러는 CIA 측 자작극이라고 결론지었었다. 그런데 그것이 노조 지부장 부인에게서 또 발견되었다. 그러니 놀랄 수밖에 없다.
몸에 소름까지 돋는다. 이제 이 문제는 목숨을 걸고라도 밝혀야 한다. 모가지가 날아가거나 출세할 수 있거나 둘 중 하나다. 지금은 비상사태다.
'지부장을 때려죽여서라도 밝혀야 한다.'

마침내 자정이 지난다.

정연학은 경찰 병력까지 동원하여 수사 요원들을 두 팀으로 나누었다. 한 팀은 지부장 자택을, 한 팀은 사무실을 수색할 것이다.

"쥐구멍까지도 뒤져라! 서류도, 장부도, 금고가 있다면 그것까지도 모두 압수하라."

3

00:30분.

정보부 지휘 아래 경찰 수사관들이 지부장 집을 수색하는 시간. 부산경찰청 총무국장이 자신의 사무실로 들어선다. 굳은 얼굴이다.

오늘 부두노조 지부장 부부가 중정에 긴급 체포되었으며 경찰 병력을 동원하여 지금 자택과 사무실을 압수수색 중이라는 보고를 받았다. 그래서 사무실로 달려온 것이다.

넋 빠진 사람처럼 앉아 있던 그가 담배 한 대를 피우고, 서랍에서 권총을 꺼낸다. 실탄 한 방을 장전하고, 안전장치를 풀고, 총구를 관자놀이로 향한다. 눈을 감는다.

잠시 후, 탕! 하는 총성이 들리고 국장은 의자에 쓰러졌다. 피가 흥건히 흐른다. 경찰청 사람들이 모여들었다. 그리고 이 참혹한 모습에 비명을 질러 댄다. 총무국장이 권총 자살을 한 것이다. 최근 수사과장에서 국장으로 진급한 인물이다.

수사 요원들이 출동한 지 2시간 만에 돌아왔다. 지부장 자택 팀과 사무실 수색 팀은 모두 한 아름의 압수물을 들고 왔다. 자택에서는 작은 금고가 발견되었고, 사무실에서는 100달러 10장과 양담배가 무려 20보루나 발견되었다. 이것들과 회계장부가 압수물이다.

이제 본격적인 수사가 시작된다. 지부장부터 시작이다.

취조실이 훤히 들여다보이는 사무실에서 정연학이 한 참모와 함께 지켜보고 있다.

"지부장, 만일 조사에 협조하지 않거나 거짓말을 하면 우리는 폭력을 사용한다. 그래도 말을 듣지 않으면 서울 남산으로 보낸다. 거기 가면 너희들은 살아서 돌아오기 어려울 거다. 그러니 협조 바란다. 그리고 지금 지부장 당신 부인도 잡혀 왔다. 힘들지 않도록 협조 바란다."

잠시 후, 문이 열리고 중정 요원들이 압수한 장부와 작은 금고를 들고 왔다. 지부장이 깜짝 놀라 바라본다. 집에 감추어 놓았던 금고다.

"열어!"

"……."

열 수 없다. 열면 죽는다. 우물쭈물 시간을 끌자 권총 손잡이가 머리로 날아들었다.

"악!"

그는 짧고 고통에 찬 비명을 지르며 쓰러지는데 머리가 깨져 피가 흐른다.

"이 새끼, 장난하나?"

쓰러진 그에게 이번에는 구둣발이 날아든다.

"내가 열 면 그땐 넌 죽는다. 열어!"

얼굴이 피범벅이 된 그가 비틀거리며 일어선다. 저항을 포기한 얼굴이다.

그가 금고를 열었다. 달러 뭉치와 한국 돈 원화, 그리고 장부가 있다. 묶은 다발로 보아 한국 돈은 약 3천만 원 정도는 되어 보이고 달러는 무려 2만 달러나 되어 보인다.

'어? 이 많은 돈이 어디서 나온 거야?'

감추었던 돈이기는 하지만 이런 거액은 아니다. 중정 요원들보다 더 놀라는 노조 지부장이다.

말하지 않아도 안다. 기관에 뇌물을 준 명단도 있을 것이고, 달러의 입수 과정도 기록되어 있을 것이다.

방금 정연학은 경찰청 총무국장이 자신의 집무실에서 권총 자살을 했다는 보고를 받았다.

'이 녀석은 일본과 밀거래가 있어! 조총련 아니면 야쿠자겠지. 그리고 노조원 회비를 횡령했고. 이를 다른 곳에 투자한 게 분명해! 자살한 경찰 녀석이 뒤를 보살펴 주었고!'

여기까지 생각한 그는 자신의 집무실로 돌아왔다.

그리고 무엇인가 골똘히 생각하고 있다. 보고를 해야 한다. 당연히 직속상관인 1차장이나 김재규 부장에게 해야 한다. 그러나 선뜻 손이 가지 않는다. 아무래도 전두환 보안사령관에게 보고하여 처리 문제를 논의해야 할 것 같았다. 그리고 그 의견을 들은 후 보고를 해도 늦지는 않을 것이다. 이런 문제는 전 장군이 탁월한 판단력을 가지고 있기 때문이다.

이 순간의 판단이 후에 상상도 못할 출세 길을 열어 주리라고는 그 자신도 알지 못하고 있었다.

그에게는 차지철이 있고 그 뒤에는 각하가 있다. 각하는 김재규보다 차지철 실장을 더 신뢰하고 있으며 차기 정권을 넘겨준다면, 김종필보다 차지철을 더 선호하고 있다는 말을 들었기 때문이다. 그리고 사령관의 의견을 들어야 할 이유가 있었다.

그 시간 전두환 보안사령관은 깊은 잠에 빠져 있었다. 낮에 있었던 회식 때문이다. 그는 동료 장성들과의 회식을 참 즐겨 했다. 재미도 있고 결속을 다지는 데는 회식만큼 효과 좋은 것도 없다는 것을 잘 안다. 대개가 장성들 모임인 하나회 회원들이다.

그가 요란한 비상 전화벨 소리에 잠을 깼다. 일반 전화라면 받지 않았을 것이다. 그러나 비상 전화다. 비상 전화는 아는 사람만 알고 비상시에만 걸려온다.

"전두환입니다. 누구십니까?"

"장군님, 접니다. 부산 정연학입니다."

깜짝 놀란 그가 잠자리를 박차고 일어난다.

'부산에서 무슨 일이 터진 거 아냐?'

"아, 후배. 그래 무슨 일이야 이 시간에!"

정연학은 간단히 보고했다. 그리고 부산경찰청 총무국장 자살 사건도 함께 보고했다.

"문제는 정보기관이나 행정기관에 또 다른 뇌물 수수 자가 있지 않을까 걱정되어서 전화한 겁니다. 국장 자살만으로도 야당 측은 충분히 정부를 공격할 여지가 있기 때문입니다."

바로 야당의 공격 예상 때문에 전 장군에게 먼저 보고한 것이다.

김재규 부장은 그런 것에는 신경 쓸 인물은 아닌 것으로 판단했다.

"좋아! 뇌물 사건은 경찰청 국장 한 사람으로 덮어 버려. 대신 야당으로 자금이 흘러간 것으로 만들라고! 그 달러와 돈은 조총련에서 제공한 정치자금으로 만들고! 진실이야 어떻든, 지부장 놈 때려죽여 서라도 진술을 받아 내! 돈은 조총련에서 받은 돈이 틀림없어. 또 이 미 상당액을 정치자금으로 민주당 측에 제공했다는 정보도 있다고 협박해 진술을 받아 내라고! 그럼 서울 중정에서 야당 인사를 체포 해서 남산으로 보낼 거야. 달러 출처와 사용 흔적의 진실은 찾아내 서 내게 보내라고!"

"알겠습니다."

"김영삼 측근 김동영이나 최형우 중 하나를 엮어 봐. DJ 측 한 사람 도 물색해 보고. 이건 전략이야! 그리고 조총련에 대한 경고이기도 하고. 무슨 말인지 알겠나?"

정부에 대한 공격을 사전에 차단하려는 생각에서다.

이제 시나리오는 만들어졌다. 지부장이 보관했던 거액의 일부가 YS 측근에게 정치자금으로 전달되었으며 그 돈은 일본 조총련에서 정치적 목적으로 제공한 돈이 되는 것이다.

YS는 이제 궁지에 몰리게 될 것이다. 그런데 위조지폐 출처는 끝 내 밝히지 못했다. 그런 돈이 있으리라고는 지부장도 알지 못했기 때문이다.

'혹, 조총련에서 위조지폐를 만든 건 아닐까?'

이 문제는 CIA 측의 협력이 필요하다. 어찌 되었든 부산에서 제조 되지 않은 것만은 분명하다. 그건 참으로 다행스러운 일이다.

정연학은 최측근 요원들을 불러들였다.

"분명히 말하지만 일개 노조 지부장이 이런 거액의 달러와 우리 돈 비자금을 소지하고 있는데도 불구하고 몰랐던 것은 우리 책임이기도 하다. 또 이 돈 문제와 경찰청 국장의 자살 사건은 야당이 각하에게 공격할 빌미가 될 수도 있다. 따라서 우리도 살고, 각하도 보호해야 한다. 노조 지부장 돈이 야당으로 흘러갔다는 정보도 있다. 이를 활용해야 한다. 지금부터 지부장은 민주당 YS 측근인 김동영, 그리고 DJ 측근 김상현에게 1천만 원 한국 돈과, 각 1만 달러를 제공한 것으로 만든다. 오늘 압수한 돈은 거기서 남은 돈이다. 돈의 제공자는 일본 조총련이다. 아니라고 우기면 조져서라도 불게 해야 한다. 모든 문제는 내가 책임진다."

출입금 장부와 메모를 압수하여 보안사로 보낼 것이다. 한국 돈은 국고로 넣을 것이다. 그리고 달러는 다시 위조지폐 감식가에게 넘겨주었다. 내일 은행에서 더 정밀한 조사를 하라는 지시를 내렸다. 이 위조 달러의 출처는 쉽게 밝혀지지는 않을 것이다.

노조 지부장에게 가혹한 고문과 구타가 시작되었다. 이제 그의 진술은 아무 필요도 없다. 시나리오대로 맞춰 나가기만 하면 된다. 지부장은 자금을 제공한 사람들이 한국에서 슬롯머신을 운영하고 싶어 하는 야쿠자들로 알고 있다.

정연학은 피로 범벅이 된 지부장의 진술을 받아 낸 후에야 김재규 부장에게 보고했다.

다음 날 아침, 부산에서 발생된 사건은 전국을 발칵 뒤집어 놓았다.

부산 부두노조 지부장 부인이 거액의 달러 소지로 체포되어 수사 중이라는 부산일보 보도와 자정을 넘은 시간 부두노조 지부장이 연행된 사실, 그리고 그 자택과 사무실에서 거액의 달러와 비자금 발견이 긴급 뉴스를 통해 알려졌다.

더욱 놀라게 만든 것은 부산경찰청 총무국장의 권총 자살 사건이다. 이 뉴스도 전국으로 번져 갔다.

월요일 아침, 중앙정보부의 11시 중대 발표가 있다는 자막이 계속 TV에 떠올랐다. 국민들은 놀라고 호기심 어린 표정으로 이 발표를 기다리고 있었다.

이 시간, 흙피리는 장선홍 회장과 그의 사무실에서 긴장된 얼굴로 중정의 중대 발표를 기다리고 있다. 부두노조를 붕괴시킨다는 것이 이렇게 큰 사건으로 번진 것이다. 긴장은 되지만 이미 전쟁은 끝났고 승리는 쟁취했다.

노조를 허가한 부산시는 노조의 재출발을 위해 〈부두노조〉와 〈노무자협의회〉의 통합을 시도할 것이고 거기서 새 지도부를 선출할 것이다. 새 지도부의 중심에는 장선홍 회장이 있게 될 것이다. 이 승리는 흙피리의 것이며 단 하루 만에 쟁취한 승리다.

마침내 11시가 되었다.

KBS와 MBC 보도국 TV 카메라, 각 언론사 기자의 카메라가 막 걸어 나오는 한 사람에게 렌즈를 맞춘다.

중정 대변인이다. 그는 들고 있는 메모지를 들여다보며 발표문을 읽어 내려갔다.

중앙정보부는 내사 끝에 다음과 같은 정보를 입수하였다.

1. 일본 조총련은 북한의 지령을 받아 한국 정계의 거점을 확보하려 했다.

2. 이 일환으로 조총련은 부산 부두노조에 거액을 제공, 지부장을 통한 노동계 장악, 정계 진출을 시도하려 했다.

3. 부두노조 지부장은 자신의 활동에 도움을 얻고자 부산경찰청 요인에게 자금을 제공, 보호받고 있었다.

4. 본 사건이 수사에 돌입하자 부산경찰청 총무국장은 스스로 목숨을 끊었다.

5. 조총련의 자금 일부가 야당 모 거물 정치인에게 흘러간 정황을 포착, 지금 체포하여 수사 중이다.

이상입니다. 질문은 받지 않습니다.

전국이 또 발칵 뒤집혔고 야당은 모략이라며 입에 거품을 물었다.

1, 2항은 아직 미확인 상태이고, 3, 4항은 맞는 말이다. 5항은 조작된 사건이다. 그러나 중정은 이미 확정지었다. 돈은 조총련에서 흘러온 것이다. 한국에 그들의 거점을 마련하기 위해 노조 지부장을 이용한 것이다.

김동영 의원, 그는 김영삼 의원의 최측근으로 최형우 의원과 더불어 좌 동영, 우 형우라 불리우는 거물 정치인이다. 그는 지금 남산에서 취조를 기다리고 있다. 아마도 극심한 고문에 시달릴 것이다.

또 한 사람 거물 정치인도 있다. 김대중, DJ의 최측근 김상현 씨가 그다. 역시 마찬가지로 남산에서 대기 중이다.

중앙정보부의 중대 발표 직후 정연학 지국장은 뜻밖의 치하 전화를 받았다.

"나, 대통령입니다. 국가를 위한 노력과 충정을 높이 평가합니다. 이번 토요일 청와대로 올라오십시오."

전화를 거는 대통령을 비서실장, 차지철 경호실장과 전두환 보안사령관이 지켜보고 있다.

"감사합니다, 각하!"

정연학은 놀라서 입도 떨어지지 않는다. 대통령은 통화를 끝낸 뒤 차지철 경호실장에게 이런 지시를 내린다.

"정연학 지국장에게 훈장을 수여할 준비를 하세요."

"알겠습니다. 각하!"

부산이 술렁이기 시작했고, 김영삼은 흥분하기 시작했다.

이 사건의 중심에 흙피리가 있었지만 이를 눈치챈 사람은 아무도 없다. 장선홍 회장만이 유일한 증인이다.

부패했던 노조 지부장은 다음 날 교도소로 이감되었고, 며칠 후 화장실에서 시체로 발견되었다. 자살인지 타살인지는 밝혀지지 않았고, 부인은 석방되었다.

위조 달러는 단 한 장밖에 발견되지 않았다.

장선홍 회장의 꿈

1

부두노조 사건은 중정의 발표로 매듭지어지는 듯했지만 그 여파로 다시 부산시와 탁구계를 뒤숭숭하게 만들기 시작했다. 진원지는 부산시장에게 날아온 총리실의 한 훈령으로부터 시작된다.

국무총리 최규하는 조성준 부산시장에게 다음과 같은 훈령을 내려보냈다. 그 요지는 다음과 같다.

1. 부산 발전에 노고가 크신 시장님께 총리로서 감사의 인사를 드립니다.
2. 작금 부산 부두노조 사태에서 보듯, 조총련은 정계, 노동계, 언론계 등 각계각층에 침투코자 혈안이 되어 있습니다. 이에 당국에서는 안보 차원에서 한·일 간 문화, 체육, 학술 등 민간 차원의 교류를 당분간 허락하지 않기로 결정하였습니다.
3. 따라서 부산에서 제출한 부산—후쿠오카 친선 탁구 시합도 허락할 수 없게 되었음을 통보합니다.

그러니까 한마디로 부산—후쿠오카 친선 탁구 시합은 취소한다는 통보였다.

실망이 크다. 탁구 시합 그 자체가 문제가 아니다. 이를 기점으로 두 도시 간의 경제 협력, 그리고 상호 투자로 경제를 활성화하려 했던 것이다. 탁구 시합이 끝나면 두 도시 발전을 위한 세미나를 부산에서 열 생각이었다. 그리고 장 회장은 뭔가 알 수 없는 프로젝트가 있었다. 이게 물거품이 되었다.

조성준 시장은 부산의 축제로 만들려던 이 계획들이 모두 수포로 돌아갔다. 정부 방침이니 어쩔 수 없는 일이다. 곧 장선홍 탁구연합 회장을 불러 이를 통보할 것이다.

조성준 시장이 총리의 훈령을 받던 날, 그러니까 부두 지부장이 교도소에서 의문의 죽음을 맞던 목요일 오전, 장 회장은 흙피리와 함께 사하구에 있는 〈태화산업〉을 찾아가고 있었다.

지금까지는 모든 결정을 혼자 해 왔다. 하지만 지금은 아니다. 그는 이제 흙피리에게 많은 의존을 하게 되었다. 흙피리는 새 전설의 주인공이 되었다. 장선홍 계보를 잇는 명실상부한 후계자다. 여기에 이의를 달 사람도 없다.

장 회장은 지금도 또 앞으로도 흙피리와 모든 사업을 의논하며 함께 꾸려 갈 것이다. 새로 구성할 새 부두노조 지도부는 지금까지 노무자협의회를 끌어온 김덕영에게 맡길 것이다. 그는 경험도 충분하고 충성심 또한 따를 사람이 없다.

잠시 후 장 회장의 승용차는 한 대형 공장 앞에 멈추어 섰다.

공장은 마치 폐허 같았다. 마당은 잡초로 무성하고 근로자들은 여기저기 모여 근심 어린 얼굴로 서 있다.

　밀린 임금 지불하라!
　생존권 보장하라!

　현수막이 여기저기 걸려 있지만 투쟁하는 모습은 보이지 않는다. 한마디로 이미 무너져 생기 잃은 공장이 분명해 보였다.
　저쪽 연기 없는 굴뚝에 대형 말(馬) 그림이 그려져 있다. 한때, 전 국민의 발이 되어 주고 사랑을 한 몸에 받았던 〈말표 고무신〉 공장이다. 수요를 감당하기 어려운 회사 측은 무리하게 설비를 확장해 나갔다. 이게 문제였다.
　경제가 급속히 발전하며 고무신은 운동화와 구두에 밀리기 시작했고, 판로를 찾지 못한 공장은 급격히 위축되어 갔다. 고무신을 계속 만들기는 하지만 판매되지 않아 재고가 쌓이기 시작했다. 공장 근로자 임금은 밀리기 시작했다. 마침내, 월급을 받지 못한 일부 직원들은 밀린 임금을 포기하고 살길을 찾아 떠나 버렸고 고무신 제조는 멈추어 버렸다. 재고는 창고 가득 쌓여 있다. 그나마 갈 곳 없는 노무자나 행정직 사람들은 밀린 급여나 받아 보려고 이렇게 남아 있다.
　장선홍은 이 폐허가 된 공장을 인수하기 위해 지난해 자산평가를 했다. 대지와 건물, 그리고 아직은 녹슬지 않은 고무신 제조 기계, 모두 합쳐 총 9억의 자산 가치가 있었다. 대신 은행 융자 4억 5천이 남아 있고 밀린 임금, 퇴직금, 밀린 세금 등 합쳐 3억. 총 7억 5천의 부채가 있는 셈이다. 자산 가치로만 따지자면 1억 5천만 원의 가치가 있는 공장이다.

이 공장을 차압한 산업은행에서 매물로 내놓았지만 말표 고무신 공장을 매수하려는 기업은 아무도 없었다. 고무신 제조 기계가 자산 평가에서 가치는 있었지만 실용 효율성이 없기 때문이다. 그런데다 이 공장을 인수하여 새 사업을 시작하려면 또 투자가 필요하다. 그런 모험을 할 기업은 아무도 없다. 그래서 벌써 1년째 폐허로 남아 있는 공장이다. 그런데 이 공장을 매입하겠다고 나선 사람이 바로 장선홍 회장이다.

그는 이미 작년 12월 초 매입 계약금 2억을 지불했고 잔금으로 또 현찰 4억을 은행 측에 곧 지불할 것이다. 은행 측은 이 돈으로 우선 밀린 세금과 인건비를 해결하고 그리고 융자 일부를 갚을 것이다. 부족한 돈은 은행 융자로 탕감해 주기로 했다. 그것이 은행에서는 그냥 무너지는 것보다는 이익이 된다. 결손 처리하기로 한 것이다.

그래서 흙피리와 함께 공장을 둘러보러 온 장 회장이다. 총 6억 원에 인수하기로 한 장 회장이다. 이제 잔금 4억을 납부하면 이 공장 건물은 완전히 장 회장 소유가 된다.

공장을 둘러보던 흙피리가 의문을 제기했다.

"건물이나 대지는 그런대로 자산 가치가 있다고 보지만 고무신 제조 기계는 이제 고철이나 마찬가지잖아요? 또 새로 사업을 하시려면 앞으로도 천문학적인 투자 자금이 필요할 것이고. 그런데 굳이 이 폐허 같은 공장을 인수하시려는 이유가 뭐예요?"

장 회장 입에 미소가 떠오른다.

"내가 그 계산을 하지 않았을까? 하지만 그만한 충분한 이유가 있지. 투자가치로 말이야."

장 회장이 이 공장을 인수하려는 이유를 설명하기 시작했다.

지난해 11월 부산—후쿠오카 경제 교류 촉진 차 조성준 부산시장과 함께 사절단의 일원으로 후쿠오카를 방문한 일이 있었다. 장 회장은 탁구연합회 회장 자격으로 참가했다.

3박 4일의 일정에서 둘째 날이 되었다. 이날 일본 측 한 인사가 은밀히 찾아왔다. 그리고 뜻밖의 제안을 해 왔다. 오사카 한 공장을 방문해 주었으면 좋겠다는 것이다. 그리고 그는 경제적으로 장 회장이나 부산에 상당한 도움이 될 것이라고 했다.

아직 내용은 모르지만 부산에 투자할 일본인이 나타난 것이다. 장 회장은 이 사실을 조 시장에게 알리고 그의 양해 하에 오사카의 한 공장을 방문했다.

미즈노(Mizuno)라는 회사의 공장이다. 엄청난 규모의 제조 공장인데 일반 운동화가 아닌 레저용 등산화, 조깅화, 축구화, 탁구화, 야구화 같은 특수 신발 제조 공장이었다.

공장을 견학한 뒤 초청자는 장 회장을 도심에 있는 한 사무실로 그를 안내했다. 거기서 그는 한 독일인과 두 명의 일본인 인사를 소개받았다. 옆에는 통역관이 두 명이나 붙어 있었다.

한 인사가 컴퓨터를 대형 화면에 연결하고 브리핑을 시작한다.

"지금 레저 활성화는 세계적인 추세입니다. 독일의 아디다스와 나이키가 이 브랜드만으로 세계적인 기업이 되었고, 우리 일본은 이에 자극받아 〈미즈노〉라는 회사를 설립했습니다. 우리는 레저 스포츠화뿐 아니라 운동기구 이를테면 축구공, 야구공, 탁구공, 그리고 야구복, 축구복, 탁구복, 등산복, 그리고 축구화, 야구화, 탁구화, 등산화 등 종합적인 레저 스포츠 용품을 만들고 있습니다. 장 회장님께서는 상상하지도 못할 만큼 성장 추세에 있습니다. 우리는 10년 안에 아디다스나 나이키 같은 세계적인 레저와 스포츠 용품 회사가 되는 것이 꿈입니다. 우리는 지금 공장만으로는 수요를 다 따르지 못합니다. 그래서 공장을 증축해야 하는데 문제는 인건비와 건물 건축자재비, 그리고 땅값입니다. 일본은 임금, 자재비 대지 값이 너무 높습니다. 살인적입니다. 그래서 한국으로 눈을 돌렸습니다. 인천이나 구미보다 부산이 우리 눈을 사로잡았습니다."

그들은 한국과 합작하여 공장을 세우기로 결정하고 산업지대를 수차례 방문하였다. 한국은 일본에 비해 인건비, 설비비가 현저히 저렴하기 때문이다.

"우리는 처음에는 한국 기업인 코오롱과 합작을 생각했지만 특수기술이 유출될 우려도 있고 미즈노 브랜드 가치를 고려하여 포기했습니다. 이 와중에 부산이 포착되었습니다. 부산에 있는 〈말표 고무신〉 공장이 폐쇄 지경에 이르고 있다는 것을 알게 되었지요. 세 번 방문했고 현 상황을 충분히 파악하게 되었습니다. 하지만, 아시겠지만 한국에서 회사를 차리려면 합작 형태로 해야 되고 51 : 49 투자 비율로 한국이 기업의 주도권을 가져야 투자가 가능하지 않습니까? 그래서 투자자를 찾던 중 현금 동원이 가능한 장 회장님을 찾게 된 것입니다."

일본인은 독일인을 소개했다. 독일 아디다스의 브레인이었고 지금은 아디다스에서 퇴임하여 미즈노에 기술과 자금을 투자한 요인이다. 그는 한국의 성장세로 보아 매우 전망 밝은 시장으로 보고 이번 〈미즈노 코리아〉에도 투자하기로 결정했다고 했다.

한국이 51%의 지분, 일본이 30%, 독일이 19%. 이로써 한·일·독의 3개국 합작 투자 요건을 확보한 셈이다.

눈이 번쩍 뜨이는 사업이다.

"마침, 후쿠오카—부산 경제발전협의회 회의가 있다는 소식과 장회장님이 참석하신다는 말씀을 듣고 초대한 겁니다."

"좋습니다."

돈 냄새 맡는 데는 귀신이다. 그리고 이 사업에 참여만 할 수 있다면 죽을힘을 다 해서라도 지분을 따낼 것이다. 그래도 조심스럽다. 투자 방식이 어떤지를 알아야 한다. 잘못 투자했다가 사기당할 우려도 있다. 이런 일은 비일비재하다. 그러나 그들의 대답은 그런 걱정을 하지 않아도 좋았다.

"현금이나 현물 투자는 필요 없습니다. 귀하께서는 당장 그 고무신 공장을 인수해 주십시오. 그리고 그 고무신 제조 기계는 우리가 충분히 활용할 수 있습니다. 그 기계는 적어도 우리에게는 절대 폐물이 아닙니다. 그것으로 회장님 투자는 끝입니다. 또 지금은 생산 물품 전체를 수출하지만 머지않아 한국도 레저 붐이 일 것이며, 그때는 내수만도 지금 시설로는 턱없이 부족할 것입니다."

하지만 지금 급한 것은 〈미즈노 코리아〉 회사의 설립이다. 그리고 차차 성장시켜 공장 일대를 종합 레저 스포츠 제조 공업단지로 성장시키는 것이 목표라고 했다.

"서둘러 매입해 주십시오. 코오롱이 먼저 눈치채고 매입해 놓으면 우리는 골치 아파집니다."

그래서 귀국 후 바로 계약금부터 지급한 것이다. 나머지 한·일·

독 합작 설립은 차차 진행해 나갈 것이다. 단 코오롱 때문에 극비로 진행하는 조건이다.

일본에 직접 현금이나 물자를 투자하는 것도 아니다. 자신이 무너져 가는 공장 하나 인수하는 일이다. 걱정할 일은 없다.

"이제 이해가 가냐?"

이건 대박이다.

"하지만 돌다리도 두드려 보고 건너라는 속담이 있습니다. 후쿠오카 탁구 시합 때 제가 오사카로 가 보겠습니다."

"허허허, 지금 내가 막 하려던 말이구나."

2

오늘은 평소보다 좀 더 많은 직원들이 출근했다. 태화산업을 정상화시킬 새 주인이 직원들에게 중대 발표를 한다는 공지를 했기 때문이다.

시간이 되자 직원들은 기대 반, 우려 반 속에 속속 구내식당으로 몰려들었다. 식당 앞 연단에 중년 남자와 한 젊은 여성, 그리고 회사 대책위원회 간부들이 앉아 있다. 그중 한 명이 앞으로 나선다.

"오늘 우리 태화산업을 인수하실 장선홍 회장님께서 방문하셨습니다. 여러분에게 꼭 드릴 말씀이 있다고 하셔서 공지사항을 알린 겁니다. 박수로 환영해 주시기 바랍니다."

하지만 여기저기서 간헐적으로 박수 소리만 들릴 뿐 시큰둥한 반응이다. 보나마나 모두 해고할 것이며 살길을 찾아 떠나라는 회유일 것이다. 약간의 보상금이야 주겠지만…….

대책위 간부의 인사말이 끝나자 어린 여자가 앞으로 나온다.

'뭐야, 어린 계집애가!'

'?'

모든 사람들 얼굴이 일그러진다.

그 어린 여자의 카랑카랑한 목소리가 식당을 울리기 시작한다.

"저는 행복을 준비하는 회사, 즉 행준사의 총괄 기획실장입니다. 사장님을 대신하여 몇 가지 발표를 해 드리겠습니다. 우리 행준사는 이미 지난해 말, 이 태화산업을 인수하기 위해 계약금을 지불했습니다. 또 10일 내에 잔금을 은행에 지불하여 완전히 본사 소유로 이전할 것입니다. 고무신 제조는 하지 않습니다. 하지만 대체 산업은 지금으로서는 다 밝히지 못하지만 신발과 관계 있는 산업으로 탈바꿈할 것입니다. 그 준비 기간을 약 5개월 정도로 보고 있습니다. 그러니까 7, 8월 정도면 공장은 가동될 것입니다. 우리는 고무신 제조 경력이 있는 사원을 재고용할 것이며, 준비 기간 동안 여러분에게 50%의 급여를 지불할 것입니다. 밀린 퇴직금과 급여는 관련 은행에서 수령하시도록 조치해 놓았습니다. 이제 한식구가 되었습니다. 모두 협력해서 같이 살아갑시다. 공장 가동이 준비될 때까지 우선 마당의 풀이라도 뽑읍시다. 저는 오늘 여러분과 함께 마당의 풀도 뽑고 청소도 할 것입니다. 지금까지 어려운 여건에서도 회사를 버리지 않으신데 대한 보답은 충분히 보상받으실 겁니다."

강연이 끝나자 식당이 무너지는 듯한 박수 소리가 터져 나왔다.

사람들 얼굴에 화색이 돌고 여기저기서 기대에 찬 얼굴로 대화를 나눈다. 밀린 급여와 퇴직금을 받고 다시 입사하여 5개월만 반쪽 월급을 받으면 정상으로 돌아간다. 얼마나 희망적인 일인가?

이어 식당에서 푸짐한 점심 식사가 나왔고, 직원들은 새 회장님과 총괄 기획실장이라는 어린 여성과 어울려 모처럼 식당에서 행복한 식사를 나누었다.

장 회장도 감동 어린 표정이다. 모든 발표는 사전에 조율된 것이지만 직원들과 함께 마당의 풀을 뽑고 청소를 한다는 것은 대본에 없는 시나리오였기 때문이다.

식사 후, 장 회장도 회사로 돌아가지 않고 직원들과 어울려 마른 잡초도 뽑고 청소도 했다. 모두가 행복한 시간이다.

회사 인수 잔금을 10일 후로 잡은 것은 흙피리가 곧 일본을 향해 떠날 것이며 다녀온 뒤에 후에 인수를 매듭지을 것이기 때문이다.

장 회장은 꿈에 부풀어 있다. 부산 부두 개발 참여와 부산 국제공항 건설 부지에 10만 평 땅을 매입하면 이건 천문학적인 돈을 만들어 줄 것이다. 거기에 〈미즈노 코리아〉도 엄청난 회사로 성장할 것이다. 그는 이제 사채업이니 나이트클럽이니 하는 어두운 그늘에서 벗어나 떳떳한 기업가로 새 출발할 것이다.

지금 가용 가능한 현찰은 모두 90억 내외다. 영화관도 나이트클럽도 은행 융자는 한 푼도 없다. 이것을 정리하고, 빌려 준 사채를 모두 회수하면 그 정도는 충분하다. 부산 바닥에서 하루아침에 100억 가까운 돈을 만들 수 있는 사람은 그리 많지 않다.

이 돈이 3, 4년 후에는 적어도 두 배 정도는 불어날 것이다. 곱빼기 장사다. 그러니 꿈에 부풀 수밖에 없다.

"그런데 왜 후쿠오카 탁구 시합에 그리 많은 공을 들였어요?"

돌아오는 길에 질문하는 흙피리다.

"나는 조성준 시장님에게 엄청난 은혜를 입었지. 탁구 시합을 출발 시점으로 부산 경제에 큰 도움을 주고 싶었어. 우승 파티 때 〈미즈노 코리아〉까지 발표한다면 시장님은 큰 탄력을 받을 수 있어. 〈태화산업〉의 말표 고무신 공장은 시장님에게 큰 짐이었거든. 5월에 정부 인사이동이 있는데, 시장님은 내무부 장관을 노리고 있어. 그래서 도와주려고 지금 발버둥치고 있는 거야."

그는 일본 측과의 밀약을 말하지는 않았다. 물거품이 된 일이다.

"김해 땅 매입은 지금 어떻게 진행되고 있어요?"

"음, 벌써 3만 평 정도 매입했어. 시가보다 비싸게 쳐주니 매매 희망자가 많더군. 사루비아 강이 오기 전에 가시적인 성과를 보여 줘야 하거든!"

"그렇군요!"

그런데 참 아쉬운 일도 있다. 3월 5일 미국에서 사루비아 강이 2차 방문을 한다. 장 회장은 사루비아 강에게 사업 진행을 설명할 때 흙피리와 자리를 함께하고 싶었다. 그런데 애석하게도 그 시점에 흙피리는 오사카를 방문하여 〈미즈노〉와의 합작을 확인한다. 이 엇갈리는 길이 참 아쉬운 장 회장이다.

그런데 회사로 돌아온 장 회장은 뜻밖의 통보를 받았다. 후쿠오카 탁구 시합의 취소 통보다. 극적인 발표를 하려던 장 회장의 실망은 이만저만이 아니다. 탁구 시합을 핑계로 일본에 가서, 말하지 않은 은밀한 거래를 계획하고 있었기 때문이다.

오히려 흙피리가 위로를 한다.

"회장님, 실망이 크시겠지만 어쩔 수 없지요. 정부에서 결정한 일이니까요. 대신 제가 일본 다녀와서 좋은 방법을 강구해 놓을 테니 너무 걱정하지 마세요."

회장과 헤어진 흙피리는 금메달 탁구장으로 돌아왔다. 공 치는 소리가 정겹게 들려온다. 며칠 동안 들르지 못했다.

"어? 여기는 웬일이세요?"

설봉 구장의 김상애 선배가 파워 금정완과 탁구를 치고 있는 모습이 보였기 때문이다.

"이제 오세요? 오늘 제가 파워님께 도전했어요. 핸디 5개 잡히고요."

파워가 어색한 얼굴로 흙피리를 바라본다.

좋아했다. 참 좋아했다. 모니카는 자기 갈 길을 선택하여 갔고, 그 빈자리를 흙피리가 충분히 메워 줄 수 있다고까지 생각했다. 그녀의 반응도 뜨거웠다. 하지만 언젠가부터 흙피리는 거리를 두기 시작했다. 그런데다 금정완도 흙피리의 주먹에 놀라 마음이 멀어졌다.

그 틈을 김상애가 차지하고 들어섰다. 김상애가 파워를 집으로 초대했고 거기서 기절할 것 같은 모습을 보았다. 상애의 방이 온통 파워의 사진으로 도배를 하고 있었다. 언제 찍었는지 시합하는 사진을 찍어 확대하여 붙여 놓은 것이다.

파워 마음이 한번에 쏠려 갔다.

김상애가 웃으며 흙피리를 바라본다.

"흙피리님, 축하해 주세요."

"네? 축하할 일이 있나요?"

"네, 파워님 졸업하면 미국 해양대학에 국비로 유학 갑니다. 그 전에 저와 결혼하고 같이 떠납니다."

정말 뜻밖의 선언이다. 그리고 놀라운 일이다. 둘이 결혼을 하다니……

흙피리가 이때 할 수 있는 것은 축하한다는 말 뿐이다. 마음속으로 슬프지 않았다면 거짓말일 것이다. 그녀는 언제나 외로웠었다. 그리고 파워는 위안이며 행복이었다. 하지만 지금 남자를 만나 시간을 즐길 그런 여유가 없는 흙피리다. 그래서 더 슬픈지도 모른다.

"참, 관장님은 어디 가셨어요?

후쿠오카 시합 취소를 말씀드려야 하는데 보이지 않는다.

"누군가와 저녁 약속이 있다면서 나가셨어요."

파워의 대답이다.

그날 밤, 흙피리는 밤늦도록 좁은 골목길에 혼자 쪼그리고 앉아 오카리나를 불고 있었다.

흙피리의 정체는?

1

조은숙 관장의 실망은 말로 다 할 수 없었다. 참으로 공을 들여 준비한 후쿠오카 시합이다. 그러나 그 실망보다 더 컸던 충격은 흙피리의 행보다.

장 회장과 흙피리가 태화산업을 다녀온 뒤에야 그 소식을 들었고 흙피리가 행준사의 총괄 기획실장이 되었다는 것도 함께 알았다.

행준사는 짧은 시간에 엄청난 변화가 있었다. 사채로 내보낸 돈의 대부분을 회수하고 있었다. 사실상 정리 상태며, 태화산업을 인수 중이라는 말을 들었다.

후쿠오카 탁구 시합이 취소되었다는 통보를 구장에서 들었다. 그래서 회사로 장 회장을 찾아갔다가 들은 말이다.

"조금만 일찍 왔으면 흙피리도 같이 만날 수 있었을 텐데!"

그리고 회장의 설명이 있었다. 후쿠오카 탁구 시합은 국가 안보 문제로 당분간 보류되었다는 것, 그리고 사채업은 정리 중이며 두 나이트클럽과 극장도 곧 처분할 것이다. 행준사는 확대 개편하고 은행에서 더 융자를 받아 새 사업을 할 것이라고 했다. 그 중심에 흙피리가 있으며 이미 많은 도움을 받고 있다는 것이다.

7층 빌딩 입주자도 모두 내보내는 중이며 지금 각계에서 엘리트 사원을 모집 중이라고 했다. 그리고 탁구장은 그간의 노고를 감사히 생각하여 대가 없이 넘겨주니 가져가라는 것이다.

조 관장은 하고 싶은 말이 목구멍까지 올라왔지만 참았다.

문제는 흙피리 때문이다. 관장은 아직도 흙피리에 대해 많은 의혹을 가지고 있다. 증거는 없지만 그녀가 부산 대화재 때 살아남은 강은양일지도 모른다는 의혹이다.

과거 젊은 시절, 장 회장은 강은양 어머니의 사업에 뛰어들었다. 그리고 많은 돈을 벌어 주었고 마지막 그녀의 재산을 모두 갈취하여 떠났다. 이것이 강은양 엄마와 동생을 죽음으로 몰고 간 단초가 되었고, 강은양이 고아가 된 원인이 되었다. 강은양은 그 후 한 미군 장교에 의해 동두천으로 갔다. 여기까지가 강은양이 걸어온 발자국이다.

그런데 흙피리는 지금 장 회장에게 접근했고 그의 사업을 돕고 있다. 지금까지 상상도 못할 도움을 받았다는 회장님의 설명이다. 곧, 많은 경영권을 넘겨줄 것이라는 설명도 있었다.

바로 재산 관리를 맡기겠다는 것이다. 먼 과거 장 회장이 걸었던 길을 흙피리는 똑같이 반복하고 있는 셈이다. 어쩌면 흙피리는 강은양일지도 모르며 머지않아 장 회장의 재산을 가로채 사라질지도 모른다는 생각이다.

그것은 돈에 대한 욕심보다 복수심일 것이라는 조 관장의 판단이다. 걱정이 되고 두려웠다. 이 문제를 두고 상의할 사람도 없다. 털어놓고 상의한다면 대구의 누님, 마리아 수녀님뿐이다.

언젠가 수녀님을 찾아갔을 때 흙피리는 이런 말을 했었다.

"누님에게는 은혜의 보답을, 동생에게는 복수를!"

흙피리가 정말 강은양이라면 정말 소름끼치는 말 아닌가?

좀 늦은 시간이지만 조 관장은 차를 몰고 대구로 향했다. 마리아 수녀님을 통해 흙피리의 행동을 저지시켜 볼 생각에서다.

출발 전에 전화를 하여 만날 장소까지 정해 놓았다. 성당과 가까운 한 경양식 식당이다. 얼굴이 사색이 되어 들어오는 조 관장을 수녀님이 반갑게 맞아 준다.

"이 늦은 시간에 웬일이예요?"

자리에 앉기가 무섭게 식사부터 주문했다. 점심, 저녁을 모두 굶어서다. 수녀님은 음료수만 마신다.

허겁지겁 식사를 마치자 수녀님이 웃으며 묻는다.

"혹, 그 흙피리라는 아이 때문에 온 거 아냐?"

"네? 어떻게, 아셨어요?"

"얼굴에 써 있어. 그래, 얘기해 봐!"

조 관장이 만난 중 가장 존경스럽고 현명하신 분이다. 그래서 언니 같고 스승 같은 분이다. 수녀님은 찾아온 이유까지 꿰뚫고 있었다.

"사실은……."

흙피리 숙소가 부산역 앞 과거 수녀님이 살았던 바로 그 방이며, 그 아이가 틀림없이 외국 생활을 했다는 점, 그리고 지금 그녀가 걷고 있는 길이 장 회장의 과거와 똑같다는 점을 강조했다.

"복수하러 나타난 게 분명합니다!"

"음, 그럴 수도 있지. 나도 그 아이가 성당을 찾아왔을 때, 얼굴 윤곽이 참 비슷하다 생각했었으니까. 하지만 아냐. 강은양은 따로 있어. 작년 말 부산에 나타났었지."

"네? 강은양이 부산에 나타났었어요?"

"음, 관장이 이 늦은 시간에 찾아온다고 했을 때 곧바로 흙피리 때문에 온다는 걸 알고 있었어. 그래서 이걸 가져왔어."

그녀가 커다란 가방에서 신문 몇 장을 꺼낸다. 부산 개발을 위해 투자하겠다는 〈사루비아 강〉의 인터뷰 기사다. 이건 조 관장도 잘 안다.

"이 여자가 강은양이야. 무서운 여자는 흙피리가 아니라 사루비아 강, 그 여자야."

"어떻게 그걸, 확신하시는지……."

"사루비아 강, 그녀가 부산에 나타났을 때 예감이 좋지 않았어. 고아로 미국에 입양되어 명문가 수장의 수양딸이 된 전설적인 여자. 그래서 나는 우리 신부님을 통해서 워싱턴에 있는 한 신부님을 소개받았고 그분에게 부탁하여 사루비아 강에 대한 자료를 받았지. 미국 언론에 보도된 극히 제한된 자료였지만, 입양하던 해, 나이, 부산에서 고아가 되어 동두천으로, 동두천에서 미국으로 입양, 주한 미 사령관이던 맥튜 장군의 수양딸, 모든 게 강은양과 일치했어."

"……."

아무 말도 할 수 없었다. 그렇다면 그녀는 부산 개발을 미끼로 장 회장을 끌어들였고, 개발을 이유로 투자하게 만들고 있는 것이 분명하다. 지금 장 회장은 사루비아 강의 투자 권유로 부두 개발과 김해 땅 매입에 전력하고 있다. 그리고 흙피리가 그 투자에 앞장서고 있다.

머리가 아프다. 뽀개지는 것 같다. 마치 엉킨 실타래를 풀어 보려는 그런 머리의 엉킴이다.

"그럼, 왜 장 회장님에게 충고하지 않으셨어요?"

"했지. 수없이 했지. 보지 않았어? 지금까지 번 돈 모두 사회에 환원시키고 어디 시골이라도 가서 참회하며 살라고. 지은 죄는 절대 사라지지 않는다고. 얼마나 답답했으면 다 커서 늙어 가는 동생을 두들겨 팼겠어!"

"만일 사루비아의 부산 부두와 김해 투자가 장 회장님을 파멸시키는 게 목적이라면 어떻게든 저지시켜야 하지 않겠습니까?"

그렇다면, 지금 부산에서는 무섭고 두려운 일이 벌어지고 있는 셈이다. 어떤 방법을 쓰는지는 알 수 없다. 하지만 머지않아 회장님은 파멸될 것이 분명하다.

그렇다면 흙피리는 또 누구인가? 그 무시무시한 주먹에 영악하기 짝이 없는 머리를 가진 흙피리. 만일 그녀가 진심으로 회장님을 돕는다면 이건 〈사루비아 강〉과 〈흙피리〉와의 머리싸움이 될지도 모른다. 하지만 만일 흙피리와 사루비아 강, 둘의 협공이라면 누구도 견뎌내지 못할 것이다.

'그렇다면 흙피리는 도대체 누구인 거야?'

되풀이되고 또 되풀이되는 질문이다.

"이건 저지시킨다고 멈출 열차가 아냐! 선홍이는 이미 자신의 운명을 자신이 만들었으니 피할 수 없겠지. 그걸 피하는 방법은 하나뿐이야. 지금이라도 강은양에게 참회하고, 재산 포기하고, 그리고 빈손으로 사라지는 거야. 전에 말하지 않았어?"

"……."

"조 관장은 이 일에 끼어들지 마. 고래 싸움에 새우 등 터지는 수도 있으니까. 사실 가장 큰 복수는 용서하는 거야. 멋지게 승리하고 용서하는 거지. 하지만 그냥 용서가 되겠어? 대가를 치러야지. 그렇게라도 해서 용서받을 수 있다면 그건 행운이야. 암, 행운이고 말고. 생각해 봐. 엄마가 모든 재산 다 빼앗기고, 그것도 모자라 동생과 함께 불에 타 죽고, 고아가 되어 낯선 나라로 갔으니 원한이 뼈에 사무치지 않겠나. 그나마 복수할 위치에라도 있으니 다행이지, 만일 미국에서 고생하며 바닥 생활을 했다면 그 원한이 얼마나 뼈에 맺혔겠나 생각해 보라고. 나 같아도 그냥 두지 않을 거야. 내가 세상을 버리고 이 검은 수녀복을 입었을 때 난 내 생각보다 강은양 생각을 먼저 했어! 그리고 용서해 달라고 마음속으로 깊게 빌었지. 자, 가게. 난 이제 들어가야 하니까. 참, 잘 데 없으면 성당으로 가. 관장 하나는 재울 수 있으니까."

그렇다. 여자가 혼자 여관 가는 것은 두려운 일이다.

조은숙은 마리아 수녀님을 따라 성당으로 갔고 거기서 비어 있는 방 하나를 얻었다. 하지만 잠이 올 리 없다.

'탁구장은 돌려 드릴 거야. 고맙지만 그게 원칙일 거 같아. 서울 가서 다시 라켓 잡으면 돼. 선물로 받은 집, 하나만으로도 충분해!'

한데 문제가 있다. 자신을 사랑하는 게 분명한 정연학이 문제다. 그리고 그 남자를 놓치기도 싫다. 날이 밝아 다시 부산으로 가면 정연학부터 만날 것이다. 부산을 떠나는 문제를 상의할 것이다.

밤은 점점 깊어 가고, 아기 예수를 품에 안은 마당의 성모마리아상은 한없이 자애로운 미소를 짓고 있다.

2

다음 날 부산에 도착하여 집에 들어서는 순간 요란한 전화벨 소리가 들려왔다. 꽤 오랜 시간을 울린 것 같다.

신발도 채 벗지 못하고 뛰어들어가 수화기를 집어 들었다.

정연학이다.

"어떻게 된 겁니까? 어제부터 연락이 안 되는데?"

"죄송해요. 급한 일로 대구에 다녀왔습니다. 근데 무슨 급한 일이라도?"

"아, 그런 건 아니고. 그럼 저녁에 만나요. 꼭 드릴 말씀이 있습니다. 사실은 어제 저녁에 뵙고 싶었는데……."

이번 주 토요일 정연학은 청와대로 간다. 대통령으로부터 직접 받은 초대다. 이날 무공훈장을 받게 되었다는 통보도 받았다. 조총련 자금 투입을 차단한 공로다. 흥분에 들뜨지 않을 수 없다. 이건 생애 최대의 영광이다.

금요일, 저녁식사로 그는 조은숙 관장을 초대했다. 아담하고 깔끔한 레스토랑이다. 비발디의 감미로운 음악 〈사계〉가 잔잔히 흐르고 정갈하게 차려입은 아가씨들이 정중하게 접대하는 그런 곳이다. 부두노조 사건으로 며칠 얼굴을 보지 못했다.

"무슨 사건이 있었나 봐요. 그것 때문에 바쁘셨죠?"

"아, 저야 뭐. 좀 바쁘기는 했습니다."

조 관장은 정연학에게 부두 노조 지부장 사건이 있었고 그 중심에 정연학이 있었지만 무슨 일이 있었는지 정확히 모르고 있다. 그런 것까지 생각하는 관장이 아니기 때문이다.

식사 전에 최고의 와인이 들어왔다.

"국내에서는 최고 와인입니다."

그가 한잔 따라 준다. 맛을 보던 조 관장이 머리를 갸우뚱한다. 탁구 시합 후 있었던 뒤풀이 때 주먹들이 가져온 그 와인 맛이기 때문이다.

"어머, 이거 엘곰표 와인 아녜요?"

"어? 엘곰표 와인을 아세요? 이건 아주 귀한 건데. 여기도 없는 겁니다. 제가 맡겨 놓은 거죠. 근데 언제 맛보셨어요?"

"어머, 저 촌놈 아닙니다."

잠시 웃음소리가 들린다.

"이 엘곰표 와인은 처음 포르투갈에서 제조한 겁니다. 공장에서 만드는 게 아니고 가정에서 직접 만드는 전통 민속 와인이었죠. 이게 외국인 여행객들에게 폭발적인 인기를 끌자 1925년부터 포르투갈 정부에서 소량 생산하여 수출하기 시작하였고 지금은 미국에서 제조법과 상표를 사들여 세계적인 와인으로 명성을 얻은 거죠."

와인, 하면 프랑스제나 이태리제를 알아주지만 이런 고급 와인은 포르투갈제가 최고다. 엘곰표 와인, 정말 죽이는 맛이다. 몇 잔 마시자 얼굴이 발갛게 취기가 오른다.

조 관장은 흙피리에 대한 상의를 하고 싶었지만 참았다. 수녀님이 이 문제에 끼어들지 말라는 충고 때문이기도 하지만, 나랏일에 골몰한 정연학 씨에게 골치 아픈 일을 떠넘기기가 더 어려웠기 때문이다.

음식이 들어왔다. 식사를 하며 정연학은 비로소 용건을 말한다.

"토요일 내일 무조건 시간 좀 내 주세요."

"토요일, 왜 무슨 일 있어요?"

"청와대에 가야 합니다. 각하께서 초대하셨는데 그날 몇 분이 더 옵니다. 모두 부부 동반으로 모이는데 저만 싱글이라……."

"네? 청와대요! 또 어떤 분이 오시는데요?"

손을 부들부들 떨기까지 한다.

"네, 각하께서 점심을 하잡니다. 저는 당일 훈장도 받습니다. 옷은 평복이면 됩니다. 사치한 옷은 오히려 좋지 않습니다. 같이 참석하실 분은 아마 최규하 총리, 김정렴 비서실장, 차지철 경호실장, 김재규 부장, 그리고 전두환 보안사령관이 함께할 것 같습니다."

조 관장이 들고 있던 포크를 떨어뜨린다.

지금 둘 관계도 그렇지만 청와대에 초대받아 간다는 건 꿈도 꿔 보지 못했던 일이다. 더구나 그런 어마어마한 분들과 함께…….

"진작 말씀하시지. 제가 가도 되는 건지! 머리도 해야 하고. 어쩌지……."

"그래서 어제부터 전화를 해 댄 겁니다. 괜찮습니다. 제가 초대하는 거니까요. 그리고 지금 이대로가 좋습니다."

"어쩌지?"

발을 동동 구르는 조 관장이다.

대통령을 꼭 한 번 본 일이 있다. 국가 대표 시절 올림픽 준비 때 대통령이 직접 태능선수촌에 찾아와 선수들을 격려하고 간 일이 있다. 그때 처음 보았고, 가벼운 악수를 한 일이 있다.

"수고하십니다. 이번에 꼭 메달 따오세요."

"네, 열심히 시합해서 좋은 성적 거두겠습니다."

"아, 이름이 뭐죠?"

"네, 각하. 조은숙입니다."

그때도 심장이 멎는 듯했는데 오찬을 같이하다니.

대통령과 만난 추억이 있는 조 관장이다.

"그러셨군요. 뭐 흥분되는 건 저도 마찬가지입니다. 부산으로 임명되어 올 때 인사차 청와대 갔었고 그때 뵈었었지요. 그 후 몇 차례가 보기는 했지만 이렇게 초대받은 건 이번이 처음입니다. 처음 뵈온 건 육사 졸업 때였고요. 저도 떨려서 같이 가자고 하는 겁니다."

스테이크가 코로 들어가는지 입으로 들어가는지 알 수가 없다.

"이번 6월쯤 결혼합시다. 저도 혼자 생활하기 힘들고요."

또 기겁을 할 정식 청혼이다.

"네─에? 결혼요?"

"받아 주세요. 사실은 계절의 여왕이라는 5월이 좋겠지만 5월은 엄청 바쁜 일이 있어서요. 5월 10일 야당인 신민당 전당대회가 있습니다. 그래서 6월로 부득 미뤘습니다. 거절하시지는 않겠죠?"

"네……."

답하는 목소리가 모기 소리보다도 작게 들린다. 결혼을 승낙하는 조은숙 관장이다.

토요일.

두 사람이 김해공항에서 청와대를 향해 떠나던 날, 김돈규는 뜻밖의 초대를 받았다.

흙피리의 초대다. 이건 정말 하늘로 날 것만 같은 초대다. 물론 그녀에 대한 경호 임무가 있었다. 사루비아 강이 귀국하면 그녀를 필요로 할지 모르니 잘 경호하라는 지시였다.

그러나 지금은 경호 이상의 의미 있는 여인이다. 짧은 시간이지만 흙피리의 매력에 푹 빠진 김돈규다. 이제 며칠 있으면 사루비아 강이 귀국한다. 앞으로 또 어떤 지시가 있을지 모르지만 어떤 경우라도 흙피리는 놓치고 싶지 않은 여인이다.

첫 인상, 겨울 달빛 아래서 짧은 머리를 찰랑이며 칼잡이를 단숨에 해치우던 모습, 한 방에 부산 주먹들을 장악한 카리스마, 그리고 예의 바르고 교양 있어 보이는 행동, 더 마음을 사로잡는 숨 막히는 아름다움. 이런 여자를 놓칠 바보는 세상에 없을 것이다.

그런데 만나기로 한 장소가 어이없다. 자갈치시장 꼼장어 구이집이다. 멋진데서 양식이라도 사고 싶었다. 그런데 고작 꼼장어 구이집이라니, 아무리 소문난 집이라 해도…….

'하기야 흙피리다운 초대이기는 하지!

"어서 오이소예. 두 분이 참 잘 어울리십니데이!"

호들갑을 떨며 맞아 주는 뚱뚱한 여주인의 안내로 자리를 잡았다. 불에 타는 꼼장어 냄새가 코를 자극한다.

소주 한잔씩을 마시며 약속이나 한 것처럼 진저리 친다. 25도 진로 두꺼비 소주다. 그런 모습을 보며 서로 웃는다.

"돈규 씨!"

마침내 흙피리가 입을 열었다.

"돈규 씨는 제가 필요로 할 때마다 늘 나타나 주셨습니다. 감사합니다. 하지만 어떤 분이신지 정확히 알지 못합니다. 제게 말씀해 주실 수 있죠? 지금까지 제가 알고 있는 것 말고요."

잠시 얼굴이 굳어진다.

"예, 궁금하실 겁니다. 말씀드리죠. 대신 저도 궁금한 게 많습니다. 그것도 대답해 주서야 합니다."

"조건부군요? ㅎㅎㅎ 좋습니다."

"예, 저는 경호원입니다. 전문입니다. 작년 12월 중순 미국에서 오신 사루비아 강님을 경호했습니다. 그런데 그분이 떠나자 제 단체에서 흙피리님을 당분간 경호하라는 지시를 받았죠. 그러고 보니 벌써 두 달째군요. 하지만 분명한 건 제가 그 지시를 받았을 때는 이미 흙피리님을 알고 난 뒤였습니다. 부두에서 칼잡이를 해치우는 것을 본 것은 우연이었으니까요."

"사루비아 강? 그 미국 재벌 딸이라는? 그분을 직접 보셨나요?"

"가까이서 본 것은 공항에서 승용차까지였습니다. 보라색 큰 안경을 쓰시고 치렁치렁한 머릿결을 가지신 분이었죠. 그날도 비가 와서 우산 바쳐 드리느라 자세히는 보지 못했습니다. 그 후로는 외곽에서만 경호하여 자세히 보지 못했습니다."

"미인이시던가요?"

"네, 풍기는 외모로는 대단했습니다. 우아하고 귀족 냄새가 풀풀 나는 그런 분이었죠. 언제나 그 큰 안경을 쓰셨고요. 아 참, 항상 그분이 계신 데서는 사루비아 향기가 가득했습니다."

"그런데 왜 저를 경호하라는 거였죠?"

"흙피리님이 워낙 주먹이 센데다 머리가 좋아 사루비아 강님께서 혹 필요로 할지 모른다는 이유였습니다. 그래서 늘 곁에 있었죠. 그 분은 앞으로 한국에서 큰 사업을 하신다고 했습니다. 부산 유지분들에게 공언한 말씀이었습니다. 곧 귀국하십니다. 같은 여자분이니 경호원으로 채용할 생각이 있으실지 몰랐기 때문일 거라고 생각합니다."

"ㅎㅎㅎ 그렇다면 정말 영광입니다. 그런데 제 느낌입니다만, 혹 절 좋아하시나요?"

"네? 저, 솔직히 말씀드리죠! 사랑합니다. 얼빠진 남자가 아니라면 누가 홈피리님을 싫어하겠습니까? 눈치채셨네요. 이런 ㅉㅉㅉ."

"ㅎㅎㅎ 만일 사루비아 강이 사랑한다고 해도 저를 선택할 수 있나요?"

"그런 일 꿈에도 없겠지만 설혹 그분이 저를 사랑한다고 해도 전 단연 홈피리님이죠."

"막상 닥치면 다른 소리할 걸요? 그렇죠? ㅎㅎㅎ."

"남자로서 맹세합니다. 전, 홈피리님 외에는 여자 없습니다. 지금까지 여자는 모두 시시하다고 생각해서 여태 독신으로 살아왔습니다. 홈피리님을 만나기 전까지는요."

"……."

이제 김돈규의 질문이 시작되었다.

"먼저 제일 궁금한 것부터 묻겠습니다. 부두에서 싸우는 걸 보았습니다. 그건 무술이 아니라 특수부대 군인들 기술이었습니다. 특공대, 그것도 미국 최정예 부대들이나 할 줄 아는 육박전 기술입니다. 어디서 배우셨나요? 그건 아무나 배우는 기술이 아니거든요!"

3

홈피리 얼굴이 돌처럼 굳어진다. 조은숙 관장이 묻고 또 물은 말이 있다.

"돌출 러버는 어디서 났으며 어디서 배웠느냐?"

하지만 단 한 번도 답하지 않았다. 지금까지 누구에게도 자신의 과거를 말한 일이 없다.

"지금부터는 서로의 신뢰가 중요합니다. 또 보안도 필요합니다. 영어 되십니까?"

"물론입니다. 학문적인 전문 용어 외에는 다 됩니다."

흙피리는 유창한 영어를 구사하며 말을 시작했다.

"방금 말씀드린 것처럼 우리는 신뢰가 필요합니다. 한 가지만 더 묻겠습니다. 돈규님 조직은 어떤 곳이며 어떻게 거기에 소속되게 되었는지 알고 싶습니다."

"……."

잠시 뜸을 들이던 김돈규가 결심을 했는지 입을 연다.

"저는 고등학교 시절부터 전국 각종 무술대회에서 우승을 놓쳐 본 일이 없습니다. 태권도, 합기도, 심지어 사격까지. 전, 국내 최고의 체육대학이 있는 경희대에 장학생으로 입학했습니다. 주 종목은 사격이었습니다만 대학 시절에도 중국 무술, 전통 무술 등 안 해 본 게 없었죠. 올림픽에서 사격으로 동메달을 따자 청와대 경호실로 스카우트되어 갔습니다. 하지만 너무 경직된 생활이라 2년 6개월 만에 사직하고 국내 굴지의 기업 회장 개인 경호원이 되었지요. 군대는 면제받았습니다. 청와대 경호로 군 생활을 대신한 덕이었죠. 그 후 경호전문 국제기관에 들어갔고, 미국에서 1년 6개월 특수교육을 받고 한국으로 다시 오게 되었습니다. 제 친구들 중에는 아직도 청와대에 있는 친구도 있고, 외국 대통령, 수상이나 저명인사, 재벌 총수 경호를 하는 친구들이 많죠. 체육관을 경영하는 친구도 많습니다.

저는 사루비아 강 경호를 지시받았다가 세상에서 제일 멋진 흙피리 님을 알게 된 겁니다. 되었나요?'

"감사합니다. 전문 경호원이시군요. 어쩐지 사내 냄새가 난다 했었죠. 이젠 제 차례네요? 저는……."

흙피리는 빈 잔에 소주를 스스로 부어 마신다. 다시 진저리 치지만 이번에는 웃지 않는다.

"저는 어려서부터 전쟁고아로 동두천 천사 고아원에서 자랐습니다. 학교도 제대로 못 다녔죠. 그래도 미군과 양공주 언니들로부터 틈틈이 영어를 익혔습니다. 그런데 그 무렵엔 하우스 보이라는 게 있었습니다. 구두닦이를 〈슈샤인 보이〉라 부르고 부대에서 허드렛일하고 심부름하는 소년들을 〈하우스 보이〉라 불렀지요. 저는 한 양공주 언니 덕에 남장을 하고 부대에 들어갈 수가 있었습니다. 영어를 잘하고 얼굴이 예뻐서 그런지 미군들로부터 사랑을 독차지했었죠. 그런데 바로 여자라는 게 밝혀졌는데, 남자 하우스 보이들이 눈치를 채고 미군들에게 일러바친 겁니다. 이게 하우스 보이들에게 역효과가 났죠. 귀여움을 받던 나는 오히려 힘든 일에서 제외시키고 초콜릿, 비스킷, 당시에는 꼬레또, 비스게또라고 불렀지만요, 이런 걸 더 많이 주었죠. 더 사랑받게 된 겁니다. 그러자 남자애들이 절 괴롭히기 시작했습니다. 심지어는 밤에 불러다 때리기까지 했으니까요. 그때 나는 이렇게 해서는 절대 안 되겠다 싶어 30명 중에 대장 노릇하는 두 명을 밤에 불러냈습니다. 쫓겨나면 의정부로 가서 다시 시작할 각오로 이 두 놈을 반 죽여 놓았지요, 주먹이 쎘거든요. 물론 나도 많이 얻어맞기는 했지만 참 대단한 싸움이었습니다. 두 놈이 무릎 꿇고 용서해 달라고 빌 때까지 패 주었습니다."

꼼장어가 타들어 가자 뚱뚱한 여 주인이 불판을 갈아 준다. 잠시 대화를 멈추고 소주와 꼼장어를 먹으며 대화를 이어 간다.

"다음 날, 한 흑인 하사관이 나를 불러냈습니다. 하우스 보이 관리자였습니다. 저는 이제 끝났구나, 했지요. 그런데 나를 의무실로 데려가 치료해 주고 자기 막사로 데려갔습니다. 어제 싸움하는 거 보았다. 대단하다는 칭찬이 이어졌습니다. 그리고 이제 곧 제대하여 미국으로 돌아가는데 양딸로 만들면 데려갈 수 있다는 겁니다. 그러니 갈 의향이 있느냐는 거였습니다. 저는 지긋지긋한 고아 생활이 싫어 단번에 승낙했지요. 8개월 후 전 그 흑인 군인을 따라 미국에 갔습니다. 그때는 양공주 언니들이 미군과 결혼하여 미국 가는 일이 빈번하던 시절이었습니다. 하우스 보이 시절 저는 한 장교에게서 정통 영어를 배우기 시작했습니다. 이것이 미국 생활을 하는데 큰 도움이 되었지요. 흑인 아버지는 LA에서 작은 야채 가게를 했고 역시 흑인이었던 어머니는 카지노에서 청소하는 일로 생계를 꾸려갔습니다. 그래도 한 2년 가까이는 공부도 시켜 주고 많이 사랑도 했습니다만, 이 부부가 갑자기 이혼하면서 냉대가 시작되었습니다. 아버지는 술을 마시고 들어와 패기도 했지요. 참 열심히 공부했었는데. 저는 좀 엉뚱한 데가 있는 여자입니다. 저는 워싱턴으로 도망쳐 갔습니다. 제법 성장한 뒤였죠. 저는 의회 앞에서 한 의원에게 죽어라 매달렸습니다. 꼭 할 얘기가 있다고요. 한 달을 그랬습니다. 한동안은 쳐다보지도 않더니 기어이 면담을 허락해 주었습니다. 나는 미국에 오게 된 사정을 들려주었습니다."

"저를 도와주십시오. 전 건강합니다. 미국에서 반드시 저를 필요로 하는 사람이 되겠습니다. 제가 꿈을 이루게 해 주십시오."

"좋다. 그런데 꿈이 뭐냐."

"최정예 특수부대에서 훈련받게 도와주십시오. 힘들다는 것도 압니다. 또 저는 여자입니다. 거기에 한국인입니다. 어려운 부탁인 건 압니다. 하지만 언젠가는 저 같은 여자도 미국에서 필요할 때가 있을 겁니다. 목숨을 걸고 훈련하겠습니다. 만일 도중하차하면 전 스스로 목숨을 끊겠습니다. 특수부대 훈련에 성공하면 그때는 다른 일을 부탁드리겠습니다."

"제게 감동을 받았는지 아니면 정말 잘 훈련시키면 언젠가는 꼭 필요할 때가 있다고 판단했는지, 그 의원은 신체검사 후 저를 최정예 특수부대 훈련소에 입대시켜 주었습니다. 14개월 단기 훈련이지만 정말 죽을힘을 다해 훈련했고, 모든 훈련을 무사히 마쳤습니다. 정말 상상을 뛰어넘는 고통스러운 훈련이었습니다. 미국인들도 절반은 도중하차했거든요. 게다가 우수 성적을 받아 그 의원님을 흡족하게 만들었습니다. 제 싸움 기술은 그때부터 시작한 겁니다. 말이 그렇지 정말 죽을 똥을 쌌지요. ㅎㅎㅎ 그리고 저는 두 번째 부탁을 했습니다. 스파이 교육을 받고 싶다고 했습니다. 폭약 다루기, 변장술, 요인 암살, 정국 분석, 음성 변조, 이런 것을 배워 미국을 위해 모두를 바치겠다고 했습니다. 사격과 싸움은 특수부대에서 배웠고, 이제 정통 스파이 교육을 받겠다고 했죠. 한국은 물론, 일본, 중공 등을 넘나드는 스파이 과정, 그런 훈련과 교육을 받겠다고 한 겁니다. 의원님은 나의 조사를 철저히 했고 별 하자가 없다고 판단, 미 CIA 과정을 밟게 했습니다. 정통 무술도 그때 배웠습니다."

"네? 미 정보국 훈련을?"

"네. 전, 이번에도 좋은 점수를 받아 무사히 교육을 수료했습니다. 그러자 이번에는 미 정보국에서 절 주목했고 극동 스파이로 키우기 시작했습니다. 일본으로 건너가 극동 책임자 세인트 밑에서 일어를 배우며 가라데, 유도와 탁구를 배우게 했습니다. 미국은 키신저 미 국무부 장관의 〈핑퐁외교〉로 중공과 빈번한 교류를 하던 중이었죠. 전 미국 탁구 선수로 위장, 중공에 가서 중공 탁구를 배우며 중공을 배우기 시작했습니다. 일본에서 일본의 정치 경제 정보 수집 및 분석을 배웠습니다. 탁구는 아시아에서는 최고 스포츠 중 하나지요. 그래서 전략적으로 배웠고요. 남들 3, 40년 인생을 전 10여 년 만에 해치웠습니다. 그리고 지난해 말, 한국으로 배치받았습니다."

"왜, 하필 부산으로 오셨죠?"

"지금 한국은 정치적으로 매우 불안합니다. 특히 YS는 요주의 인물입니다. 그에 대한 정보 수집 및 차기 대권 주자로서의 분석 등이 제 임무입니다. 부산과 마산에서의 YS의 정치적 영향력, 이에 대한 분석과 활용할 방법 등입니다. 그리고 말할 수 없는 극비 임무가 있지만 이건 말씀드리지 못합니다. 전, 죄송하지만 돈규 씨에 대한 정보를 받아 가지고 왔습니다. 그런데 그만 스파이가 해서는 안 될 정이 들어 버린 거지요. 만일 돈규 씨가 아니었다면 저는 이런 말 못했을 겁니다. 그래서 돈규 씨의 정직한 말을 듣고 싶었고, 또 앞을 위해 공식으로 도움을 받으려 합니다. 저는 이번 극비 임무가 끝나면 한국에서 영주하며 활동합니다. 북한 정세도 있기 때문이죠."

"......"

"지금 이 흙피리, 저에 대해 정확히 알고 있고 은밀히 도와주는 사람은 몇 안 됩니다. 주한 미 대사, 주한 미8군 사령관, 그리고 중앙정보부 핵심인사 한 분. 이분은 미국서 지원해 주는 분입니다. 바로 정연학 중정 부산지국장입니다. 그리고 재벌 태평양그룹 부회장입니다."

놀라 입을 다물지 못하는 김돈규다. 그렇다면 흙피리는 이미 자신에 대해 훤히 꿰뚫고 있었다는 말이다. 참 기막힌 일이다.

"정말 놀랐습니다. 그리고 이렇게 밝혀 주서서 감사합니다. 제가 목숨을 걸고 충성하겠습니다. 그런데 〈흙피리〉란 뭡니까?"

"동두천 한 미군에게서 배웠습니다. 오카리나라는 작은 악기이지요. 외롭고 힘들 때, 혼자 붑니다."

이 엄청난 대화가 자갈치시장 한복판 꼼장어 집에서 이루어지고 있었다.

흙피리는 이런 말로 끝을 맺었다.

"나는 인간이 아닌 기계 같다는 생각이 늘 나를 지배해 왔었습니다. 감정도 눈물도 사랑도 없는 그런 로봇, 사랑해서는 절대 안 되는 그런 기계! 그런데 부산에 와서 탁구 치는 금정완이라는 남자를 만났고, 또 돈규 씨를 만나면서 내가 로봇이 아닌 인간이라는 걸 깨달았죠. 사랑이라기보다는 내 감성이 살아 있다는 증거를 확인한 겁니다. 난생처음으로 남자를 보면 즐겁다는 것을 알게 했으니까요. 돈규 씨와 제가 어떻게 발전할지 참 궁금합니다. 물론 임무가 최우선이기는 합니다만!"

진실도 있지만 약간의 거짓도 있다. 그리고 아직 말하지 않은 것도 있다.

그 시간, 정연학은 조은숙 관장과 함께 청와대에 있었다.

전두환, 그리고 정연학

1

같은 날 아침, 청와대.

"형님, 이거 보세요."

전두환 보안사령관이 차지철 경호실장에게 한 장의 사진을 내민다. 교회에서 예배를 마친 차지철이 청와대를 찾아온 전두환을 만나고 있었다.

"뭔데? 어, 이게 뭐야? 김재규와 YS 아냐?"

전두환이 건네준 사진, 그것은 부산의 체육관에서 김영삼과 나란히 앉아 웃으며 대화하는 김재규 부장의 모습이다.

지난 탁구 시합 때의 사진이다.

"네, 행사장이니 어쩔 수 없다고는 하지만 김 부장이 YS나 DJ와 별 거리감 없이 지내는 건 틀림없습니다."

"아니 눈만 뜨면 각하를 공격하는 이것들과 붙어 다녀? 김재규 이 친구 정신이 있는 거야, 없는 거야?"

"그러게 말입니다."

"이 새끼, 혹 야당과 손잡고 정권 잡으려는 거 아냐?"

부산 탁구 시합장에 나타난 YS와 김재규의 다정한 모습이 찍힌 사진이다.

"에구 형님, 말조심하세요. 김재규가 알면 펄펄 뛸 텐데!"

"펄펄 뛰던 자빠지던 상관없어! 그리고 말이야, 전 장군은 김재규 계속 감시해. 각하에게 모반을 일으킬 놈은 중정 부장밖에 없으니까. 원, 각하는 왜 이런 새끼를 옆에 두고 뭘 믿고 있는지 모르겠어!"

YS, DJ 그리고 김재규라면 입에 거품을 무는 차 실장이다. 오늘 중정 부산지국 정연학의 훈장 수여식이 있고 이어 오찬이 있다. 그래서 정연학에게 욕심을 내는 전두환을 부른 것이다.

전두환, 국민들은 그를 〈돌대가리〉라 불렀지만 아니다. 그는 매우 치밀하고 용의주도하며 야망에 넘친 군인이다. 지나친 야망에 현재 별들(장성)의 모임인 하나회를 이끄는 실질적 실력가이며 차지철과 대통령의 사랑을 한 몸에 받고 있다.

"형님! 상의할 일이 있습니다. 중정 부산지국장 정연학 말입니다."

"음, 그런데!"

"정연학을 꼭 데려와 같이 일하고 싶은데 김재규 부장이 놓아 주지를 않아요."

"정연학, 그 친구 우리한테서 마음 떠나지는 않겠지?"

"물론입니다. 얼마 전 노태우하고 둘이 불러 한잔하며 이야기 나누었지만 지금 본인 마음대로 결정할 수 없는 상황입니다."

"그럴 테지, 각하께서도 믿고 있는지 모르겠군!"

"그렇지 않으면 각하께서 왜 훈장까지 주시겠습니까? 그리고 이번 부산 문제 해결하는 거 보세요. 덕분에 야당 손발 다 묶어 놓지 않았습니까?"

김동영과 김상현에 대한 조치 문제다.

"좋아, 걱정하지 마. 그건 내가 알아서 할 테니. 5월 인사이동 때 각하께 말씀드려서 청와대로 먼저 옮겨 놓을 테니 기회 나면 데려가."

"감사합니다, 형님!"

"그런데 말이야, 김해공항을 국제공항 급으로 격상시키겠다는 건 별 문제 없는 거야? 각하께서는 그 문제에 별 이의는 없으신 거 같은데!"

"별 문제는 없는 걸로 알고 있습니다. 하지만 잘못하면 죽 쒀서 개 주는 꼴 나지 않을까 걱정은 됩니다."

"죽을 쒀서 개를 주다니?"

"부산, 마산이야 YS 텃밭 아닙니까? 부산에 죽어라 투자했다가 YS가 그 공로를 가로채 가면 정부는 죽 쒀서 개 주는 꼴 나지요!"

눈이 번쩍 뜨이는 차 실장이다. 그렇다, 전두환의 생각은 맞는 말이다. 틀림없이 YS는 자신의 정치적 영향력으로 부산을 발전시켰다고 말할 것이다. 그러고도 남을 거라고 판단하는 차지철이다.

"음, 기획재정부 장관 불러서 알아봐야겠군! 어떻게 진전되고 있는지!"

지금 차지철은 경호실장이 아니라 제2인자이다. 대통령을 움직일 수 있는 유일한 실력가다. 2인자는 비서실장도 국무총리도 아니다. 그의 권력은 김재규 부장을 능가하고 있다.

일인지하, 만인지상(一人之下 萬人之上).

대통령 빼고는 그를 능가할 권력을 가진 자가 없었다. 그의 밑에는 전두환이 있고, 전두환 뒤에는 장성들의 모임인 하나회가 있다. 군부가 국가의 핵심이 되던 시절이다.

정연학을 중정에서 빼 오는 데는 두 가지 목적이 있다.

첫째는 그의 능력이다. 그는 자신이 정말 필요로 하는 인재다. 김재규가 그를 감싸는 이유도 그의 능력 때문이다. 정연학은 매우 원만하고 탁월한 능력을 가지고 있다. 그만한 인재를 찾기란 그리 쉬운 일이 아니다.

또 다른 이유가 있다. 전 사령관이 그를 데려오기 위해 시도했지만 김재규 부장의 거절로 뜻을 이루지 못했다. 그래서 누가 더 힘이 센가, 과시하고 싶었다.

차지철은 이 문제를 현명하게 처리하기로 했다. 일단 청와대로 데려오면 아무리 김재규라도 어쩔 수 없을 것이며 김재규는 무력감에 빠질 것이다. 일거양득이란 이럴 때를 말하는 것이다.

전두환 보안사령관은 득의만만한 표정이다.

'여름이 오기 전에 정연학은 나에게 오게 돼 있어!'

마침내 정연학 부산지국장이 도착했다.

먼저 훈장 수여식이 있다. 이 자리에는 국무총리 최규하, 중앙정보부장 김재규, 비서실장 김정렴, 경호실장 차지철, 보안사령관 전두환이 참석했다.

이규광(李圭光) 장군도 보인다. 이규광, 그는 전두환 부인 이순자의 부친이며 박정희 대통령이 가장 신뢰하는 정보 전문가다. 지금도 많은 도움을 받고 있다. 그러니까 전두환의 장인 되는 사람이다.

차지철을 경호실장으로 추천한 장본인이 바로 이규광이다. 그러니까 대통령—이규광—차지철—전두환 라인의 인맥이다. 여기에 정연학이 새 인맥을 형성하게 될 것이다. 오늘은 그런 자리다. 김재규 부장만이 눈치채지 못하고 있다.

그리고 영부인을 대신하여 박근혜 영애가 자리를 함께했다. 전두환은 이런 자리에 참석할 군번은 아니다. 하지만 거부감 갖는 사람 또한 없다. 김재규만 좀 불편한 정도다.

훈장 수여식이 진행되는 동안 조은숙은 떨리는 가슴을 진정시키지 못하고 있었다. 도무지 실감이 나지 않는다. 마치 꿈을 꾸는 듯했다.

훈장 수여식이 끝나고 간단한 오찬이 있다. 오찬이 끝나면 정국에 대한 논의가 있을 것이다. 이 시간은 야당 문제와 김영삼에 대한 집중 토론이 있을 것이다. 오는 5월 10일 야당인 신민당 전당대회가 있기 때문이다.

오찬을 끝내고 조은숙은 다른 부인들, 그리고 영애 박근혜와 함께 청와대 산책을 나갔다.

2

차를 들며 잠시 한담이 있었다.

이때 대통령이 정연학을 보며 말을 건넨다.

"정 지국장, 근데 말이야 오늘 모시고 온 여성 분, 곧 결혼할 사이라고 했지?"

"네, 각하! 6월쯤 생각하고 있습니다."

결혼을 6월로 잡은 것은 5월에 신민당 전당대회가 있기 때문이라고 했다. 집권당으로써는 그만큼 신경 쓰이는 정치 집회다.

"그런데 말이야, 꼭 어디선가 본 기억이 나서! 그런데 어디서 보았는지 기억이 나지를 않아……."

문득 생각나는 것이 있다. 탁구 국가 대표 시절 태능선수촌에서 한번 손을 잡아 주신 기억이 있다던 말이다. 하지만 그걸 기억한다는 것은 절대 불가능한 일이다.

"다른 분을 착각하시는 건 아닙니까? 전에 국가 대표 시절 태능선수촌 찾아오셨을 때 각하를 뵌 일이 있다는 말은 들었습니다만!"

"아, 맞다 맞아! 아, 그분 탁구 선수였지. 불의의 사고로 올림픽은 나가지 못했고. 조, 조은 뭐라 했었는데? 나 아직 안 늙었어. 허허허!"

"조은숙입니다. 각하!"

"아, 그랬던가?"

참 기억력이 대단하신 대통령이다. 놀랄 수밖에 없다. 무려 4년 전 일이다. 그런데 그동안 얼마나 많은 사람을 만났겠는가? 조 관장이 알면 얼마나 감동을 받을까?

기분 좋게 웃으시던 대통령이 잠시 자리를 비웠다가 다시 돌아온다. 손에 뭔가 들려 있다.

"이거 받게."

금색 실로 청와대 상징인 공작새와 무궁화 문장을 수놓은 손수건이다. 비닐에 정성스럽게 포장되어 있다.

"이거 결혼 선물이야. 내 임자(작고하신 육영수 영부인)가 생일 선물로 날 준다고 정성스럽게 만들었던 손수건이지."

"각하!"

말문이 열리지 않는다. 너무 감격하여 눈에 눈물까지 맺힌다.

그는 자리에서 벌떡 일어섰다.

"이렇게 소중하신 것을 제가 받아도 될지……. 가문의 보물로 간직하겠습니다."

"받아, 내 정성으로 생각하고!"

평생 이런 영광은 처음이다. 오늘 받은 무공훈장과 함께 정말 가문을 빛낼 선물이다. 가슴에서 피 끓는 충성심이 우러나온다.

"난, 작년 11월 일을 잊지 않고 있네!"

무슨 말인지를 아는 사람은 딱 네 명, 대통령과 차지철 실장, 그리고 전두환과 정연학이다.

지난해인 1978년 12월 12일. 제10대 국회의원 선거가 있었다.

중정, 경찰 등 각계 정보기관에서 분석한 자료가 올라왔다. 여당인 공화당이 야당인 신민당의 추격을 뿌리치고 무난히 승리할 것이라는 보고였다.

유신 체제를 수호하려는 공화당 세력과 민주화 투쟁을 벌이는 신민당 세력의 대결이다. 초접전을 벌이고 있지만 대개는 공화당의 우세를 점치고 있었다. 이때 극비로 작성된 문서 한 장이 전두환을 통해 차지철 실장에게 올라왔고 이를 대통령에게 보고한 일이 있다.

작성자는 바로 중정의 정연학이다. 그는 조심스럽지만 근소한 차이로 야당이 우세할 것이라는 분석표를 만들었다. 그리고 결과는 그의 예상대로 총 득표율 공화당 31.7%, 신민당 32.8%였다.

차지철은 흥분하여 막대한 예산을 쓰면서도 이기지 못한 책임을 김재규 부장이 져야 한다며 각하 앞에서 난리를 쳐 댔다.

그 분석력이 대통령을 감동시킨 것이다.

다시 현안 문제로 돌아왔다. 가장 급한 문제는 5월 10일 신민당 전당대회다. 지금은 온건파 이철승이 야당을 이끌고 있지만 이번 전당대회에서 김영삼이라는 초강경파가 총재로 당선될 가능성이 있다. 이를 저지시켜야 한다.

대통령은 김영삼이 총재가 되는 것은 어떤 일이 있더라도 막아야 한다는 지시를 내렸고 김재규는 이철승 재선을 자신하고 있었다.

김재규는 야당 의원들을 회유하고 매수하고 협박하고 있었다. 그런 그가 갑자기 김동영, 김상현 두 의원의 조기 석방을 제의했다.

"중정에 가두어 두는 것은 오히려 역효과가 날 수도 있습니다. 반감을 사면 회유한 의원들도 김영삼 편을 들 수 있습니다."

맞는 말이다. 하지만 다른 각도에서 본다면 그들 석방은 오히려 휘발유에 불을 지르는 모양새가 될 수도 있다.

"모두가 강경파들입니다. 그들이 나와서 결속하면 이철승 총재가 궁지에 몰릴지도 모릅니다."

이규광과 전두환의 의견이다. 김대중은 지금 정치 규제법에 묶여 있지만 영향력은 예전이나 마찬가지다. 원격 조정이라는 것이 있고 그 행동 대장이 김상현이다.

하지만 갑론을박 끝에 석방으로 결론났다. 김재규 생각을 따른 것이다. 김영삼 총재 당선을 틀림없이 막겠다고 장담했기 때문이다.

하지만 정연학이나 전두환은 이철승 재선이 어렵다고 판단하고 있었다.

이철승을 사쿠라(모양은 야당이지만 실제는 여당 편이라는 당시 정치적 용어)라고 몰아붙이고 있던 야당이다.

마지막 논의는 부산 국제공항 건설이다.

"작년 말, 미국에서 사루비아 강이 왔었지. 그가 차관을 책임지겠다고 했어. 재정 문제는 해결된 셈이지. 맥튜 장군은 나와 인연이 깊어. 6.25 전쟁 때 나와 잠시 인연이 있기도 했던 분이기도 하고. 사루비아는, 고아 시절 워낙 머리가 좋아 장군 눈에 띄어 미국으로 데려간 후 양딸로 삼아 잘 키웠다고 했어. 사루비아 강의 영향력이 대단하다는 것은 이미 다 알려진 사실이고. 이제 부산에 정부 차원에서 대대적인 투자를 하는데 김영삼이 총재가 되면 내 꼴이 우습게 되지. 안 그런가?"

"어떻든 김영삼은 막아야 한다."

대통령의 지시다.

그리고 모두 헤어졌다. 헤어지며 내일 정오 마포 〈가든호텔〉로 나오라는 전두환 사령관의 부탁이 있었다. 내일은 일요일이다. 만나고 부산 내려가라는 것이다.

어쨌든 정연학과 조은숙은 정말 행복하고 뜻깊은 하루였다.

"회의할 동안 영애님과 뭐 했어요? 청와대 구경은 잘 했고요?"

"아뇨? 다른 사모님들은 산책하고 차 마시고 했는데 전 영애 박근혜님과 탁구만 쳤어요. 탁구 엄청 좋아하시더군요. 제 이름도 기억하고 계셨고요, 정말 행복했습니다."

조 관장은 아직도 꿈을 꾸는 듯했다.

중정에서 승용차를 제공했다. 정연학은 직접 차를 몰아 서울이 한눈에 보이는 북한산 스카이웨이로 올라갔다. 그는 팔각정에서 음료수를 주문하고 비로소 각하에게서 받은 손수건을 건네주었다.

"이게 뭐예요?"

"각하의 결혼 선물입니다. 작고하신 육영수 영부인께서 손수 만들어 생일 선물로 주신 겁니다."

조은숙 관장은 조심스럽게 가방에 넣었다.

훈장과 더불어 정말 가보로 남길 선물이다. 그런데 정연학은 모르고 있었다. 이 선물은 이규광—차지철—전두환 직계 라인이 되는 선물이라는 것을…….

드라이브를 즐기고, 그리고 그들은 시내에서 헤어졌다.

조 관장은 부모님이 계시는 방배동 집으로 갔고 정연학은 모처럼 친구들을 불러내 한잔 할 생각이다.

조은숙 관장은 부모님을 만나 처음으로 당당히 결혼을 발표할 것이다. 35살에!

결혼 등살에 집을 찾아가지 않은 지도 참 오래되었다.

정연학은 친구들에게 재혼의 기쁨을 알려줄 것이다.

"그날 안 오면 죽는다?"

다음 날 정오.

마포 가든호텔에 지하 중국 식당에서 전두환과 정연학이 만났다. 전두환 보안사령관은 노태우 수도경비사령관, 정호영 특전사 여단

장 등과 동행했다. 소위 하나회 TK 골든 멤버들이다.

이 멤버들은 김재규 부장을 성토하고 있었고, 김영삼의 재등장을 걱정하고 있었다. 이들은 미국 정보국과 특별한 관계를 맺고 있는 정연학의 의견에 귀를 기울이고 있었다.

"앞으로 정치 일정에 변화가 생긴다면 그건 김영삼 때문일 것입니다. 부산에서 감지한 부산 시민들의 김영삼에 대한 절대적인 지지 때문입니다. TK에서 박정희가 나왔으니 부산에서도 김영삼이 청와대에 들어가야 한다는 열망이지요. 김영삼을 저지시켜야 합니다. 미국은 차기 승계자로 김종필을 생각하고 있지만 그분은 유약해서 안 됩니다. 대가 약합니다. 죄송하지만 차지철 실장님도 대통령감은 아니라고 봅니다."

노태우가 나선다.

"맞아요. 그런데 각하께서 정정하시니 아직은 괜찮겠지요."

"장개석식 총통제로 가지만 여러 변수도 생각하셔야 합니다."

이번에는 전두환이 나선다.

"그럼, 차기 대권은 누가 좋겠어?"

"선배님, 아마 차기 대권은 하늘이 결정할 겁니다. 분명한 건 DJ나 YS, JP는 절대 아니라는 겁니다. 미국은 김종필 당의장을 생각하고 있는 모양입니다만!"

전두환 보안사령관. 그가 정연학을 탐내는 이유가 있다. 정치적 안목이 높을 뿐 아니라 자신의 의중을 가장 잘 꿰뚫고 있기 때문이다. 게다가 미국통이다. 미국의 흐름을 정연학만큼 아는 사람은 없다. 어찌 된 일인지 그는 미국과 다양한 인맥을 형성하고 있었다.

어제 대통령이 정연학에게 훈장을 주어 자신의 라인으로 집어넣듯, 오늘 전두환은 이 자리로 정연학을 하나회 일원으로 인정하는 자리였다.

"어쨌든 우리는 죽음으로 뭉쳤다는 것을 잊지 말아야 할 것이다."

　비장한 결의인데 이건 그만큼 정치적으로 불안했기 때문이다. 그리고 이들은 만일 차기 신민당 총재에 김영삼이 된다면 절대 그냥 두지 않을 것이라고 맹세를 하며 술잔을 높이 들었다.

　정연학은 오후 늦게 조은숙 관장을 김포공항에서 만나 부산으로 내려갔다.

사루비아 강, 그리고 수녀님

1

3월이 되었다.

장선홍 회장은 매우 만족스러웠다. 부두 개발에 걸림돌이 될 노조 문제를 정리해 달라는 사루비아 강의 요청이 깨끗이 해결되었다. 김해 땅도 순조롭게 매입하고 있다. 목표의 25%를 달성했다. 게다가 일본과의 레저화(靴) 합작 공장도 머지않아 본격적으로 가동될 것이다. 7월쯤 가시적인 성과가 있을 것이다. 기계 설비 도면과 시제품을 보내 준다고 했다. 이들을 확인하기 위해 흙피리가 일본으로 떠나지만 큰 염려는 없다.

일본에서 흙피리는 한·일·독 합작회사인 〈미즈노 코리아〉 설립에 필요한 제반 서류를 가져올 것이다. 정부에 제출할 서류다.

그리고 많은 공부를 하고 올 것이다.

사루비아 강의 두 번째 방문은 이틀 남았다. 휘파람이라도 불고 싶은 날, 흙피리는 일본을 향해 떠났다. 이날이 1979년 3월 3일이다.

가장 힘들게 생각했던 여권 발급은 〈행준사 총괄 기획실장〉이라는 직책 때문인지 부산 정보부 협조로 쉽게 만들어졌다. 아마도 조은숙 관장과 정연학 중정 부산지국장이 가까웠던 이유도 있었을 거라는 장 회장의 생각이다.

조은숙 관장은 탁구장을 정리하고 있다. 장 회장은 이 탁구장을 선물하겠다고 했지만 그럴 수는 없다고 판단했다. 사 준 집만으로도 충분한 보상금이다. 게다가 엄청난 급여도 받았다. 이제 탁구장은 되돌려 줄 것이다.

그녀에게 지금 가장 중요한 관심사는 그런 재산이 아니라 결혼과 흙피리의 정체다. 비극은 한 번으로 족하다. 비극이 되풀이되어서는 안 된다. 만일 흙피리가 장 회장을 살해하기라도 한다면…….

상상만 해도 끔찍한 일이다. 정말 사루비아가 흙피리라면 수녀님을 대신하여 용서를 구할 것이다.

'피눈물 나는 한을 잊을 수는 없겠지만 그래도 용서해야 한다. 용서하지 않고 피의 복수를 한다면 장 회장의 과오와 다를 게 뭐가 있겠느냐. 보복한다고 행복할 것 같으냐? 몬테크리스토 백작의 〈에드몬드 단테스〉가 복수를 끝내고 그 허탈해하던 소설을 읽지도 않았느냐? 벤허가 멧살라에게 복수하고 허탈해하던 영화의 장면도 기억 못하느냐? 복수란 그런 것이다. 잠시는 통쾌하겠지만 그 허탈함은 네 생명이 끝날 때까지 네게 멍에가 될 것이다. 장 회장은 네게서 용서를 받으면 참회할 것이다. 그리고 스스로 뭔가 할 일을 찾을 것이다. 내 경험으로는 그리 선천적으로 악한 사람은 아니더라. 수녀님을 보아서라도 용서해라! 예수님의 〈사랑〉 가르침이 그것이고, 부처

님의 〈자비와 깨달음〉 가르침이 바로 그런 것을 알라는 것이다.'

그렇게 설득하고 싶었다. 이것이 수녀님의 생각이다. 그러나 심증은 가지만 증거가 없다. 하지만 언젠가를 위해 설득할 준비를 더 할 것이다.

흙피리의 일본 방문 계획은 원래 2월 말일 떠나는 것으로 되어 있었다. 그러나 그러지 못했다.

그날 파워 금정완의 졸업식이 있었다. 많은 축하객 속에 서울서 음반 준비로 바쁜 모니카도 보였다. 모든 탁구인, 친지들이 참석하여 대통령 표창 장면을 부러운 눈으로 바라보았다. 그리고 모두들 진심으로 축하해 주었다.

제일 기뻐하는 사람은 김상애다. 여름이면 그녀는 간단한 결혼식을 마친 후 곧바로 미국으로 함께 떠날 것이다.

이 졸업식으로 흙피리 출국 일정이 바뀐 것이다. 흙피리는 꽃다발 대신 금정완 볼에 입술을 선물했다. 그리고 귀에 대고 이렇게 속삭였다.

"축하합니다. 당신은 참 멋진 남자입니다."

3월 4일.

조은숙 관장은 장 회장에게 면담 요청을 했다. 탁구장 문제 때문이다. 그러나 뜻을 이루지 못했다. 내일 미국에서 손님이 오시는데 사루바아 강이라는 것이다. 단 1박의 짧은 여정이라 시간이 없다고 했다. 흙피리가 일본 오사카에 간다며 인사를 하고 떠난 이틀 뒤이다.

조 관장은 면담이고 뭐고 다 때려치우고 대구 마리아 수녀님에게 연락부터 했다.

"사루비아 강이 내일 부산에 옵니다. 만나 보십시오. 혹 그녀가 강은양은 아닌지, 또 강은양이 흙피리는 아닌지, 흙피리는 지금 부산에 없습니다. 흙피리가 사라지고 사루비아 강이 나타났습니다. 전흙피리가 1인 2역을 하는 것은 아닌지 의심이 됩니다. 숙소는 해운대 파라다이스 호텔입니다."

마리아 수녀님은 그럴 리가 있겠느냐? 그게 가능하겠느냐? 하지만 은양이가 온다면 어떤 일이 있어도 만나야겠다며 내일 부산에 오겠다고 했다.

3월 5일.

오후 3시 해운대 파라다이스 호텔 VIP 객실, 지난 12월 찾아왔던 사루비아 강이 투숙했던 그 객실, 두 번째 부산을 방문한 사루비아 강은 거기서 누군가를 기다리고 있었다. 어떤 수녀님이 찾아왔다는 통보가 왔다.

장선홍 회장은 방금 다녀갔다. 부두노조와 노무자협의회는 통합되었으며 따라서 노조가 공사에 걸림돌은 되지 않을 것이라고 했다. 그리고 김해공항 건설 부지 매입은 예정대로 잘 진행되고 있다는 보고였다. 땅값을 조금 더 올려서라도 5월까지는 매입하는 것이 좋겠다는 충고를 해 주었다. 시간이 가면 갈수록 땅값이 오를 것이기 때문이다.

장 회장도 그간 꽤 올랐다는 보고가 있었다. 또 누군가가 많은 땅을 매입하고 있는데 이곳이 공항이 들어설 자리일지도 모른다는 소문이 퍼졌기 때문이다. 그래서 서둘러 더 열을 올린 장 회장이다.

그리고 부두 개발의 일환으로 대형 쇼핑센터를 지을 준비를 하고 있다는 브리핑도 있었다. 이를 위해 별도로 5억의 융자를 받을 것이라고 했다. 대지는 이미 매입했으며 지금 설계 중이라고 했다.

사루비아 강은 7월쯤이면 다시 돌아와 당분간 부산에 머물며 공항 건설 문제와 부두 개발 계획을 완료할 것이라고 했다. 그때는 공항 건설과 부두 개발의 공식적인 발표를 할 것이며 축제도 열 것이라고 했다.

"공식 발표를 하면 부두와 그 일대 땅값이 요동을 칠 것입니다. 무리를 해서라도 땅을 확보하십시오."

장 회장은 자신감 넘치는 모습으로 돌아갔다. 모든 계획은 순조롭게 항진하고 있었다.

그렇지 않아도 부산은 지금 한껏 들떠 있다. 부두 개발로 제2, 제3의 부두가 조성될 것이다. 그러면 새로운 상권이 형성된다. 그리고 공항 건설은 부산 경제는 물론 마산까지 영향이 미칠 것이다. 이 사업들은 속전속결로 이루어질 것이라는 소문이 파다하게 퍼지고 있었다.

장 회장이 떠난 후 다시 전화가 왔다. 호텔 데스크다. 아까부터 어떤 손님이 와서 기다리는데 수녀님이라 했다. 대구 마리아 수녀님이다. 사루비아 강이 강은양이라고 확신하는 수녀님이다.

똑, 똑, 똑!

노크 소리가 들려온다. 그리고 문을 열고 한 수녀님이 들어왔다.

"무슨 일로 절 찾으세요?"

여비서가 호텔 측에 주문했던 차와 과일을 가져왔다.

"무슨 일이신지는 모르지만 우선 차부터 드세요. 제게 부탁하실 말씀이라도 있나요?"

"은양아! 왜 이러니, 나다. 날, 몰라보지는 않겠지? 아무리 세월이 흘러도, 또 네가 얼굴을 뜯어고쳐도 은양이는 은양이야. 네가 날 몰라볼 이치도 없고! 조금 전 선홍이가 여기서 나가는 걸 보았다. 네가 뭘 하고 있는지도 다 알고 있고!"

수녀님이 사루비아 손을 매만지며 통곡을 한다.

사루비아는 비서에게 나가 있으라고 했다. 그리고 핸드백에서 오카리나를 꺼내 들었다. 그녀는 아무 말 없이 불기 시작했다. 슬프고 애절한 곡이다.

수녀님 얼굴이 흙빛으로 변한다.

"오카리나! 그건, 네가 어릴 때 내가 가르쳐 준 거 아니냐?"

"그랬죠, 오카리나는 그때 수녀님이 가르쳐 주신 겁니다."

"그걸, 어떻게 여태!"

"이 흙피리에는 애정과 증오가 함께 묻어 있지요. 이 소리를 가슴 깊이 묻어 놓고 살았습니다. 그러다가 죽고 싶을 때, 어머니와 진양이가 보고 싶을 때마다 꺼내 불며 위로받았습니다. 수녀님이 찾아오실 줄은 정말 몰랐습니다. 지난겨울에 왔을 때 언론에 저를 공개했지만요. 멍청한 장 회장만 모르고 있었군요. 전 아줌마가 수녀가 되었다는 것도, 대구에 계시다는 것도, 다 알고 있었습니다."

"미안해서 얼굴을 볼 수 없구나. 그런데 왜 찾아오지 않았어?"

수녀님이 손수건을 꺼내 눈물을 닦는다. 그렇게 한참 울던 그녀가 다시 얼굴을 들었다.

사루비아 강 얼굴은 냉냉해 보였다. 엄마와 진양이 말을 하면서도 눈물도 흘리지 않았다.

"네가 혹시 탁구를 친다는 그 흙피리라는 아이는 아니냐? 최막동이라는?"

"최막동? 아닙니다. 전, 6일 전 서울에 왔습니다. 그 여자 얘기는 회장에게서 들었습니다. 장 회장 말로는 최막동은 사업차 일본 갔다는 말을 들었습니다. 많은 도움을 받고 있다고 하더군요. 그 여자가 귀국하면 일본 갔다 왔다는 증거가 있겠죠. 그 여자도 늘 오카리나를 가지고 다닌다죠? 그래서 이름도 흙피리라 부르고요. 방금 장 회장에게서 들었습니다. 저도 보고 싶습니다. 혹, 진양이가 살아 있는건 아닌지 해서요. 제가 진양이에게 오카리나 부는 법을 가르쳐 주었거든요. 제 일정만 아니면 최막동이라는 여자가 올 때까지 기다리고 싶지만 그건 7월로 미뤄야겠습니다. 정말 보고 싶습니다."

"진양이?"

하지만 그녀가 진양이와 나이가 맞지 않는다는 말은 차마 못했다.

"네가 맥튜 가문의 양딸이라는 건 맞고?"

"네, 그건 세상이 다 압니다. 바꿀 수 없는 사실이죠. 그렇지 않고야 어찌 부산 국제공항 건설에 투자할 수 있겠습니까? 지난 방문 때는 대통령도 만나고 왔었습니다."

"어떻게 그런 일이 가능할 수 있지?"

그리고 손을 만지고 또 만진다.

"은양아, 너 선홍이한테 복수하려는 거냐?"

"네! 복수할 겁니다. 수녀님 같으면 그냥 두시겠습니까? 누군가 동생의 재산을 다 빼앗고 목숨까지 가져갔다면, 그냥 두시겠습니까? 저는 엄마와 동생까지 잃었습니다."

"목숨까지 빼앗을 거냐?"

"그건 아직 결정하지 못했습니다."

"그래 복수해라. 말릴 여지도 없구나. 하지만 사람을 죽여서는 안돼. 그것만 빼고 무엇이든 다 해라."

"하지만 수녀님에게는 고맙고 죄송한 마음도 있습니다. 사실 내일 대구 가서 뵙고 서울로 가려 했습니다. 그래서 부산에 온 겁니다. 오늘 뵙게 되어 정말 다행입니다. 수녀님에게는 너무 고마운 마음뿐입니다."

"난 네게도, 네 엄마에게도, 진양이에게도 다 죄인이야. 그래서 원피스 벗어 버리고 이 검은 수녀복을 입은 게야. 하지만 선홍이는 내동생이야. 내 유일한 피붙이지. 선홍이 목숨은 건드리지 마라. 그건 복수가 아니라 죄를 짓는 것이야. 그러면 또 난 너한테 복수를 해야하고, 어떤 복수도 다 네게 맡기겠지만 동생 목숨을 건드리면 나도 널 가만두지 않을 거다. 서로 불행한 일은 말자!"

"수녀님 부탁이라면 그러겠습니다. 피는 보지 않겠습니다. 그러나살아 있다는 것이 죽는 것보다 더 괴로울 겁니다. 하지만 제가 은양이라는 걸 장 회장에게 알리시면 이 약속은 파기됩니다."

"나도 그런 일은 없을 거다. 지은 죄는 대가를 받아야지. 네가 모두털고 용서한다면 모르지만!"

"모두 털고 용서할 수는 없습니다. 반드시 대가를 치르게 할 겁니다."

2

선홍이와 강은양의 운명은 앞으로 어찌 될지 모른다. 하지만 선홍이는 지금 바람 앞의 등불이다. 동생은 강은양의 정체에 대해 전혀아는 바 없고, 강은양은 선홍이를 손바닥 위에 올려놓고 있다. 약한 바람에도 꺼져 버릴 힘없는 등불 신세다. 수녀님은 이 문제를 차차 풀어 갈 생각이다. 지금 그녀를 설득시킨다고 해서 맺힌 한을 금세 풀 사람이 아니다.

"그래, 그동안 어찌 지냈는지 또 어떻게 맥튜 가문의 딸이 되었는지 알고 싶구나. 알다시피 난 동생의 죄를 대신해서 수녀가 되었다만!"

"저요? 저 죽으려고 수없이 생각했지요. 하지만 죽음보다 더 무서운 게 있더군요. 증오란 놈이었습니다. 증오, 원한, 복수, 이런 것들에 의지해서 살아왔지요."

불구덩이에서 기적처럼 살아난 은양이는 자신을 구해 준 미군을 따라 동두천으로 가게 되었다. 생명의 은인인 그 군인이 엄청 높은 사람이었다는 것을 후에 알았다. 그분은 매우 훌륭한 분이었다. 두 번이나 자살하려는 은양이를 다독여 주었다.

은양이는 그 미군에게 엄마와 동생 그리고 자신의 집을 파멸시킨 장선홍에 대한 이야기를 빠짐없이 들려주었다. 그의 전문 통역관은 은양이의 이야기를 빠짐없이 전해 주었다.

그 장교는 이런 말을 해 주었다.

"자살은 어리석은 일이며 패자만이 하는 비겁한 행동이다. 복수하려는 생각은 왜 하지 않느냐. 증오심을 길러라. 죽고 싶거든 불에 타 죽은 엄마와 동생을 생각하라. 그리고 살아남아라! 살아야 용서를 하든, 복수를 하든 할 게 아니냐? 넌, 강하다. 강자는 지지 않는 법이다."

그리고 1년 넘게 은양이에게 초급 영어를 가르쳤다. 그 장교는 어린 은양이로부터 엄청난 힘을 느끼기 시작했다. 뛰어난 언어 능력이 그 첫째다. 남들 3년을 해도 따라하지 못할 영어를 척척 해냈다. 그리고 뛰어난 체력이었다. 남자들을 능가하는 체력이었다. 그러나 그보다 더 그를 감동하게 만든 것은 이 아이의 현명함과 증오심이었다. 어린아이의 눈에서는 항상 불꽃이 튀었다. 지고는 살지 못하는 여자아이였다.

이 고급장교는 미국으로 가면서 은양이를 데려갔고, 미국에서 이 장교가 아버지처럼 따르고 사랑받는 전 주한 미8군 사령관이었던 〈맥튜〉 장군에게 데려갔다.

한국에 대해 각별한 사랑을 가지고 있고, 향수를 가지고 있는 맥튜 장군은 은양이를 여러 가지로 검토한 결과 양딸로 삼겠다는 놀라운 말을 듣게 되었다.

"아버지는 내게 공부를 시켜 맥튜 가문의 일원으로 삼으려 했고 기업 경영을 알게 하려 했지요. 저는 이 기회를 놓칠세라 엄청나게 공부했습니다. 저는 미국에서 경제학으로는 최고로 인정받는 시카고의 노스웨스턴 대학의 장학생으로 입학했습니다. 언론에서 난리가 났죠. 동양인으로 합격은 절대 쉽지 않은데다 장학생까지 되었으니까요. 게다가 맥튜 가의 수장 맥튜 장군의 양딸이며 한국전 고아라고 알려져 화제가 되었습니다. 하지만 저는 그때부터 언론을 피하기 시작했습니다. 그냥 그런 게 싫었습니다. 그리고 〈중·후진국 도시개발과 경제〉라는 논문으로 박사학위를 받았습니다. 후에 한국 경제 발전을 위해 일하리라 작정한 겁니다."

그리고 대학을 졸업하고 강은양은 엉뚱한 일을 저질렀다. 미국 최정예 특수부대에 자진 입대한 것이다.

"대학 시절 전공과목 외에 철학, 문학, 사상 등을 닥치는 대로 공부했습니다. 헤밍웨이의 〈노인과 바다〉와 듀마의 〈몬테크리스토 백작〉을 유난히 좋아했죠. 〈노인과 바다〉를 통해 인간의 인내와 투쟁심을 배웠고, 〈몬테크리스토 백작〉을 통해 복수를 배웠습니다. 그런데 제게 필요한 것이 있었습니다. 자기 제어였지요. 극기 훈련을 배우기 위해, 미 최정예 부대인 특전사 부대에 입대했습니다. 이건 맥튜 장군도 놀라게 한 사건이었습니다."

10개월의 혹독한 훈련이 시작되었다. 이건 상상을 초월하는 훈련이었다. 텍사스 사막 지대에서 살아남기 위해 훈련 중 뱀을 잡아먹고 파충류를 잡아 먹으며, 생존하는 법을 배웠다. 알래스카에 버려져 영하 3, 40도의 혹한 추위에 버려졌다가 살아오는 법을 배웠다. 이건 정말 인간이 할 일이 아니었다. 하늘에서 낙하산을 메고 뛰어내릴 때는 정말 죽는 줄 알았다.

"그 10개월 훈련은 내게 큰 힘이 되었죠. 힘들면 그냥 걸어서 부대로 돌아오면 됩니다. 대신 바로 퇴출이지요. 저는 엄청난 인내로 이겨 나갔죠. 나를 지탱하게 한 힘의 원천은 증오와 복수였습니다. 동기 280명 중 70명 이상이 탈락할 정도로 힘든 교육이었습니다. 살아남아 복수할 생각에 참고 견뎌 온 훈련이었습니다. 그런데 이 훈련을 이기게 한 힘에는 오카리나도 있었죠. 바로 흙피리였습니다. 힘들 때마다 애절한 곡을 부르고 마음을 추스르며 복수를 맹세했습니다."

훈련을 마치고 돌아온 은양이에게 맥튜 장군은 엄청난 선물을 했다. 재산의 일부를 떼어 준 것이다. 말이 일부지 맥튜 가문의 일부라면 삼성그룹과 선경그룹 전체를 인수하고도 남을 재산이다.

"이제 독립해라. 너 정도 실력과 배짱이라면 반드시 성공할 것이다. 미국에서 투자하며 실력을 쌓았다가 때가 되면 네 고향 한국에 투자해라. 한국은 무한한 잠재력을 가진 국가다. 언젠가는 일본을 앞지를 것이다. 돈이 필요하면 언제든 요청해라!"

마침 한국은 엄청난 경제성장을 구가하고 있었다. 세계는 이를 '한강의 기적' 이라 불렀다. 전쟁으로 폐허가 되었던 한국은 경제적으로 풍부한 나라가 되었고, 매력 있는 투자가치 국이 되어 가고 있었다. 거지가 들끓던 거리에 현대 포니 승용차가 넘쳐나기 시작했고, 먹을 것이 없어 산나물 뜯어 먹고, 미군이 버린 음식 찌꺼기로 꿀꿀이죽을 먹던 사람들이 불고기 판으로 몰려들기 시작했다. 집집마다 TV 안테나가 깃발처럼 꽂혀 있었다. 사람들은 활기가 넘쳐나, 언제 전쟁으로 폐허가 되었느냐는 듯, 자신감에 넘쳐나 있었다. 박정희의 경제 드라이브가 성공한 것이다.

강은양은 한국으로 눈길을 돌렸다. 아버지 맥튜 장군에게는 고향 같은 나라이며 강은양에게는 고국이다. 그리고 복수라는 것이 남아 있었다.

"나는 부산으로 눈을 돌렸죠. 내 고향 부산에 투자하기로요. 이 투자를 미끼로 장 회장을 끌어들인 겁니다. 복수도 하고 투자도 하고! 이제 아시겠습니까? 하지만 어머님은 생전에 늘 이런 말씀을 하셨습니다. '나는 이제 아무 힘도 없다. 하지만 이다음 너희들이 커서 성공하면 장선홍에게는 가차 없는 복수를 하라. 그러나 그 누님에게는 반드시 은혜를 갚아라. 그분 아니었다면 우리는 모두 쓰러져 모두 굶어 죽었을 것이다. 누님과 동생을 구분해라.' 저는 동생에게 복수하고 누님에게 은혜를 갚을 것입니다."

그말에 갑자기 소름이 돋는다.

'동생에게는 복수를, 누님에게는 은혜를…….'

놀란 수녀님이 다시 강은양의 손을 잡는다.

"네가 최막동이 아닌 건 분명하지? 다시 묻는 거야!"

"그건 저도 궁금합니다. 7월이 되면 다시 부산에 옵니다. 그럼, 둘이 만나게 되겠지요."

수녀님이 자리에서 일어서며 은양이 어깨를 감싸 안는다.

"은양아, 나는 너와 진양이 그리고 네 엄마에게 진심을 다해 사죄하려 했다. 하지만 그것으로 보상이 되겠니? 복수해라. 하지만 다시 한 번 부탁한다. 목숨은 건드리지 마라! 이 또한 진심으로 하는 부탁이다."

"……."

사루비아 강의 눈에 잠깐 눈물이 맺혔지만 수녀님은 눈치채지 못했다. 그리고 밖으로 나섰다.

밖에는 조은숙 관장이 차에서 수녀님을 기다리고 있었다. 수녀님은 무려 3시간 만에 모습을 나타냈다. 얼굴이 마치 마술에 걸린 사람처럼 얼이 빠져 있었다.

'혹시 진양이가 나이 들어 보이게 꾸미고 왔던 건 아냐? 그리고 둘이 같이 복수에 뛰어든 것은 아니고?

"무슨 일 있었어요?"

조 관장이 묻지만 그녀는 허공만 바라보고 있었다.

"왜 그러세요, 수녀님!"

"혼란스러워, 너무 혼란스러워! 사루비아는 강은양이 맞아. 그런데 하는 말은 흙피리와 똑같아. 언젠가 내게 말한 일이 있었지? 흙피리가 이런 말을 했다고, '장 회장에게는 복수를, 누님에게는 은혜를……' 이 말을 은양이도 했어! 흙피리가 귀국하면 조사해 봐. 정말 외국을 다녀왔는지. 여권에 일본 출입 증명 도장이 찍혀 있는지. 그게 없다면 흙피리는 강은양이 분명해! 만일 외국 갔던 게 분명하다면 흙피리는 진양이가 틀림없고, 그렇다면 불에 타 죽어 내가 장례 치러 준 어린 여자는 누구였지? 난, 지금까지 그 아이가 진양이라고 철석같이 믿고 있었는데……. 가, 어디 가서 두통약이라도 사 먹어야겠어!"

"수녀님, 제가 회장님께 알려 드릴까요? 사루비아가 강은양이라고?"

"안 돼. 그럼 선홍이는 죽어, 절대 안 돼!"

수녀님은 비틀거렸고 조 관장은 그를 부축하여 차에 태웠다.

사루비아의 은밀한 유혹

사루비아 강이 귀국하여 부산에 도착했지만 본부나 누구로부터도 경호에 대한 별다른 지시는 없었다. 경호 대신 저녁 7시 파라다이스 호텔 레인보우 홈바(Home Bar)로 오라는 연락만 있었을 뿐이다.

김돈규는 시간에 맞춰 나갔다. 문을 열고 들어섰다. 흐리고 아늑한 느낌을 주는 조명이다. 고객은 한 명도 보이지 않고 웨이터 한 명이 맞아 준다.

"김돈규 선생님이신가요? 손님이 기다리고 계십니다."

그가 커튼이 드려진 한 방으로 안내한다. 거기 사루비아 강이 기다리고 있었다. 테이블 위에는 대통령이 좋아한다는 양주 〈커티 샥〉과 과일 안주가 놓여 있다.

"저 경호원 김돈규입니다. 부르셨는지요."

깎듯한 인사를 올린다.

"아! 김돈규 씨. 앉으세요."

"아닙니다. 저는 단지 경호만······."

"제 부탁입니다. 오늘 저와 한잔 하세요."

역시 사루비아 향기가 은은하다.

불편하여 견딜 수가 없다. 이건 경호 규정에 어긋나는 일이다.

"편하게 생각하세요. 오늘은 경호가 아니라 제 친구가 되어 주시는 겁니다."

몸이 굳어 말을 듣지 않는다. 천하의 사루비아다. 그녀가 경호 대신 한잔 하자는 것이다.

"예, 맞습니다. 경호 원칙에 어긋나죠. 하지만 특별히 부탁한 겁니다. 몸만 경호하시지 마시고, 제 외로운 영혼도 경호해 주세요."

김돈규는 어쩔 수 없이 그녀 앞자리에 앉았다.

"전, 고아로 자라 미국 맥튜 가문에서 자랐습니다. 공부하고 미국 생활 익히느라 정신없이 살았죠. 연애도 하고 싶었고 놀고도 싶었습니다. 하지만 그럴 기회도, 상대도 없었습니다. 제 몸에는 된장, 고추장 피가 흐르고 있었기 때문입니다. 또 그럴 여유도 없었고요. 그리고 투자를 위해 한국에 왔죠. 처음 귀국했을 때 저를 영접해 준 김돈규 씨를 보았습니다. 감동이었죠. 멋진 한국 남자. 그리고 고추장 냄새가 나는 사내. 부산으로 내려와 계속 돈규 씨를 지켜보았습니다. 그리고 말도 안 되는 일이 벌어졌습니다. 남자의 매력, 사내 냄새에 흠뻑 빠진 겁니다."

이때 홀에서 부르스 음악이 흘러나온다.

"춤춰요. 이 홀은 오늘 제가 전세 냈습니다. 아무도 볼 사람도 찾아올 사람도 없습니다."

그녀가 춤을 청했고 어쩔 수 없이 김돈규는 손을 잡고 일어섰다. 오늘도 치렁치렁한 머리에 잠자리 안경을 쓰고 있었고 에메랄드빛

긴 드레스를 입고 있었다. 터질 듯한 젖가슴이 그대로 드러날 듯 깊이 패여 있다. 목에는 푸른빛이 감도는 눈부신 에메랄드 목걸이가 걸려 있다.

"이건 아무래도……."

김돈규가 중얼거렸지만 이미 둘은 홀로 나섰고 춤은 시작되었다. 둘은 몸을 밀착시킨 채 스텝을 밟기 시작했다. 브래지어도 하지 않은 그녀의 부풀어 오른 가슴이 몸을 자극시키고 사루비아 향기가 코를 찌른다. 거기에 알코올까지 들어가 성욕으로 몸을 주체할 수 없게 되었다.

그녀가 귀에 대고 계속 속삭인다.

"외로웠습니다. 아버지는 너무 엄격하셨죠. 미국 사회가 성에 대해 관대한 것 같지만 아닙니다. 상류사회는 더 엄격합니다. 스물여덟이 되도록 섹스는커녕 키스도 한 번 못해 보았습니다. 하지만 오늘은 그런 성적 욕구가 아닙니다. 전, 돈규 씨에게서 사내 냄새를 맡았습니다. 지난 부산 방문 마치고 떠날 때, 말이라도 하고 싶었지만 기회가 없었습니다."

몸이 더 밀착되어 온다. 이제는 숨까지 턱턱 막히는 김돈규다. 그녀의 거친 숨소리가 귀밑을 파고든다.

"여러 일도 있지만 돈규 씨를 만나는 것도 이번 부산 방문 목적 중 하나입니다."

그녀의 눈은 이미 풀려 버렸다. 오래되었다. 사내 가슴에 안길 때부터 이성이 마비된 듯해 보였다.

"오늘 밤 저와 함께 있어 주세요. 앞으로 계속 사랑해 주시면 더욱 좋고요. 아니면 오늘 밤 만이라도 저를 사랑해 주세요. 지금까지 외롭고 힘들게 살아왔습니다. 내일 아침 떠나서도 좋습니다."

그녀의 유혹은 점점 더 과감해졌다. 김돈규의 손을 잡더니 자신의 가슴으로 쓸어 넣는다. 부드럽고 풍만한 촉감에 김돈규는 마치 전류에 감전이라도 된 것처럼 온몸을 떨었다. 그녀는 몸을 그 널찍한 사내 가슴에 맡겨 버렸다. 춤도 멈추고, 숨도 멈추고, 시간도 멈추어 버렸다.

두 사람의 심장 뛰는 소리는 점점 가쁘게 올라온다. 음악은 여전히 잔잔히 흐르고 웨이터는 보이지 않았다. 마침내 사루비아가 김돈규의 목을 잡아당겨 입술을 포갠다. 그리고 입을 열었다.

두 뱀이 목숨을 걸고 혈투라도 하듯, 그들의 두 혀는 그렇게 엉켜 서로를 탐닉하고 있었다. 몸이 불덩이처럼 뜨거워졌다. 심장이 금세라도 멈추어 버릴 것만 같다. 다리의 힘이 풀려 금세라도 쓰러질 것만 같다. 사루비아 향기에 취하고, 풍만한 가슴에 취하고, 열정적인 키스에 취한 두 사람이다.

근육질 몸의 세포 하나하나가 애타게 성을 요구하고 있었다. 그건 본능이다. 사루비아는 비틀거리며 소파로 발길을 옮겨 김돈규를 끌고 간다. 그녀 역시 남자라는 성을 애절하게 기다리고 있다. 이미 모든 빗장은 다 풀려 있었다.

김돈규! 절제된 훈련에 익숙하지 않았다면, 그가 김돈규가 아니었다면, 그가 사랑하는 여인이 흙피리가 아니었다면, 아마도 이 불덩이처럼 뜨거워진 두 육체는 이 시간, 침대보다도 더 쿠션이 좋은 소파 위에서 미친 듯 섹스에의 욕망을 불태웠을 것이다.

김돈규가 입술을 떼고 허리를 감은 손을 풀었다. 그리고 사루비아의 손을 잡고 소파에 털썩 주저 물러앉았다. 자리에 앉자마자 어름물부터 들이켰다. 몸은 땀으로 흠뻑 젖어 있고, 숨결은 아직도 평정을 찾지 못해 짐승처럼 헐떡이고 있었다.

"감사합니다. 이 보잘것없는 경호원을 사랑해 주신 것 평생 잊지 않겠습니다. 하지만 저는 사루비아님과 사랑을 나눌 수 없습니다. 만일 며칠 전만 같아도 뿌리칠 아무 이유가 없었을 것입니다. 하지만 이제는 안 됩니다."

"?"

"저는 얼마 전 한 여인에게 사랑한다는 말을 했고, 그녀도 저를 사랑하고 있습니다. 그 약속을 지켜야 합니다."

"하룻밤인데요? 하룻밤도 허락이 안 됩니까? 저는 아무 남자와 잘 수 없는 신분입니다. 오늘이 제게는 절호의 기회입니다. 오늘을 놓치면 저도 돈규 씨도 다시는 이런 기회를 얻지 못할 겁니다. 또 우리만 입 다물면 아무도 알지 못합니다. 저는 첫 키스, 첫 섹스, 모두 한국인과 나누고 싶었습니다. 한국인에게 첫 몸을 열어 주고 싶었습니다. 그리고 돈규 씨를 선택했습니다. 저를 아프게 만들지 마세요."

"안 됩니다. 그 여자에게 속이면 되겠지요. 하지만 머리는 속일 수 있지만 영혼은 속이지 못합니다. 내일 떠나시면 제가 경호해 드리겠습니다. 오늘 너무 행복했고 감사했습니다. 그러나 이 자리가 끝나면 모두 잊을 겁니다."

"그러시군요! 참 훌륭하십니다. 보통 남자라면 거절 못했을 텐데! 누군지 참 행복하시겠습니다. 나에게도 그런 남자 한 명만 있다면 소원이 없겠습니다. 죄송해요. 저만 생각한 것 같아서요."

"아닙니다. 오히려 제가 죄송하게 되었습니다. 그리고 충분히 이

해합니다. 아무 남자와 만날 수 없는 신분이란 것도 이해하고요. 어려서 고향을 떠나 외국 명문가에서 자라며 얼마나 외로웠겠습니까? 충분히 이해합니다. 부끄러운 건 사루비아님이 아니라 오히려 접니다. 저는 사실 세상 여자들 다 시시하다고 생각하며 살아왔거든요. 그런데 제가 잘못 판단했습니다. 제가 사랑하는 여인도 훌륭하고 사루비아님도 훌륭하십니다. 이제 여자에 대한 개념부터 바꾸겠습니다."

"돈규 씨 이건 제 마지막 선물입니다. 거절하지 마세요."

그녀가 안경을 벗는다. 눈은 짙은 화장을 했다. 흐린 불빛 속에서도 왼쪽 눈썹과 눈 사이 눈두덩이에 제법 큰 상처가 보인다.

"흉하지요? 미국에서 사고로 당한 상처입니다. 이번에 귀국하면 수술하기로 예약되어 있지요."

"아닙니다. 뭐 그 정도야!"

그녀가 다시 김돈규의 목을 끌어안고 마지막 키스를 나누었다.

"안녕히 가세요. 돈규 씨는 제 첫 키스의 추억을 만들어 주신 분입니다. 영원히 가슴에 품고 살겠습니다. 아마 이제 돈규 씨를 다시는 만날 기회가 없을 겁니다."

그리고 벌떡 일어나 뒤 한 번 돌아보지 않고 나가 버렸다.

김돈규는 혼자 남아, 남은 술을 비웠다.

'흙피리, 오늘 일은 용서해 줘. 그리고 사루비아를 이해해 주자고. 외로운 여자야. 너만큼이나. 난 너를 정말 사랑한다!'

잠시 후, 사루비아 객실에서 오카리나 음률이 들린다. 그러나 이번에는 애절한 소리가 아니라 밝고 경쾌한 소리다. 맨 발바닥으로 바닥을 두드리며 박자까지 맞추는 사루비아 강이다.

눈에 촉촉한 눈물이 맺힌다. 보석보다 아름다운 눈물이…….

다음 날, 사루비아 강이 떠난 후에야 김돈규는 자신의 양복 속주머니에 사루비아 강의 목에 걸려 있던 에메랄드 목걸이가 들어 있다는 것을 알게 되었다.

아마도 추억으로 간직해 달라는 선물일 것이다. 가슴이 아파 온다. 그리고 진심으로 미안했다.

누가 비밀을 흘렸나!

조은숙 관장은 홈피리의 비밀에 관한 모든 것을 포기하고 있었다. 수녀님이 사루비아 강을 강은양이라고 확신했듯, 조 관장은 사루비아가 홈피리라고 확신했기 때문이다. 그러나 그 확신은 홈피리가 귀국하면서 깨져 버렸다. 장 회장에게 홈피리 여권 사본을 부탁했고 그 사본에는 일본 입국, 출국 스탬프가 분명히 찍혀 있었기 때문이다.

'3월 4일 입국, 3월 9일 출국.'

이제 상상은 끝났다. 홈피리가 일본에 체류하고 있을 때, 사루비아는 해운대 파라다이스 호텔에 머물고 있었다. 더 이상 무슨 상상을 하랴. 수녀님처럼 두통이 왔지만 어쩔 수 없다. 한계를 느낀 것이다. 그런데다 더 이상 장 회장과 사루비아 일에 관계하지 말라는 수녀님의 마지막 충고도 있었다.

"엉뚱하게 유탄 맞지 마, 이건 목숨을 건 싸움이야. 앞으로 두 맹수가 죽을힘을 다해 싸울 텐데 그럴 때는 약한 짐승은 멀리 피하는 게 상책이지, 잘못하면 밟혀 죽거든!"

장선홍 회장에게는 6월까지만 탁구장을 운영하고 돌려 드리겠다고 했다. 6월에는 정연학과 결혼식을 올릴 것이다.

그동안 김돈규도 전셋집을 얻었다.

그간 모은 돈은 서울 삼선교 근처 저택을 빼고도 현찰 약 1억이 넘는 돈이 은행에 있다. 앞으로 부산에서 정착할지 서울로 올라갈지는 모르나 이제 이 생활을 접고 새 출발하기로 했다.

사업을 하든, 다시 청와대 경호원으로 가든 흙피리와 정착해서 살 생각을 해야 한다. 지금까지는 독신으로 살았지만 이제는 가정과 가족이 형성된다. 더 이상 떠도는 생활을 할 수는 없다.

돈은 걱정하지 않아도 된다. 아이는 낳을 수 있을 때까지 낳아서 기를 것이다. 아들이건 딸이건 서넛도 좋을 것이다.

귀국한 흙피리와는 3일 후 만나기로 했다. 그런데 문제가 있다. 사루비아로부터 선물로 받은 에메랄드 목걸이다.

'이걸 고백해야 하나, 숨겨야 하나? 이거 고민이네?'

아무리 선의의 선물이라도 흙피리는 여자다. 여자가 알면 기분 좋을 리 없다. 또 사랑하는 사람에게 숨기는 것이 있다는 것도 있을 수 없는 일이다.

그 목걸이에는 사루비아의 향기와 추억이 고스란히 남아 있기 때문이다. 강직한 성격의 김돈규에게는 고민거리가 아닐 수 없다.

"흙피리, 심각한 일이 생겼어!"

다급하고 공포에 질린 목소리다. 귀국하고 오랜만에 운동이나 좀 하려고 탁구장에 들렀다가 장 회장의 전화를 받는데 목소리까지 떨고 있었다.

"네? 무슨 일이신데요? 지금 회사로 갈까요?"

"음, 그래야 할 것 같네. 차 보내 줄까?"

"아닙니다. 오토바이로 가는 게 빠릅니다."

흙피리는 라켓을 놓고 곧바로 오토바이를 타고 회사로 갔다.

장 회장이 파랗게 질려 있었다.

흙피리가 오자 밖의 비서실을 향해 소리 지른다.

"누가 와도 없다고 해, 알았지?"

그리고 안에서 문을 걸어 잠근다. 무슨 일이 벌어진 게 틀림없다.

"왜 그러세요? 무슨 일 생겼어요?"

얼굴이 새파랗게 질려 있다.

한 번도 이런 모습을 보여 준 일이 없는 장 회장이다. 그런데 오늘은 그 당당한 모습을 찾아볼 길이 없다.

마치 악몽에서 갓 깨어난 어린아이 표정이다.

찬물을 들이켠 후 다시 입을 연다.

"이 문제를 상의할 사람이 자네밖에 없어 급하게 불렀네!"

장 회장은 서류 봉투 한 장을 꺼냈다. 우표가 붙어 있는 우편물이다. 그 속에서 낡은 신문지 몇 장과 사진 한 장이 나왔다.

"이거 옛날에 있었던 국제시장 화재 사건 기사 아닙니까? 그런데 이 사진은 뭐죠?"

낡은 신문은 국제시장 화재 사건 기사였는데 낡은 흑백사진은 알 수 없다. 미군 군복을 개조하여 입은 앳되어 보이는 어린 여자 사진이다.

"먼저, 이 편지부터 봐!"

기사와 사진에 동봉되어 온 편지다. 타자로 쓴 편지다.

이 사진은 강은양이 미군 부대에서 생활하던 어린 시절 사진입니다. 은양이를 기억은 하시리라 믿겠습니다. 이 아이는 부산에서 동두천으로 올라가 한 미군 고급장교의 보호를 받고 있다 미국으로 건너가 맥튜 명문가의 양딸이 되었습니다. 그가 바로 사루비아 강입니다.

이 편지 외에도 사루비아가 강은양이란 것을 입증할 만한 여러 증거가 들어 있었다.

"사루비아 강? 회장님에게 사업을 추천하신 분 아닙니까? 그런데요?"

"망치로 한 대 얻어맞은 기분이야! 누가 이런 사진과 기사 자료를 보냈는지는 모르겠지만 아무튼 나로서는 기절할 일이지. 얘기하자면 길지만 내게는 아픈 역사가 있어!"

장선홍 회장은 자신이 걸어온 길고 긴 불행한 과거를 들려주었다. 수녀가 된 누님과, 강은양과 그 엄마, 그리고 동생 진양이, 국제시장 화재와 화재로 사망한 강은양 엄마와 동생 이야기까지 빼놓지 않고 들려주었다.

"화재 사건에 가담은 했지만 난 다른 의도는 전혀 없었어. 더구나 은양이 엄마를 죽이려는 의도는 추호도 없었지. 화재 사건과 죽음은 우연이었어. 그리고 누님은 수녀가 되었고, 오랜 세월 나는 이 문제로 고민하며 살아왔어. 한데 사루비아가 나타나 사업을 추천했지. 부두 개발과 김해 땅 매입 등, 이게 모두 사루비아가 추천한 사업이야. 두려워, 난 언젠가는 나타나리라 각오했지만 이런 모습으로 나타나리라고는 상상도 못했어! 분명 복수가 시작된 모양인데 어떻게 복수하려는지 전혀 감을 잡지 못하겠어. 게다가 이 정보를 보내 준 사람이 누군지도 모르겠고?"

"……."

흙피리는 한동안 침묵에 빠져 있었다. 참 지루할 만큼 시간을 보낸 뒤에야 비로소 입을 열었다.

"이 제보가 사실이라면 복수가 시작된 건 분명한데 무엇으로 복수 하겠다는 건지 알 수가 없네요. 김해공항을 국제공항으로 확장시키 겠다는 것은 정부도 발표한 거고요, 부두를 개발하기 위해 노조를 통합시켜 달라는 부탁은 당연하고요, 무엇으로 회장님에게 피해를 보게 하죠? 그 위치에서 회장님을 살해할 목적은 없다고 봐도 무관 하고요."

"사루비아가 강은양인 건 틀림없어. 그리고 은양이가 날 살해하려 들었다면 지난 연말에 해치웠겠지. 그건 아닌 게 분명한데. 정말 무 엇으로 복수하려는지 알 수가 없어! 부두 개발과 김해 땅 매입을 중 단할까 하는데……."

"김해 땅 매입도 심각하게 고려해 볼 문제네요! 부두 개발도 발을 빼도록 하죠. 이 사업은 사루비아 개인 투자라 하지 않았습니까? 언 제 무슨 꼬투리를 잡아 중단할지 모르니 돈을 가지고 계시다가 상황 을 보아 투자 여부를 결정하는 게 좋겠습니다."

"음, 나도 그 생각은 했지. 무엇으로든 나에게 치명적인 피해를 끼 치려 한다면 부두 개발을 이용하는 것밖에는 없으니까."

쇼핑센터를 건설하기 위해 땅을 매입했고 철근과 콘크리트 매입을 계약했다. 땅은 그냥 두어도 괜찮고 철근과 콘크리트는 매입 계약금만 손해 보면 그만이다.

세무 관계로 이 땅은 흙피리 명의로 사들였다. 나이트클럽을 주먹 부하들 명의로 만들었듯, 그렇게 한 것이다.

"안전하게 가시는 게 좋을 것 같습니다. 대신 레저화 합작 투자를 제 의견대로 하시는 것이 좋을 것 같습니다."

"좋아, 길게 생각할 필요 없어. 두 노조 통합하느라 흙피리가 고생했지만 부두 개발은 포기하도록 하지. 땅값이야 어차피 오르는 것이니 매입한 땅은 그냥 두고, 나머지 부두 문제는 모두 포기하도록 해줘. 사루비아와 돈을 섞지는 않을 거야. 대신 레저 산업에 총력을 기울이겠어. 그건 사루비아 영역밖의 일이거든!"

"그런데 누가 이런 엄청난 정보를 제공했을까요?"

"모르겠어. 누님이 이런 정보까지 얻을 힘은 없을 테고, 누군가 내 신세를 진 사람이겠지. 그도 곧 나타날 거야. 다 잊고 레저 산업에만 총력을 기울이자고!"

하지만 얼굴에서 불안을 떨쳐 내지는 못하고 있다. 이 제보가 사실이라면 사루비아는 언제 어떻게 자신을 공격해 올지 모르기 때문이다.

두렵고 놀랍다. 아득한 옛날 사건이다. 그것이 다시 되돌아오고 있다. 이제 엄청난 싸움이 시작되겠지만 지금 그녀를 이겨 낸다는 것은 절대 불가능한 일이다.

'참, 세상에 이런 일이! 사루비아 강이 강은양이라니, 그런데 왜 내가 알아보지 못한 거지?

"너무 불안하게 생각하지 마세요. 회장님은 제가 지켜 드립니다. 회장님과, 회장님 재산과 명예는 제가 반드시 지켜나갈 겁니다. 절

믿으세요. 하지만 긴장은 풀지 마세요. 사루비아가 7월에 온다니까 그때 제가 직접 만나 보겠습니다. 정면 돌파하겠습니다."

"고맙네! 지금 내가 의지할 사람은 홈피리 자네뿐이야. 날 좀 지켜 줘. 세상 험악하게 살아왔지만 이런 위기는 어릴 때 빼고는 처음이 거든. 이제 난 레저 산업에만 총력을 집중하겠어, 다 잊고!'

"네, 그러세요. 이젠 제가 나서겠습니다. 어떤 목적으로, 무엇 때문에 접근했는지 그녀의 목표가 무엇인지 반드시 알아내겠습니다. 제가 있는 한 사루비아 아니라 맥튜라는 사람이 직접 나선다 해도 회장님을 어쩌지 못할 것입니다. 아무튼 마음 놓으시고 사업에만 몰두하세요. 이번에는 주먹싸움이 아니라 머리싸움이 됩니다.

김돈규와 흙피리의 재회

잠시 침묵을 지키던 흙피리가 다시 조심스럽게 입을 열었다.

"제가 조사한 게 있는데 오해는 하지 마세요?"

"오해? 허허허, 내가 흙피리에게 오해할 게 뭐 있나. 내 것이 다 자네 것인데."

"다름 아니라 사채업 정리하신 것과 두 나이트클럽 매각분, 그리고 극장과 이 행준사 건물을 담보로 받은 융자로 김해 땅 매입을 시작했고, 태화산업 인수하고, 부두 개발지 매입했습니다. 그러고도 아직 60억 정도는 남아 있어야 하는데 은행 잔고는 8억 정도입니다. 나머지가 궁금해서요. 혹, 제가 갑자기 자금이 필요할 때 어떡하나 걱정이 되어서입니다. 오해는……."

"아! 내가 그 말을 해 주지 않았군. 사실 사채업 운영하고 나이트클럽, 극장 경영하면서 국세청에 얼마나 많은 약점이 잡혀 있겠나. 여기저기 입을 틀어막아서 그렇지 세금 두드려 맞기 시작하면 정신 못차려! 그래서 유가증권, 크고 작은 수표로 만들어 내가 개인적으로 보관하고 있어. 재무회계상 내게 있는 돈은 8억이 전부야. 그러니 걱정 말고 자금이 필요하면 어제든 요청해.”

“지금 필요해서 그런 게 아닙니다. 돈의 안정 때문에…….”

“사실은 내게 협박 전화가 왔었네. ‘재산과 목숨을 바꾸지 마라. 머지않아 둘 중 하나는 가져갈 것이다. 모든 재산을 다 내놓는다면 사루비아도 잊을 것이다. 한 푼도 남기지 않고. 곧 통보가 있을 것이다. 하지만 사루비아가 원하는 것은 목숨은 아니다. 둘 중 하나를 선택하게 하라. 아무리 조심해도 난 실패하지 않을 것이다.’ 이런 내용이었지. 굵은 목소리의 남자였어. 아마 누군가를 고용한 듯해.”

“그럴 테죠. 복수하고 싶었을 겁니다. 사루비아가 한국에 없다고 해서 안심할 수는 없습니다.”

“음…….”

입에서 괴로운 신음이 들린다.

“알겠습니다. 저희도 사람을 알아보겠습니다. 국내에서 최고로 꼽을 경호 요원을 찾아보겠습니다. 돈은 깊이 감춰 두세요. 은행은 위험합니다. 통장을 절취해 간다던가, 은행 출입 때 습격하면 방법이 없습니다. 사루비아가 원하는 것은 회장님의 파멸입니다.”

장 회장이 머리를 끄덕인다.

“그래서 돈을 내가 직접 간직하고 있는 게야. 아무튼 철저히 조심해야겠어! 경호할 사람 있으면 알아봐 줘! 늘 필요한 건 아니지만 돈을 가지고 다닐 때나 행사에 참석할 때는 경호원이 있어야겠어.”

그날 밤, 장 회장은 식은땀을 흘리도록 악몽에 시달리고 있었다. 집에 화재가 나서 불속에 갇혀 살려 달라고 아우성치는데 은양이와 진양이 그리고 그 엄마가 불꽃 속에서 유령처럼 서서 웃으며 바라보는 꿈을 꾸고 있었던 것이다.

　김해 땅 매입과 부두 개발을 포기하고 태화산업 즉 〈미즈노 코리아〉에 집중하기로 결심한 장 회장은 건물에 대한 대대적인 보수에 들어갔다. 기계야 재사용하던, 동남아에 팔던 일본 측과 협의할 사항이지만 5월이 되기 전에 건물이라도 번듯하게 만들고 싶었다.

　그렇게 작업에 몰입하는 것은 사루비아 강은양을 잠시라도 잊고 싶은 마음도 있다. 도통 신경이 쓰여 잠도 이루지 못했다. 흙피리가 지켜 준다고 했지만 이건 자신의 일 아닌가? 강은양은 지금 막강한 힘을 가지고 나타났다.

　지난 연말 부산 방문 때 대통령까지 만나고 왔었다. 그녀의 힘으로 부산 국제공항 건설 차관까지 책임질 정도다. 다윗과 골리앗 싸움보다 더 큰 격차가 있는 신분이다.

　잊자, 잊자. 사업에만 몰두하자 다짐하지만 강은양이 뒤통수를 잡아당기는 것만은 어쩔 수 없다.

　'7월에 은양이가 오면 직접 만나 지나간 과오는 사과하고 다 잊자고 설득해 볼까?

　하지만 아니다. 그걸 받아들일 강은양이 아니다. 사과를 받고 용서를 하고 그럴 사람이라면 본인이 먼저 입을 열었을 것이다. 그녀는 의도적으로 접근한 것이 분명하다. 투자를 명분으로……

　그러고 보니 참 세상에는 희한한 우연도 많다. 흙피리도 통 큰 사업자를 물색하다 자신을 선택했다고 했다. 의도적으로 접근했다고 했다. 그동안 쭉 지켜보았지만 그런 아이는 눈 씻고 찾아도 찾아볼 수 없는 아이다. 돈에 결백하고 주먹에, 사업에, 외국어에, 못하는 것이 없다. 부산 아이라 부산에서 커 보고 싶어 서울 대기업을 뿌리치고 자신을 찾아온 아이다. 흙피리와 평생 사업을 같이할 것이다.

'하늘은 아직 날 버리지 않았어. 사루비아에게 말려들지만 않으면 돼. 또 머리 좋은 흙피리가 잘 판단해서 처리할 거야.'

그나마 그것이 위안이다. 돈 장사를 하며 사람을 잘 믿지 않게 된 장 회장이지만 흙피리만큼은 간이라도 내줄 아이라 판단하고 있다.

이제 서울 강남으로 눈을 돌려 새 사업을 시작할 것이다. 그러기 위해서는 모든 재산을 현찰로 만들어야 한다. 김해 땅도 팔아 현금화시켜 보관할 것이다.

태화산업 건물 매입금 말고는 모두 현찰로 만들어 미래를 준비할 것이다. 흙피리에게 주려 했던 부두에 매입한 땅도 팔기로 했다. 흙피리의 요구다.

그러니까 태화산업 건물 하나만 빼고 모든 재산을 한 곳으로 모았다가 강남 요지를 골라 한 번에 투자하자는 것이 흙피리 생각이고 장 회장 역시 이에 동조했다. 그야말로 통 큰 사업 한 번 해보자는 것이다.

장 회장이 건물 보수에 열을 올리던 날, 흙피리는 김돈규와 해운대 해변을 걷고 있었다.

지난날, 파워 금정완과 모니카가 거닐며 아옹다옹 다투던 그 해변이다. 봄이 되어 훈풍이 불고 있고, 갈매기는 여전히 끼룩이며 떼 지어 날고 있다.

'철─썩.'

파도가 바지를 적신다.

"일본 다녀오는 동안 별일 없으셨죠?"

흙피리가 웃으며 김돈규를 바라본다. 그러더니 핸드백에서 뭔가를 꺼낸다.

"선물입니다. 작은 거지만 받아 두세요."

"선물은 무슨, 애들도 아니고!"

포장지를 뜯는다. 스위스제 〈오메가〉 손목시계다. 롤렉스와 더불어 아시아에서 가장 인기 있는 시계다.

"뭐하러 이런 걸 사셨어요? 비쌀 텐데!"

손목에 딱 맞는다.

말은 편하게 하지만 갈등 때문에 심란하다. 사루비아 강 문제 때문이다. 고백을 해야 하나, 숨겨야 하나? 고백을 해도 문제고 안 해도 문제다. 이건 평생 마음에 걸릴 일이다.

"뭐, 고민이라도 있으세요?"

눈치 빠른 흙피리다. 그냥 넘어갈 그녀가 아니다. 김돈규가 아까부터 거북한 표정이다. 그리고 불편해 보인다.

"아, 뭐! 잠시 할 얘기가 있는데 저쪽 벤치로 가죠?"

흙피리가 의아한 얼굴로 김돈규를 바라본다. 뭔가를 결심하는 얼굴이다.

해변에서 걸어 벤치로 와 앉았다.

"사실은……."

마침내 사루비아와의 일을 고백했다. 그렇지 않고는 평생 후회를 할 것 같았기 때문이다.

흙피리 얼굴이 일그러진다.

"참 이상한 여자네요? 좋으면 말로 하지 몸부터 들이대는 건 뭡니까?"

"이해해 주세요. 얼마나 외롭고 힘들면 그랬겠어요."

"……"

"화나셨어요?"

천하의 흙피리도 질투는 있다. 질투는 여자의 본능이다. 그마저 없다면 여자가 아니지.

김돈규는 처분만 기다리겠다는 얼굴이다.

"사루비아는 미국 명문가의 양딸이고 재산도 천문학적이라는데 왜 거절하셨어요? 더구나 부산에 투자를 시작했다면 한국에서 정착할 생각일 텐데. 저라도 거절 못하겠네요."

"ㅎㅎㅎ 흙피리 답지 않네요. 생각이 겨우 그겁니까? 실망입니다. 마음이 달라붙는 여자가 최고지. 까짓 돈이나 명예가 무슨 상관입니까? 난요, 내가 왜 흙피리한테 홀랑 빠졌는지 알아요? 겨울 달빛 아래서 짧은 머리 찰랑이며 칼잡이 해치우던 그 모습 때문이었습니다. 와, 저런 여자라면 목숨 한 번 걸 만하다 그랬죠. 지나간 일이니 용서해 주세요. 목숨 한 번 걸 만한 여자, 사랑할 기회 좀 줘 보세요."

흘깃, 못마땅한 얼굴로 쳐다본다.

"좋아요. 제게 말씀하신 것으로 만족하겠습니다. 그런데 그 에메랄드 목걸이는 어쩔 셈이세요?"

"네, 사루비아 마음을 생각하면 가지고 있어야겠지만 그럴 수는 없습니다. 그래서 처분해서 그 돈을 양로원이나 고아원에 기증할 생각입니다."

"하긴 저하고 뭐, 결혼 약속이 있었던 것도 아니고……. 그냥 가지고 계시지 그래요."

"지금 무슨 말씀하시는 겁니까? 제가 사랑하고 결혼도 생각하고 있기 때문에 사루비아 요구를 들어주지 않은 건데……. 좋습니다. 저하고 결혼해 주세요. 당장 이달 중이라도!"

"ㅎㅎㅎ 정말이세요?"

"네, 이런 일에는 참 단순한 녀석입니다. 거절하지 않으실 거죠?"

"선물 드린 그 시계, 결혼 선물로 드리면 되나요?"

"와—!"

너무 기쁜 나머지 흙피리를 냅다 끌어안는다.

"정말이죠? 저야말로 평생 흙피리님의 경호원이 되어 드리겠습니다. ㅎㅎㅎ."

"ㅎㅎㅎ 후에 우리가 부부 싸움하면 볼만 하겠네요. 집이 남아나겠어요? 근데 목걸이는 팔지 마세요. 사루비아의 결혼 축하 선물로 생각하기로 하죠. 선물 물건을 함부로 취급하면 못쓰는 법이거든요. 주신 분에 대한 예의도 있고요. 하지만 결혼은 내년으로 미뤄야겠습니다. 금년 일정이 너무 빠듯합니다."

"부부 싸움? ㅎㅎㅎ 부부 싸움하면 제가 맨날 얻어터질 걸요. 그럼 결혼은 약속하시는 거죠?"

흙피리가 웃으며 머리를 끄덕인다. 그리고 김돈규의 볼에 뽀뽀를 해 주었다.

김돈규로서는 세상에 태어나 만나는 더없이 행복한 날이다. 오늘을 위해 태어난 것 같은 김돈규다. 그의 머리에서 사루비아는 아득히 사라져 버리고 말았다.

흙피리가 김돈규의 어깨에 몸을 기댄다. 그녀도 참 행복해 보인다.

사랑은 그렇게 아름다운 것이다.

'그런데 뭘 믿고 선뜻 결혼을 승낙하는 거지?

정말 싱거울 정도로 쉽게 받아 낸 결혼 승낙이다. 자신에 대해 아직 아무것도 모를 텐데!

1979년 5월

1

5월은 여러 면에서 참 중요한 달이다. 정부는 곧 고위층 인사이동을 발표할 것이며, 5월 10일에는 정치권이 촉각을 곤두세우고 있는 〈신민당 전당대회〉가 있다.

집권당인 공화당은 경찰과 중정까지 동원하여 〈김영삼 총채〉 등극을 적극 저지하고 있지만 그리 호락호락한 일은 아니다. 이들은 〈이철승 체제〉를 위해 전력투구를 하고 있는 중이다.

5월 20일은 장 회장에게 참으로 중요한 날이다. 일본 〈미즈노 코리아〉 팀이 방문하여 사업에 대한 구체적인 논의가 있을 것이며, 사업 전반에 걸친 계획이 마련되는 날이다.

마침내 정부는 고위층 인사이동을 발표했다. 부산도 몇 인사가 포함되었다. 누구보다 조성준 부산시장이다. 그는 내심 내무부 장, 차관이나 아니면 서울특별시장을 염두에 두고 있었다. 3년간 많은 업적을 남겼기 때문이다. 그중에서도 부산 국제공항 건설 추진과 부산 부두 개발이 가장 큰 업적이다. 그리고 큰 사고도 없었다.

다음은 정연학 중정 부산지국장이다. 그는 이미 청와대 안보특보로 내정되어 있었다. 차지철 대통령 경호실장과 전두환 보안사령관의 보이지 않는 힘 때문이다.

그리고 최경석 부산경찰청장이다. 그는 총무국장의 자살 사건에도 불구하고 옷 벗는 것을 가까스로 피했다. 하지만 이번 인사는 피하지 못할 것이다.

5월 3일 인사 발표는 이 예상을 크게 벗어나지 않았다.

조성준 서울특별시장
정연학 대통령 안보특보
최경석 경찰대학 학장

언론도 무난한 인사라며 호의적이었고 최경석 부산경찰청장의 경찰대학 학장의 좌천은 사실 경찰 총수감인데 아쉽다는 평이었다. 부산시장은 김성대 대전시장이 승진하여 부임했고, 정연학 자리는 중정 1차장의 추천으로 자체 승진시켰다.

부산은 잔치 반, 걱정 반 분위기다. 장관 부럽지 않은 자리인 서울시장이 된 조성준과 정연학의 초고속 승진은 분명 축하할 일이지만 부산 요직이 한꺼번에 떠난 공백을 걱정하는 사람도 많았다.

이들과 깊은 인연을 맺은 장선홍 회장과, 졸지에 청와대 특보 사모님이 될 조은숙 관장은 뛸 듯이 기뻐했다.

특히 서울 진출을 노리는 장 회장은 든든한 백을 갖게 된 셈이다.

'음 됐어. 나도 서광이 비치는군!'

그는 발표 즉시 난초를 보내 두 사람을 축하해 주었다. 더구나 정연학 안보특보는 조은숙 관장과 곧 결혼할 것이라는 소문이 파다하게 퍼져 있다. 기분 좋은 인사가 아닐 수 없는 장 회장이다.

김재규 중정 부장은 정연학 인사에 대해 내심 불쾌하기 짝이 없지만 청와대로 가는 데야 뭐라 말할 입장이 아니다.

'차지철 이 새끼가 장난친 게 분명해! 하지만 언젠가는 후회할 날이 올 거야!'

이를 가는 김재규이다.

다음 날, 조은숙 관장은 인사 겸 탁구장 문제로 아침 일찍 행준사 5층 회장 사무실을 찾아갔다.

회장은 시청에 들러 시장에 대한 영전 축하 인사가 있어 좀 늦을 거라 했다. 조 관장은 3층 총괄 기획실장, 즉 흙피리 사무실로 내려갔다. 회장님이 도착할 때까지 거기서 시간을 보낼 생각이다.

사무실은 생각보다 훨씬 컸다. 약 30여 평 넓이에 고급 대형 책상이 있고 서류철에는 모양이 다른 서류들이 빼곡하게 차 있었다. 이 넓은 사무실을 혼자 쓰고 있다.

조 관장이 들어오자 반색을 하며 맞아 준다.

"어서 오세요, 관장님. 먼저 정 지국장님 영전을 축하드립니다."

"고마워, 흙피리도 축하해. 행준사 실질적인 실력가가 되었다며?"

1시간 정도 여유가 있다. 오늘 아니면 다시는 이렇게 여유 있게 대화할 시간이 없을 것이다. 오늘 궁금한 문제들을 대 놓고 물어보기로 작정하는 조 관장이다.

"이제 며칠 지나지 않아 탁구장 인계하고 서울로 올라가. 회장님과 인수자 문제 결정할 거야. 그러면 오래 부산 못 내려와!"

"왜요, 자주 오셔야지요. 모두들 보고 싶어 할 텐데⋯⋯."

"6월에 결혼하면 신혼인데 시간이 그리 만만하겠어? 그래서 하는 말인데 이건 꼭 대답해 줘."

"말씀하세요."

"그 돌출 러버 어디서 났고, 어디서 배웠지?"

"네, 중공에서 배웠고, 거기서 가져온 겁니다."

"중공?"

"네, 중공요. 미국 탁구 대표 선수 후보로 갔다가 배운 겁니다."

"음, 미국에서 성장했군? 그럼 말이야⋯⋯ 음, 처음 부산에 와서 살았던 그 쪽방, 그 쪽방을 선택한 특별한 이유라도 있었어?"

"그거야 탁구장이 가깝고 무엇보다 싸고, 뭐 그런 거 때문에 얻었던 거죠. 그런데 그건 왜?"

"아냐, 아냐. 마지막 하나만 더 물어볼게? 언젠가 정연학 씨한테 들은 말인데, 미국은 미국을 위해서라면 자기 나라 돈도 위조한다는 말을 들었거든? 혹 흙피리 말이야, 이번 일본 다녀온 거 내가 봤는데 분명히 일본 출입국 도장이 여권에 찍혀 있더군. 그런데 그거 혹 위조품은 아닐까? 돈도 위조하는데 까짓 스탬프 하나 못 만들겠어?"

"ㅎㅎㅎ 관장님, 저도 하나 여쭤 볼게요. 관장님은 혹 제가 은양이나 진양이가 아닌지 의심하시는 거죠?"

"뭐라고!"

"저도 다 알고 있습니다. 회장님께서 제게 다 말씀하셨습니다. 그런 걱정은 하시지 않아도 됩니다. 회장님이 저보다 먼저 일본 가서 만난 미즈노 코리아 사람들, 저도 이번에 만나고 왔거든요. 귀국 후 회장님은 그들과 통화도 했고. 그들은 또 7월 부산에 옵니다. 그러면 제가 일본 다녀온 거 증명되나요? 관장님 생각 충분히 이해합니다만 그런 걱정은 하시지 않아도 됩니다. 그보다 지금 회장님이 위태롭습니다. 사루비아가 강은양입니다. 누가 투서를 했습니다. 여러 증빙될 만한 자료와 함께요. 회장님은 그것도 모르고 사루비아와 협력하여 사업하려 했었지요. 자칫 말려들어 복수당할 뻔했습니다. 그 투서 덕에 회장님은 사루비아 정체를 알게 됐고, 그래서 그 여자와의 모든 사업 관계를 청산하기로 했습니다. 전, 그 일 때문에 정신이 없고요."

참으로 놀라운 일이다. 누군가가 제보를 하다니! 이 사건은 이제 새로운 국면으로 접어들고 있다. 회장님은 분명 협박을 받기 시작한 것이다. 어쩌면 누군가가 보내 준 사진과 자료도 협박의 일부인지도 모른다.

'혹, 수녀님이?

아니다. 수녀님에게 그런 사진이 있었다면 벌써 보여 주었을 것이다. 아니면 사루비아 본인이? 그것도 믿기 어렵다. 자신의 신분을 노출시킬 이유가 없는 사루비아다.

양파 껍질처럼 벗기면 또 새로운 의문이 생기고, 하나 밝혀졌다 싶으면 또 새로운 미스터리에 휘말린다.

'그렇다면 이 짙은 의혹 속의 흙피리라는 아이는? 아―아, 또다시 원점으로 돌아가는구나!

이 흙피리라는 아이는 강은양과 뒤얽혀 있는 것이 분명하다. 그런데 어떻게 얽혀 있는지 도무지 감을 잡을 수 없다.

또 두통이 몰려온다. 그녀는 핸드백에서 두통약을 꺼내 먹고, 흙피리는 그 모습을 심각한 듯 바라보고 있다.

"회장님도 요즘 신경안정제를 먹고 계십니다. 너무 예민해지셨는데 그러면 본인만 손해지요. 마음 든든히 잡숫고 계시라고 여러 번 말씀드렸습니다. 관장님도 너무 예민해지신 것 같습니다. 제가 뒤에서 잘 처리할 테니 걱정 놓으세요. 저는 사루비아의 생각을 알아내는데 총력을 기울일 겁니다. 그러면 해결의 실마리가 보일 겁니다. 회장님은 안전하실 겁니다."

이때 회장실에서 연락이 왔다. 도착했으니 올라오라는 연락이다.

관장이 웃으며 흙피리 손을 잡았다.

"오해하지는 마. 생각이 많다 보니 너까지 의심하게 된 거야."

"당연하시죠. 아닌 밤중에 홍두깨라고 한밤중에 불쑥 나타난 제가 아닙니까? 전, 여전히 관장님 존경하고 사랑합니다. 어서 올라가 보세요."

위층 계단을 밟고 올라가는 조은숙의 얼굴은 심각하다 못해 일그러져 가고 있었다.

'흙피리 도대체 너는 누구냐?'

그녀의 머리에는 수녀님이 들려주신 말이 떠나지 않고 있었다.

"사루비아가 강은양이라는 걸 알면 선홍이는 죽어!"

2

조은숙 관장은 장 회장을 만났지만 축하 인사밖에 다른 말을 나눌 수 없었다. 흙피리와 사루비아에 관한 의견을 툭 터놓고 나누고 싶었지만 그러지 못했다. 목구멍까지 치밀어 오르는 말들을 참고 돌아섰다.

흙피리에 대해 정연학 씨를 통해 조사해 보고 싶었지만 그것을 못했다. 지금 영전으로 정신을 차리지 못하고 있는 그다. 그리고 이런 일에 휘말리게 하고 싶지도 않았다.

탁구장은 자신의 후계자를 서울에서 찾아 보내 주기로 했고, 두 사람의 관계는 이것으로 일단락된다.

결혼, 정연학의 청와대 입성, 그리고 장 회장에 대한 걱정이 뒤엉킨 복잡한 심정으로 계단을 내려오고 있다.

그동안 장 회장에게서 분에 넘치는 대우를 받았다. 정도 들 만큼 들었다. 그가 젊어서 지은 죄는 있지만 보복은 당하지 않았으면 좋겠다. 연민의 정이다.

사루비아도 불행한 여자지만 지난 일은 다 잊고 미국으로 귀국하여 나라를 위해 일했으면 좋겠다.

흙피리에 대해서는 그동안 있는 힘을 다해 정체를 알려 했지만, 성공하지 못했다. 하지만 그녀가 사루비아일지도 모른다는 의혹은 끝내 떨쳐 내지 못했다.

그런 숙제들을 남기고 조은숙 관장은 부산을 떠나게 되었다.

조 관장이 떠난 1시간 후, 흙피리는 회장실을 찾아왔다. 경호 문제 때문이다.

"전에 말씀하신 경호는 제가 직접 나서겠습니다. 사업을 벌여 놓을 때는 바쁘지만, 지금은 임시로 문을 닫는 순간 아닙니까? 특히 김해 땅을 되팔아 현찰을 만질 때는 반드시 제 경호가 필요합니다."

"여러 가지로 바쁠 텐데 경호까지! 그렇게 해 준다면 더욱 고맙고."

"그저 딸이려니 생각하시고 편하게 생각하세요. 그리고 회수한 자금은 이달 이후에 투자를 모색하는 게 좋을 듯싶습니다. 월말 방한하는 미즈노 코리아 팀을 잘 설득해서 생산 초반부터 국내 판매가 이루어진다면 그때는 많은 자금이 필요하니까요. 전국 주요 백화점에 판매 코너도 만들고 TV와 신문에 대대적인 광고도 해야 하거든요."

"그랬으면 얼마나 좋겠나. 이번에 그들이 오면 잘 설득해 봐!"

"알겠습니다. 빨리 돈 많이 버서서 재벌 그룹으로 진입하세요. 정연학 씨도 청와대로 들어가고, 조 시장님이 서울시장으로 부임하시는데 이보다 더 좋은 기회가 또 있겠습니까?"

"그건 맞는 말이야. 사자 등에 날개를 달아 주는 셈이지. 흙피리도 너무 과로하지 말고 몸 관리 잘해. 이제 자네는 혼자가 아냐. 행준 재벌 일선 리더가 될 테니 말이야."

밝은 웃음소리가 밖에까지 들린다.

1979년 5월 10일.

이날은 한국 정치사를 바꾸는 획기적 계기가 되는 날이다. 신민당이라는 거대 조직의 야당이 있지만 통치 철학이 분명한 박정희 대통령 그늘에서 별 힘을 쓰지 못하고 있었다. 더구나 신민당을 이끌고 있는 이철승 총재는 성향 자체가 보수적이어서 정부나 청와대를 향해 별 저항을 하지 않았다.

김대중은 정치 규제법에 묶여 반 구금 상태고 야당과 야당 성향의 국민들은 거물 정치인 김영삼 하나만 바라보고 있다. 그런데 이날,

김영삼은 군사정권 독재 타도를 외치며 이철승과 한판 붙어 총재직을 노리고 있고, 청와대는 김재규 중정 부장 지휘 아래 이철승의 재선을 노리고 있다.

청와대는 물론 전 국민들도 초미의 관심사로 떠오른 신민당 전당대회에 눈과 귀를 세우고 있다. 특히 김영삼의 지지 기반인 부산과 마산 시민들은 TV와 라디오 중계에 촉각을 곤두세우고 있어 거리에 차가 한산할 정도였다.

장충체육관에서 열린 신민당 전당대회가 끝나고 총재 선출을 위한 투표가 이어졌다. 그리고 개표가 시작되었다.

김재규 중정 부장의 자신만만한 예측이나 노력에도 불구하고 이철승은 참패했다. 김영삼이 새 총재로 등극한 것이다.

서울은 물론 부산과 마산이 발칵 뒤집혔다. 민주화의 열망에 불을 지핀 것이다. 술집마다 사람들로 꽉 차 있고 흥분한 사람들은 '김영삼 대통령 만세!'를 외쳐 대기도 했다.

국민들의 환호와 달리 청와대는 깊은 침묵에 빠져들었다. 그토록 경계하던 김영삼의 정계 일선 컴백이다. 틀림없이 정계에 일대 회오리가 불어닥칠 것이다.

며칠 후, 청와대에서 가진 대책 회의장은 고함 소리로 요란했다.

"도대체 이게 뭡니까? 이철승 재선 자신 있다고 하지 않았습니까?"

차지철이 김재규를 향해 지르는 고함이다.

"……"

"처음부터 단추를 잘못 끼웠어요! 김동영하고 김상현을 풀어 주지 말았어야죠. 그것들이 광주 김대중 패거리와 부산 김영삼 패를 엮는데 일등 공신 아니었습니까?"

그들을 풀어 주어야 한다고 주장한 사람이 바로 김재규니 할 말은 없다. 그는 멍하니 앉아 회의실 천장만 바라보고 앉아 있다. 그들을 풀어 주거나 아니거나 결과는 바꿀 수 없는 상황이었다. 대통령도 화를 참지 못하겠는지 책상 위의 서류를 팽개치고 나가 버렸다.

이때 말단 자리에 앉았던 정연학 안보특보가 뭔가 메모를 적어 차 실장에게 슬그머니 건네준다. 메모를 받아 든 차 실장 얼굴이 놀라 굳어진다. 그러더니 이내 활짝 펴진다. 그리고 정 특보를 향해 머리를 끄덕여 보인다. 알겠다는 뜻인데 그건 차후 기회를 보아 김영삼을 국회에서 쫓아내면 그만이라는 놀라운 내용이었다.

대통령이 나가 버렸으니 회의가 진행될 이치가 없다. 대책 회의는 무산되었고 요직 인사들은 헤어져 나가 버렸다. 차지철 경호실장은 정연학을 눈짓으로 불러 대통령 집무실로 들어섰다.

"각하!"

그들은 깜짝 놀라 부스러진 책상 유리를 치웠다. 움켜쥔 주먹에서 피가 흐른다. 아마 주먹으로 책상을 친 것이 분명해 보였다. 정연학이 의무 담당관을 불러 손을 치료했다. 그때서야 대통령 얼굴이 좀 펴진다.

"뭐야, 할 말이라도 있는 거야?"

"네 각하! 김영삼은 원래 좀 가벼운 데가 있는 사람이죠. 김대중과는 다릅니다. 그래서 내버려 두었다가 작은 실수라도 하면 그걸 문제 삼아 국회에서 내쫓자는 겁니다."

창을 바라보며 멍하니 앉아 있던 대통령이 깜짝 놀라 차지철을 바라본다.

"김영삼이를 국회에서 내쫓자고?"

"네, 각하! 그렇게 하지 않으면 두고두고 골치를 썩일 겁니다. 기회를 보았다가 밀어붙여 버리고 말겠습니다."

잠시 침묵하던 대통령이 서랍에서 양주병을 꺼낸다. 골치 아플 때마다 한잔씩 꺼내 마시는 양주 커티 샥이다. 술을 술잔에 따라 붓는다. 정연학은 무슨 영문인지를 몰라 어리둥절하고 차 실장은 술을 입에 털어 넣었다.

"정 특보, 내 술 처음이지? 받게!"

대통령이 이번에는 정연학에게 작은 술잔을 내민다. 옛날에는 이런 술을 어주(御酒)라고 하였다.

"네, 각하 영광입니다. 감사히 마시겠습니다!"

그리고 머리를 돌려 술잔을 비웠다. 술잔을 비우자 대통령이 차 실장에게 묻는다.

"누구 아이디어야?"

"네, 정연학 특보의 생각입니다."

"정 특보? 왜 그런 생각을 했지?"

"네 각하, 김영삼이나 김대중은 선동가이지 정치가는 아닙니다. 외형으로는 민주화를 깃발로 내세우고 있지만 사실은 권력욕에 목마른 자들입니다. 아시지 않습니까? 경부고속도로 시작할 때 공사장에 누워서 반대한 거. 그게 그들 그릇의 전부입니다. 그들은 정치를 할 줄 모르는 사람들입니다. 입만 가지고는 정치 못합니다. 그래서 정계에서 퇴출시켜야 한다고 생각했습니다. 만일 그들이 후에라도 대통령이 된다면 나라를 뒤흔들 일 한 건씩은 꼭 만들 겁니다. 김영삼은 무능해서 나라를 말아 먹을 테고, 김대중은 무슨 핑계를 대서라도 김일성과 손잡을 사람입니다. 그래서 안 된다는 겁니다."

"음, 알았으니 나가 봐!"

대통령 집무실을 나오기는 했지만, 정연학은 걱정이 되어 견딜 수가 없다. 각하의 뜻을 알 수가 없기 때문이다.

"각하께서는 어떤 생각이신지요."

"아까 술 얻어 마셨잖아! 그건 승낙하겠다는 뜻이야. '알았으니 나가 봐!' 라고 하신 건 알아서 하라는 뜻이고. ㅎㅎㅎ 난, 경험으로 알지. 그리고 각하에게 한 연설은 아주 감동적이었어. 나도 놀랐는걸. 아직 각하 앞에서 그렇게 당당하게 말한 사람이 없었거든!"

그때서야 가슴을 쓸어내리는 정연학이다.

그 무렵, 박정희 대통령은 여러 가지로 심기가 불편해 있었다. 김대중 납치 사건으로 일본 측의 압박이 계속되고 있었고 엎친 데 덮친다는 말처럼 이후락 부장 전임으로 일했던 전 중앙정보부장 김형욱이 미국과 유럽을 떠돌아다니며 대통령 박정희를 무차별 비난하고 있었다.

국제적으로 궁지에 몰린데다, 국내 문제는 더 엉키게 되었으니 심기가 불편하지 않을 수 없다. 그나마 새로 투입된 정연학 특보가 기막힌 아이디어를 내어 조금 수그러든 대통령이다.

다음 날 아침 정연학은 대통령과 독대(1 : 1로 마주 앉는 것)하게 되었다. 청와대 입성이 얼마 되지 않았는데 벌써 독대의 영광스러운 자리에 앉게 된 정연학이다.

집무실로 들어가자 다정한 목소리로 자리를 권한다.

"앉게. 부임한 지 얼마 되지도 않아 힘들게 되었군."

"아닙니다, 각하! 각하와 국가를 위해서라면 무슨 일인들 어렵게 생각하겠습니까?"

"차지철이나 전두환이 사람 하나는 똑 부러지게 본단 말이야."

"각하, 전 많이 모자란……."

"아냐, 아냐! 이놈의 정보부장이란 작자들이 이렇게 애국심이 뜨거우면 얼마나 좋겠나. 내가 왜 진작 자네를 발견하지 못했는지 참 아쉽군! 내, 부탁이 있어 불렀네."

"각하, 각하께서는 부탁이라는 말을 쓰시면 안 됩니다. 그냥 지시라 하십시오!"

"ㅎㅎㅎ 그런가? 그럼 알겠네. 이건 차 실장과 나와 정 특보만 아는 비밀이거든. 이번 김영삼 몰아내는데 정 특보가 앞장서야겠어. 딱 알맞은 기회를 찾아보라고. 정보부장은 믿지 못하겠어."

"네, 각하! 꼭 성공시키겠습니다."

"그건 그렇고, 또 하나는 프랑스에 가 있는 김형욱 말이야. 자네하고는 별 인연이 없다고 들었는데 맞는가?"

"네 각하, 그저 먼 곳에서 몇 번 본 일은 있습니다만……."

"됐어. 조치 방법을 연구해 봐. 나와는 관계없는 일로 만들어 보라고! 국제 사회에서 내 얼굴에 똥칠을 하고 있어. 가능하면 정보부나 나와 관계없이 추진해 보라고!"

김형욱 제거 임무를 맡은 것이다. 정연학은 대통령 집무실을 나오면서 부산 주먹의 여왕 흙피리를 생각하고 있었고, 박 대통령은 김재규 후임 중정 부장에 정연학을 생각하고 있었다.

앗! 흙피리 네가?

김돈규에게 연락이 온 것은 일본 〈미즈노 코리아〉 팀 방한 이틀 전이다. 저녁 7시 파라다이스 호텔 레인보우 홈바로 가라는 연락이다.

머리를 갸우뚱이는 김돈규다. 그곳은 얼마 전 사루비이가 격렬한 육탄 공세를 해 왔던 곳 아닌가? 혹 아무도 모르게 또 귀국한 것은 아닌지, 이번에도 또 몸으로 들이대려는 건 아닌지 걱정도 되고, 아니면 우연인지도 모르는 다른 일에 대한 호기심이 없는 것도 아니다.

'왜 하필 레인보우 홈바지?

너무나 바쁜 흙피리는 오늘도 전화만 했다. 그녀도 함께 시간을 보내고 싶지만 당분간은 어려워 보인다고 했다.

일본서 선물로 가져온 오메가 시계는 지금 손목에서 그를 지켜 주고 있다. 아시아의 진주라는 최고 미모를 자랑하는 여배우 김지미가 알몸으로 유혹한다고 해도 끄떡하지 않을 것이다. 이 손목시계가 지켜 주고 있기 때문이다.

날이 어두워지고 마침내 저녁 7시가 되었다.

시간에 맞춰 호텔로 들어선 김돈규는 조심스럽게 홈바 문을 열었다. 그때와 마찬가지로 손님은 없고 어두운 홀에서 웨이터 혼자 접대를 한다.

　"어서 오십시오, 손님이 기다리고 계십니다."

　웨이터가 앞장서서 안내한다. 전의 그 룸이다. 안내를 한 웨이터는 돌아서서 홀을 빠져나갔다. 음악도 없이 정적만 감돈다.

　룸으로 들어선 김돈규는 마치 전기에 감전된 사람처럼 꼼짝 못하고 섰다. 비명도 지르지 못했다. 전과 마찬가지로 에메랄드 푸른빛이 감도는 드레스에 커다란 안경의 사루비아가 앉아 있기 때문이다.

　"어, 언제 오셨나요?"

　"동경에 있다가 잠시 들렀습니다."

　말투가 몹시 차갑다. 그럴 수밖에 없다고 생각하는 김돈규다.

　"그 에메랄드 목걸이 아무래도 돌려받아야겠습니다."

　심장에 서늘한 칼날이라도 품고 온 듯하다. 앉으라는 말도 없다.

　"알겠습니다. 잘 보관하고 있으니 잠시만 기다려 주세요."

　조금은 섭섭하기도 하고, 조금은 안심도 된다. 말투는 여전히 어름처럼 차갑다.

　김돈규가 몸을 돌리자 그때서야 부드러운 목소리가 들린다.

　"제가 그런다고 정말 되돌려 줄 작정이신가요?"

　"그게 옳지 않겠습니까?"

　"왜 팔아서 고아원이나 양로원에 기부하시지 그랬어요?"

　"예!"

　아니다. 좀 전의 사루비아 목소리가 아니다. 목소리가 바뀌었다. 잠을 자면서 들어도 알 수 있는 흙피리의 목소리다. 더구나 고아원,

양로원 이야기는 흙피리 아니면 알 수가 없는 말이다.

깜짝 놀란 김돈규가 달려들어 안경을 벗겼다. 눈썹과 눈 사이의 흉터도 없다. 이번에는 머리채를 잡아당겼다. 치렁치렁한 가발 머릿결이 벗겨지며 찰랑이는 단발이 보인다. 죽어도 잊을 수 없는 그 아름다운 단발이다.

흙피리다. 마침내 사루비아의 정체가 밝혀지는 순간이다.

흙피리는 배꼽을 잡고 웃어 댔고 김돈규는 얼이 빠져 긴 소파에 주저 물러앉았다.

"어, 어떻게 된 겁니까?"

흙피리가 따라 주는 냉수를 마신 뒤에야 입을 여는 김돈규다.

강은양, 그리고 흙피리와 사루비아의 정체, 마리아 수녀님과 조은숙 관장이 그리도 풀려던 비밀이 한순간에 풀려졌다.

"죄송해요. 그럴 수밖에 없었습니다. 둘은 하나고 하나는 둘이었습니다."

"사루비아가 부산에 있었을 때 흙피리님은 일본에 다녀오지 않았습니까?"

"일본 오사카에 간 것이 아니라 미 대사 사택에 머물고 있었죠. 여권에 출입국 도장이 찍힌 것에 의문을 품었던 사람이 있었습니다. 장 회장 누님인 수녀님이었죠. 정확히 꿰뚫고 계셨습니다. 달러도 위조하는데 도장 하나 위조 못했겠냐고요."

다시 진지해지는 흙피리다. 그녀는 수녀님에게 들려준 말과 김돈규에게 들려주었던 말을 합쳐 다시 설명을 시작했다.

"장선홍 회장은 홀어머님이 죽어라 모은 재산을 다 털어 갔습니다. 엄마를 위해 그렇게 열심히 일한 것도 신용을 얻기 위해서였죠.

신용을 얻고 재산을 맡기자 단숨에 모두를 털어 갔습니다. 알거지가 된 우리 가족을 살린 사람은 우습게도 장 회장 누님이었습니다. 누님은 자기 돈을 모두 털어 우리를 살려 주었지요. 지금 대구에서 수녀로 계시는데 우리 가족에게 사죄하는 뜻으로 수녀가 되신 분입니다. 우리 세 식구는 그 돈으로 국제시장에서 작은 식당을 차릴 수 있었습니다. 겨우 자리 잡을 무렵 더 불행한 사건이 터졌습니다. 대화재가 발생한 겁니다. 나는 구사일생으로 살아났지만 귀여운 내 동생 진양이와 엄마가……."

그녀가 말을 마치지 못하고 그만 흐느껴 운다. 김돈규가 손을 잡으며 흔들어 주었고 마음을 진정시킨 그녀는 다시 입을 열기 시작했다.

"그 화재로 살아남은 사람은 얼마 되지 않았습니다. 심야 화재였기 때문이었죠. 나는 한, 미군 장교에 의해 부산에서 동두천으로 갔다가 그 장교를 따라 미국으로 갔습니다. 미국에서 맥튜 가문의 양딸로 들어갔고, 나는 살아남아 복수하기 위해 죽어라 공부하고 운동했습니다. 특수부대 입대나 전투, 싸움 기술은 전에 말씀드린 것과 같고요. 전, 아버님의 배경과 내 능력으로 미 정보국 극동 지역 스파이로 훈련받아 자진해서 일본, 중공을 거쳐 한국으로 왔습니다. 물론 복수 때문이었죠."

하지만 그 배경에 박정희 실각 목표도 있다는 말은 하지 못했다. 그건 혼자만의 일이 아니라 국가적 목표이기 때문이다. 하지만 그건 김돈규도 마찬가지다. 그도 홈피리에게 하지 못한 말이 있다.

김돈규, 그에게는 지금 서로 외면하며 사는 이복형제가 있다. 천하의 중앙정보부장 김재규가 그다. 엄마가 다르다. 때로 스쳐 가기도 하지만 서로 아는 체도 안 한다. 그럴 이유가 있다.

"전, 장 회장에게 접근했습니다. 그가 엄마에게 했듯, 똑같이 접근했고, 똑같이 신용을 얻었습니다. 나는 지금 죽을힘을 다해 그의 흩어져 있는 재산을 한 곳으로 모으고 있습니다. 그것도 현찰로, 본인은 복수의 화신이 된 나의 음모를 전혀 눈치채지 못하고 있고, 내 의도대로 전 재산을 현찰로 만들고 있습니다. 자기 딴에는 깊이 감춘다고 하겠지만 다 모이면 난 단숨에 훔쳐 내어 그를 알거지로 만들생각입니다. 똑같이, 엄마처럼 똑같이 알거지로!"

"……."

"제가 한국에 오기 전에 이미 나는 부산에서 새로 태어나기 시작했습니다. 최막동이라는 이름으로요. 그리고 한국으로 오기 위해 일본에서 얼굴까지 일부 뜯어고쳤습니다. 예전 얼굴이 훨씬 더 예뻤는데, 미 대사와 미8군 사령관 협조로 주민등록증을 만들었고 제 통장도 개설하고 은행에 비밀창구도 열었지요. 저는 아버님으로부터 막대한 재산을 받았습니다. 사업을 해 보라는 밑천인 셈이죠. 스위스 은행에 있는 돈만 해도 한국 돈으로 환산하면 약 2천 억 정도 될 겁니다. 필요하다면 1조까지는 얻어 쓸 수 있습니다. 그리고 태평양그룹은 제 재산입니다."

'아이구야! 이 여자와 살기는 다 틀렸군!'

김돈규가 쫄아 든다.

"저는 부산에 두 군데 숙소를 만들었습니다. 여기 VIP 특실을 일년 계약했고, 장 회장 누님이 스스로 고생을 선택하여 살던 부산역 앞 쪽방을 얻은 겁니다. 한 몸이 두 몸으로 살기 위한 방법이기도 했고, 수녀님에 대한 깊은 감사 표시이기도 했죠. 저도 스스로 고생을 감당하자고 말입니다."

"혹, 장 회장 목숨까지 노리고 있는 것은 아니겠죠?"

"그러고 싶죠, 당연히 그래야죠. 하지만 수녀님을 보아서 목숨 거두는 것은 포기했습니다. 또 몇 달 함께 생활해 보니 생각보다 베풀 줄도 알고 잔정도 많더군요. 제게 참 따뜻하게 해 주었습니다. 그래서 갈등도 많았습니다. 천성이 악한 놈은 아니구나, 하고요. 다 용서하고 잊고도 싶었지만 그건 엄마와 동생의 몫을 채 가는 것 같아 복수를 최소화시킨 겁니다. 모두를 원점으로 돌리자, 그건 장 회장도 재산을 잃는 비통함을 겪어야 한다는 겁니다."

"잘 생각하셨습니다."

"저는 한국에 와서야 비로소 제가 여자라는 것을 인식하게 되었습니다. 한번도 그런 일이 없었죠. 전에 말씀드린 대로 복수의 화신이 되었던 나에게 여성 본능을 깨워 주신 두 분이 있었습니다. 탁구인 금정완 씨와 돈규 씨였지요. 두 분 다 저를 황홀하게 만드셨습니다."

목소리 톤이 갑자기 밝아진다.

"근데 정말 죄송해요. 지난 번 에메랄드 목걸이 사건 때 테스트한 거……."

"아닙니다. 여자라면 당연히 그 정도는 확인하셔야죠."

덩달아 밝아지는 김돈규다.

"솔직히 그 정도 건드려서 안 넘어 오는 사내 있겠습니까? 여자는 사실 좀 섹시한 편이죠, 빗장 다 풀었죠, 분위기 좋죠, 아는 사람 없겠다, 이미 불은 붙었겠다, 뭐 때문에 참았습니까? 이미 약이 잔뜩 올라 버렸을 텐데! 전, 죽는 줄 알았어요. 제가 죽겠는데 참으시다니 정말 대단하시더군요. 다 털어놓고 옷 벗어 버리려고 각오도 했죠. 한데 흙피리 때문에 거절하시더군요. 눈앞에 가슴 풀어 헤친 흙피리가 있는데. ㅎㅎㅎ 전, 세상에 태어나 처음 흥분했는데도 거절당했죠. 돈규님은 참 엄청난 남자분이란 걸 깨달았습니다. 이 정도면 인생 다 맡겨도 절대 손해 보지 않겠다고 생각했죠. 더구나 사루비아가 누군지 다 아실 텐데도 불구하고 거절하시다니…….'

"저 원래 그런 놈입니다. 그런데 왜 금정완 씨를 포기하셨죠?'

"아, 그분도 젠틀하시고 멋진 분이었죠. 그런데 정완 씨를 사랑하는 여자를 제가 구해 주었죠. 그렇게 하고 나니 내가 사랑해야겠다는 마음이 사라졌고 또 마음 한구석에 자리 잡고 있는 돈규 씨도 있어서 일찍 포기했습니다. 그분도 참 좋은 분이었는데 엉뚱하게 다른 여자가 채 가더군요. 모니카라는 그 여자는 가수였는데 구해 주니까 남자와 헤어지고……. 사랑이 뭔지! 그날, 제가 거절당하고 뭐한 줄 아세요? 객실에 올라가 오카리나 신나게 불었죠. 발장구까지 치면서요. 돈규 씨 같은 남자 만난 것에 신이 났기 때문이었습니다. 거절당하고 기쁜 눈물이 나더군요. 사랑, 참 요지경 아닙니까?'

"ㅎㅎㅎ 하긴 요지경 맞지요. 사루비아님이 저 같은 걸 사랑하니!'

"네? 무슨 말씀이세요! 난, 아직 돈규 씨 같은 멋진 남자 첨입니다. 자, 여기서 시간 끌 게 아니라 객실로 올라가요. 지난 번 휴전협정은 무효입니다. 하나가 죽을 때까지 싸워 봐야죠.'

"ㅎㅎㅎㅎㅎ.'

두 사람은 손을 잔뜩 움켜잡고 객실로 올라갔다.

세계 불가사의를 더 꼽으라면 이날 밤, 호텔에서 화재가 나지 않은 것이리라. 두 사람의 자지러드는 비명 소리에 호텔이 무너지지 않은 것이리라.

다음 날 정오 무렵에서야 흙피리가 김돈규를 깨운다.

"자기야 일어나, 11시 반이야. 커피 타 줄게."

"나 지금 못 일어나, 10분만 응?"

"어? 말을 안 들어? 그럼 엉덩이 걷어찬다?"

"아이쿠, 알았습니다. 마님, 두들겨 두들겨 패지만 마세요! ㅎㅎㅎ 어! 이게 뭐야? 피잖아?"

시트에 남아 있는 순결의 흔적에 놀란다. 흙피리가 놀라 소리 지르는 김돈규 등을 주먹으로 쥐어박는다. 그녀 얼굴에 행복과 부끄러운 미소가 봄 햇살처럼 가득 퍼지고 있었다.

이들이 호텔을 나가면 결혼식까지는 공식적으로 흙피리며, 사루비아며, 경호원 김돈규가 된다. 하지만 둘이 있으면 여전히 자기야, 여보야로 통할 것이다.

김돈규는 정말 운도 좋은 남자다. 천하의 흙피리, 사루비아 둘을 한꺼번에 데리고 살게 되다니!

복수의 서막

1

5월 20일.

서울 김포공항에서 흙피리는 상기된 표정으로 누군가를 기다리고 있다. 오늘은 일본 미즈노 코리아에서 사람이 오는 날이다. 이들을 영접하기 위해 회사 승용차인 대형 〈크라운〉으로 서울에 올라와 국제선에서 이들을 기다리고 있는 것이다.

1978년 말 장선홍 회장이 부산—후쿠오카 탁구 시합을 주선하러 갔을 때 누군가 장 회장을 은밀히 불러내 오사카 미즈노 공장을 시찰시키고 시내 복판 〈미즈노 코리아〉 사업단으로 초청하여 한 · 일 · 독 3개국 합작회사를 추진하기로 한 바 있다.

그들은 폐허가 된 말표 고무신 공장을 인수해 주면, 이곳을 기점으로 대대적인 레저 산업 기지로 만들 것이라고 약속했었다. 중간 점검을 위해 흙피리가 오사카를 방문한 것으로 되어 있지만 그 기간 그녀는 주한 미 대사 사택에서 여유로운 휴가를 즐기고 있었다.

이들의 구체적 합작회사인 〈미즈노 코리아〉 프로젝트 역시 흙피리 작품이다. 그러니까 흙피리는 이미 작년 초부터 장선홍 회장을 잡기 위한 기획을 진행시키고 있던 것이다.

마침내 비행기가 도착했다. 그리고 그들 일행이 입국 절차를 마치고 나왔다. 흙피리를 발견하자 달려와 인사를 한다. 그리고 일행은 흙피리의 대형 승용차 〈크라운〉에 올라 부산을 향해 출발했다.

차가 출발하자 비로소 대화가 시작되었다.

"준비는 잘해 오셨겠죠?"

"네, 완벽합니다. 부산 측은 어떻습니까?"

"장 회장은 날 전혀 의심하지 않아요. 내가 심부름하고 있다고 생각하고 있으니까. 이번이 마지막 고비이니 잘해 주세요!"

"걱정 마십시오. 참, 환등기는 준비되었나요?"

"네, 최신형으로 구해 놓았습니다."

이들은 부산에 도착할 때까지 서류를 확인하고 할 말들을 다시 맞추어 놓았다.

다음 날 오전 10시.

행준사 회의실에 어제 내려온 일본 측 〈미즈노 코리아〉 팀과 〈행준사〉 준비위원들 간에 상견례가 있었고 곧이어 브리핑이 시작되었다.

일본 측은 슬라이드를 비추며 설명하기 시작했다. 통역은 흙피리가 맡았다.

"이 영상은 60년대 도쿄 거리 모습입니다. 보시다시피 남자들은 대개가 검은 양복에 넥타이를 맨 샐러리맨들입니다."

걷는 남자들이 한결같이 넥타이를 맨 정장 차림이다. 여자들 또한 마찬가지다.

'찰칵' 다음 장면.

"이 그림은 70년대 초 모습입니다."

절반은 정장 차림이고 반은 캐주얼 차림이다.

"보시다시피 정장 차림이 반으로 줄어들었습니다.

'찰칵' 다음 장면.

거리에서 정장 차림은 가뭄에 콩 나듯 드문드문 보인다.

"이 사진은 6개월 전 같은 장소 모습입니다. 엄격한 보수적 복장에서 자유로운 캐주얼로 모두 바뀌었습니다. 권위적인 복장이 미국과 서구를 닮아 가며 청바지로 바뀐 것입니다."

'찰칵' 다음 장면.

도쿄에서 교토로 가는 길 모습. 거리가 한산하다.

"이 사진은 50년대 모습입니다. 보시다시피 거리가 한산합니다."

'찰칵' 다음 장면.

거리에 꽉 찬 자동차 모습.

"이 사진은 작년 가을 모습입니다. 자가용이 보편화되면서 주말을 즐기려는 시민들 차량으로 거리를 가득 메웁니다."

그리고 연대별로 바뀌는 해수욕장, 명산(名山) 모습이 보인다. 등산복으로 산이 물들어 있고, 수영복 차림으로 해수욕하는 사람들이 바다를 덮고 있다.

그리고 야구장, 축구장 모습이 보인다. 정장 차림으로 응원하던 사람들이 모두 선수와 같은 운동복으로 바뀌고 있다.

영상이 끝나고 불이 켜졌다. 일본 측 연설이 시작되었다.

"보시다시피 불과 10, 20년 만에 사람들 복장, 휴일 즐기기 등 생활 환경이 몰라보게 바뀌었습니다. 일본은 서구 문화를 따라가고 한국은 일본을 따라갑니다. 한국도 멀지 않은 날, 통행금지도 없어지고 이런 레포츠 문화가 정착하리라 봅니다. 전에 말씀드린 대로 일본은 지금 토지값, 인건비가 하늘 높은 줄 모르고 치솟고 있습니다. 그래서 한국의 현지 공장을 설립하기로 한 겁니다. 서울서 내려오면서 많은 이야기가 있었습니다. 이 안건들을 오늘 처리했으면 좋겠습니다."

1. 7월 중 형식적인 계약서 완료 및 8월 말까지 기계 설치 완료.
2. 9월까지 한·일·독 합작회사 정부 승인 완료.
3. 1980년 3월부터 생산 시작.
4. 한국 판매 문제 협의.
5. 〈미즈노 코리아〉 제조 제품은 1차 메이커 학생·성인 운동화, 2차 등산화·등산복으로 하되 전 제품 완전 수출용으로 만든다.

문제는 국내 판매다. 사전 조율이 있었음에도 불구하고 이를 놓고 무려 2시간의 진지한 토론이 있었다.

토론 결과 학생용 메이커 고가 운동화는 생산 즉시 국내 판매를 하기로 했다. 무한대의 시장성이 있는 제품이 될 것이다. 대신 신형 기계 도입에 행준사가 형식적인 투자를 하기로 했다. 그 액수를 20만 달러로 책정하는데 합의했다.

그리고 2차 토론이 있었다.

바로 고무신 제조 기계 문제다. 일본 측은 이 기계를 인도네시아로

7월 전량 수출하고 수출한 금액은 행준사 몫이 된다. 그리고 한국은 신형 기계 도입을 위한 투자 형태로 20만 달러를 일본 측에서 지정한 은행에 입금하되 고무신 기계 수출액 8만 달러를 제외한 12만 달러만 송금하면 된다. 그러면 일본은 기계 매각 대금을 한국에 지불하지 않아도 된다. 단 12만 달러는 신형 기계가 컨테이너로 도착하는 날 외환은행을 통해 일본 측이 지정한 은행에 입금시키면 된다.

이 모든 행정 절차는 큰 문제가 없다. 외국이 투자하겠다는 사업은 언제든 환영이기 때문이다. 이 브리핑을 위해 내려온 일본인들은 이미 이런 면에서 전과가 있는 베테랑 사기범들이다. 오사카 사무실은 이들이 임시로 만든 가짜 〈미즈노 코리아〉 회사이며 미즈노 시찰은 흙피리가 주선해 준 것이다.

이들은 일본 방위청을 상대로 가짜 무기까지 수입한 화려한 경력의 소유자들이며 죽어도 비밀을 지켜 주는 것으로 유명하다.

이 오랜 기간 동안 준비한 사기를 장 회장이 알 턱이 없다. 더구나 크게 잃을 것도 없는 사업이라 장 회장은 단 한 번도 의심한 일이 없다. 만일, 장선홍 회장이 한·일 탁구 시합에 문제가 없어 후쿠오카로 건너갔다면 더 큰 사기에 걸려들었을 것이다. 그리고 더 빨리 망해 버렸을 것이다.

세인트가 말했던 '고향으로 간 연어'는 〈흙피리〉를 말하며 '연어 호수로 연결되다'는 후쿠오카로 간다는 암호다. 후쿠오카에는 도심 변두리에 엄청난 호수가 있기 때문이다.

이들은 박정희 대통령 실각이나 한국에 동요를 일으키는 작전을 조용히 그러나 분명하게 진행 중이다. 실패한 단 하나는 뜻밖의 사건으로 장 회장을 후쿠오카까지 빼내 오지 못한 것뿐이다.

흙피리도 이미 진행 중인 또 하나의 음모는 아직 모르고 있다.

그런데 장 회장에게서 흙피리가 노리는 것은 무엇일까?

무엇 때문에 태화산업을 인수하도록 유도하고 있는 것일까?

왜 김해 땅을 매입하게 했다가 되팔게 만든 것일까?

흙피리는 왜 자기에게 선물하겠다는 부두 땅을 되팔아 회사에 입금했을까?

그녀는 흩어져 있는 장 회장의 재산을 모두 현찰로 만들어 한 곳으로 집결시킨 뒤 한 번에 털어 갈 계산이었다.

다행히 김해 땅은 이미 국제공항이 들어선다는 보도와 뉴스 때문인지 되팔기도 그리 어렵지 않았다. 작지만 아직 땅이 남아 있는데도 약간의 이익까지 보았다. 이를 기뻐하는 장 회장이다.

2

〈미즈노 코리아〉 공장 설립을 위한 연석회의를 마친 후 일행은 공장 현장을 찾아갔다. 건물은 산뜻하게 칠해져 있고 주변은 깨끗하게 정돈되어 있었다. 약 100여 명 직원들이 도열하여 방문객을 환영하는데 건물 벽에는 이들을 환영하는 대형 현수막이 걸려 있었다.

미즈노 사람들은 연일 엄지손가락을 추거 세우며 이찌방, 이찌방(1등, 즉 최고라는 뜻)을 연발했다. 작년 방문 때와는 전혀 다른 모습이기 때문이다.

장선홍 회장은 만족스러웠다. 레포츠 산업은 분명 급성장할 것이며 행준사는 이 산업의 선두주자로 나설 것이다. 빨리 부산을 떠나 서울에 정착하고 싶었고 사루비아 영역으로부터 도망치고 싶었다. 서울 간다고 특별히 달라질 건 없겠지만 이건 그녀와의 단절을 상징하기 때문이다.

그들이 돌아간 뒤에도 그는 흥분을 감추지 못하고 있었다. 과거 태화산업을 지켜 준 사원들에게 작지만 격려금을 지급했고 브레인 사원들과 회식도 열었다. 공장 일부를 복지시설로 쓰기 위해 소규모 체육관을 만들었고 거기에 탁구대를 네 대나 놓아 주었다.

머리에서 조금씩, 조금씩 사루비아에 대한 공포가 사라져 가고 있는 장 회장이다.

흙피리는 회장을 예의 주시하고 있었다. 돈 문제 때문이다. 그가 소유하고 있는 막대한 현금과 유가증권, 패물들을 어디다 감추었는지 그녀는 아직 파악하지 못하고 있다.

하지만 윤곽은 잡혔다. 김해 땅이 매각될 때마다 흙피리는 장 회장을 수행했다. 눈앞에서 매매 계약서를 쓰고 돈을 받았지만 단 한 번도 은행으로 간 일이 없다. 그는 사무실을 거치지도 않고 곧바로 집으로 돌아갔다. 그날은 그것으로 퇴근이다. 은행을 조사해 봐도 어디에도 돈을 입금한 흔적이 없다. 오늘도 그랬다.

회장을 차에서 내려 주고 집으로 돌아가며 곰곰이 생각에 잠기는 흙피리다.

'돈은 틀림없이 집에 있다. 어딘가에 은밀히 숨겨 놓았다.'

오늘은 4천 평을 팔았다. 이제 대부분 중요한 땅은 다 판 셈이다. 이것만으로도 땅값은 투자액을 회수하고도 남는다. 서로 매입하기 위해 다툼을 벌일 정도로 인기다. 부산 국제공항이 들어설 자리라 소문났기 때문이다.

집으로 돌아온 장 회장은 거실로 들어섰다. 거기 제법 큰 양탄자가 깔려 있는데 그것을 둘둘 말자 쇠로 된 10개의 큰 손잡이가 있다. 손잡이를 당기자 사람이 충분히 드나들 만한 구멍이 보인다.

장 회장은 나무로 된 사다리를 타고 내려간다. 거기 10평은 되어 보이는 지하 방공호가 있다. 이 건물은 일본 식민지 시절 일본인이 살던 집인데, 방공호는 그때부터 있었다. 장 회장은 이 집을 사들여 대대적인 보수를 했고 여기에 금고를 집어넣었다. 금고는 너무나 견고해서 핵폭탄이 떨어지기 전에는 끄떡없을 것이다. 다이얼도 대단히 복잡해서 전문 털이범이라 해도 손도 대지 못할 것이다. 장 회장에게 이곳은 그야말로 난공불락의 요새인 셈이다.

금고문을 열었다. 잔뜩 쌓여 있는 패물, 유가증권, 국채, 고액의 수표, 어음, 그리고 현찰과 장부들이 보인다. 그는 돈을 집어넣고 문을 잠그고, 다시 사다리를 타고 올라와 양탄자를 덮었다. 대단히 만족스러운 얼굴이다. 이것이 그가 살고 있는 유일한 이유다.

그러고 보니 대구 누님에게 돈을 보내 드린 지 오래되었다. 내일은 사람을 시켜 한 1백여 만 원 보내 드릴 것이다. 이 돈은 대부분 자선 사업에 쓰이겠지만 그건 상관없는 일이다. 누님에게 돈을 보낸다는 사실만으로도 그는 행복하기 때문이다.

8월이 되었다.

장 회장과 흙피리는 그동안 많은 일을 했다. 〈미즈노 코리아〉회사를 설립했고, 1차분 레저화 제조 기계 수입 오퍼를 냈다. 이 기계는 광복절 후에 도착한다. 기계가 도착하면 이를 일본인 기술자들이 와서 설치할 것이다. 기술이 복잡하지 않아 공원들 연수는 그리 어렵지 않을 것이라 했다. 모든 제조는 기계가 해 주며 사람은 기계 관리만 하면 되기 때문이다. 그리고 이미 고무신을 만든 경험자가 태반이어서 그리 걱정할 일도 없다.

강은양 사건은 사진과 편지가 배달된 후 아직까지 별다른 움직임은 없었다. 누가 보냈는지는 모르지만 정말 큰 도움을 받은 셈이다. 미리 경계할 여지가 생겼기 때문이다.

지난 7월.

금정완은 김상애와 교회에서 간단한 결혼식을 올리고 곧바로 미국으로 출발했고, 모니카는 첫 앨범 발표를 코앞에 두고 있다.

장선홍 회장은 부산탁구연합회 회장직을 사퇴했고, 그 자리를 이제는 사업가로 변신한 부산 탁구의 상징 윤철수가 인계 맡았다.

서울로 올라간 조성준 서울특별시장은 정신없이 바쁘고, 정연학 특보는 청와대 입성 후 자신의 보폭을 넓혀 가고 있다. 부인이 된 조은숙 관장은 내조에 바쁜 틈에도 사회봉사 활동에 여념이 없다. 이 봉사 활동은 고인이 되신 육영수 여사가 처음 창설한 재단에서 하는 활동이다.

김돈규는 국제 경호단체에서 사퇴하고 서울로 올라가 내년 봄 결혼을 위해 집을 손보고 앞으로의 일을 구상하고 있다. 흙피리가 아무리 천문학적인 재산을 가지고 있다 하더라도 그 신세를 질 사람이 아니기 때문이다.

광복절이 지난 8월 25일 일본에서 대형 컨테이너로 1차분 기계와 부품이 도착했다. 2차분 원자재가 도착하면 일본 기술자들이 설치하고, 한국 기술자들이 교육을 받으면 곧 생산에 들어간다. 장 회장은 흙피리 최막동 총괄 기획실장로 하여금 기계 투자금 12만 달러를 송금하게 했다.

그리고 그것이 끝이었다. 기계 도착 보름이 넘고 한 달이 가까워도 일본 측에서는 아무도 오지 않았고 연락도 두절되었다.

회사가 발칵 뒤집혔다. 팩스를 보냈지만 가지를 않았고 전화도 연결되지 않았다. 그들은 이미 사무실을 철수하고 12만 달러를 찾아 종적을 감추어 버린 뒤다. 이 돈은 사루비아 의뢰의 보수 외 보너스로 받아 간 것이다.

"어떻게 된 거야, 왜 연락이 안 되는 거지?"

몸이 닳은 장 회장은 총괄 기획실장 흙피리, 최막동만 달달 볶아 대지만 그런다고 사라진 사기꾼들이 나타날 이치가 없다.

컨테이너를 열었다. 그리고 불안했던 예감, 사기당했다는 것을 확인하게 되었다. 거기에 있는 것은 기계 대신 녹슨 쇳덩이와 허접한 쓰레기가 전부였다.

놀라 땅바닥에 주저앉았던 장 회장은 마침내 일본으로 직접 건너가기로 했다. 미즈노 본사도 들러보고, 도심에 있는 〈미즈노 코리아〉도 가 볼 것이다. 무엇이 어떻게 잘못되었는지 현지를 다녀오지 않고는 그는 알 방법이 없기 때문이다.

"사기당했어, 놈들한테! 오사카를 가 봐야겠어."

며칠 사이에 얼굴이 수척해졌고 입술이 까맣게 타들어 가고 있었다. 싸우고 투쟁하고 그렇게는 살아왔지만 이렇게 어처구니없이 사기를 당해 보는 것은 난생처음이다.

"네, 회장님 하루라도 빨리 가서 알아보세요. 저도 갔었던 회사 아닙니까?"

흙피리가 걱정스러운 얼굴로 장 회장을 바라본다.

"이 새끼들, 국제 사기꾼이 틀림없어! 찾기만 하면 살려 두지 않을 거야."

"너무 신경 쓰지 마세요. 무슨 돌파구라도 생기겠죠. 건강을 잃으시면 아무것도 못하십니다."

화장도 못하고 머리도 제대로 가꾸지 못한 채 얼굴이 엉망이 된 흙피리이고, 그래도 얼굴에 웃음을 짓는 장 회장이다.

"최 실장은 너무 걱정하지 마. 까짓 다 잃어도 12만 달러 정도야. 사기당한 게 분해서 그렇지 그 정도로 쓰러질 우리 행준사가 아니란 말이야. 태화산업 건물이나 땅은 어디로 가지 않아. 이 건물을 팔 수 있으면 팔아 치우겠어. 전에 우리한테 욕심내던 기업이 있었지? 태평양그룹 말이야. 거기 다시 한 번 알아봐. 그리고 부탁이 하나 있는데, 회사 사정 잘 아니 공장 직원들 잘 설득해서 모두 돌려보내고 경비만 조금 남겨 둬. 처음으로 되돌아가는 거니까, 알겠지?"

"네, 회장님. 직원들도 스스로 포기하는 것 같습니다. 회사가 고의적으로 문 닫는 게 아니라는 걸 잘 알고 있습니다. 그리고 태평양그룹은 정연학 특보님을 통해 알아보겠습니다. 설마 조은숙 관장님을 보아서라도 외면하시지는 않겠죠!"

화가 머리 끝까지 치밀어 오르지만 어쩔 수 없다. 오사카를 가 본다고 해도 얻을 것이 없다는 걸 알지만 그렇다고 앉아서 당할 수만은 없는 장 회장이다.

그는 뒷일을 흙피리에게 맡기고 부관 페리호를 이용하여 오사카를 향해 떠났다.

부두에서 장 회장을 송별하고 돌아온 흙피리는 차를 몰고 곧바로 공장으로 달려갔다. 처음처럼 직원들은 삼삼오오 짝을 지어 웅성 대고 있었다. 회사가 사기당한 것은 이미 모두가 알고 있다. 그러나 누구도 회사를 욕하지는 않았다. 작지만 급여는 제대로 주었기 때문이며 공장 폐쇄 위기가 고의는 아니었기 때문이다.

흙피리는 직원들을 대형 식당으로 집합시켰다.

"여러분 총괄 기획실장 최막동입니다. 오늘 여러분에게 죄송한 이야기와 기쁜 이야기 두 가지를 말씀드리고자 합니다."

뜻밖에도 그녀 얼굴에 미소가 떠오른다.

아! 부산

1

오사카로 건너간 장 회장은 먼저 도심에 있는 〈미즈노 코리아〉를 찾아갔다. 하지만 회사가 있던 자리에 그들은 없고 이미 다른 회사가 입주해 있었다. 각오는 했지만 허탈하기 짝이 없는 일이다. 그들은 1978년 2월에 입주했다가 최근 떠나갔다는 건물 관리인의 설명이다.

장 회장으로서는 참 알다가도 모를 일이다. 겨우 10여 만 달러를 위해 1년 전부터 준비했고 그 목표가 자신이라는 것이! 그 인원과 건물 입주금을 생각한다면 그들 역시 별로 남는 장사가 아니지 않는가? 그로서는 절대 납득이 되지 않는 사기 사건이다. 그러나 그보다 더 놀라운 사실은 미즈노 본사를 방문하고서다.

공장 시찰 시 자신을 안내했던 일본인은 친절하게도 여러 가지 정보를 제공해 주었다. 그는 회사 홍보 책임자였다.

"우리는 미즈노 코리아에 대해서는 아는 바 없습니다. 귀하의 방문을 안내한 것은 우리의 관례입니다. 본 미즈노는 한국 진출에 적극적이었습니다. 이미 작년 2월부터 합작회사를 모색하던 바, 한국 굴지의 기업 〈태평양그룹〉과 합작회사를 설립하기로 합의를 보았고, 모든 준비를 끝낸 상태입니다. 단 한국 현지 공장 부지가 마땅치 않아 지연되고 있습니다만 곧 좋은 부지를 얻을 수 있다는 통보를 받은 상태입니다."

머리가 텅 비어 가는 장선홍 회장이다. 자신이 사기를 당하고 있을 때, 미즈노는 이미 태평양그룹과 합작회사를 추진하고 있었던 것이다.

'아, 그래서 태평양이 그렇게 애타게 공장을 인수하려 했었구나!'

치명적으로 잃은 것은 아니지만 화는 난다. 하지만 사기는 이미 당한 것이다. 이제는 앞일을 모색할 시점이지 지난 일에 연연해서는 아무 소용이 없다.

장 회장은 미련을 포기했다. 이미 당한 사기에 미련 가져 봤자 자신만 손해라는 판단이다. 그는 서둘러 호텔로 돌아왔다. 그리고 회사로 전화를 걸어 흙피리를 찾았다.

"저와 회장님은 이 회사를 살리기 위해 최선을 다했습니다."

사죄의 말을 꺼내는 최막동 기획실장의 말투는 당당해 보였고 자신감에 넘쳐 있었다. 사원들은 아직 그를 이해하지 못하고 있다.

"하지만 안타깝게도 우리는 국제 사기단에 걸려 꿈을 이루지 못하게 되었습니다. 많은 계획을 세웠고, 큰 꿈을 꾸었지만 모두가 수포로 돌아가고 말았습니다. 여러분에게 이 점, 머리 숙여 사죄 말씀드립니다. 하지만 여러분은 전혀 불안하게 생각하실 필요가 없습니다.

여러분도 잘 아시는 국내 굴지의 대기업 〈태평양그룹〉이 본 공장을 인수하기로 했습니다. 공장은 물론 사원 한 분도 빠짐없이 그대로 인수할 것이며 사업체도 처음 우리가 기획했던 레포츠 산업으로 갈 것이라고 했습니다. 물론 회장님의 마지막 결심이 필요하겠지만 일본으로 떠나시며 태평양그룹으로 넘길 수 있으면, 그렇게 추진하라는 말씀이 있었습니다. 저는 곧 마지막 협상을 통해 여러분이 태평양의 배지를 달도록 하겠습니다. 아무 걱정 마시고 동요도 하지 말아 주시기 바랍니다."

그러나 불안을 멈출 수 없는 사원들이다. 행준사가 이 공장을 인수할 때 얼마나 기대에 넘쳐 있었는가. 그 기대가 채 반년을 넘기지 못하고 또 쓰러졌다. 물론 태평양그룹이 인수하면 여러 좋은 조건으로 근무할 수 있겠지만 그것도 두고 보아야 한다. 사원들은 그만큼 지쳐 있었다.

장 회장과의 통화는 다음 날 아침에야 이루어졌다. 회장의 목소리는 잔뜩 풀이 죽어 있었다. 목소리에 힘이 하나도 없어 보였다.

"최 실장, 당했어! 사기당한 거야. 여기 더 머물러 있어 봐야 아무 소용 없게 되었어. 곧 귀국하겠네. 공장은 태평양으로 넘기는 것으로 하지!'

"알겠습니다. 그건 제가 책임지고 추진하겠습니다. 회장님 힘내세요. 세상에는 그렇게 고생하고 노력해서 벌어 놓은 남의 재산을 죄책감 없이 털어 가는 놈들이 있게 마련이니까요. 그나마 이 정도여서 천만 다행입니다. 마음 편하게 가지시고 돌아오세요."

수화기를 내려놓은 장 회장은 힘없이 털썩 주저 물러앉았다.

그 언젠가, 아득한 17, 8년 전 자신은 강은양 엄마의 재산을 모두 털어 간 일이 있었다. 흙피리 말처럼 세상에는 죄책감 하나 없이 남의 재산을 털어 가는 놈이 있다. 바로 자신 아닌가? 가슴이 돌덩이처럼 무거워지는 장선홍 회장이다.

도쿄를 거쳐 서울로 왔다. 그동안 오사카와 도쿄에서 시민들을 유심히 살펴보았지만 레저와 스포츠 산업은 분명 매력적인 사업임에는 틀림없었다. 거리에서 정장 차림의 사람은 눈 씻고 찾아보아도 만날 수가 없었다. 지금부터라도 다시 시도할까 하는 생각도 해 보았지만 이 사업에 다시 덤비기에는 이미 용기가 나지 않았다.

공장은 태평양그룹으로 넘기기로 했다. 그래서 바로 서울로 발길을 돌린 것이다. 계약 서류는 최막동 실장이 모두 준비하여 서울로 올라올 것이며 서울에서 접촉하여 태평양과 매도 계약을 체결할 것이다. 만일 사기를 당한 것이 아니고 실제 사업을 시작했더라면 엄청난 성공을 거두었을 것이다. 참으로 아깝기 짝이 없는 일이다.

김포공항에 흙피리, 즉 최막동 총괄 기획실장이 기다리고 있었다. 패잔병이 되어 귀국하는 장 회장을 그녀가 따뜻이 맞아 주었다.

"고생하셨습니다. 지나간 일은 다 잊으시고 새 출발하세요. 마포 가든호텔에 객실을 잡아 놓았습니다. 오늘은 푹 쉬시고 내일 태평양 본사로 가서 계약하세요. 그나마 다행입니다. 저희들이 태화 공장에 투자한 액수 전액을 받게 되어서요. 대개 이런 때는 헐값에 매입하려 드는데 태평양은 저희들이 투자한 액수 그대로 인수하겠다니 참 다행이지요."

"최 실장, 이 신세를 다 어떻게 갚지? 고마워, 끝까지 나를 도와줘!"

"우선 푹 쉬세요. 다음 사업은 생각하지 마세요. 내일 태평양그룹과 공장 매도 계약 끝나시면 제주도에라도 가셔서 머리를 식히시고 오세요. 제가 다음 일을 구상해 보겠습니다. 돈이 있는데 뭐는 못하겠습니까?"

장 회장은 그 말에 동의했다. 지금은 휴식이 필요할 때다.

흙피리가 운전하는 승용차는 김포공항을 떠나 어느새 마포 가든 호텔에 도착했다. 호텔에 도착했을 때 그들에게 기쁜 소식이 와 있었다.

조성준 서울시장이 저녁을 사겠다는 것이다. 흙피리가 '장 회장이 귀국하여 서울로 오는데 뵈었으면 한다.'는 연락을 했었는데 잊지 않고 초대한 것이다. 부산시장 시절 많은 도움을 받은 것에 대한 보답이리라. 참 고마운 분이다. 대개는 이럴 때 꽁무니를 빼는 것이 보통인데!

그날 밤, 세 사람은 떡이 되도록 술을 마셨다. 조성준 서울시장은 아직 장 회장에게 무슨 일이 있었는지 모르고 있었다.

다음 날, 태화산업 고무신 공장 인수인계를 위한 계약은 순조롭게 진행되었다. 태평양은 건물을 인수하면 두 달 내에 공장을 가동할 수 있도록 만반의 준비를 갖추고 있었다. 그리고 공장 사원들 문제도 잘 해결되었다. 태평양 측에서 한 사람 빠짐없이 받아들이겠다고 약속한 것이다.

태평양 측은 전액을 수표로 만들어 건네주었고, 장 회장은 이를 봉투에 넣어 흙피리에게 주었다. 부산에 도착하면 이 역시 지하 금고로 들어갈 것이다.

장선홍 회장은 이 태평양그룹의 실질적인 오너가 흙피리라는 것을 알 턱이 없었다. 모든 것이 마치 미리 쓰여진 시나리오처럼, 시계의 톱니바퀴처럼, 그렇게 정밀하게 돌아가는 것에 아무 의심도 갖지 않는 장 회장이다.

부산에 도착한 장 회장은 태평양으로부터 받은 수표를 지하 금고에 집어넣고 다음 날 한 젊은 여인과 제주도로 여행을 떠났다. 이 여인은 흙피리가 막대한 돈을 주고 산 여인이다.

그런데 이틀 후, 부산이 발칵 뒤집히는 충격적인 보도가 있었다. 미국 맥튜 가문에서의 발표 때문이다. 이들은 부산 국제공항 건설을 위한 차관과 부산 · 마산 간의 고속도로 건설, 그리고 부산 부두 개발 일체를 포기하겠다는 것이다.

"이게 뭐야!"

부산의 희망, 부산의 모든 꿈이 한꺼번에 날아갔다. 조성준 시장이 그토록 애써 가꾸어 왔던 모든 것이 한 번에 무너진 것이다.

꿈만 사라진 것이 아니다. 이를 위해 투자했던 모두에게는 절망이었다. 최근까지 국제공항이 들어설 자리라며 앞다퉈 매입했던 김해 땅 매입자들과 부두 일대 땅을 매입한 사람들은 어디 하소연할 데도 없이 병져 누워 버렸고 정부의 무능함과 안일함을 비난하기 시작했다. 금값이던 땅이 하루아침에 똥값이 되어 버렸기 때문이다.

그런데다가 출처도 없는 악성 루머가 걷잡을 수없이 번져 가고 있었다. 김영삼 신민당 총재 당선에 대한 보복으로 정부가 차관을 거부했다는 소문이다. 누가 왜 퍼뜨렸는지는 모르지만 부산 시민들을 자극하기에 충분한 악성 루머.

이들은 모이기만 하면 정부를 비난하고 박정희 대통령을 욕했다. 야당 총재에 불만이 있다고 한국 제2의 도시가 염원하던 사업을 포기하다니! 이건 독재의 극치이며 책임져야 할 일이라고, 박 대통령은 부산의 모든 사업을 복구하던지 물러가야 한다며 입에 침을 튀기고 있었다.

그런데 이 불똥이 어이없게도 장 회장에게 번져 가기 시작했다. 처음에는 정말 다행이라며 가슴을 쓸어내렸다. 김해 땅을 모두 안전하게 되팔았기 때문이었다. 천만다행인 일이다. 한데, 그것이 불똥의 원인이 된 것이다.

2

국제공항 포기 발표가 있던 다음 날 아침.

행준사 건물 앞에 한두 사람씩 모이더니 급기야 1백여 명이 되었다. 이들은 회사 문이 열리자 마치 전투라도 벌이는 군대처럼 회장실을 향해 몰려갔다.

"장 회장 어디 갔어, 어디 갔냐고!"

"이 사기꾼 새끼 내 돈을 그렇게 핥아가?"

"내 땅값 안 내놔? 응? 내 돈 내놓으란 말이야!"

고함을 치고 회사 기물을 부숴 댔다. 장 회장에게 공항 부지 땅을 매입한 사람들이다. 이들은 장 회장이 공항 건설 취소 정보를 미리 입수하고 자신들에게 되판 것이라고 믿고 있었다. 그래서 거칠게 항의하는 것이다.

모든 돈을 다 투자하여 산 땅이다. 어제만 해도 금값이던 김해공항 부지값이 하루아침에 똥값이 되어 버렸으니 이건 사기가 틀림없다고 믿은 것이다.

"땅값 돌려주지 않으면 너희들도 죽고 나도 죽어, 그냥은 절대 안 넘어가!"

회사 사원들이 나섰지만 이들의 흥분을 막을 수는 없다.

아래층에서 흙피리가 올라왔다. 그들은 매매계약 때 이 여자를 본 일이 있다. 회장이 없다고 판단한 이들은 최막동이라는 여자에게 덤벼들었다.

"이 사기꾼년아! 너도 장 회장과 한 패지? 네가 책임져, 책임지라고! 돈 내놔, 땅 돌려줄 테니 돈 내놓으란 말이야!"

사람들이 달라붙어 멱살을 잡고 어떤 사람은 걷어차기까지 한다.

사원들이 결사적으로 달려들어 겨우 떼어 놓았다.

"여러분, 제 설명을 좀 들어 보세요!"

흙피리가 책상 위로 올라가 소리쳤다.

"여러분들 오해 마세요. 저희들도 공항 건설 포기를 어제야 알았습니다. 물론!"

"야, 시끄러 이 계집애야. 돈 돌려줄 거야, 말 거야. 그것만 말해!"

"들어볼 것도 없어. 회장 어디 있는지만 말해. 우리가 찾아가 담판을 지을 테니까!"

어떤 사람은 책상을 걷어차고 어떤 사람은 사무실 유리창을 깨부순다. 한마디로 난장판이 되어 버렸다. 놀란 여직원들은 도망쳐 버리기도 했다.

모두들 눈이 뒤집혀 있었다. 하루아침에 생돈이 뭉텅이로 날아가 버렸으니 눈이 안 뒤집히겠는가?

"이 새끼 내 돈 내놓지 않으면 죽여 버리고 말 거야!"

행준사 건물에 간판을 단 이래 처음 있는 일이다.

이때다. 농성자 가운데 한 사람이 옆 사람에게 속삭인다.

"장 회장 집으로 가 봅시다. 제가 집을 압니다!"

"그래요? 그럼, 그곳으로 가 보지요!"

이리저리 말이 돌더니 한 70여 명이 빠져나갔다. 그리고 그들은 장회장 자택으로 우르르 몰려갔다.

자택에는 중년이 좀 넘어 보이는 가정부가 집을 지키고 있었다. 그녀는 갑자기 몰려든 사람들을 보고 놀라 회사로 연락을 했다.

"최 실장님, 큰일 났어요. 사람들이 몰려와 회장님 내놓으라고 난리예요. 골동품 다 깨부수고 살림을 망가뜨리고 있어요. 어서 오세요!"

흙피리는 회사를 벗어나 장 회장 자택으로 달려갔다. 집 역시 아수라장이다. 그 많은 사람들이 집을 점거하고 있으니 비집고 들어갈틈도 없을 지경이 되었다.

"여러분, 자꾸 이러면 경찰을 부릅니다. 회장님은 출장가셨어요. 곧 오십니다. 그러니 그만 돌아가세요! 그리고 솔직히 이건 법적으로 아무 문제없는 거 아닙니까? 여러분 자꾸 이러시면 처벌받습니다. 경찰서 끌려가고 싶으시면 마음대로 해 보세요."

불난 집에 기름을 부은 셈이다. 사람들은 흥분을 이기지 못해 고함을 지르며 흙피리에게 덤벼들었다

"경찰에 신고해, 해 보라고! 이년 경찰 오기 전에 너부터 죽여 버리고 말 테다."

사람들이 덤벼들자 흙피리는 부엌으로 도망쳤고 사람들은 거기까

지 따라갔다. 그런데 어디선가 고무 타는 냄새가 나기 시작했다. 프로판 가스 고무줄에 불이 붙은 것이다.

누군가 있는 힘을 다해 소리쳤다.

"가스통에 불이 붙었다. 터지면 다 죽는다. 도망쳐라!"

흙피리는 몸을 날려 부엌 창문으로 몸을 던졌다. 정원이 나오자 사람들 틈을 비집고 집을 빠져나왔다. 사람들이 아우성치며 빠져나오려 아귀다툼을 벌였고 가정부는 놀라 먼저 도망쳐 버렸다.

"쾅!"

굉음이 들렸다. 프로판 가스가 터진 것이다. 집은 삽시간에 불바다가 되어 버렸고 미처 도망치지 못한 사람들은 다쳐 쓰러졌다.

잠시 후 소방차가 달려와 진화 작업을 시작했고 화재는 1시간 만에 진압되었다. 다행히 사망한 사람은 없었지만 20여 명이 중경상을 입어 후송되었다. 나머지 다치지 않은 사람들은 모두 도망쳐 버렸다.

그날 저녁, 흙피리에게 한 통의 전화가 걸려 왔다.

"접니다."

"음, 오늘 수고 많았어. 다치지는 않았고?"

"아닙니다. 오늘 일 잘 처리되었습니다."

"수고했어. 내일 서울로 올라가!"

흥분한 매입자들 틈에 심어 놓은 흙피리 하수인들이다. 그들 중에 불을 지른 사람은 없었다. 프로판 가스통 호스에 불을 붙인 사람은 흙피리 자신이었다.

제주의 한 호텔에서 아침을 맞은 장선홍 회장에게 전화가 걸려 왔다. 흙피리의 다급한 목소리다.

"회장님, 한 일주일 정도 더 머물고 계셔야겠습니다. 부산에 올라 오지 마세요."

차관 포기로 부산 국제공항 건설이 무산되었다는 소식을 뉴스로 들었다. 그는 가슴을 쓸어내렸다. 만일 그 10여 만 평이나 되는 땅을 끌어안고 있었다면 그건 모두 빚더미가 되었을 것이다. 누가 그 시골 땅을 산단 말인가! 그런데 천만다행으로 모두 되팔았다. 역시 자신은 행운의 사나이라며 기뻐하고 있을 때 전화가 걸려온 것이다.

"일주일? 왜 무슨 일 있어?"

"땅을 산 사람들이 몰려왔었어요. 정부가 공항 건설을 취소한다는 정보를 미리 입수하고 되팔았으니 사기 아니냐는 겁니다. 모두 흥분해서 회장님 나오라고 아우성이었습니다. 집에 불까지 질렀습니다. 뒷일은 제가 수습할 테니 걱정 마시고요."

"집? 어디가 탄 거야?"

"다행히 별채 부엌이 있는 집입니다. 그건 완전히 무너졌습니다. 본채는 약간만 부서졌고요."

"그럼 됐어!"

충분히 이해할 일이다. 어떤 사람은 땅을 매입한 지 채 열흘도 되지 않는다. 물론 자신은 그런 정보를 받은 일이 전혀 없지만.

"하지만 우리가 땅을 되판 것은 다른 사정 때문 아닌가?"

"물론입니다. 하지만 여기 상황은 그게 아닙니다. 직원들 모두 며칠 휴가 보내고 저도 대충 수습하고 피신 가 있다가 올 생각입니다. 며칠 지나면 가라앉겠지요. 가정부 아줌마도 잠시 피신해 있으라고 하겠습니다."

"그렇게 해요. 정말 나 때문에 고생 너무 많아요!"

지금 딱히 벌여 놓은 사업도 없다. 장 회장은 사원들에게 임시 휴가를 주고 집을 대충 정리하면 흙피리도 어딘가 숨어 있다가 상황이 좀 가라앉으면 부산으로 오라고 했다.

이 분쟁은 그리 오래 가지는 않을 것이다. 법적으로 하자가 없지 않은가? 그리고 불탄 집이야 수리하면 그만이다. 지하 금고야 절대 다치지 않을 물건이니까!

연락처는 호텔로 해 두었다.

회사는 문을 닫고 흙피리는 경찰서에 들러 화재에 대한 진술을 마치고 어디론가 사라져 버리고 말았다.

무너지는 사람들

1

1979년 10월 2일, 저녁 7시.

주한 미 대사관저에 몇몇 승용차가 도착했다. 모두 긴장된 얼굴인 데 그중에는 미8군 사령관, 청와대 안보특보 정연학과 뜻밖에도 흙 피리, 즉 사루비아 강은양 얼굴도 보인다. 이들은 대사를 중심으로 둘러앉아 있는데 아직 도착하지 않은 누군가를 기다리며 차를 마시 고 있다. 이들 모두 박정희 대통령 하야 문제로 모인 사람들이다.

뿐만 아니라 이들 중 흙피리의 정체를 정확히 알고 있는 사람이 있 다. 그녀가 맥튜 가문의 한국인 양녀라는 것, 그리고 최막동이라는 이름으로 부산에 투입된 미 정보국 요원이라는 것을, 바로 세인트 다. 정연학 특보도 그녀가 미국 정보 요원으로만 알고 있다. 이 외에 흙피리의 정확한 정체를 아는 사람은 오직 김돈규 한 사람뿐이다.

정연학 특보 옆자리에 앉은 강은양이 정연학 특보에게 조은숙 관장 안부를 묻는다.

"신혼 기분 어때요? 관장님은 잘 계시고요?"

그동안 조 관장만 모르고 있었다. 부산에 도착한 흙피리를 보살펴 준 사람 중 하나가 바로 정연학 특보다. 그는 미국 측과 긴밀한 연락을 하며 대통령 하야 문제에 깊숙이 개입하고 있었다. 물론 흙피리를 돕는 역할도 해 주었다.

"옛날 육영수 여사님이 만들었던 양지회(청와대 간부 부인들 모임으로 가난한 자를 돕는 자선 단체)에 입회하여 바쁘게 일하고 있죠. 그런데 장선홍 회장 문제는 잘 되었나요?"

"네, 다 끝났습니다. 뒷일 마무리만 남았습니다."

"고생 많으셨네요. 물론 장 회장이 지은 죄지만 일정한 선은 지켜 주셨으면 합니다."

"네, 알고 있습니다. 제가 생각한 것이 있으니 두고 보세요."

이때 키가 크고 덩치가 큰 미국인 한 명이 들어온다. CIA 극동 본부장 세인트다.

이제 모두 모였고, 공식적인 회의가 시작되었다.

이무렵 박정희 대통령은 미국과 극심한 마찰을 빚고 있었다. 핵무기 제조 때문이다. 미 대통령 카터는 '만일 한국이 핵 무장을 한다면 한국에서 미군을 철수시키겠다.'며 위협했고, 이에 맞서 박정희 대통령은 〈자주 국방〉을 외치며 갈 테면 가라고 버텼다.

카터 미 대통령이 한국을 방문했을 때 호텔에 묵지 못하고 의정부 미8군 사령부에 숙소를 정한 것도 이런 이유 때문이었다.

이때부터 미 정보국은 박 대통령 하야를 은밀히 추진해 왔다.

회의는 먼저 정연학 특보의 브리핑이 있었다.

"지금은 미국이 굳이 개입하지 않아도 각하는 위험한 처지에 놓여 있습니다. 청와대에서는 모레(10월 4일) 국회에서 김영삼 의원을 국회에서 내쫓는 제명 처리를 합니다. 지난 YH 사건 때 노동 분쟁에 제3자 개입을 위반했다는 것이 제명의 이유입니다."

YH 사건!

지난 8월 10일, 한 가발 공장의 사장이 회사 돈을 횡령하여 미국으로 도주했고, 이에 격분한 여공들이 마포 공덕동에 위치한 신민당 당사로 들어가 해결해 달라며 농성을 벌인 일이 있었다. 이에 정부는 경찰을 동원하여 강제 해산시켰고 이 와중에 김경숙이라는 노조 간부 하나가 신민당 당사 건물에서 투신하여 자살한 사건이다. 이때 김영삼 총재는 이를 해결하겠다며 나섰고, 이는 노동법상 사주와 노조 간의 분쟁에 제3자는 개입할 수 없다는 법을 어긴 것이다.

"YS를 제명한다고요?"

"네, 청와대 강경파들의 결정이고 대통령 각하도 동의하셨습니다."

"음! 우리가 나서지 않아도 내분이 일어나겠군요."

"얼마 전에는 파리서 김형욱 전 정보부장이 실종된 사건이 있었잖아요? 그것도 박 대통령 지시 아닌가 생각됩니다."

세인트가 이 사건에 의문을 제시한다. 하지만 아직 그것을 증명할 뚜렷한 물증은 없다.

흙피리가 입을 열었다.

"지금 부산·마산은 잔뜩 약이 올라 있습니다. 국제공항 건설 취소 때문입니다. 정부가 김영삼 의원의 신민당 총재 당선에 대한 보복이라고 생각하고 있거든요. 제가 사람들을 동원하여 그런 소문을 퍼뜨렸습니다. 또 이 건설에 희망을 걸고 땅을 매입했던 사람들은 지금 완전히 패닉 상태입니다. 여기에 김영삼 의원이 제명까지 당한다면 이건 화약고에 불을 지르는 것과 마찬가지입니다. 부산과 마산 시민들이 대통령 하야를 외치며 나설 테고 정부는 보나마나 강경책을 쓸 것입니다. 이 와중에 단 한 명이라도 희생당한다면 4.19 때처럼 전국이 들고일어서게 되고 결국 대통령은 하야하지 않고는 견디지 못할 겁니다."

이번에는 세인트가 입을 열었다.

"우리가 원했던 것이 그 상황이지요. 우리가 YS 제명 사건을 만들려 했는데 잘되었군요."

세인트는 계속 자신의 생각을 말한다.

"문제는 하야 이후입니다. 만일 조용히 물러간다면 미국은 김종필 씨를 지지할 겁니다. 그러나 또 만일 대통령이 피살당하거나 불명예스럽게 하야한다면 군부나 대통령을 지지하는 보수 세력이 그냥 두고 보지는 않을 것으로 봅니다. 만일 하야 성명이 발표되면 우리는 대통령을 극비에 해외로 보내는 방법을 강구해 놓고 있습니다. 현재 스위스 모처에 은신처를 마련해 두었습니다. 거기서 편하게 여생을 보낼 수 있도록 조치해 놓았습니다."

회의는 심각하게 진행되고 있었다.

미 대사가 다른 의견을 내놓는다.

"시나리오대로 되지 않을 수도 있습니다. 변수라는 거죠. 만일 부산 시민들이 대정부 투쟁을 벌일 때 군부에서 살상을 무릅쓰고 군대를 투입한다면 어쩌죠?"

"그 가상 상황도 배제할 수는 없습니다. 그때는 제가 나서지요."

미8군 사령관이다.

"만일 정부가 비상계엄령을 내리고 군대를 동원한다면 제가 군 핵심부를 협박하겠습니다. '계엄령을 해제하지 않으면 미군은 정말 철수한다. 그러면 북한이 재남침한다. 이 정부는 정권뿐 아니라 나라를 잃을 수도 있다.' 이런 협박이면 군부도 함부로 움직이지 못할 겁니다. 그러면 군은 대통령에게 하극상을 벌일지도 모릅니다. 이 협박은 군부는 물론 김재규 중정 부장에게도 통보할 것입니다."

여러 가능성을 놓고 시나리오를 만들었다. 물론 대사 말처럼 엉뚱한 변수가 생길지도 모른다. 하지만 지금 논의되고 있는 시나리오보다 더 세밀한 가상 상황은 만들 수 없었다.

이때 정연학 특보가 무겁게 입을 연다.

"부산과 마산에서 대정부 투쟁이 벌어진다면 대통령은 하야의 길을 가게 될 것으로 봅니다. 하지만 차기 정권은 JP로는 안 됩니다. 유약합니다. 그분은 결코 김대중, 김영삼의 협공을 견디지 못합니다. 지금은 야당이 정권을 잡을 때가 아닙니다. 제가 여러 자료를 분석하고 여러분이 모르는 내부 흐름을 가지고 있습니다. 이 문제는 제가 곧 대사님과 함께 워싱턴으로 건너가 미 대통령과 CIA 국장에게 브리핑하겠습니다. 도와주십시오."

"알겠습니다. 제가 주선하겠습니다."

야당으로 정권이 넘어가는 것은 현재로서는 미국도 곤란한 문제다. 더 큰 혼란이 올지도 모르기 때문이다. 미 대통령과 정보국장이 함께하는 자리는 미 대사가 책임지기로 했다. 정말 신중에 신중을 기해야 하는 문제다.

이때, 흙피리가 종이에 메모를 적어 정연학 특보에게 건네주었다. 메모를 받아 든 정 특보가 깜짝 놀란다.

김종필의 공화당, 김대중, 김영삼의 신민당을 제외하면 조직적으로 움직일 수 있는 자들은 군부밖에 없습니다. 대통령 하야 이후 혼란을 끌어갈 만한 인물이 군부에 있습니까?

1차 회의는 이것으로 끝났다.

모두가 헤어져 자기 차로 가는데 정연학 특보가 다가와 은밀히 말을 건넨다.

"시간 나면 한 번 봐요. 식사 초대하겠습니다."

"네, 좋지요. 연락주세요."

그렇게 약속한 흙피리는 차에서 사과 박스만한 상자 하나를 꺼내 대사에게 찾아갔다. 포장지에 영어로 〈TOP SECRET〉라고 붉은 글씨로 크게 쓰여 있다. 제법 묵직하게 보인다.

2

미 대사관저에서 회동이 있던 이틀 뒤인 1979년 10월 4일.

국회에서는 마침내 김영삼 제명 사건이 터지고 말았다. 공화당 의원 149명과 유정회(현 비례대표) 97명, 총 243명은 야당이 불참한 가운데 전원 일치로 제명을 통과시킨 것이다.

이로써 김영삼 의원은 국회에서 쫓겨나 야인이 되고 말았다. 부산은 흥분을 감추지 못하고 있었다. 박정희 정권이 노골적으로 부산을 탄압한다며 분노했다. 그런데다 누군가가 통금이 해제되기가 무섭게 대학가를 돌아다니며 현 정권을 비난하는 대자보(大字報)를 붙이고 돌아다녔다.

유신 정권 타도하자!
박정희 물러가라!
부산 말살 정책에 부산은 저항하라!

과격한 벽보였다. 경찰은 범인을 잡으려 별별 수단을 다 썼지만 성공하지 못했다.

모든 대학에 병력을 집중시키자 이번에는 시장가를 돌아다니며 붙였다. 겨우 목격자를 찾았지만 '누군가 오토바이를 타고 다니며 벽보를 붙인다.'는 정보가 고작이었다.

이 대자보는 엄청난 파문을 일으켰다. 이 글귀들이 대학으로 번져 대학마다 벽보가 나붙었고 시장은 시장대로 상인들이 만들어 붙였다. 그리고 이 벽보는 부산 시민들을 완전히 분노의 도가니로 만들고 있었다.

부산이 어수선해질 무렵, 장 회장은 슬그머니 부산으로 돌아왔다. 회사가 문을 열었다는 흙피리의 통보를 받았기 때문이다.

집은 참혹했다. 별채는 완전히 파괴되었고 본채도 일부가 파손되었다. 마치 전쟁을 치른 뒤 같았다. 일부 정리는 했지만 이미 집은 집이 아니었다. 그 폐허 속에서 그는 왜 자신에게 자꾸 불행한 일이 터지는지를 한탄하고 있었다.

일본 국제 사기단에게 10여 만 달러를 잃었고 분함이 채 가시기도 전에 집이 파괴되었다. 물론 김해 땅 매입자들의 입장을 이해 못하는 것은 아니지만 절대 고의적인 매각은 아니었다.

그래도 이 정도에서 마무리된 것은 다행한 일이다. 만일 그때 서둘러 팔지 않았다면 지금은 엄청난 재산 피해를 입었을 것이다. 그는 자신에게 여러 가지 충언을 해 준 흙피리를 기억에 떠올렸다.

'최 실장에게 무엇으로 신세를 다 갚지?

한동안 폐허를 바라보던 그가 안채로 들어섰다. 절대 염려할 일은 아니지만 그래도 금고는 확인하고 싶었다.

양탄자는 방염 처리를 확실히 하여 일부 화재 피해는 입었지만 불타지 않고 녹아 버린 게 고작이었다.

양탄자를 들어 올렸다. 쇠 손잡이를 들어 올리고 천천히 지하 계단을 밟고 내려갔다. 금고는 여전히 캄캄한 지하 방을 지키고 있었다. 벽의 스위치를 눌러 불을 켰다. 아무 이상 없다. 금고는 단단히 잠겨 있다. 작은 의자에 엉덩이를 걸치고 천천히 다이얼을 돌린다. 육중한 금고 문을 잡아당긴다. 쇠문이 열렸다.

"?"

장 회장 눈이 휘둥그레진다.

"뭐야!"

없다! 아무것도 없다. 유가증권도, 수표도, 어음도, 현찰도, 아무것도 없다. 금고는 텅 비어 있었다.

온몸에 전류가 흘렀다. 그리고 소름이 돋았다.

"어디 간 거야! 돈이 다 어디 간 거냐고!"

아찔한 현기증을 느끼며 그는 비명을 질러 댔다. 미친 듯, 텅 빈 금고 바닥을 쓸어 보고 지하 창고를 둘러보지만 누군가가 마치 마술을 부렸듯 금고는 깨끗했다. 그럴 수 없다. 가장 견고하고 복잡한 다이얼의 금고다. 금고 전문가가 열려고 해도 열 수 없는 금고라 했다. 그리고 그 누구도 여기 지하방에 금고가 있다는 것을 알지 못한다. 마술이 아니면 사라질 이유가 없다.

그는 정신없이 지하실을 빠져나왔다. 불에 타 버린 승용차를 지나 거리로 나서서 택시를 잡아타고 회사로 달려갔다.

회사 간부 몇몇이 출근하여 청소도 하고 수리공을 불러 깨진 유리창을 고치고 있었다.

"회장님!"

그들의 걱정스러운 인사를 받을 겨를도 없다. 회사 작은 금고에 수첩 하나가 보관되어 있다. 수표와 유가증권, 어음, 국채 등의 일련번호를 기재한 수첩이다. 은행에 통보해서 유통을 방지시킬 계산이다.

하지만 회사 금고에서 사라진 건 그 수첩 하나뿐이다. 수첩마저 사라졌다는 것을 확인한 그의 얼굴이 참혹하게 일그러지기 시작했다. 그리고 그만 말 한마디 못하고 뒤로 쓰러지고 말았다. 쓰러지는 그의 망막 속에 저쪽에서 자신을 향해 걸어오는 홈피리가 보인다.

놀란 최막동 실장과 회사원들이 부산 성모병원에 연락하여 장 회장을 응급실로 후송시켰다.

경찰 측에 프로판가스 폭발과 그에 따른 화재, 그리고 주민들의 난입 사건에 관한 진술을 마친 홈피리는 장 회장 집으로 다시 돌아왔다. 가정부를 집으로 보내며, '집이 정리되면 통보할 테니 다시 돌아오라.'고 한 후 여유롭게 집을 뒤지기 시작했다.

뭉텅이 돈이 생기면 회장은 언제나 집으로 돌아갔다. 그것은 그의 재산이 집 어딘가에 묻혀 있다는 증거다. 집을 뒤지던 그녀는 마침내 양탄자를 발견하여 그것을 들어 올렸고 거기서 지하로 통하는 비밀 계단을 찾아냈다. 그 지하에 금고가 있었다.

"흠, 여기다 감추어 두었었군!"

'옛날 그 어느 날, 장 회장도 이렇게 엄마의 금고를 열어 돈과 패물을 훔쳐 달아났겠지! 그동안 장 회장은 엄마의 신임을 얻기 위해 목숨까지 바칠 것처럼 했겠지. 엄마가 방심한 사이 금고를 열고 모두를 털어갔어. 그것이 결국 엄마와 진양이 목숨까지 빼앗은 거야. 하지만 지금은 사정이 달라. 이번에는 내 차례거든?

집에 돈을 감추었다면 틀림없이 육중한 금고에 넣어 두었을 것이다. 그래서 미국에서 개발한 금고 비밀번호를 찾는 기계를 대사관 측에 통보하여 구해 왔다. 그리 복잡하지도 않은 최신형이다. 이 도구로 금고 문을 여는 데는 단 10분도 걸리지 않았다.

문을 열자 추측했던 대로 모든 재산이 거기 있었다. 흙피리는 이들 수표, 유가증권, 어음, 국채, 현찰, 그리고 패물들을 사과상자 만한 박스에 꽉꽉 눌러 담았고 이를 어깨에 메고 밖으로 나섰다.

양탄자를 다시 원래대로 펴놓았고 여유롭게 집을 빠져나왔다. 회장 자택 정문을 걸어 잠그고 박스를 차에 실었다.

내일 저녁은 대사관에서 대통령 하야 문제로 회의가 열린다.

흙피리는 이 박스를 단단히 포장했고, 앞면에 〈TOP SECRET〉라고 붉은 글씨로 크게 써 놓았다.

미 대사에게 맡긴 상자는 바로 장 회장의 모든 재산이며 그의 목숨이었다.

응급실로 후송된 장선홍 회장은 MRI 촬영 등 정밀 검사를 받았고 긴 시간 끝에 결과를 통보받았다.

담당의사는 심각한 얼굴로 설명했다.

"약간의 뇌출혈이 있습니다. 문제는 수술입니다. 부산에서는 충분한 수술을 받을 장비가 없습니다. 서울 세브란스 병원이나 서울대 병원으로 가서야 합니다."

"시간이 촉박하지 않겠습니까? 얼마의 시간적 여유가 있습니까?"

"시간이 촉박한 건 확실합니다만 정확한 시간을 잴 수는 없지요!"

"알겠습니다. 그건 제가 조치해 보겠습니다."

버려 두면 죽는다. 하지만 절대 죽게 해서는 안 된다. 그건 마리아 수녀님과의 약속이다.

홈피리는 청와대 정연학 특보에게 긴급 구조 요청을 보냈고, 정 특보는 부산경찰청 청장에게 부탁하여 헬기를 지원받았다. 정 특보는 고맙게도 세브란스에 연락하여 도착 즉시 수술에 들어갈 수 있도록 조치해 주었다.

경찰청에서 병원으로 헬기가 날아왔고 전문 간호사와 홈피리가 동행한 가운데 헬기는 몸체를 들어 올렸다. 그리고 팔 팔 팔, 날개를 돌려 서울 세브란스 병원을 향해 날아가기 시작했다.

마침내 장 회장은 세브란스 병원 수술실로 들어갔다. 운명은 아직 그를 버리지 않았다. 빠른 시간에 도착하여 무리 없이 수술을 받을 수 있었다. 그건 헬기 덕이며 헬기를 이용할 수 있었던 것은 정연학 대통령 특보 덕이다.

수술하는 동안 흙피리는 수술실 밖 의자에 앉아 깊은 생각에 잠기고 있었다.

이제 복수는 끝났다. 엄마와 진양이를 생각하면 목숨을 거둬 가야 옳다. 하지만 그에게는 마리아 수녀님이라는 누님이 있다. 장 회장은 엄마에게서 모든 걸 훔쳐 달아났지만, 대신 수녀님은 또 모든 것을 엄마와 동생에게 바쳤다. 심지어 인생까지 바친 그런 누님이 있다.

이제 이 두 갈등을 해결할 일이 남았다.

'앞으로 뭘 어떻게 해야 옳은가?

복수보다 더 심각한 흙피리다.

이때, 마스크를 벗으며 수술 집도를 한 의사가 나왔다. 5시간의 대수술을 끝낸 의사의 표정은 밝지도 어둡지도 않았다.

3

사람이란 그런 거다. 기회를 놓치면 영원히 후회하게 된다. 때로는 잘못도 저지를 수 있고, 용서받지 못할 죄를 저지를 수도 있다. 사람이니까. 하지만 죗값을 치를 기회를 놓치거나 버텨 나가다가는 더 큰 죗값을 치르게 되어 있다. 그리고 그때는 이미 후회하기에는 너무 늦어 버린다.

지금 장 회장이 그렇다. 참회할 타이밍을 놓쳐 불행하게 죽어 갈 처지가 되었다. 누님 마리아 수녀님은 수없이 충고해 주었다.

"늦기 전에 참회하라. 네 모든 재산을 사회에 환원하고 어디 낯선 시골이라도 가서 평생을 회개하며 조용히 살아라. 죄의 대가는 언젠가는 받게 되어 있다."

그러리라 생각도 했었다. 죄책감에 시달리기도 했었다. 그러나 그때마다 재산이 불어날 일이 생겨 욕망을 버리지 못했다.

김해공항 건설 부지 땅과 부두 개발, 그리고 장래가 밝은 레포츠 산업을 버릴 수 없었다. 이 사업을 마지막으로 새 생활을 시작하겠다고 작정한 터였다. 그러나 그 욕심이 결국 불행을 불러온 것이다.

그 욕심은 지금 그 자신의 목숨과 바꾸게 될지도 모른다.

"수술은 다행히 잘 끝났습니다. 저로서는 최선을 다했습니다. 하지만……."

잠시 말을 멈춘 의사가 긴 호흡을 한다.

"잘못하면 다시는 깨어나지 못할 수도 있습니다. 다행히 매우 건강하시고 의지가 강한 분이라 희망을 걸어 봅니다만 앞으로의 운명은 신(神)만이 알 것입니다."

의사는 낙관도 절망도 아닌 말을 남겼다. 흙피리는 의자에 앉아 꼼짝도 하지 않고 의사의 설명을 들었다. 왠지 마음이 침통해진다.

그토록 피를 씹으며 맹세했던 복수다. 그러나 그를 최후의 궁지로 몰아 죽음 앞에 이르게 한 뒤에서야 다시 복수를 곰곰이 생각하기 시작하게 되었다.

'과연 진양이나 엄마가 원했던 것이 이런 복수였을까? 하지만 엄마나 진양이가 이런 복수를 원하지 않았더라도 나로서는 이 길밖에 없지 않았던가?

그런데 지금 흙피리 자신에게 무엇이 남아 있는 것일까? 그가 영원히 깨어나지 못한다고 엄마와 동생을 잃은 슬픔이 사라질까? 통쾌해서 펄펄 뛰기라도 할 기분인가? 아니다. 복수를 해도 손에 남은 것은 아무것도 없다. 오히려 수녀님에게 슬픔만 더 얹어 준 것은 아닌가? 그렇다면 자신은 장 회장보다 나은 것이 있는가?

언젠가 책에서 읽은 글이 기억에 떠오른다.

'가장 큰 복수는 용서다.'

아직 대구 마리아 수녀님은 도착하지 않았다. 뇌수술을 끝내고 의식을 회복하지 못한 장 회장 옆에는 자신과 10년이 넘는 세월을 모셔 왔던 관리이사 한 명뿐이다.

흙피리는 일어나 관리이사에게 진심 어린 부탁의 말을 남겼다.

"이제 저는 떠납니다. 수술비 일체는 제가 해결할 것이고 이사님 생활은 제가 보장하겠습니다. 수녀님이 오셔도 끝까지 보살펴 주십시오. 진심으로 부탁드립니다."

관리이사가 깜짝 놀란다.

"최 실장님, 떠나시게요? 뒷일은 누가 다 감당하라고!"

"걱정하지 마세요. 제가 잘 알아서 할 겁니다. 병원만 지켜 주세요. 회장님 꼭 일어나시도록 힘껏 보살펴 주세요. 제가 병원을 지키지 못하는 건 수녀님이 이해하실 겁니다."

특실로 옮겼지만 아직 회복하지 못한 회장을 한 번 더 바라보고 그녀는 떠나가 버렸다.

내일이면 대구에서 마리아 수녀님이 도착할 것이다.

그런데 장선홍 회장과 똑같은 운명을 맞아 가는 또 다른 사람이 있었다. 떠날 타임을 맞추지 못해 비극적인 운명을 맞게 될 사람, 바로 박정희 대통령이다.

그는 분명 한 민족의 역사를 바꾼 인물이 틀림없다. 한국을 세계 열강의 대열에 오르게 했고 굶는 국민에게 자신감과 부를 안겨 주었다. 물론 세상 이치라는 것이 빛이 있으면 그림자도 있게 마련이지만, 그는 한국 경제를 세우기 위해 혼신의 힘을 다 쏟아부었고 그리고 이루어 낸 지도자였던 것만은 틀림없는 사실이다.

그러나 불행하게도 그는 떠날 타이밍을 놓쳐 버리고 말았다. 3선 개헌을 하지 말았어야 했고, 유신 정권을 만들지 말았어야 했다. 퇴임! 그때를 놓친 것이다.

그 무렵, 그러니까 장 회장이 세브란스에서 사경을 헤매고 있을 무렵인 10월 16일, 부산의 분노는 마침내 터지고 말았다. 이 사건 역시 흙피리가 개입되어 있다. 두 사건에 모두 개입된 것은 그녀의 운명인지도 모른다.

10월 16일.

가을하늘은 맑고 투명했다. 햇살은 곡식을 여물게 하고 참새 떼는 쌀알을 찾아 논으로 모여든다. 참으로 평화롭고 맑은 날, 부산 시청 앞은 젊은이들의 함성으로 가득했다. 부산대학교 학생 5천여 명이 모여들어 힘차게 구호를 외치고 있었다.

정치탄압 중단하라!
유신정권 물러가라!
타도하자 박 정권!

갑작스러운 데모 물결이지만 사실은 오래전에 터질 것이 터지고만 것이다. 공항 건설 취소, 부두 개발 포기, 그리고 김영삼 의원 제명, 학원 사찰, 눌리고 눌려왔던 대학생들이 마침내 거리로 쏟아져 나와 구호를 외치며 정권 타도를 외치기 시작한 것이다.

시민들은 젊은이들의 이런 모습에 통쾌해했다. 박수 치며 학생들을 응원했다. 아무도 이들을 비난하지 않았다.

그런데 더 큰 문제는 다음 날 일어났다. 시민들이 합세한 것이다. 그리고 그들은 첫날보다 더 난폭해졌다. 충무파출소를 전파시키고, KBS, 서구청, 부산세무소를 습격하여 일부 파괴시켜 버렸다.

청와대가 발칵 뒤집혔다. 대학생 궐기와 시민 합세를 전혀 예측하지 못한 탓이다.

대통령, 국무총리, 내무부 장관, 법무부 장관, 국방부 장관, 그리고 차지철 경호실장과 김재규 중앙정보부장, 정연학 안보특보가 참석한 가운데 열린 대책 회의지만 차지철 경호실장 목소리밖에는 들리는 것이 없었다.

그가 공격하는 사람은 중앙정보부장 김재규다.

"도대체 중정은 뭐하고 있었습니까? 대학생들이 들고 일어나도록 그 정보 하나 얻지 못했다는 말입니까? 중정 예산이 얼마입니까? 천문학적인 예산을 쓰고도 데모 기미도 못 잡았다면 낮잠만 자고 있었다는 말 아닙니까?"

틀린 말은 아니다. 하지만, 부산을 굳건히 지키고 있던 정연학을 청와대로 빼 가고, 부산이라면 쥐구멍이 어디 있는지까지도 아는 조성준 시장을 서울로 올려 보냈다. 구멍이 생길 것을 알고도 조치한 인사 아닌가?

하지만 얼굴만 붉힌 채 입을 꾹 다물고 있는 김 부장이다. 참고 있는 것이다.

'이게 내 책임이라고? 김영삼을 쫓아내는 게 아니었어. 더구나 국제공항과 부두 개발이라는 사탕을 주었다가 뺐으니 분통이 안 터지겠나? 그뿐인가? 학원 사찰, 토론 봉쇄, 이렇게 국민들 입을 묶어 놓고도 젊은이들에게 참으라는 거야?'

이렇게 말하고 싶지만 하지 못했다. 부산 데모를 감지하지 못한 책임이 있기 때문이다.

"결국 지금은 다른 선택의 여지가 없을 것 같습니다. 데모를 더 이상 방치하면 시청, 방송국, 신문사 다 불타 버리고 맙니다. 이것으로 끝나면 다행이지만 데모가 전국적으로 번지면 그때는 정말 감당 못합니다. 극단의 조치가 필요합니다."

정연학이 조심스럽게 계엄령의 필요성을 피력했다.

김재규 부장만 빼놓고 모두 찬성이다.

같은 시간 미 대사관 대사관저에서도 긴급회의가 열리고 있었다. 1차 회의 때 모였던 인사들 중 청와대 정연학 특보만 빠졌다. 이들은 정국이 예상대로 간다고 판단했다.

"결국 계엄령이 선포될 것입니다. 하지만 제 예상으로는 이 데모는 부산으로 끝나지는 않을 것으로 봅니다. 가까운 마산이 일어날 테고 부산, 마산 데모는 틀림없이 김대중을 정치법으로 묶어 불만 많은 광주로 번질 겁니다."

미 대사의 판단에 홈피리가 같은 의견을 제시한다.

"제 예상도 그렇습니다. 문제는 군부입니다. 지금 한국 군부는 대통령에 대한 충성심이 절대적입니다. 데모가 확산되기 전에 부산을 진압하기 위해 특전사 부대를 투입할지도 모릅니다. 그렇게 되면 부산은 피바다가 될 것입니다. 이건 막아야 합니다."

미8군 사령관이 입을 열었다.

"오늘 아침 중정 부장, 국방부 장관과 통화했습니다. 시민의 피를 보게 해서는 안 된다고요. 그리고 북한에게 침공의 빌미가 되는 일도 있어서는 안 된다고 분명히 못 박았습니다."

토론은 좀 더 지켜보자는 데서 끝냈다. 이들이 원하는 것은 대통령 스스로 물러나는 하야 성명이지만 뜻대로 이루어질지는 매우 의심스러운 일이다.

앗, 대통령 유고!

10월 18일.

부산 일대에 계엄령이 선포되었다. 부산 시가지를 군이 점령하고 데모하는 사람들을 검거하기 시작했다. 그러나 이 계엄령은 마산, 창원 일대로 불을 붙였다. 마산대학, 경남대학 학생들이 거리로 쏟아져 나온 것이다. 그들은 공화당 마산 당사를 파괴시켰고 공공기관을 습격하였다. 시가지는 불법 천지가 되었고 도시는 마비되었다.

이제 부산·마산 사태는 대통령에 앞서 차지철 실장이 진두지휘하기 시작했다. 대통령의 의중을 누구보다 잘 안다고 판단한 차지철 실장이며 실제 그만큼 막강한 권력을 쥐고 있었기 때문이다.

부산에 계엄령이 내려지고 마산에 위수령이 내려졌다. 위수령이란 군이 주둔하여 한 지역을 통제하는 것을 말한다. 그러나 데모는 전혀 수그러들지 않았다. 계엄령, 위수령으로 조직적인 궐기가 불가능해지자 대학생들과 시민들은 게릴라식으로 저항했다.

정부는 마지막으로 군 최강의 병력인 특전사 투입을 준비하고 있었다. 이는 부산과 마산에서 시민들 피를 보겠다는 결의이며 무력 진압도 불사하겠다는 의지를 보여 주는 것이다.

"밟아, 밟으란 말이야! 저항하는 놈들은 전부 빨갱이니 무차별 사격해도 괜찮아!"

차지철 실장의 흥분된 목소리가 쩌렁쩌렁 울리는 청와대다.

하지만 김재규 부장은 극구 반대였다.

"안 됩니다. 시민들 피를 보아서는 안 됩니다. 어떻게든 대화로 풀어야 합니다."

"대화로 풀자고요? 각하께서 하야라도 하자는 말입니까? 당신 역적하자는 겁니까? 그런 무책임한 발언이 어디 있습니까?"

다시 김재규 부장에 대한 차 실장의 공격이다.

김재규는 자리를 박차고 일어섰다.

"어디 마음대로 해 보세요!"

특전사 투입은 부산에 시민들 피를 뿌리는 일이다. 그리고 이제 그 누구도 이 진압군 투입을 막을 수 없게 되었다. 그런데도 특전사 투입은 좌절되고 말았다. 그러나 투입을 저지시킨 사람은 뜻밖에도 박근혜 영애였다. 그녀는 대통령이며 아버지인 박정희에게 눈물 어린 호소를 했다.

"국민들 피를 보아서는 안 됩니다. 설혹 모두를 포기하는 일이 있더라도 특전사 투입은 절대 안 됩니다."

대통령은 무겁게 입을 다물었지만 특전사 투입은 결국 포기하고 말았다.

나라가 온통 혼란에 빠져 있던 10월 26일.

미 대사관 대사관저에서는 대통령 하야를 종용하는 준비를 하고 있었고, 정연학은 흙피리와 정국에 관한 대화를 나누고 있었다.

지난 모임 때 식사 초대를 하겠다고 했는데 이날 이루어진 것이다. 마침 대통령은 충남 삽교호 준공식에 참가하여 모처럼 한가한 시간을 가졌기 때문이다.

이들은 청와대 인근 식당에서 만나 가벼운 식사를 하고 있었다.

"부산이 부르짖는 독재정권 타도 데모는 이미 예견된 일이지만 과연 대통령이 미국 측의 요청대로 하야할지는 의문입니다."

흙피리는 대통령 하야에 깊은 의문을 제시했다. 워낙 자존심 강한 대통령이기 때문이다.

"하지만 다른 돌파구가 없지 않아요? 무력으로 진압하기는 어려울 겁니다. 한국은 지금 수출로 경제를 이뤄 냈습니다. 그런데 시민들 피로 권력을 유지하겠다면 국제 사회에서 그냥 보고만 있겠습니까?"

그렇다. 지금 박정희 대통령은 진퇴양난에 빠져 있다. 물러설 수도, 그렇다고 궐기하는 시민을 무력으로 진압할 수도 없게 되었다. 자존심 강한 대통령이 미국의 권고대로 순순히 하야할 확률은 지극히 희박하다. 더구나 군부의 절대적인 지지를 받고 있어 쿠데타 같은 대 변혁은 꿈도 꿀 수 없다. 그러나 대체적인 결론은 박 대통령이 더 이상 국가를 통치하기는 어렵다는데 인식을 같이하고 있었다.

"참, 전에 제가 질의한 게 있잖아요. 여당도 야당도 차기 집권이 안된다면 군부 누구일 텐데 그게 누구인가 했던 거요."

"네, 차지철 실장은 분명 아닙니다. 성품이 대통령감이 아니지요. 김재규 부장은 더욱 아니고. 그는 군부에서 지지를 받지 못하고 있습니다. 현재 군 요직에 있으면서 군 전체의 응집력이 있는 사람이 있습니다. 보안사령관 전두환 장군이지요."

"또 군인입니까?"

"그게 현실입니다."

"국민들이 용납할까요? 군인 정치는 박정희 하나로도 충분하다고 보는데……."

"전, 그렇게 보지 않습니다. 정치하는 사람들 알고 보면 전부 자기 개인, 또는 자기 정당을 위해 투쟁하지 국민을 위해, 국민의 편에서 국민을 위한 정치는 하지 않습니다. 하지만 군은 그렇지 않습니다. 대통령 보십시오. 퇴임 때를 놓친 게 안타깝지만 그분만큼 일한 분이 또 누가 있습니까? 만일 전두환 장군이 대통령이 되고, 그가 부패하거나 무능하다면 저는 과감히 그와 맞설 겁니다."

"하여튼 지금은 혼란 상태니 좀 더 두고 보도록 합시다."

그들은 결론도 없는 토론을 마친 뒤 헤어졌다. 정연학 특보는 청와대로 돌아갔고 흙피리는 한남동 김돈규 자택으로 돌아갔다.

흙피리와 김돈규는 곧 미국으로 건너가 아버지 맥튜 장군에게 인사를 나눈 후 다시 귀국하여 조촐한 결혼식을 올릴 것이다. 결혼식이 끝나면 정치와 관계를 끊고 사업에만 몰두할 것이다.

흙피리, 그녀에게는 그래도 아직 남은 일이 있다. 장선홍 회장 문제다. 장 회장은 아직도 혼수상태에서 깨어나지 못하고 있다는 소식이다.

김돈규. 그는 지금 서독에 있다. 서독은 미국, 소련과 버금가는 스포츠 강국이다. 이런 나라들을 돌며 공부하여 한국에 세계 정상급 체육 교육기관을 만드는 것이 꿈이다. 태권도, 유도, 레슬링, 합기도, 우슈 등 올림픽 종목 스포츠 종합대학을 만들어 우수한 인재를 배출시키고, 여기서 금메달을 획득하여 명성을 높인 후 인재들을 해외에 진출시키는 것이 그의 꿈이다. 그리고 경호학과를 신설하여 전문 경호원을 양성하는 것도 그의 꿈이다.

한 달 정도 지나면 귀국하고, 내년부터 대학 설립에 모든 힘을 쏟아부을 것이다. 이 사업에 흙피리도 동의했다. 그것이 김돈규에게 가장 알맞은 사업이라 생각했기 때문이다.

흙피리는 벽에 걸려 있는 김돈규 사진에 뽀뽀를 한 후 깊은 잠에 빠져들었다. 그러나 채 두어 시간도 자지 못하고 잠에서 깨어났다. 요란한 전화벨 소리 때문이다.

그녀는 침대에서 벌떡 일어났다. 이 시간 전화라면 김돈규밖에 없기 때문이다.

"여보세요?"

"접니다. 큰일이 생겼습니다."

아니다. 뜻밖에도 정연학의 놀란 듯한 목소리다. 목소리가 떨리고 있었다.

"아니, 이 시간에! 무슨 일 있습니까?"

왠지 불안하다. 무슨 일인가?

"놀라지 마십시오. 각하께서 변고를 당했습니다. 김재규가 쏜 총에 각하도 쓰러지고 차지철도 쓰러졌습니다. 당분간 저와 연락이 되지 않을 겁니다."

통화는 그렇게 끝났고 흙피리는 정신을 차릴 수 없었다.

'대통령이? 김재규 손에?'

대통령 하야에 대한 여러 시나리오가 있었지만 걱정대로 예상 외의 사태가 발생했다. 최측근 중정 부장이 대통령 가슴에 총구를 겨눈 것이다. 걱정스럽다. 한국은 이제 상상을 초월하는 혼란이 올 것이다. 정치권, 군부, 시민과 학생!

연이어 전화가 걸려 왔다. 같은 정보다. 당분간 모두 숨죽이고 있자는 의견이다. 대통령 시해 사건에 미국이 개입되어 김재규를 조종했다는 오해의 소지가 있기 때문이다.

침대에 앉아 놀란 가슴을 진정시키고 있는데 또 벨이 울린다.

두근대며 다시 수화기를 들었다.

"나야, 집에 있었네?"

어? 김돈규다.

"예, 저예요. 마침 전화 잘했네요. 큰일이 터졌어요. 김재규 부장이 대통령을 시해한 것 같아요. 방금 연락을 받았는데 유고라고 하지만 서거하신 게 분명해요."

"뭐야? 김재규? 분명해?"

"예, 분명해요!"

"……."

긴 침묵이 이어졌다.

"여보세요? 들려요?"

"음, 내가 말하지 않은 게 있어서 그래!"

"뭔데요?"

"김재규 부장과 나는 이복형제야!"

"예? 김 부장과 이복형제……."

다시 충격에 빠지는 홈피리다.

"음, 맞아!"

놀랍고 진작 말하지 않은 것에 섭섭했지만, 그녀는 금세 냉정을 되찾았다.

"돈규 씨! 이번 사건과는 관계없는 거 맞죠?"

"물론이지, 서로 얼굴 안 본 게 십 년이 넘으니까!"

"알겠어요. 그래도 당분간 귀국하는 거 미뤄요. 아니, 제가 곧 미국으로 들어가니까 거기서 다시 만나요. 여기 상황 더 지켜보고 갈 테니. 아버님께도 곧 인사드리러 갈 거라고 해 두었어요."

계속 놀라운 일만 벌어지고 있다.

김재규, 그리고 김돈규! 이 두 사람이 이복형제라니! 이건 꿈도 꾸지 못할 일이다. 그렇다면 돈규 씨는 또 얼마나 놀랐을까? 이럴 때는 마음을 진정시켜 주는 것이 제일 현명한 방법이다.

"너무 놀라지 마세요. 돈규 씨와는 상관없는 일이니까요. 그래, 서독에서는 배울 게 많았나요? 준비 많이 하세요. 제가 팍팍 밀어 드릴게요. 사랑해요, 돈규 씨!"

"응, 고마워! 나도 보고 싶어. 그럼 미국에서 만나!"

통화를 끝냈지만 천하의 흙피리도 놀란 가슴은 도무지 진정되지 않고 있었다. 대통령 시해 사건, 김돈규의 이복형제 김재규! 그리고 사경을 헤매는 장선홍 회장……

그러나 흙피리는 장 회장이 그렇게 끝날 것이라고는 털끝만큼도 믿지 않고 있다. 그는 강한 사람이다. 그리고 아직 지난날에 대한 참회를 하지 않았다. 그 모습을 보고 싶다. 그래서 그는 절대 죽어서는 안 된다.

그가 죽어서는 안 될 또 하나의 이유가 있다. 자신이 갚지 못한 수녀님에 대한 감사함이다. 그 감사함 속에는 장 회장의 생명도 포함되어 있다. 그래서 장 회장은 반드시 죽음과 싸워 승리해야 한다.

침대에 걸터 앉아 있던 흙피리는 갑자기 벌떡 일어나 마리아 수녀님에게 보내는 장문의 글을 썼다.

그리고 별채로 갔다. 김돈규가 사용하는 개인 헬스장이다. 거기서 땀이 비 오듯 쏟아지고 숨이 턱에 닿도록 샌드백을 두드리고 러닝머신에서 뛰었다.

잊어버리고 싶다. 박 대통령 서거도, 쓰러진 장 회장도 머리에서 지워 버리고 싶다. 운동하는 시간에는 그런 모두를 잊게 된다.

외국 생활을 하면서도 한국이 그립고, 엄마가 보고 싶고, 불쌍한 동생이 보고 싶어 견디기 어려울 때는 이렇게 지쳐 쓰러질 때까지 뛰고 두드렸다. 지금 만일 김돈규가 옆에 있었다면 그 널찍한 품에 안겨 펑펑 울었을 것이다.

박 대통령의 하야를 원했지, 죽음을 원했던 것은 아니다. 장 회장이 뼈저리게 후회하기를 바란 것이지, 쓰러지기를 원했던 것은 아니었다. 그를 죽음으로 몰고 가고 싶었다면 이미 오래전에 끝냈을 것이다.

그렇게 1979년 10월 26일 밤은 충격과 놀라움과 슬픔 속에 깊어만 가고 있었다.

아, 장선홍 회장!

　무엇인가 아득히 먼 곳에서 들려오는 소리다. 혼돈의 음향이 들린다. 사람 목소리도 들리고 그 속에서 낮고 우울한 음향도 들린다. 그것이 무엇인지는 모르겠다. 혼돈의 음향이 조금씩 엷어지며 우울한 음향이 보다 더 분명히 들린다. 대통령 유고를 알리는 방송 소리다. 그리고 다시 깊은 잠에 빠졌다.

　얼마가 지났는지 모른다. 그는 오랜만에 눈을 떴다. 얼굴을 알 수 없는 물체가 압박하고 있었고, 이곳이 어디인지는 알 수가 없다. 손을 들어 올려 천천히 얼굴로 가져갔다.

　이때다. 누군가 다급히 외치는 소리가 들린다. 남자 목소리다.

　"회장님이 의식을 회복하셨어요!"

　"뭐라고? 빨리 의사한테 연락해, 빨리!"

　더 다급한 여자 목소리다. 얼굴을 천천히 돌렸다. 누님의 얼굴이 보인다. 누님이 손을 잡고 펑펑 울어 댄다.

　"살았어! 우리 선홍이가 살아났어. 선홍아, 선홍아!"

아직 입을 열 수 없다. 산소호흡기가 얼굴을 덮고 있기 때문이다. 장 회장은 손을 내밀어 누님의 손을 잡았다. 그의 눈에서도 눈물이 흐른다.

이제 기억이 돌아온다. 사무실 금고에서 수첩을 찾다가 쓰러졌다. 그리고 이곳은 병원이 분명하다. 의사와 간호사가 달려와 산소호흡기를 떼고 가벼운 진찰을 한다. 의사 뒤로 관리이사 얼굴이 보인다.

"저 보이시죠? 제가 누구죠?"

"의사 선생님……."

"고생하셨습니다. 이제 괜찮습니다."

웃으며 손을 잡아 주던 의사가 마리아 수녀님에게 얼굴을 돌린다.

"완전히 회복하셨습니다. 2, 3일 휴식 취하셨다가 퇴원 수속 밟으셔도 됩니다. 수녀님, 정말 고생 많으셨습니다."

그리고 밝은 얼굴로 돌아갔다.

장 회장은 머리를 만져 보았다. 마치 승려처럼 머리가 빡빡 밀려져 있다. 뇌수술을 위해 머리를 깎은 것이다.

"휴—."

긴 숨을 들이켠 후 천천히 입을 열었다. 또 알 수 없는 눈물이 흐른다.

"죄송해요, 누나!"

의식도 기억력도 예전처럼 완전히 회복한 장 회장이다. 이틀 뒤 퇴원 수속을 마치고 서울을 떠나 경부고속도로를 달리기 시작했다. 수술 후 한 달이나 흘러갔다.

장 회장은 차 속에서 충격적인 이야기를 들었다. 의식을 잃고 있는 사이 박정희 대통령이 김재규 부장 손에 시해당했으며, 지금은 보안사령관 전두환이 〈합동수사본부, 속칭 합수부〉를 설치하여 대통령 시해 사건을 수사 중이라는 말을 들었다. 그리고 조은숙 관장 부군인 정연학은 합수부에 합류하여 이 수사를 진두지휘하고 있다고 했다. 정말 믿을 수 없는 일이 그사이 벌어진 것이다.

그때서야 운전하는 관리이사에게 질문한다.

"회사는 어떻게 됐지?"

"회장님, 이제 행준사는 없습니다. 좀 더 시간이 지나면 보고드리려 했는데 이참에 모두 말씀드리겠습니다."

마리아 수녀님은 속이 답답한지 차창을 조금 열고 밖의 공기를 들이켠다.

"행준사 빌딩과 자택은 모두 경매로 넘어갔습니다. 경매로 넘어가고 남은 돈은 직원들 급여와 퇴직금으로 모두 써 버렸고, 죄송하지만 지금 회장님에게 남은 돈은 한 푼도 없습니다. 경매로 나온 빌딩과 자택 모두 태평양그룹에서 인수했습니다."

"태평양? 말표 고무신 공장도 거기서 인수했잖아?"

"네."

"허허허, 이제 난 빈털터리가 됐구먼!"

"죄송합니다, 회장님!"

"잘못이야 내가 했지 이사가 무슨 죄가 있겠나. 여태 날 돌보아 준 것만도 감사하고 또 감사한 일이지."

마리아 수녀님이 동생의 손을 잡는다.

"잘 됐어. 내가 바라던 게 이거 아니었니? 좀 늦기는 했지만 원래 우리는 빈털터리였잖니! 원래대로 돌아간 거야. 내 일찍 뭐라 했니.

네 돈은 네가 벌었다고 생각하겠지만 그건 은양이 엄마 돈이야. 하지만 모두 타계했으니 사회에 환원하고 빈손으로 살자고 하지 않았어? 그게 네가 속죄하는 길이기도 하고……."

"근데 최 실장은 왜 보이지 않아요? 흙피리 말입니다."

"네게 이 말은 하지 않으려했지만, 너 여태 모르고 있었지?"

"?"

"최막동 실장, 흙피리! 그 아이가 바로 사루비아 강은양이다. 난, 오래전부터 알았지."

"네?"

대통령 죽음보다 더 충격을 받는 장 회장이다.

"그 그럴 리가, 그럴 리가……."

"놀랍겠지만 사실이다. 네가 은양이 엄마에게 접근하여 사랑을 받고 그걸 이용하여 돈을 훔쳐 달아났던 것처럼 은양이도 네가 한 것과 똑같은 방법으로 네게 파멸을 준 거야."

"……."

"조은숙 관장이 눈치채고 흙피리에게 접근했지만 사실을 확인하는 데는 실패했지. 하지만 난 알고 있었어. 그래서 네게 빨리 재산을 사회에 돌려주라 한 거야."

"사루비아는 맥튜 가문의 양딸이라고 들었는데……."

"사실이지. 은양이가 그 엄청난 힘을 가진 건 모두 맥튜 가문의 양딸이 되었기 때문이야. 누군들 속지 않을 수 있겠니."

장 회장은 머리를 떨어뜨렸다. 이제서 그림이 그려진 것이다.

흙피리, 최막동, 그리고 사루비아 강은양. 이 모두가 한 사람이었던 것이다.

"왜, 제게 진작 말씀하지 않으셨어요?"

"말하고 싶었지. 하지만 네가 그 사실을 알면 널 정말 죽이고 말겠다고 했어. 그래서 두려워 말하지 못했던 거야."

괴롭다. 괴로워서 아무 말도 할 수 없다. 지하 금고의 돈도, 회사 금고 속의 수첩도 모두 흙피리가 가져간 것이다. 이제 할 말이 무엇이 있겠는가? 후회해 봐야 소용없는 일이지만 진작 누님 말씀처럼 회사 정리하고 사회에 좋은 일 하고 그리고 속죄의 뜻으로 바닥에서 나머지 인생 살았으면 좋았을 것을…….

"은양이는 철저히 네 것을 모두 회수해 갔어. 고무신 공장은 지금 태평양그룹이 인수하여 〈미즈노 코리아〉로 등록, 레포츠 산업을 시작했고, 행준사 건물과 네 집도 태평양그룹이 인수했어. 그 태평양 소유주가 바로 은양이야. 그 그룹 회장이 사루비아 강은양이지. 네가 병실에 있을 때 정연학 씨와 조 관장이 그 바쁜데도 불구하고 병문안을 왔었단다. 그분에게서 들었어. 조 시장님도 찾아왔었지. 넌, 참 행복한 놈이야. 그런 훌륭한 분들이 그래도 널 잊지 않고 찾아왔으니. 조성준 시장님은 머지않아 시장 직을 사퇴할 것 같다더라. 여러 정치적 이유 때문이겠지. 그들은 빈털터리가 된 너를 도와주겠다고 했어. 하지만 난 거절했지. 넌, 남은 생애를 참회하며 살아야 하니까! 그게 은양이 엄마와 진양이 그리고 은양이게 속죄하는 길이거든."

"네, 그러겠습니다. 진작 누님 말씀을 따라야 했는데……."

"늦었지만 이제라도 시작해. 사람은 사람의 존엄성을 지켜야 사람인 거야. 지금 네게 필요한 존엄성은 속죄야. 알겠지?"

"알겠습니다. 속죄하며 살겠습니다. 어디 가서 노동이라도 하며 살겠습니다."

"잘 생각했다. 하지만 그렇게까지는 안 해도 된다. 난, 그동안 네가 보내 준 돈을 잘 모아 놓고 있었지. 물론 일부는 머리 좋고 돈 없어 공부 못하게 된 학생들 장학금으로 썼지만 나머지 돈으로 포항 바닷가에 작은 집을 지었단다. 2층 건물인데, 1층엔 구멍가게라도 차려 먹고살고, 2층은 네 살림집으로 써라. 그리고 어떻게든 장가가거라. 사람은 자고로 짝이 있어야 하는 법이거든."

가슴이 미어지는 것 같다. 누님의 사랑 때문이다. 이런 누님마저 없었다면 스스로 목숨을 끊었을 것이다.

"네가 이리된 것은 다 나 때문이기도 하지. 내가 구두통을 메고 다니다가 남자애들에게 얻어맞는 것을 보고 네가 뛰쳐나갔으니. 따지고 보면 네 큰 죄도 다 나 때문이기도 하지. 그래서 더 안타깝고 슬펐단다."

마리아 수녀님이 작은 손가방에서 손수건을 꺼내 눈물을 닦는다.

자동차는 대구 톨게이트에서 내려 마리아 수녀님의 성당을 향해 달린다. 성당에 들러 참회 기도를 하고, 신부님께 감사의 인사를 드린 다음, 다시 포항으로 옮겨 수녀님이 마련한 집에서 장 회장은 나머지 생애를 보낼 것이다.

멀리 성당 십자가가 보인다.

흙피리와 마리아 수녀님

성당에 도착한 일행은 간단한 기도를 드린 후 수녀님을 남겨 두고 포항으로 차를 몰았다. 관리이사가 집을 알기 때문이다. 수녀님은 며칠 후 찾아가겠다고 했다.

"모든 살림을 완벽하게 준비해 놓았으니 지금 내려가서 당장 살림 해도 부족할 것은 없을 거야. 내가 성당을 너무 오래 비워 두어서 같 이 가기가 어렵구나. 고생하겠지만 어쩌겠니. 네가 선택한 고생이니 즐겁게 고생과 싸우거라. 내 곧 시간 내어 찾아가마."

그리고 포항으로 보냈다.

신부님은 마리아 수녀님으로부터 간단한 고해 성사를 받은 후 신 부 집무실로 안내했다. 신부님은 따뜻한 차를 대접하며 작은 봉투 하나를 가져왔다.

"약 한 달 전쯤, 언젠가 우리 탁구장에 찾아와서 운동도 같이하고 선물도 보내 준 그분, 흙피리라는 분이 찾아와 전해 달라고 부탁한 것입니다."

'뭐지?'

봉투를 뜯었다. 편지 한 장이 있고 그 속에 좀 더 작은 봉투가 있다.

"편지가 있네요. 제 방에 가서 보겠습니다."

신부와 헤어져 수녀님 방으로 왔다. 간결한 살림이다. 작은 옷장과 약간의 책과 책상이 전부다.

의자에 앉아 편지를 읽기 시작했다.

진심으로 존경하고 사랑하는 마리아 수녀님!

엄마와 동생 진양이를 위해 모두를 희생하신 수녀님을 생각하면 그저 눈물밖에 나오는 것이 없습니다. 더구나 시신까지 거두어 주셨으니 제가 은혜를 갚겠다면 목숨이라도 바칠 것입니다.

제 생각이 짧았는지도 모르겠습니다. 장 회장님이 이렇게 쓰러지리라고는 상상도 못했으니까요. 정말 회장님은 도저히 용서할 수가 없었습니다. 가진 모두를 잃고 인생 바닥으로 떨어지는 고통을 맛보아야 엄마의 고통을 알 것이라고 생각했습니다.

그 복수를 위해 흙피리, 최막동, 사루비아, 강은양 네 이름으로 살아야 했습니다. 복수를 위해 죽을 수 있다면 죽는 것도 좋다고 생각할 만큼 고통스러운 훈련도 참고 견디며 살아왔습니다.

그리고 수녀님이 사시던 부산역 쪽방 생활을 시작했습니다. 제가 부산에 도착했을 때는 이미 모든 과거를 다 확인한 뒤였습니다. 수녀님 아니었다면 회장님은 일본에서 미국 달러 위조지폐 제조 범인으로 몰려 일본에서 평생을 감옥에서 보냈을 겁니다.

하지만 수녀님 때문에 복수를 수정해야 했습니다. 저는 치욕적인 삶만 맛보게 하고 모두를 용서하려 했습니다만 뜻밖에도 뇌출혈로 쓰러져 사경을 헤매는 모습을 보아야 했습니다.

엄마나 진양이를 생각하면 통쾌하기 짝이 없는 일이겠지만, 회장님에게는 성인 같으신 누님이 계셨고, 또 10개월 지켜본 결과 회장님이 순간의 판단 착오였지 원래부터 악인은 아니었다는 것을 알게 되었습니다. 자상하시고 배려 깊은 분이었지요. 제게도 참으로 고맙도록 해 주셨습니다. 그러나 지은 죄는 사라지지 않기 때문에 복수를 한 것입니다.

회장님은 쓰러질 분이 아닙니다. 전, 그 확신을 갖고 미국으로 갑니다. 내년 연말쯤이면 다시 옵니다만 제가 다시 올 때는 회장님은 건강한 모습으로 새 삶을 시작할 것으로 믿습니다.

그리고 반드시 죗값은 치러야 합니다. 후회하고 참회하는 그런 시간을 가지셔야 합니다. 그것이 제 엄마와 동생에게 보상하는 길일 것입니다.

또 반드시 그렇게 사실 분이라는 것도 잘 압니다. 그 시간이 길어지지 않았으면 좋겠습니다. 참회의 마음이 분명하다면 하루도 좋고 한 달도 좋습니다. 1년도 괜찮습니다. 기간이 문제가 아니라 마음이 중요하기 때문입니다.

동봉해 드리는 봉투에는 제가 가져온 회장님의 전 재산이 들어 있습니다. 분량이 너무 커서 제가 수표 몇 장으로 바꿔 넣어 드리는 겁니다. 총 60억 원 정도입니다.

하지만 지금 돌려 드리지는 마시기 부탁합니다. 진심으로 참회하신다면 그때 돌려 드리기 바랍니다. 또 이 돈은 사회를 위해 썼으면 좋겠습니다. 회장님 진로 문제는 제가 고민하겠습니다. 이 돈은 은행 금고를 얻어 거기 보관하시기 바랍니다.

  제가 갚아야 할 은혜 속에는 수녀님 동생이며 한때 저의 회장님이었
던 장선홍님의 생명도 포함되어 있습니다. 부디 하루빨리 완쾌하셔서
새롭게 출발하시기 기원합니다.

  정말 많은 것을 깨닫게 해 주시고 많은 가르침을 주신 마리아 수녀
님. 이제 그 검은 옷을 벗으시면 안 되나요?

  저의 엄마가 되어 주세요. 그러면 엄마를 덜 그리워할지도 모르니까
요. 정말 엄마 품이 그립고 동생 진양이가 보고 싶어 미치겠습니다.

  이제 최막동은 없습니다. 사루비아도 없습니다. 부산 사람들이 사랑
해 준 흙피리와, 엄마가 지어 주신 은양이만 남았습니다.

  다시 뵈올 때는 제가 많은 눈물을 흘릴 겁니다.

                                        1979년 10월 26일
                                     흙피리 강은양 올림

  편지를 읽는 수녀님 눈에서 눈물이 하염없이 흐르고 있었다. 얼마
나 엄마가 그리웠을 것이며, 어린 동생이 얼마나 보고 싶었을까? 그
원한이 얼마나 뼈에 사무쳤으면 그 엄청난 재산가가 찬바람 스며드
는 쪽방에서 복수를 맹세하며 살기를 작정했을까?

  그렇게 복수를 하고도 또 생각하는 깊이는 얼마인가? 28세! 아직
철도 들지 않을 나이다. 그런 아이가 그런 깊은 생각을 하다니. 하긴
그 정도 아이가 아니었다면 미국에서도 알아주는 명문가이며 세계
적인 재벌 맥튜 가문의 사랑을 끌어낼 수 있었겠는가?

은양아, 고마운 은양아! 네가 내게서 배울 것이 있다니. 아니다, 배워야 할 사람은 오히려 나다. 동생 생명을 걱정하고 용서하는 네 마음을 내가 감히 어찌 헤아릴 수 있겠느냐?

사랑한다. 그리고 존경한다. 이 돈은 분명히 사회에 환원할 것이다. 착하고 머리 좋고 돈 없어 공부 못하게 된 학생들에게 공부할 기회를 주게 될 것이다. 공부라면 나도 한이 맺힌 사람 중 하나 아니겠니? 선홍이도 마찬가지고! 고맙다. 네 뜻대로 하겠다.

그러나 선홍이 걱정은 하지마라. 이미 갈 길을 가기로 작심한 것 같다. 포항 부둣가에서 구멍가게를 하던, 노동일을 하던, 마음 비우고 그렇게 살 것이다. 그것이 선홍이가 갈 길 아니겠니.

그리고 미안하지만 난 네 엄마가 될 자격이 없단다. 내가 수녀복을 입은 것은 내 평생 네 엄마와 동생 영혼을 위로하기 위해서였지 내 괴로움을 피하려고 선택한 피난지가 아니기 때문이다. 주님의 사랑을 실천하고 헌신하며 평생 이렇게 살기로 맹세했단다.

나라고 달랐겠니? 결혼해서 남편 사랑받고, 아이 낳아서 지지고 볶고 하며 사는 재미 왜 싫었겠니. 하지만 그런 즐거움 누릴 자격이 나에게는 없었단다. 동생의 죄는 곧, 나의 죄이기 때문이다. 평생을 갚아도 다 못 갚을 죄!

은양아, 흙피리야!

이제 지난 슬픔은 다 잊어라. 네게는 할 일이 너무나 많다.

슬픔은 이제 끝이다. 네 자신과 나라를 위해 네 힘과 열정을 모두 태워라. 그것이 젊은 네가 살아가는 삶의 가장 가치 있는 일일 것이다.

은양아 고맙다. 그리고 진정으로 사랑한다.

오늘은 흔들리는 풀잎에도 눈물이 흐를 것 같다. 엷은 바람에도 파도는 거세게 일렁이고 있었다. 아직 둥지로 가지 못한 갈매기는 날개를 펄럭이며 파도 위를 날고 있고, 해는 서산으로 넘어간다.

장 회장은 깊은 상념에 잠긴 채 저녁 바다를 걷고 있다. 후회는 멍청이나 하는 짓이지만 그는 진작 삶을 모두 털어 버리지 못한 아둔함을 후회하고 또 후회하고 있었다. 그리고 진양이와 그 엄마, 그리고 은양이에게 참으로 속죄하고 있었다.

'이제 남은 생애는 달리 살아갈 것이다. 사람을 사랑하고, 일하는 땀 냄새를 사랑할 것이며, 내 인생을 자애 자중하며 살아갈 것이다. 살아 보니 인생은 그리 길지 않다는 것도 깨달았다. 죽는 그날, 조금이라도 자신에게 덜 부끄러운 삶을 살아야 한다. 옛날 장선홍은 이미 세브란스 병원에서 죽어 버렸다. 이제 다시 부활한 장선홍으로 살아갈 것이다. 추한 인간의 한 껍질을 벗겼으니 새 영혼으로 살아갈 것이다. 누님에게 고맙고 자신을 죽음으로 몰고 가지 않은 은양이에게 죄송하고 고맙다.'

해변은 이제 완전히 어둠에 묻혔다. 모래사장에 남긴 발자국들도 어둠 속에서 하나하나 지워지고 있다. 마치 그의 어두웠던 과거가 지워지듯! 하지만 마음으로 흘리는 눈물은 밤의 파도보다 더 거세게 가슴을 때린다.

와, 브라보!

거리에는 크리스마스 캐럴이 경쾌하게 흐르고 대형 건물과 교회에
는 오색 등의 트리가 아름답게 명멸하고 있다. 연말의 들뜬 분위기
때문인지 사람들이 종종걸음으로 바삐 걷고 있는데 옆구리에 포장
한 선물 꾸러미를 든 사람들을 어렵지 않게 볼 수 있다.

휙─, 찬바람이 또 한 번 몰아친다. 1980년 크리스마스를 며칠 남
기지 않은 어느 날 저녁의 풍경이다.

멋지게 차려입은 늘씬한 한 여성과 어깨가 딱 벌어져 한눈에도 무
골로 보이는 사내가 밝은 얼굴로 크리스마스 데코레이션이 화려한
마포 가든호텔을 향해 걷는다. 흠피리 강은양과 김돈규다.

미국에서 돌아온 김돈규는 한때 김재규 대통령 시해 사건으로 주
목을 받고 조사받기도 했지만 합수부로 옮긴 정연학 덕에 혐의 없음
을 인정받았다.

미국에서 맥튜 가문의 사람들과 인사를 나눈 후 흠피리 강은양과

함께 귀국했고 오늘은 친지들을 초대하여 디너파티를 연다.

"7시 비행기로 도착한다니 이제 곧 도착하겠네?"

흙피리 강은양이 김돈규의 팔뚝에 잔뜩 매달린다. 어제 내린 눈으로 길이 미끄럽기 때문이다.

그들이 기다리는 사람들, 그들은 미국 해양대학으로 유학 떠났던 파워 금정완과 김상애 부부다. 공부를 마치고 오늘 귀국하는 날이다. 이날에 맞춰 파티를 여는 것이다.

사람들은 귀중하고 행복한 초대장을 받았다. 흙피리와 김돈규, 예비 부부의 초대다. 이들은 모두 부산에서 인연을 맺은 사람들이며, 강은양보다 흙피리가 더 귀에 익은 사람들이다.

지금은 서울시장을 사퇴하고 잠시 휴식하고 있는 조성준 전 서울시장, 군부 권력 핵심에 있는 정연학 · 조은숙 부부, 톱 가수가 된 모니카, 오랫동안 장 회장을 지켜 주었던 전 관리이사 장재광, 그리고 마리아 수녀님과 장선홍 전 행준사 회장 남매 분들이 그들이다.

호텔에 도착하자 모두들 반갑게 맞아 준다.

장 회장은 흙피리를 멋쩍은 얼굴로 맞이했다.

"오랜만입니다, 강 회장님!"

"어머, 그냥 흙피리라 불러 주세요. 건강하셔서 정말 다행이십니다. 예전과 똑같이 대해 주세요."

서로서로 악수를 나누고 안부를 묻는 사이 금정완과 김상애가 도착했다. 둘 모두 한결 성숙해진 모습이다. 이번에는 금정완과 흙피리가 어색한 악수를 나눈다. 모니카와 김돈규가 아니었다면 아마 그와 사랑에 빠졌을지도 모른다.

그보다 더 어색한 악수는 가수 모니카와 금정완과의 악수였다. 하지만 이제 모두 성공했다. 그들은 서로 그 성공을 축하해 주었다.

양식당 홀을 전세 내었다. 잔잔한 음악이 흐르는 가운데 모두들 자리에 앉았다. 각 테이블 앞에는 와인이 한 병씩 올려져 있다. 특별히 주문한 엘곰표 와인이다.

흙피리의 건배로 파티는 시작되었다.

"우리 모두의 건강과 행복을 위하여!"

"위하여!"

힘찬 구호가 끝나고 모두 잔을 비웠다.

이어 흙피리의 인사와 중대 발표가 시작되었다.

"오랜만에 모두 한자리에 모이니 마치 부산을 옮겨 온 것 같습니다. 최근 저는 미국에 가서 아버님을 뵙고 왔습니다. 돈규 씨와의 결혼을 허락받고 얼마 전 귀국했습니다. 저희는 내년 3월 저의 제2의 고향 부산에서 간단한 결혼식을 올립니다. 물론 여러분 모두 참석해 주시리라 믿습니다."

"와—아!"

박수 소리에 홀이 떠나갈 것 같다. 김돈규가 일어나 허리가 부러지게 인사한다. 흙피리의 인사는 계속되었다.

"이미 연락 드린 대로 오늘 저는 대단히 중대한 몇 가지를 발표합니다. 이 발표를 위해 여러분을 초대한 것입니다."

그의 발표는 참석한 모두를 궁금하게 만들고 있다.

"첫째, 저는 앞으로 한국에서 엄청난 사업을 시작합니다. 미국 아버님의 지시이기도 합니다."

맥튜 장군은 많이 노쇠해 있었다.

"한국은 나의 제2의 고향이지. 나와 내 부대는 자유 대한민국을 지키기 위해 북한군과 싸워 이겼다. 그리고 귀국하여 예편했지. 예편한 나는 가문의 재산을 유산으로 받았어. 유산만 받은 게 아니라 가장 소중한 너까지 얻었단다. 나는 유산으로 물려받은 재산을 중동 석유에 투자했고, 이건 엄청난 이익을 남겨 주었지. 다행히 세계 경제가 호황을 누리고 있었고 한국을 필두로 아시아가 공업국가로 부쩍 성장했기 때문이었어. 나는 세계 곳곳에 석유를 팔았지. 일본, 한국, 인도, 말레이시아 같은 아시아를 중심으로. 그 돈의 일부로 한국에서 태평양그룹을 인수하여 성장시켜 네게 선물한 거야. 그런데……."

목이 마르시는지 손수 냉장고에서 물을 따라 마신다.

"그런데 너무 아쉽고 아쉬운 것이 있었어. 석유를 나르는 유조선을 일본 선박으로 날라야 했어. 조선(造船) 사업은 지금 일본이 최고니까. 내가 가장 부러워했던 것은 바로 이 유조선이었지. 하지만 이제 내가 다시 사업을 시작하기에는 너무 늙어 버렸어. 나는 너도 모르게 은밀히 한국 실태를 조사했었단다. 포항제철로 철강 산업이 탄탄대로더라. 철강이 있어야 조선이 가능하거든. 그런데 한국에 그게 있어! 기술진과 전문가들을 선발하여 한국에서 세계 최고의 조선 선박회사를 만들기로 했다. 물론 네가 끌어가야지. 난, 꿈이 한국 유조선이 일본을 제치고 세계를 누비는 거야. 그동안 너는 정보국에서 많은 걸 배웠고 또 내게서 충분히 경영까지 배웠으니 반드시 세계 제1의 조선 왕국을 한국에서 이루리라 판단했다. 가서 시작해라. 일본을 넘어서라. 내 석유를 네 유조선이 실어 나르게 해라. 최강의 군

함도 만들어라. 나라가 강해야 안보도 튼튼해지는 법이다. 한국 정부와 잘 협조하고 죽어라 노력해서 일본을 제쳐라. 그것이 나의 제2의 고국 대한민국에게 바라는 것이다. 사루비아야. 난, 널 사랑한다. 핏줄은 달라도 넌 내 딸이 분명하다. 내 딸답게 멋지게 성공해라. 모든 지원을 아끼지 않을 것이다. 내 석유를 실어 나르는 태극기 걸린 너의 유조선을 하루빨리 보고 싶구나!'

"아버님은 한국전쟁을 통해 한국인의 끈기와 투쟁심을 보셨고 오늘의 경제를 보면서 한국도 반드시 경제 대국이 될 수 있다는 확신을 얻으셨습니다. 저는 아버님의 꿈을 이루어 드리려 합니다. 한국이 일본을 제치고 세계 제1의 조선 왕국이 되는 것입니다. 이를 위해 저는 여러분들을 개인적으로 만나 저를 도와주실 것을 호소했고, 여러분들은 어렵게 결정하셨습니다. 이제 여러분에게 이 결과를 말씀드리겠습니다."

그 내용은 다음과 같았다.

"먼저 20대 그룹으로 성장한 태평양그룹은 저 대신 조성준 전 서울시장님께서 회장으로 취임하시어 이끌어 가시기로 했습니다. 꼭 10대 그룹으로 성장시켜 주세요! 그리고 정연학 국보위 위원께서는 정부 핵심에서 일하시게 될 것 같습니다. 모르기는 해도 청와대 최고의 실세로 앞으로 정국을 이끄는 선봉장이 되실 것입니다. 하지만 정계에서 은퇴하시고 우리 회사를 위해 뛰어 주시면 감사하겠습니다. 그 넓은 인맥은 엄청난 힘이 되어 주실 겁니다. 다음, 장 회장님이 사경을 헤매실 때 끝까지 보살펴 주신 장재광 전 행준사 관리이

사님께서는 장선홍 회장님이 쾌척하신 60억으로 복지재단을 만들어
〈행준 복지재단〉이라는 이름으로 사회복지에 이바지하실 겁니다.
복지를 위한 60억 중 일부는 장 회장님이 태어나신 김천에 규모는
좀 작겠지만 종합병원을 지어 김천시에 헌납하시기로 했답니다. 끝
으로 장선홍 회장님!'

　미소를 지으며 흘깃 바라본다. 장 회장은 미안한 듯 머리를 떨어뜨
린다.

　"태화산업 〈말표 고무신〉, 원래는 일본 미즈노와 계약했습니다만
이를 변경하여 독일 아디다스와 계약을 다시 체결했습니다. 전 태화
산업 말표 고무신 공장에서 역사적인 〈아디다스 코리아〉 제품이 만
들어져 세계로 판매되어 갈 것입니다. 이 공장을 장 회장님에게 돌
려 드리려 했으나 회장님은 극구 고사하셨습니다. 또 마리아 수녀님
도 절대 안 된다고 하셨습니다. 포항에서 그냥 그렇게 사시겠답니
다. 이 문제는 제가 계속 설득할 겁니다. 절대 그렇게 사시게는 하지
않을 겁니다. 강제로라도 〈아디다스 코리아〉를 맡기기로 결심했습
니다. 또 미국 해양대학에서 공부를 마치고 귀국하신 금정완님은 저
의 첫 유조선이며 세계 최고의 유조선 운항을 책임져 주시기로 했습
니다. 그때까지는 많은 커리어를 쌓으실 겁니다. 그리고 저는 국내
톱 가수가 되신 모니카님을 위해 스튜디오가 딸린 저택 한 채를 선
물했습니다. 진심으로 축하드립니다."

　"와, 브라보!'

　축하와 기쁨의 박수 소리가 터질 듯 들려온다.

　"또 저의 부군 되실 돈규 씨도 아쉬움을 접고 체육대학 설립을 포
기했습니다. 저와 함께 거제도에서 세계 최고의 유조선을 만드는데

힘을 쏟기로 했습니다. 죄송합니다. 그리고 사랑합니다."

'까딱' 김돈규에게 목례를 보낸다.

다시 들려오는 요란한 박수 소리!

"장선홍 회장님은 곧 결혼하십니다. 부인 되실 분은 애석하게도 오늘 참석하시지 못했습니다. 회장님이 곧 일본에 건너가서서 가벼운 수술을 받으실 일이 있는데 그 준비로 도쿄에 계십니다. 재일 동포 출신으로 아주 뛰어난 미인이십니다. 초혼에 실패하고 일본에서 사업을 하셨는데 최근 귀국하여 한국에서 정착하신 분입니다. 제가 중매했습니다. 성함은 박원숙님입니다."

수술, 성형수술! 몸의 칼자국들을 지워 버릴 것이다.

"와—!"

오늘 최고의 함성이 터진다. 하지만 사람들 대부분은 장 회장이 무슨 수술을 하는지 알지 못하고 있었다.

"끝으로 대 발표가 있습니다. 원하시든 원치 않으시든 저는 마리아 수녀님을 엄마로 부르기로 했습니다. 수녀복을 벗으시든, 벗지 않으시든 그건 상관없습니다. 전, 무조건 엄마라고 부를 겁니다."

와! 모두 일어나 기립박수를 보낸다.

마리아 수녀님이 웃으시며 머리를 끄덕인다.

'수녀에게 엄마라 부르면 난 어쩌라구! ㅎㅎㅎ.'

이때, 조은숙 씨가 자리에서 벌떡 일어섰다.

"자, 축배의 잔을 듭시다. 그리고 축배가 끝나면 제가 한 가지 제의를 하겠습니다."

각자 잔에 엘곰표 와인을 따른다.

"모두의 건강과 사업의 성공을 위하여!"

"위하여!"

합창하듯 일제히 소리 지르며 잔을 들어 마신다.

이제 제의할 것이 남았다.

조은숙 관장이 미소를 지으며 흙피리를 바라본다.

"제가 이렇게 호칭하는 것은 오늘이 마지막일 것입니다. 야, 흙피리!"

모두가 깜짝 놀라 조은숙을 바라본다.

"이 호텔 건너편에 탁구 국가상비군 시절 같이 훈련했던 윤화중이란 분이 탁구장을 열어 후배를 양성하고 있거든? 〈윤화중 탁구교실〉이라고, 식사 대충 끝내고 거기서 한판 하지? 어때, 나하고 흙피리가 한편, 금정완·김상애 부부가 한편. 복식 게임 하고 싶은데!"

"와―! 역시 관장님다운 제의십니다. 좋습니다. 빨리 식사하고 한판 붙어요."

흙피리가 반색을 하는데, '피식!' 금정완이 코웃음을 친다.

'관장 누님은 내가 미국에서도 탁구를 얼마나 열심히 쳤는지 모르실 거야. 펜홀더 뒷면에 돌출 러버 구해 붙여 얼마나 훈련했는지!'

배가 부르면 운동하기 힘들다. 시합할 사람들은 간단히 야채로 배를 채웠다. 그리고 모두는 이 흥미로운 시합을 보러 우르르 몰려나갔다.

그로부터 며칠 후, 이날은 크리스마스이브 날이다.

태종대 벼랑 앞에 한 대의 승용차가 멈추어 섰다. 바람은 거세게 불고 파도는 거칠게 바위를 때린다. 차에서 한 남자와 여자가 내린다. 여자의 손에는 흰 국화꽃 다발이 들려져 있다.

흙피리와 김돈규다. 그리고 이곳은 마리아 수녀님이 은양이 엄마와 동생 진양이 시신을 수습하여 화장을 한 후 유골을 뿌린 곳이다.

'엄마, 이제 다시는 울지 않을 겁니다. 저 눈물 흘리는 거 싫지요? 이제는 앞만 바라보고 갈 겁니다. 엄마와 진양이는 내 가슴에서 영원히 함께할 겁니다. 엄마 사랑해요. 그리고 진양아, 잘 자거라. 정말 사랑하고 또 사랑한다.'

그녀는 주머니에서 오카리나, 흙피리를 꺼내 꽃다발 속에 집어넣었다. 그 꽃다발과 오카리나를 들어 바다를 향해 힘껏 던졌다. 다시는 울지 않겠다는 무언의 약속이다.

"엄마, 진양아!"

소리치던 그녀가 돌아서서 김돈규 품에 안겨 하염없이 통곡을 한다. 이것이 마지막 눈물이 될 것이다. 김돈규가 어깨를 감싸며 토닥여 주고 있다.

　하늘에서 눈발이 비치더니 송이가 되어 떨어진다. 오랜만에 부산에 눈이 내리고 있다. 바람도 멈추었다. 솜같이 부드러운 눈송이가 위로라도 하듯, 흙피리의 어깨 위에 소복이 쌓이기 시작한다.

작가 연보

| 작가 연보 |

- 1944년 충북 충주에서 출생하다.
- 1955년 소년소녀 잡지 『소년세계』에 콩트 〈가죽장갑〉이 입선되어 게재되다.
- 1961년 충주 지역 문학서클 '상록수'에서 왕성한 창작활동.
- 1979년 『詩와 詩論』에 〈떠나는 江〉 등 3편의 시로 문단에 데뷔하다. 이후 『現代文學』,『韓國文學』 등 문예지와 일간지에 詩를 발표하다.
- 1983년 장편 추리소설 『덫』을 발표하여 전국 언론에 보도, 비상한 관심을 일으키다. 1984년 1월 베스트셀러 6위에 랭크되다.
- 1984년 대학 교수들로 구성된 추리문학연구회 모임인 '미스터리클럽'(회장 이가형)에서 제정한 제1회 추리문학상을 수상하다.(2월)
- MBC TV와 라디오에서 드라마화하여 동시 방영 방송되다.(3월)
- KBS에서 이창호·신은경 아나운서와 함께 〈추리퀴즈〉를 개발하여 1년간 방송하다 이것이 인연이 되어 1988년까지 KBS TV와 라디오에서 고정 MC로 방송활동을 하다.

- 두 번째 장편소설 『5시간 30분』을 발표하여 장기간 베스트셀러에 오르다.
- 1985년 포르투갈에서 개최된 제1회 세계추리작가대회에 김성종·이가형과 함께 한국 대표로 참가하다.(3월)
- 『週刊朝鮮』에 장편 『處刑』을 연재하기 시작하다.(7월)
- 『小說文學』에 장편 『몽타주』를 연재하기 시작하다.
- 『스포츠東亞』에 장편 『背里의 늪』을 연재하기 시작하다.(6월)
- 이해 새로 창간된 스포츠 일간지 『스포츠서울』에 창간기념 대작 『죽음의 天使』를 연재하기 시작하여 독자들의 열렬한 반응을 얻는다.
- 韓·中작가대회 참가와 작품 취재를 위해 홍콩·대만을 여행하다.
- 1986년 각 사보에 발표한 추리 콩트와 TV 라디오 추리 퀴즈 출제작을 묶은 추리 콩트집 『미스터리 34』를 행림출판사에서 출판하다.
- 『處刑』을 역시 행림출판사에서 출판하다.

- 『죽음의 天使』를 역시 행림출판사에서 출판하다.
- 『몽타주』를 소설문학사에서 출판하다.
- 1987년 여성월간지 『여성자신』의 특별부록으로 『웨딩 킬러』를 발표하다.(7월), 『웨딩 킬러』를 KBS에서 2부작으로 드라마화하여 방영하다.
- 장편 추리소설 『그대 품에 아카시아 향기』를 발표하다.
- 1988년 『釜山日報』에 장편소설 『위험한 영웅들』을 연재하기 시작하다.
- KAL 858기 테러사건을 소재로 한 『마유미 최후의 증언』을 한국과 일본에서 동시 출간하다.(일본 측 출판사는 명문 光文社)
- 일본 東京TV와 후지TV 및 『朝日(아사히)新聞』을 통해 『마유미 최후의 증언』 보도되다.
- 1989년 『위험한 영웅들』(전2권)을 행림출판사에서 출판하다.
- 『日刊스포츠』 창간 20주년 기념작품 『천사여 침을 뱉어라』를 연재하기 시작하다.
- 『東南日報』에 장편 『불의 키스』를 연재하기 시작하다.

- 1990년 문이당에서 장편 추리소설 『호수에 지다』를 발표하다.
- 『中部日報』에 모델 윤영실 실종사건을 다룬 『정지된 시간』을 연재 시작하다.
- 三中堂에서 장편 『스키장 살인사건』을 출판하다.
- KBS TV에서 1시간 특집 〈추리퀴즈〉를 기획하여 방영하다.
- 1991년 『스포츠朝鮮』에 현대 정치사를 배경으로 한 『제2의 찬스』를 연재하기 시작하다. 1992년까지 이 작품에만 몰두하다.
- 장편 『그대 품에 아카시아 향기』를 시나리오로 완성, 이영실 감독이 메가폰을 잡아 크랭크인하다.
- 1992년 영화 『그대 품에 아카시아 향기』가 서울 허리우드, 동아, 연흥극장에서 동시 상영되다.(2월)
- 『제2의 찬스』(전3권)를 기린원에서 출판하다.
- 1993년 『매일경제신문』에 1996년까지 만 3년간 한국 현대 정치사를 배경으로 한 『블랙 커넥션』을 연재하여 독자들의 뜨거운 성원을 받는다.
- 1995년 『충청매일』에 장편 『잠수함을 찾아라』를 연재하다.

- 1996년 『블랙 커넥션』(전5권)을 고려원에서 출판하여 교보문고 주최로 '독자와의 대화'에 나가는 등 화제를 모으다. 또한 이 시기에 『잠수함을 찾아라』를 대학출판사에서 출판하는 등 왕성한 작품활동을 하다.
- 1997년 『중부매일』에 장편 『욕망의 도시』를 연재하다.
- 중국 연변출판사에서 『천사여 침을 뱉어라』, 『제2의 찬스』 등 총 12권의 장편을 출판하다.
- 『겨울 태풍』을 고려원에서 출판하다.
- 『스포츠朝鮮』에 『제8공화국』을 연재 시작하다.
- 대구 『영남일보』와 대전 『중도일보』에 장편 『제로 공화국』을 연재 시작하다.
- 1998년 『마지막 3김시대』(전2권)를 초록배출판사에서 출판하다.
- 1999년 문명 비판과 종말 예언서 『종말은 예언처럼 오는가』를 한송출판사에서 출판하다.
- 2001년 『성모마리아 지옥에 가다』(전2권)를 도서출판 개미에서 출판하다.

- 2002년 『황장엽을 암살하라』(전2권)를 연인M&B에서 출판하다.
- 2007년 『사람에게서도 향기가 난다』(석송 잠언집)를 엮어 연인 M&B에서 출판하다.
- 2008년 『탁림고수』를 연인M&B에서 출판하다.
- 2010년 『황장엽을 암살하라』(전2권)를 연인M&B에서 재출판 하다.
- 2013년 『인간병기 흙피리』를 연인M&B에서 출판하다.